Caçadora de unicórnios

ORDEM DA LEOA – VOL 1

Obras da autora publicadas pela Galera Record

Série Sociedade secreta

Volume 1 – *Rosa & Túmulo*
Volume 2 – *Sob a rosa*
Volume 3 – *Ritos da primavera*
Volume 4 – *Escolhas de formatura*

Uma manhã gloriosa

Série Ordem da Leoa

Volume 1 – *Caçadora de unicórnios*

DIANA PETERFREUND

Caçadora de unicórnios

ORDEM DA LEOA – VOL 1

Tradução
Regiane Winarski

1ª edição

GALERA RECORD
RIO DE JANEIRO • SÃO PAULO
2013

CIP-BRASIL. CATALOGAÇÃO NA FONTE
SINDICATO NACIONAL DOS EDITORES DE LIVROS, RJ

P574c

Peterfreund, Diana
Caçadora de unicórnios / Diana Peterfreund; tradução Regiane Winarski. – 1. ed. – Rio de Janeiro: Galera Record, 2013.
(Rampant; 1)

Tradução de: Rampant
ISBN 978-85-01-09860-3

1. Ficção americana. I. Winarski, Regiane. II. Título. III. Série.

13-00447

CDD: 813
CDU: 821.111(73)-3

Título original em inglês:
Rampant

Editoração eletrônica: Abreu's System

Texto revisado segundo o novo Acordo Ortográfico da Língua Portuguesa.

Impresso no Brasil

ISBN: 978-85-01-09860-3

Para Dan. Por tudo.

Os unicórnios voltaram ao mundo.
— Peter S. Beagle,
O Último Unicórnio

Nota: Os unicórnios deste livro são reais; eles habitam as lendas,
as histórias e os textos religiosos da Europa e da Ásia.

1

Quando Astrid é três vezes testada

— "Eu jamais irei embora de verdade — disse o unicórnio. Faíscas como diamantes saíram da ponta de seu chifre prateado e brilhante. — Viverei para sempre em seu coração."

Engoli a bile que subiu pela minha garganta e me obriguei a continuar lendo.

— "Em seguida, o unicórnio se virou e saiu galopando, com o rabo felpudo e cor-de-rosa balançando alegremente quando ele abriu as asas cintilantes ao sol do amanhecer."

Ah, não. Asas também?

— "Toda vez que as patas cor de lavanda do unicórnio tocavam a terra, um som como o de mil sinos de fadas soava em direção às crianças."

Tremendo, ergui o rosto por trás do livro ilustrado e olhei para as expressões concentradas e absortas das crianças que estavam aos meus cuidados. Bethany Myerson, 6 anos, segurava as lágrimas enquanto o unicórnio se despedia de seus novos amigos. Brittany Myerson, 4 anos, mordia o rabo de seu poodle de pelúcia.

E eu, Astrid Llewelyn, 16 anos, só queria que as pestinhas pegassem no sono.

— Acho que já chega por hoje, hein, meninas?

— Não! — gritaram elas em uníssono.

Suspirei e voltei para a história melosa. Normalmente, gosto de trabalhar como babá, mas cuidar das Myerson é intolerável. Naquela casa, tudo gira em torno de unicórnios. Cada uma tem meia dúzia de animais chifrudos de plástico ou de pelúcia empilhados em cima da cama, e o papel de parede do quarto de Bethany é decorado por uma faixa estampada com cabeças de unicórnios, cujos olhos e chifres cintilantes brilham no escuro.

Dava para ouvir Lilith dizendo: *Bem, mocinha, pelo menos isso significa que eles foram decapitados.*

Minha amiga Kaitlyn tem um medo mortal de palhaços. A mãe a levou ao circo dos Irmãos Ringling quando ela era pequena e aquele *treco* pintado de branco com uma enorme peruca azul e uma luz vermelha piscante e protuberante que servia de nariz a deixou apavorada. Ela nem mesmo vai à feira estadual, e já estamos no ensino médio. Os pais podem traumatizar uma criança com coisas assim.

Às vezes eu me perguntava se minha mãe, Lilith, entendia o tipo de dano que causava em mim com suas histórias delirantes sobre unicórnios com sede de sangue. Quando eu tinha 6 anos e todas as minhas amigas queriam brincar de unicórnio e correr no playground montadas em chifrudos imaginários chamados Arco-Íris ou Raio de Sol ou Luz do Luar, você acha que eu era a criança mais popular da escola?

Considerei brevemente dar às Myerson o mesmo sermão que fiz para as outras crianças do primeiro ano no playground:

Os unicórnios são monstros que comem pessoas. Eles não têm asas, não são cor de lavanda nem cintilantes, e você jamais conseguiria capturar um e cavalgá-lo sem que ele perfurasse seu tórax até arrancar suas tripas. E mesmo se ele não atingisse as artérias principais, coisa que nunca acontece, você ainda morreria por causa do veneno mortal que ele tem no chifre. Mas não se preocupe. Minha tatara-tataratia Clothilde matou o último bicho da espécie 150 anos atrás.

Só que agora acho que seriam 160 anos. Como o tempo voa em um mundo livre de unicórnios. E, também, agora eu não acreditava mais nas histórias de terror da minha mãe.

Depois de muitas páginas mais de tortura com aroma de algodão-doce, o livro terminou, e coloquei Bethany e Brittany na cama sem amolecer. Finalmente. Embaladas pelo esplendor soporífero das medíocres aventuras do Unicórnio Brilhoso e seu alegre grupo de dependentes de Ritalina, as garotas logo caíram nos braços de Morfeu.

Já foram tarde.

Eu queria poder esquecer minha precoce lavagem cerebral e ser otimista com essas histórias melosas de unicórnios. Mas qualquer tipo de animal com um único chifre ainda me dá arrepios.

Minha mãe se considera uma militante do purismo. Ela acredita que essa suposta história revisionista de unicórnios é uma desgraça ao sacrifício de nossas ancestrais. Que deveríamos prestar homenagens a elas divulgando a verdade sobre essas bestas cruéis.

Essas bestas cruéis e *extintas*, dizia eu para lembrá-la sempre que me sentia particularmente cara de pau. Normalmente, eu não me dignava a responder. Tinha aprendido há tempos que ceder às fantasias dela significava me acorrentar ao estilo de vida que ela levava.

Liguei minha confiável babá eletrônica, fechei a porta do quarto e telefonei para Brandt usando o celular que Lilith finalmente comprou para mim no inverno passado.

— Estão dormindo. Pode vir agora, mas preciso me encontrar com você lá fora.

Isso era mais para minha proteção do que por consideração às crianças adormecidas. Primeiro de tudo, não sei quanto tempo mais eu aguentaria a decoração inspirada em unicórnios. Os brinquedos estavam espalhados pela casa toda. Em segundo lugar, Brandt e um sofá (ou, pior ainda, um quarto de casal vazio) era uma combinação muito ruim. Ele passava de companhia levemente ousada a homem-polvo mal-intencionado sempre que estava perto de qualquer superfície plana razoavelmente promissora.

Eu estava bem menos interessada em proteger minha virtude do que em ceder a um garoto que não conseguia passar em uma prova de francês intermediário.

Mas, apesar dos problemas dele com a língua gaulesa, Brandt não era desprovido de outras características valorizadas por aquela cultura. Como a questão do beijo. Alguns minutos depois, eu estava sentada na varanda da frente da casa dos Myerson, esperando que ele chegasse e me perguntando o que aconteceria então. A floresta emanava um cheiro úmido e de musgo, e algum vizinho devia estar com a lareira acesa. Na escuridão além do gramado iluminado pelas luzes da casa, observei as árvores balançarem com a brisa noturna. Elas pareciam me mostrar o branco na parte de baixo das folhas, depois as partes escuras de cima, em um ritmo estranho e solene que ia além da minha compreensão. Olhei para elas por um tempo, hipnotizada, e de repente um tremor percorreu meu corpo. Quando se está sentada no único ponto iluminado das redondezas, não dá para não pensar que alguma coisa está observando você: as árvores, as pequenas criaturas da noite, os insetos famintos se contorcendo fora do seu campo de visão.

Os pelos da minha nuca ficaram arrepiados. Alguma coisa *estava* me observando. Olhei para a janela do quarto, já esperando que o rosto pálido de uma das garotas Myerson estivesse encostado no vidro, apesar de não ter escutado nada vindo da babá eletrônica. Mas não tinha ninguém lá. Ainda assim, o medo não desapareceu. Direcionei minha atenção para a margem do bosque, como se fosse conseguir ver aqueles olhinhos de desenho animado piscando para mim na escuridão.

Astrid, sua boba. Chega de histórias de unicórnios antes da hora de dormir, pensei, em minha melhor imitação de Lilith. Ela provavelmente estava em casa lendo sobre unicórnios em um dos seus muitos bestiários caindo aos pedaços. É seu hobby favorito, embora ela considere isso uma pesquisa séria.

Aos olhos da família e do departamento disciplinar da universidade, que revogou sua bolsa acadêmica na época em que engravidou de mim, minha mãe é... excêntrica. Desequilibrada. Ou seja: *maluca*. Quando nasci, ela precisou dizer adeus ao doutorado e iniciar uma carreira de empregos pouco duradouros em todas as áreas, desde transcrição médica até lavagem de janelas. Meu tio, irmão dela, sempre disse que minha mãe tinha muito *potencial*. Uma pena a coisa da maluquice.

Será que minha mãe realmente era amargurada por não ter caçado unicórnios ou apenas por ter sido mãe solteira e com uma série de trabalhos sem futuro quando seu maior hobby era estudar um campo da criptozoologia que nem mesmo os maiores fanáticos pelo monstro do Lago Ness considerariam válido?

Extintos, venenosos, unicórnios assassinos. No campo das *excentricidades*, era um tanto decepcionante. Se a patologia dela envolvesse alegar que, sei lá, ela foi namorada de Elvis, Lilith poderia ter se gabado mais nas festas em vez de receber olhares esquisitos. Não havia muita glória em ficar falando sobre grandes caçadas das gerações passadas, nem em contar vantagem por conseguir traçar sua linhagem até líderes militares antes de Cristo. Se vamos imaginar que os unicórnios são reais, não seria melhor que eles ainda estivessem por aí?

Alguém poderia dizer que o motivo de ela ter decidido que os unicórnios estavam extintos era para não ter de exibir um como prova de que estava falando a verdade. Sei que sou bem mais feliz por ela acreditar em unicórnios extintos em vez de unicórnios vivos. Do jeito que as coisas são, a maior parte da nossa família simplesmente já a ignora. Como diz meu tio John, desde que ela não realmente *veja* unicórnios, continue trabalhando e nunca coloque sua única filha em perigo, não se pode considerar isso uma psicose. E ele deve saber o que diz; ele é médico. Bem, é ortodontista, mas também vale.

Outro tremor. Todos esses pensamentos sobre unicórnios não estavam me ajudando a relaxar.

Alguns momentos depois, Brandt chegou e afastei isso da cabeça. Ele vinha andando com um cobertor xadrez velho, que estava no banco de trás do carro.

— Oi — disse ele. — Achei que a gente podia ir sentar no bosque.

Sentar? Eu me perguntei se ele tinha lavado o cobertor depois de terminar com a última namorada, com a qual, de acordo com os boatos, tinha feito coisas consideradas ilegais em 14 estados.

— Que tal só ficarmos na varanda? Não devemos ir para longe da casa — falei, usando isso como desculpa. — E se as garotas acordarem?

— Não vamos para longe. Além do mais, você está com esse troço que parece um walkie-talkie. — Ele passou o braço por cima dos meus ombros e me guiou para o quintal, que, como a maior parte das casas daquele quarteirão, fazia limite com um parque estadual. As árvores mostraram as folhas brancas e escuras, me cumprimentando. — Vamos, eu protejo você dos monstros.

Revirei os olhos. Certo, mas quem iria me proteger de Brandt? Alto, com olhos azuis de matar e cabelo louro-escuro, Brandt Ellison deixava metade das garotas da minha turma babando. E mais ou menos há um mês e meio, ele lançou aquele sorriso devastador em minha direção. Teria sido suicídio social recusar uma oportunidade dessas. Eu seria eternamente classificada como uma esnobe frígida ou lésbica, rótulos que realmente não queria carregar. Então, saí com ele. A contagem atual registrava que Brandt e eu fomos três vezes ao Starbucks, almoçamos juntos 15 vezes no refeitório, fomos ao cinema uma vez, fomos a uma festa e tivemos uma noite de filmes e pizza.

E agora, ao nos aproximarmos do quadragésimo dia da Vigília Brandt-e-Astrid, minhas amigas tinham mudado os scripts das perguntas de "Vocês já fizeram?" para "Vocês não vão fazer *nunca*?". Kaitlyn me disse que eu devia acabar logo com isso. Que minha castidade prolongada estava impedindo todos os tipos de crescimento. Que, se eu não perdesse minha virgindade logo, as pessoas começariam a achar que eu estava guardando-a para alguma coisa.

Mas eu não estava. Não havia motivo algum para guardá-la, não mais. Como dito anteriormente, os unicórnios estão extintos. Eu me perguntei se isso colaria com a minha mãe, cuja conversa sobre "minha virtude" chegava a ser medieval. A maioria das pessoas está ciente da ligação mística entre virgens e unicórnios. É assunto recorrente em tapeçarias e pinturas há milhares de anos.

Mas minha mãe se refere a isso como "documentos históricos". Até onde eu sabia, ela podia muito bem ter um antigo cinto de castidade escondido na coleção de livros históricos e outros artefatos. Nosso pequeno apartamento em cima da garagem de tio John estava cheio das quinquilharias dela.

E eu não necessariamente acreditava em Kaitlyn. Minha prima Philippa tinha sido uma das garotas mais populares de nossa escola, e, quando éramos crianças, juramos de pés juntos que contaríamos uma a outra cada avanço com um garoto. Phil se formou ano passado e foi para a faculdade com uma bolsa de estudos de atleta sem que qualquer tipo de ação na horizontal tenha acontecido. Na última vez em que nos falamos, eu ainda estava no mãos por debaixo da blusa, e ela flertando com a possibilidade de, quem sabe, sexo oral.

Phil nunca se preocupou em ser esquisita por não ter feito sexo nem por rir dos garotos que pediam que ela fizesse. É claro que ela vinha do lado não doido dos genes da família Llewelyn. Phil também era filha de um dentista e estrela do vôlei, então ela naturalmente estava em um nível de popularidade bem mais alto se comparada a uma aluna pobre do segundo ano cuja maior conquista até o momento tinha sido o maior número de horas por semestre trabalhando como voluntária no hospital durante dois anos seguidos.

Brandt abriu o cobertor sobre um tapete de folhas depois de sair do quintal e passar por algumas árvores — longe o bastante para providenciar um esconderijo decente, mas perto o bastante da casa dos Myerson para que as luzes amarelas da varanda passassem pelos galhos.

— Pronto. — Ele se sentou e bateu no cobertor ao seu lado. — Ainda perto o bastante para ouvir gritos.

Eu sorri com desconforto, torcendo para ele estar falando da possibilidade de Bethany ou Brittany terem pesadelos, e me sentei ao lado dele. Dali a trinta segundos, ele estava me beijando. Totalmente. De língua.

Certo, sei que isso parece péssimo. Mas não é bem assim, de verdade. Eu não diria que Brandt estava me pressionando. Sempre que estávamos de amassos e eu afastava a mão que tentava passar do elástico da minha calcinha, ele a mantinha longe dali durante o resto da noite e nunca fazia nenhum ruído que parecesse dizer "*anda, baby, vai ser muito bom*" ou "*você sabe que também quer*" ou "*mas todos os nossos amigos fazem isso*", como os caras fazem nos vídeos de estupro que nos obrigam a assistir na aula de Atualidades (que era o jargão politicamente correto para Educação Sexual). No entanto, ele sempre levava camisinhas no bolso (outro truque da aula de Atualidades), e eu sabia, simplesmente *sabia*, que dali a uns oito minutos ele tentaria abrir os botões do meu jeans.

Mais uma vez, Brandt me surpreendeu e cruzou essa barreira em menos de cinco.

— Para com isso — falei baixinho, levando a mão dele até uma zona segura. Normalmente, se eu o distraio permitindo que coloque a mão debaixo da minha blusa, ele esquece completamente as áreas abaixo do meu umbigo.

Mas desta vez não funcionou. Ele se afastou.

— Sem querer ofender — disse ele, sem me olhar nos olhos —, mas exatamente quanto tempo isso vai demorar?

Não sei se é possível falar alguma coisa que não ofenda depois de dizer "sem querer ofender".

— Quanto tempo *isso* vai demorar? O que você quer dizer com *isso*? — falei rispidamente.

Ele se virou, mesmo eu não podendo ver o rosto dele direito na escuridão, e passou a mão nos cabelos em frustração.

— Não foi isso que eu quis dizer, Astrid. Gosto muito de você.

— E eu gosto de você — respondi, pegando a mão dele. — Só não estou pronta para isso.

— Como você pode saber se não me deixa te tocar?

— Quero dizer que não estou pronta nem... para... *Isso*.

Ele emitiu um som que era algo entre um gemido e uma risada e se deitou no chão. Nos vídeos, era naquele momento que os rapazes falavam sobre o quanto eles estavam sofrendo porque as garotas estavam dizendo não. Kaitlyn dizia que era naquele momento em que, se a garota não vai ceder, deveria ao menos masturbar o garoto.

Mas não ofereci isso, e Brandt não reclamou, só ficou ali deitado brincando com a ponta da minha trança loura, que era longa o bastante para encostar no cobertor quando eu me reclinava sobre os cotovelos.

O que eu realmente sabia sobre ele? Sabia que ele queria uma bolsa de estudos para a faculdade como atleta de natação, que tinha três irmãos mais velhos, que sua pizza favorita era frango com barbecue e que não gostava de ler, nem mesmo Harry Potter.

(Lilith não me deixava ler Harry Potter porque tinha uma coisa lá sobre beber sangue de unicórnio, que ela dizia ser imprópria. Peguei o livro de Kaitlyn emprestado sem ela saber, e o pedaço do unicórnio ocupa mais ou menos um parágrafo só do livro todo. Nada demais.)

Eram essas as coisas que eu queria como base para um relacionamento íntimo? Pizza de frango com barbecue e nado borboleta? Ele nunca nem me perguntou por que eu passava tanto tempo no hospital. Nunca me perguntou o que eu queria fazer de faculdade.

Por outro lado, o baile de formatura seria dali a um mês, e, se Brandt me levasse, eu seria uma das poucas pessoas do segundo ano. Eu podia encarar *esse* tipo de anormalidade. Ir ao baile seria... uma grande coisa. Talvez uma coisa que fizesse valer a pena deixar que ele colocasse a mão dentro da minha calça.

No bosque, a escuridão se mexeu.

— Você viu isso? — perguntei, me sentando ereta. Eu *sabia* que tinha uma coisa ali.

A trança escapou do meio dos dedos de Brandt.

— Não. O quê?

— Tem alguma coisa se mexendo ali. — Eu podia vê-la. Podia... *sentir*. Como antes, na varanda, só que agora mais. Bem mais. — O que você acha que é?

Ele deu de ombros.

— Um cervo.

É claro. E era bem do tamanho de um cervo. Então por que eu estava ficando de pé e indo em direção às árvores? Já tinha visto muitos cervos.

— Astrid! Aonde você vai?

Se fosse um cervo, a voz de Brandt e minha movimentação sobre o tapete de folhas o teriam assustado. Na verdade, quase qualquer animal selvagem teria saído correndo com todo aquele barulho. Mas ali estava ele, a apenas algumas árvores de distância. De pé, paralisado, como se esperando. Entrei na pequena clareira, e a criatura emergiu das sombras.

E não, não era um cervo.

Também não era um bode, embora fosse este o termo mais próximo para descrever sua aparência. Um bode, ou talvez alguma espécie pequena de antílope. O pelo era branco e desgrenhado e me lembrou um pouco da pelagem de uma lhama. As costas batiam na altura da minha coxa, e a cabeça e o pescoço chegavam à altura da minha cintura. Mas é claro que o chifre fazia a criatura parecer bem maior. Saindo em uma linha reta do meio da testa, alcançara facilmente a metade do tamanho do meu braço e era retorcido como um parafuso.

De repente, eu não estava conseguindo respirar. A psicose da minha mãe não era apenas genética, mas também mantinha uma uniformidade de características.

Eu estava vendo *unicórnios*.

O unicórnio olhou para mim com olhos tão azuis quanto os de um gato siamês e soltou um pequeno balido que não parecia em nada com sinos de fadas. Ele deu um passo à frente com hesitação. Não era uma alucinação. Eu me preparei para ser perfurada no coração e me perguntei se o veneno era de ação bem rápida.

Agora eu desejava ter prestado atenção em Lilith durante todos esses anos. É claro que, se eu tivesse feito isso, simplesmente pensaria que unicórnios não existem *mais*, em vez de pensar que minha mãe era doida e que eles jamais existiram.

O unicórnio estava apenas a poucos centímetros de mim agora. Eu não conseguia desviar o olhar. Mas de repente ele dobrou uma das pernas e fez um movimento que parecia uma reverência profunda e muito formal. A ponta do chifre passou a milímetros do meu corpo em seu trajeto semicircular até o chão.

Fiquei imobilizada por vários segundos, mas o unicórnio não pareceu estar se preparando para desferir o golpe mortal. Talvez eu pudesse ir lentamente andando de costas até sair da clareira. Mas, assim que levantei o pé do chão, o unicórnio olhou para a frente.

— Bodinho bom — murmurei. — Bodinho amigo. Fique...

Dei um passo. O unicórnio se deslocou para a frente e enfiou a cabeça debaixo da minha mão, como uma espécie de *golden retriever* com chifres esperando receber carinho atrás das orelhas.

Morrendo de medo de irritá-lo, fiz carinho. O unicórnio baliu em êxtase. Lilith nunca mencionou isso. Por que eu não estava sendo assassinada naquele momento?

— Astrid? Você está bem?

O unicórnio enrijeceu os músculos, e os sons que ele estava produzindo se transformaram em rosnados ameaçadores. Será que Brandt via o que eu via?

— Estou bem, Brandt. Apenas, hum, fique onde está, certo?

O unicórnio tremeu de raiva. Seus lábios se repuxaram em um rosnado, revelando dentes brancos e pontudos.

— Meu Deus, Astrid, o que é essa coisa? — Brandt chegou à clareira.

Com o uivo agudo de uma besta sedenta por sangue, o unicórnio se lançou diretamente contra ele.

2

Quando Astrid é convocada a cumprir seu dever

Observei horrorizada Brandt cair para trás. Acho que até gritei. O unicórnio, pronto para um segundo ataque, parou, andou para trás e foi embora, com seus cascos bipartidos espalhando as folhas caídas conforme passava.

Brandt estava gritando e arfando, segurando a perna enquanto o sangue jorrava do ferimento na coxa como uma pequena e macabra cachoeira. Meu treinamento em primeiros socorros me disse que isso significava que o unicórnio tinha perfurado a artéria femoral de Brandt. E logo ficou claro que a perda de sangue era a menor das nossas preocupações.

A pele de Brandt ficou pálida, seus vasos sanguíneos se destacaram em um tom intenso de vermelho-arroxeado e ficaram tão proeminentes que quase pareciam os sulcos que existem no veludo. Seus globos oculares perderam toda a cor, e, pelos sons que ele emitia ao tentar respirar, achei que a garganta dele estava fechando. Eu não tinha ideia do que esses sintomas significavam. Não eram de choque anafilático, pois não havia como ele já ter tido contato com um unicórnio antes. Choque séptico reduziria o fluxo de sangue até que o coração parasse de funcionar, mas o que Brandt parecia estar sofrendo era de taquicardia. Eu quase podia ouvir a pulsação dele a 30 centímetros de distância.

Sim, o veneno do chifre era mesmo de ação rápida. E o que o serviço de emergência poderia fazer para neutralizar veneno de alicórnio?

Liguei para minha mãe.

— Lilith — falei, encostando o telefone no ouvido enquanto usava um braço do meu suéter para amarrar um torniquete ao redor da perna de Brandt e avaliava qual seria a melhor forma de dar a notícia. Ela detestava quando eu ficava testando a paciência dela.

— Astrid, já conversamos sobre você só usar seu celular para emergências. Nosso orçamento anda apertado. — Lilith parecia entediada. Mas eu estava prestes a alimentar a ilusão dela pela primeira vez em dez anos. Tio John ficaria *tão* decepcionado comigo.

— Um cara foi perfurado por um unicórnio e está ficando roxo.

Brandt soltou um gemido abafado. A língua dele tinha inchado, e a pele estava grudenta ao toque. Era óbvio que eu precisava atualizar meu diagnóstico, porque eu não tinha a menor ideia do que fazer em seguida. Manter as vias respiratórias desobstruídas. Estancar o sangramento. Mas remover o veneno? Tarde demais.

— O quê? — Lilith pareceu despertar do outro lado da linha. Não era nada surpreendente. Ela provavelmente estava esperando por esse momento a vida toda.

— Um unicórnio — repeti. — Mãe, venha rápido. Acho que ele vai morrer.

Assim que dei as coordenadas para ela e desliguei, liguei para a emergência e pedi para enviarem um paramédico imediatamente. Em seguida, me sentei e olhei para Brandt. Acariciei a mão dele e fiz barulhinhos para tranquilizá-lo. Eu me certifiquei de que estivesse confortável no chão e de que o torniquete estivesse apertado. Fiquei impressionada com a rapidez com que parei de pensar nele como "namorado" e comecei a vê-lo apenas como "paciente".

O sangue começou a encharcar meu suéter e empapar as folhas. Era um suéter bem bonito. Era de pelo de angorá misto e tinha sido presente de Phil. Não que tivesse importância, caso pudesse salvar a vida de Brandt. Mas eu duvidava que a causa da morte se desse por perda de sangue. Olhei para o rosto dele e tentei não vomitar. Eu já tinha beijado aquele rosto. Eu o tinha visto do outro lado da mesa na hora do almoço durante mais de um mês. Mas agora, mal o reconhecia. O veneno do alicórnio era uma coisa terrível.

Ou isso ou minha loucura desabrochando tinha proporcionado visões bem piores do que aquelas nas ilustrações de diagnósticos.

— Aguente firme, Brandt.

Eu me forcei a ficar ao lado dele, embora mais do que qualquer coisa eu quisesse, na seguinte ordem: vomitar nas folhas, sair correndo e derramar uma garrafa inteira de removedor de manchas no meu suéter. Por que eu não conseguia fazer isso? Porque eu queria ser médica, pelo amor de Deus! Já tinha visto coisas bem piores como voluntária no hospital.

Mas nunca com alguém que eu conhecia; nunca com alguém que eu tivesse considerado permitir maiores intimidades comigo; e, acima de tudo, nunca tinha visto alguém ser vítima do meu pavor de infância, um unicórnio.

Por que ele não tinha me atacado? E onde ele estava agora? Pensei na babá eletrônica jogada no cobertor. Será que eu deveria ir correndo buscá-la? Será que podia deixar Brandt sozinho?

— Volto logo, tá?

Mas ele me segurou com a mão ensanguentada, balbuciou alguma coisa ininteligível e olhou para mim com olhos arregalados. Voltei a me ajoelhar. As crianças provavelmente estavam bem. A porta estava fechada. Desde que não saíssem perambulando pela rua... Ah, Deus, por favor, não deixe que perambulem pela rua!

Por fim, ouvi minha mãe gritando na margem do bosque. Ela entrou no meio das árvores, e vi que trouxe consigo o belo frasco dourado de vidro que ficava em um lugar de honra em nossa sala desde que eu conseguia lembrar. Ela sempre disse que o conseguira no mesmo lugar onde conheceu meu doador de esperma (quero dizer, meu pai) e que seu conteúdo era muito precioso.

Eu jamais quis saber o que exatamente ela achava haver de tão precioso em um vidro sujo, adquirido em virtude de um relacionamento anônimo, que após uma única noite efetiva resultou na perda da bolsa de estudos e da carreira dela. Meus amigos se perguntam por que não saio por aí dormindo com os caras? Vamos dizer que eu *vivo* com o exemplo em mente.

Fiz sinal para ela, que imediatamente avaliou a cena: meu cabelo desgrenhado, meus lábios inchados; o cobertor emaranhado a alguns metros dali;

e, mais do que tudo, Brandt, que já estava da cor de carne podre e tremendo com espasmos estranhos. Ela me lançou um olhar que dizia claramente *conversamos depois*, me empurrou para o lado, se ajoelhou e sacudiu o frasco sobre ele como um mágico fazendo um truque.

Preciso dizer que o conteúdo do frasco tinha secado, mas ela derramou um pouco de Coca-Cola morna dentro (logo isso, dentre todas as coisas), sacudiu o conteúdo e despejou a maior parte do líquido na garganta de Brandt.

Assim que ele parou de ter convulsões, o que aconteceu relativamente rápido, Brandt segurou a mão de Lilith.

— O que você me deu pra beber, sua louca?

Lilith respondeu derramando o restante da mistura no ferimento, que começou a fechar imediatamente. Ao ver isso, Brandt começou a gritar, o que me pareceu um pouco estranho, considerando o fato de que não havia mais perigo. *Agora* ele gritava? Ele não deve ter visto direito seu próprio rosto de veludo. Eu sim, e tenho de admitir que era totalmente gritável. Além do mais, ele estava se contorcendo tanto que eu mal conseguia observar os efeitos da Coca-Cola na perna dele.

— Isso é tudo — disse Lilith, dando de ombros. — Deus nos ajude se ele atacar de novo. — Ela tirou a franja de cima dos olhos e olhou para mim, ignorando completamente os gritos de Brandt e o fato de que as luzes estavam se acendendo em toda a vizinhança. Eu não podia imaginar o que Bethany e Brittany estavam pensando. — Você sabe onde ele está agora, Astrid?

Olhei para Lilith, incrédula.

— Saiu correndo.

— Eu sei — disse ela, claramente irritada. — Onde ele está *agora*?

Como se eu tivesse como saber!

Pouco depois disso, a polícia e o atendimento médico de emergência chegaram, e Lilith ofereceu a eles uma história sobre um bode raivoso que tinha aparecido no bosque e atacado Brandt e a mim. Está vendo? Normalmente, ela é bem lúcida. E, provavelmente graças ao efeito que as teorias dela tiveram no orientador de tese, ela preferia manter esse assunto de unicórnios em família. Caso contrário, tenho certeza de que tio John a teria internado há muito tempo.

Eu confirmei a história dela, é claro (que foi? Você acha que eu diria "unicórnio" para a polícia?), e Brandt pareceu meio confuso quanto aos detalhes. De acordo com o paramédico, o ferimento parecia pequeno demais para resultar em perda tão grande de sangue, mas Brandt talvez precisasse de uma transfusão, a julgar pela pulsação lenta e pressão sanguínea baixa. Considerando o modo como as veias dele estavam antes de minha mãe aparecer (e acho que vi praticamente todas), achei que podia ser boa ideia.

Os Myerson voltaram para casa naquele momento e encontraram a entrada tomada pelo pior pesadelo de todos os pais: carros com luzes piscando. Embora perplexos pelo acontecido no próprio quintal, pareceram bem mais aliviados em descobrir que as filhas tinham saído ilesas do que aborrecidos por eu ter deixado Brittany e Bethany sozinhas em casa para me encontrar com meu namorado.

Eles também ficaram perturbados demais com a situação para se lembrarem de me pagar, mas achei que eu não devia arriscar minha sorte falando alguma coisa

É claro que a parte divertida da minha noite só estava começando. Primeiro, tive de arrancar as chaves do carro da minha mãe, que estava empolgada demais para dirigir. Durante todo o caminho para casa, ouvi um monólogo sobre como essa descoberta seria o fim de todos os nossos problemas, como faria com que as pessoas finalmente acreditassem na pesquisa dela; ouvi especulações sobre em que lugar do mundo esse grupo de unicórnios sobreviventes poderia ter se escondido pelos últimos cem anos (na parte canadense das Montanhas Rochosas?) e sobre o que podíamos concluir do fato de aquele unicórnio em particular ter se desgarrado; e, é claro, ouvi um bom sermão sobre os méritos de *esperar.*

O fim de semana foi dedicado ao mesmo episódio. Minha mãe voltou para a floresta perto da casa dos Myerson em três ocasiões diferentes, duas durante o dia e uma à noite, procurando mais evidências de que Brandt e eu tínhamos mesmo visto um unicórnio. Nada. Não havia rastros, não havia marcas no chão, nem pequenos animais mutilados que indicassem que uma besta venenosa e assassina tivesse se mudado para o bairro. Fiquei em casa e esperei que a polícia ligasse para me dizer que encontrou uma louca vagando no bosque. A polícia não ligou, mas, por outro lado, Brandt também não, e a única vez em que liguei para *ele*, sua mãe me informou que ele não estava em casa. Também não estava no hospital, eu verifiquei. Para onde mais você iria no dia seguinte àquele em que quase morreu?

Enquanto isso, fui obrigada a ser plateia para as palestras de Lilith sobre a história de nossa ilustre família, a começar de quando Alexandre, o Grande, tinha 9 anos e domou o temeroso karkadann, Bucéfalo. Embora os livros de história ensinem que Bucéfalo era o cavalo de guerra de confiança de Alexandre, de acordo com minha mãe (e com vários antigos biógrafos cujas fontes eram, digamos, *extremamente* suspeitas), a besta que o grande rei cavalgava quando conquistou meio mundo era na verdade uma gigantesca espécie persa de unicórnio, que se alimentava de homens, chamada karkadann.

Nos registros que minha mãe leu para mim, os empregados que cuidavam do estábulo do pai de Alexandre estavam planejando que o "cavalo" fosse sacrificado porque ele era *antropófago*, que é a palavra grega para "comia os funcionários do estábulo no café da manhã", ou algo do tipo. O nome dele, Bucéfalo, era outra pista: significava "cabeça de boi" — aparentemente, eles não conseguiam entender por que diabos o cavalo tinha um chifre. Alexandre, que nem era adolescente ainda, era a única pessoa que podia se aproximar do monstro e o único que conseguia domá-lo. Assim, Bucéfalo foi poupado, e uma lendária parceria nasceu.

Entre as tendências dietéticas de Bucéfalo, seu chifre venenoso e suas presas afiadas e a estratégia militar de Alexandre e sua habilidade com a espada, os dois causaram uma tremenda sensação no Oriente Médio naquela época, conquistando todas as civilizações com as quais se deparavam e dominando metade do mundo conhecido. De acordo com meu professor de história, o cavalo morreu em algum lugar do que agora é o Paquistão, onde Alexandre batizou uma cidade em sua homenagem, voltando para casa definitivamente em seguida.

De acordo com minha *mãe*, Bucéfalo desapareceu nos Himalaias, e Alexandre, perturbado, descobriu que não tinha mais o poder que a proximidade do unicórnio lhe fornecera durante toda a vida.

Então, basicamente, tudo continuou como sempre em meu hospício domiciliar até eu ir à escola na segunda, quando Brandt finalmente conseguiu juntar todos os detalhes daquela noite. Ou pelo menos o bastante para saber que o forçamos a beber alguma coisa e que liguei para minha mãe *antes* de ligar para a emergência. A vingança dele foi rápida e terrível, e me vi sem namorado e humilhada antes mesmo do fim do primeiro tempo.

Até a hora do almoço, inclusive Kaitlyn me evitava.

— É verdade? — perguntou ela, com uma voz abafada pela porta da cabine do banheiro.

Eu estava me escondendo no banheiro feminino até conseguir ter certeza de que meu rosto tinha passado de vermelho-vergonha-extrema a um mais razoável vermelhinho-tomei-um-fora.

Funguei uma ou duas vezes e utilizei outro pedaço de papel higiênico. Eu ainda não tinha determinado se estava mais aborrecida pelo rompimento em público, pela provável instabilidade mental hereditária ou pela possibilidade de minha mãe estar certa.

— Depende do que ele está dizendo.

Por exemplo, se Brandt estivesse dizendo que tinha sido atacado e envenenado por um unicórnio em miniatura e depois magicamente curado com os vestígios finais de uma panaceia mística conhecida como o Remédio (e tudo o mais que minha mãe tinha dito no fim de semana), então, sim. Tudo verdade.

— Brandt está dizendo pra todo mundo que você deu drogas a ele e fez um bode com hidrofobia atacá-lo, e que, quando a polícia chegou, você e sua mãe orquestraram um plano para encobrir tudo.

— Isso é mentira! — menti. Tudo bem... Era uns 80 por cento verdade, embora não naquela ordem e definitivamente não com aquele objetivo.

— Mas então o que *realmente* aconteceu?

Suspirei. Talvez tivesse sido mais fácil deixá-lo morrer. Não muito fiel ao juramento de Hipócrates de minha parte, mas menos testemunhas significava muito menos coisas para explicar.

— Como falei para a polícia, estávamos no bosque, e essa coisa... louca saiu do nada, perfurou Brandt e saiu correndo.

— Mas então, o que sua mãe estava fazendo lá? E por que a perna dele está com aquela marca estranha?

— Que marca?

Kaitlyn hesitou. Eu a imaginei do outro lado da porta, puxando os cabelos perto da têmpora esquerda como sempre fazia quando estava aborrecida.

— Ele mostrou pra todo mundo na aula de educação física. Tem uma coisa... estranha ali. Ele diz que provavelmente é efeito colateral das drogas que você deu a ele. Um dermatologista vai retirar na semana que vem.

Abri a porta e dei de cara com ela.

— Que tipo de coisa estranha?

Kaitlyn deu alguns passos para trás, e agora que eu podia ver os olhos dela, percebi que estava bem mais apavorada do que pareceu.

— Kaitlyn? Que coisa estranha?

Ela fez um gesto leve em direção à perna.

— Uma coisa... vermelha e estranha. Tipo, vermelho-escuro. Não parecia em nada com um corte. Parecia um hematoma, mas era brilhante. Como se houvesse um hematoma e uma queimadura, juntos. No formato de um oito. Era bizarro. E, Astrid, tem mais coisa.

Minha garganta coçou.

— Não quis dizer nada no ginásio, mas... — Ela verificou se havia mais alguém nas cabines. — Ele estava falando sobre aquela garrafa. Aquela amarela bonitinha que fica na sua sala, sabe?

Flagrante. Eu devia melhorar minha cara de paisagem. Os olhos de Kaitlyn se arregalaram.

— Ah, Deus, Astrid, você o *drogou* mesmo, não foi?

Nós salvamos a vida dele, isso sim.

— Kaitlyn, vou te contar uma coisa, e você não vai acreditar, mas...

Ela discordou com a cabeça e se afastou até que encostasse o traseiro na pia.

— Não. Não quero saber. Não quero ser sua cúmplice.

— *Minha cúmplice?* Kaitlyn...

Mas era tarde demais. E, se eu não podia contar com minha melhor amiga, você pode concluir perfeitamente como o resto do corpo estudantil reagiu. Nada de baile, nada de ascensão social, nada de perder minha virgindade, tenha ele passado em francês ou não. Teria dado no mesmo se eu tivesse enlouquecido, considerando meu novo status de pária social. E imagine se os Myerson iam querer me contratar de novo. Afinal, eu era a garota que passeava com bodes com hidrofobia.

Lilith, por outro lado, estava mais do que animada. Ela passava cada segundo que podia no computador da cozinha, trocando e-mails com algum outro doido que tinha encontrado na internet quando jogou no Google as informações sobre o ocorrido e o que aquilo significava para pessoas como nós.

Especificamente, para garotas como eu. Caçadoras de unicórnio.

Esta é a história da minha mãe: Lilith e eu — nossa família toda — viemos de uma longa linhagem de mulheres que conseguem capturar e matar unicórnios. Bem, minha mãe não consegue mais. Ao que parece, é preciso ser virgem. Ninguém sabe como um unicórnio consegue saber a diferença. Na verdade, ninguém sabe nada sobre o que nos torna especialmente habilitadas para matar unicórnios, apesar da intensa pesquisa da minha mãe sobre o assunto. Ainda assim, ela acredita. Desde que era estudante e voltou de uma viagem de pesquisa na Europa grávida de mim, carregando aquele frasco e falando sobre unicórnios assassinos e destinos gloriosos. Todo mundo achou que ela teve um colapso nervoso. Mas pode ser verdade, afinal. A psicose da minha mãe se tornou realidade, ao vivo, em cores e devorando pessoas. Quem imaginaria?

— Foi por pouco, não foi, querida? — perguntou minha mãe para mim, afastando o olhar do monitor velho enquanto eu pesquisava "globos oculares sem cor" e "veias proeminentes" em nosso exemplar do *Manual Merck*. Não tinha encontrado nada sobre "hematomas com dois círculos".

— Se aquele zhi não tivesse aparecido... — Lilith começou a dizer, extasiada.

— Aquele o quê?

— Cornelius diz que é o tipo de unicórnio que você viu. Um zhi.

Que maravilha. Agora havia mais de um tipo. Falando nisso...

— Ei, alguma notícia da polícia quanto à captura dele?

Ela negou com a cabeça.

— Não seja tão ingênua, Astrid. Você acha que a polícia pode *capturá-lo*? — Essa é uma das falas favoritas dela: *Só caçadoras de unicórnios conseguem capturar um unicórnio, blá-blá-blá.* Ela balançou uma pilha de papéis no ar.

— Além do mais, você acha que aquele é o único que existe por aí? Tenho mais de cinquenta relatos. E só nas Américas. Dizem que o problema está bem mais disseminado na Europa e na Ásia.

Dizem? Fiquei curiosa para saber *quem* diz.

— Querida, aquele não foi um incidente isolado. É um Ressurgimento. — Ela se inclinou e mexeu a sopa enlatada na panela sobre nosso fogão de duas bocas.

— O que aconteceu com a extinção deles? — Eu gostava *muito* mais daquela fantasia. Na verdade, gostava bem mais de quando os unicórnios eram apenas fantasia e ponto.

— Estamos tentando descobrir. — Ela sorriu. — E é aí que você entra.

— Você quer que eu pesquise sobre a extinção? — perguntei, esperançosa.

— Não, amor. Quero que você os cace até que sejam extintos novamente. Nossa, temos tanta sorte de isso ter acontecido agora.

— Temos?

Ela me lançou um olhar de censura.

— Pense bem: você no bosque... com aquele garoto... à noite... Um cobertor... Quem sabe? Se aquele zhi não tivesse atrapalhado, você não poderia mais caçar!

Meu queixo caiu.

— Eu não ia...

— Estou contando tudo a Cornelius.

— Mãe! Eca, que nojo! Será que você pode *não* compartilhar os detalhes inexistentes da minha vida sexual inexistente com um maluco qualquer que conheceu na internet? Tenho certeza de que li um artigo sobre isso ser péssima ideia.

— Ah, por favor, querida. Ele é praticamente da família.

— É, se voltarmos uns três mil anos — murmurei, depois fechei o livro com força e saí da cozinha batendo os pés.

O *Merck* não ajudou em nada. Na sala, minha mãe tinha alguns guias médicos antigos e empoeirados, encapados em couro, que descreviam sobre alicórnios (o nome “técnico” — eca — para o chifre do unicórnio depois de ter sido separado do animal) e sobre o Remédio, mas eu não engolia aquele charlatanismo. Eu os li quando tinha uns 12 anos, e eles diziam (dentre outras coisas ridículas que tinham me feito rir tanto que fui retirada da aula de ciências no sexto ano) que homens minúsculos moravam dentro do esperma, que o câncer era causado por desequilíbrio dos "humores" e que as mulheres ficavam menstruadas por causa de possessão demoníaca.

Era de admirar que eu tentasse ficar bem longe do assunto favorito de Lilith? O assunto parecia insano no século XXI. Sou tão aberta à medicina alternativa quanto qualquer pessoa, mas acupuntura e alquimia de alicórnio não estão nem no mesmo universo. Obviamente, depois do Incidente com o Bode Maluco, eu mal conseguia evitar. Minha mãe estava feliz da vida com as possibilidades. Até agora, tudo o que ela podia fazer era falar sobre a história da família. Podia sentir orgulho da nossa herança, mas nada além disso. Era uma habilidade sem qualquer aplicação prática no mundo real. Nós éramos (será que ouso dizer?) normais.

Acho que deixei a parte *normal* no bosque naquela noite. Agora, ao menos para minha mãe, eu era uma caçadora em treinamento. Não importava que eu sequer gostasse de esmagar insetos.

Talvez eu fizesse uma pesquisa sobre populações de animais. Era impossível que os unicórnios pudessem simplesmente *reaparecer*, não era? Mesmo se houvesse alguns espécimes que sobreviveram à extinção no interior da África ou do Tibete, eles não podiam simplesmente aparecer em um bosque no subúrbio de Seattle. Certo? Lilith nunca conseguiu mostrar nem o esqueleto de um, apesar de alegar que havia chifres de unicórnio no meio dos tesouros de todas as monarquias do mundo.

Havia outra pilha enorme de papéis sobre nossa mesinha de centro. O conhecimento da minha mãe sobre unicórnios tinha quadruplicado nos últimos dias. Agora eu sabia, graças aos intermináveis sermões dela, que existiam cinco espécies deles — zhi, kirin, re'em, einhorn e karkadann — embora, de acordo com todos os relatos, só os três primeiros tivessem "ressurgido". Os zhis eram o menor tipo. Eu não conseguia imaginar tentar lidar com nada maior. Minha mãe disse que um karkadann era do tamanho de um elefante.

Olhei pela janela, para o outro lado do gramado, onde minha tia e meu tio estavam se sentando para jantar na casa grande. A família do meu tio tinha uma mesa na cozinha para o café da manhã e uma sala de jantar formal. Em nosso apartamento em cima da garagem, no entanto, não cabia nada mais do que uma mesa dobrável encostada em um canto, com duas cadeiras que não combinavam entre si nas laterais livres.

Aparentemente, agora que meus tios estavam sozinhos, até jantavam na mesa da cozinha. Pareciam solitários, e eu entendia. Também sentia saudade de Phil. Antes de ela ir para a faculdade, estudávamos juntas à noite. O quarto dela era quase do tamanho do meu apartamento todo, tinha móveis combinando e uma escrivaninha enorme que ela quase nunca usava. Às vezes eu me perguntava o que os pais dela diriam se eu pedisse para estudar no quarto de Phil agora.

Lilith não tinha contado a eles sobre o Incidente com o Bode Maluco, o que para mim estava ótimo. Eu detestaria que tio John começasse a olhar para mim do jeito que costumava olhar para a irmã dele. Ele poderia até acabar dizendo para Phil que eu também fiquei doida.

Vinte minutos depois, Lilith entrou saltitando na sala, com os olhos brilhando.

— Querida, tenho uma novidade incrível. O Claustro de Ctésias foi reaberto.

— Hum, eba? O que diabos é um claustro?

Ela segurou minhas mãos e dançou comigo em círculos.

— É um antigo local de treinamento em Roma, para caçadoras de unicórnio. Você vai ser uma caçadora, baby!

— Não! — Eu me afastei e cruzei os braços.

O rosto de Lilith enrijeceu.

— O quê, mocinha?

Eu procurei consertar a situação.

— O que quero dizer é que não posso. — *Pense.* — Tenho a escola. Não tenho passaporte. Não falo italiano.

Ela afastou as desculpas que dei sacudindo a mão no ar.

— Detalhes. Vamos arrumar um passaporte pra você e podemos dar um jeito de adiantar suas provas. Você é inteligente, vai se sair bem.

Não. Ela não podia me mandar para um campo maluco de treinamento contra unicórnios. Não podia me recrutar assim. Será que eu não tinha direitos? Eu jamais queria voltar a ver um unicórnio, e aqui estava ela tentando me transformar em alguém regularmente comprometida com eles. Alguém que os *matava*.

Ela segurou meus braços de novo, desta vez com mais firmeza. Seus olhos estavam assustadoramente lúcidos e, o que era ainda mais assustador, estavam cheios de intensidade.

— Pense bem, Astrid! Roma! A Cidade Eterna! — Ela me girou de novo.

Eu não conseguia pensar. Estava ocupada demais tentando decidir se iria lutar ou fugir. Será que eu podia fugir de casa? Mas para onde isso ia me levar? Eu estava com 16 anos e não tinha diploma do ensino médio. Sendo assim, jamais conseguiria evitar o mesmo destino da minha mãe. Será que eu podia contar com a piedade de tio John? Ele jamais deixaria que ela me enviasse para lá assim. Podia brigar pela minha custódia. Ele faria isso por mim, não faria?

Mas, assim que o pensamento surgiu na minha cabeça, eu o afastei. Contar para as autoridades sobre minha mãe? O que fariam com ela se eu fizesse isso? Contasse a eles sobre os unicórnios... Será que seria bom? Afinal, eu vi um, e Lilith tinha todos aqueles relatos. Talvez todo mundo ficasse sabendo sobre o Ressurgimento também. Talvez ficassem do lado dela.

Talvez houvesse outro jeito.

— E quem vai pagar por isso? — perguntei, lutando para manter a voz o mais calma possível. — Não vai ser tio John, com certeza.

— Essa é a melhor parte. É tudo por conta da bolsa. De graça. Uma oportunidade assim... Astrid, é tudo que eu sempre quis pra você.

Eu a impedi de começar a me usar como mastro de *pole dancing*.

— Você *queria* que esses monstros voltassem?

Ela teve a decência de parecer sem graça.

— Bem, eu queria que você pudesse reivindicar seu direito de nascença. De um jeito que eu nunca pude.

Pobre Lilith. Ela queria *mesmo*. Durante toda a minha vida, as pessoas acharam que ela estava errada, que era louca, até mesmo sua própria filha. Mas agora vi a verdade com meus próprios olhos. Talvez eu tivesse um débito com ela por todos aqueles anos de zombaria. Talvez estivesse em débito porque, independentemente do quanto eu me ressentisse do modo como vivemos, sempre a amei. Ela era minha mãe.

E ela contornou cada argumento meu, como sempre. Ela era adulta. Eu teria de aceitar a decisão que ela tomasse, por pior que fosse. Se os unicórnios eclipsaram todos os aspectos da vida dela, por que não fariam o mesmo comigo?

Além do mais, eu não tinha uma agenda social requisitada para cumprir. Nem um desejo enlouquecido de passar mais uma hora na aula de Atualidades enquanto meu ex-namorado e minha ex-melhor amiga riam do quanto eu era louca e pudica.

Era melhor caçar o Bode Maluco do que deixar que ele atacasse mais algum namorado meu.

3

Quando Astrid é enclausurada

Lilith arrumou as malas, o que fazia sentido; foi ela quem comprou a maior parte das coisas. Se eu tivesse ficado responsável por meu guarda-roupa romano, teria incluído mais calças capri e vestidos elegantes, como os que Audrey Hepburn usou em *A Princesa e o Plebeu*. Entretanto, Lilith encheu a bagagem com roupas úteis: calças cargo feitas de microfibra da era espacial, que acompanhavam meu movimento e tinham aros e bolsos onde eu podia carregar facas, cordas extras para o arco, miras e pontas de flechas. A julgar pelas escolhas de Lilith, meus deveres pareciam envolver, em sua maior parte, escalpelar animais mortos e montar armadilhas.

Observar minha mãe babando diante das vitrines de várias lojas de armas e de produtos esportivos me deu arrepios, mas só comecei a ficar realmente apavorada quando descobri que a bolsa para caça de unicórnios só fornecia dinheiro para a passagem da caçadora, não para a mãe dela. Eu teria de sair do país sozinha. A reação de Lilith passou sutilmente de arrasada a determinada. Eu só conseguia pensar em todas as reportagens que já vi sobre sequestradores. Seria possível que aquelas pessoas estivessem usando a obsessão da minha mãe como uma maneira de me levar até suas garras?

Ameacei contar a tio John sobre todo o esquema de Roma.

— Não posso ir sozinha. Não sabemos nada sobre essas pessoas!

— Não ouse, Astrid — disse minha mãe, dobrando outra blusa e colocando-a na minha mala. Eu estava sentada na beirada da mesinha de centro e minha mãe estava de pé em frente ao sofá-cama onde eu dormia. — Criei você para ser independente e autossuficiente. Você tem idade o bastante para pegar um avião sozinha.

— E ir direto para as mãos de gente totalmente estranha!

Ela fechou a mala.

— O que você pensa de mim? É claro que verifiquei as histórias deles. Eu sou pesquisadora, sabe. Eles são quem disseram ser, e as histórias batem. Você não tem nada a temer. Eu não colocaria minha filha em perigo.

— Perigo! — gritei. — Você chama caçar unicórnios de quê? Chifres grandes e afiados; presas... — E esses eram apenas os do tamanho de bodes.

— Chamo de seu direito de nascença. — Lilith estava de pé, ereta. — Querida, sei que você está chateada desde que aquele garoto idiota terminou com você, mas isso é mais importante do que um par para o baile. Você não entende isso? Você tem um destino. A maioria das pessoas mataria por algo assim.

Se Lilith e esse tal de Cornelius conseguissem o que queriam de mim nesse tal campo de treinamento, eu *ia mesmo* matar.

— Seis gerações atrás, nossa ancestral Clothilde deu a vida para proteger as pessoas do karkadann. Agora você tem a chance de...

— Fazer o mesmo? — Cruzei os braços. — Me desculpe se o celibato obrigatório pelo resto da vida e a possibilidade de morrer por esquartejamento e envenenamento não me deixam muito empolgada.

— E ser parte de uma coisa antiga e importante, uma coisa que pertence apenas a você?

E a todas as outras jovens anormalmente assexuadas e com a linhagem apropriada que estiverem por aí.

— Não sou uma caçadora, mãe. Nem assassina.

— Sei disso, querida — disse ela —, mas é uma curandeira. — Os olhos dela praticamente brilharam. — Você quer ser médica não é, Astrid? Bem, pense nisso: você pode ajudar a descobrir o segredo do Remédio. Pode ajudar a curar todas as doenças que o mundo já conheceu.

Eu queria gritar que o Remédio era um mito, mas como? Eu tinha visto o que aconteceu com Brandt com meus próprios olhos. Seja lá o que aquilo fosse, pelo menos curava veneno de alicórnio.

E envenenamento por alicórnio era mesmo real. Era um pesadelo se tornando realidade.

— Mas preciso caçar pra fazer isso? Não tem, por exemplo, uma ala de pesquisa?

Ela colocou as mãos no quadril e olhou para mim.

— Você tem um papel a desempenhar. Um papel vital. Vai se esquivar dele só porque prefere um trabalho burocrático?

Engoli em seco, mas não consegui pensar em uma resposta. Lilith deu um passo à frente e me tomou nos braços. Afundei o rosto no suéter dela e inspirei fundo. Ela cheirava a naftalina e alfazema, ao aroma da umidade que sempre permeava nosso apartamento, a canja de galinha e lã, a livros velhos e lar. Nunca passei mais de uma noite longe dela. E agora, ela queria que eu fosse para o outro lado do mundo.

Ela me apertou ainda mais, e eu mal consegui respirar.

— Estou tão orgulhosa, querida. Estou muito empolgada por você — sussurrou ela, com os lábios nos meus cabelos. — Vá para Roma e aprenda a ser uma caçadora, Astrid. Você pode até salvar o mundo.

Lilith, minha mãe, acredita em magia. Acredita em unicórnios e em panaceias e no destino. Ela manteve essas crenças apesar de ter de suportar ser tão ridicularizada, apesar de todas as consequências que sofreu. É como se esses monstros tivessem voltado a existir porque ela desejou.

Mas agora, quem está pagando o preço sou eu.

Passei o primeiro dos três voos decorando frases de um livro de expressões italianas e o segundo tentando me preparar psicologicamente para aquela aventura. Kaitlyn e os outros podiam me desprezar o quanto quisessem; *eles* não estavam prestes a morar na Itália! A terra dos cappuccinos à meia-noite em *piazzas* à luz de velas, de belos e jovens italianos passeando em Vespas e oferecendo carona, e dos sorvetes de frutas, de elegantes resorts na praia e de vastos vinhedos. Eu me dedicaria aos treinos para aprender a matar unicórnios e usaria cada segundo livre para viver *la dolce vita*. Essa coisa toda de Brandt era tão... *infantil*. Uma garota que passa o verão em Roma não podia se preocupar com detalhes tão pequenos, certo?

Mas minha conversa motivacional não funcionou, parcialmente porque minha mãe tinha colocado na mala um livreto, para que eu lesse e me "aclimatasse" à vida no Claustro. No terceiro voo, entediada com o estudo da língua e cansada de calcular meu risco de ter trombose por ficar tanto tempo sentada em um avião apertado, decidi dar uma olhada.

— Então, você quer ser caçadora de unicórnios? — murmurei, e abri o livreto. O executivo sentado ao meu lado me lançou um olhar estranho, e escondi meu rosto atrás das páginas o máximo que consegui. Ele sacudiu o jornal e voltou a ler. Tinha um artigo na primeira página sobre um misterioso massacre em um acampamento nas Adirondacks, ao norte de Nova York. Vinte mortes. Ninguém sabia dizer se tinha sido obra de mãos humanas ou fruto de algum ataque de animal selvagem. Misteriosos relatórios de toxicologia revelaram uma espécie de veneno até então desconhecido.

Esse tipo de coisa era visto com muita frequência ultimamente. O boato do Ressurgimento estava se espalhando, embora a maior parte dos relatórios culpasse a explosão das populações de lobos, o bioterrorismo, ou ambos. Mas visões de unicórnios também estavam se tornando mais comuns, mesmo na grande imprensa, embora geralmente fossem classificados como histórias de malucos ou farsas. Ninguém estava associando as visões aos ataques, em parte porque, se um episódio desses ocorria, não havia sobreviventes para testemunhar. Naturalmente, as autoridades ainda não tinham capturado nem matado nenhum unicórnio, pois apenas uma caçadora de unicórnios podia fazê-lo, e nenhuma de nós sabia como começava o procedimento.

O livreto falava de história, política, criptozoologia e continha uma frustrante e minúscula parte de bioquímica farmacêutica que não mencionava qualquer informação relevante sobre o que já sabiam sobre o Remédio. Era irritante. O que aprendi foi que, na última contagem, na metade do século XIX, havia 12 famílias caçadoras, todas com suas linhagens remontando a Alexandre, o Grande. Também fiquei sabendo tudo sobre os cinco tipos de unicórnios, cada um maior e mais letal do que o outro. Por fim, li sobre os supostos poderes que nós, caçadoras, possuíamos: grande velocidade e agilidade (meu professor de educação física teria observações a fazer sobre isso), imunidade ao veneno do alicórnio, mira e visão mais apuradas e uma coisa chamada *potentia illicere*, que não se deram ao trabalho de traduzir. Como o pouco de latim que sei vem de um livro de anatomia, não tinha noção do que aquilo significava. Alguma coisa a ver com "potencial", talvez?

Não havia índice, é claro. Folheei até o final do livro na esperança de encontrar uma listagem explicando "Virgindade, por quê?", mas sem sucesso. Na verdade, o texto todo era surpreendentemente desprovido de informações sobre o que exatamente significava ser caçadora de unicórnios e sobre o motivo de terem concluído que um bando de garotas adolescentes seria melhor para o serviço do que alguns atiradores de elite ou do que uma tradicional granada. Eles não entendiam a imunidade do mesmo jeito que não entendiam o Remédio. Nem explicavam o que era aquele troço de *potentia*. Era como se eu estivesse de volta ao século XIX. Será que ninguém estava interessado nos aspectos científicos de uma espécie perdida ou de uma importante descoberta da medicina? É claro que os trechos de história tinham vários detalhes sobre caçadoras romanas, caçadoras medievais e caçadoras que cavalgavam sem sela, nuas, armadas apenas com alicórnios, contra hordas de visigodos invasores, mas nada que explicasse o que tinham feito para *obter* os tais alicórnios. E, falando sério, andar a cavalo nua? Que tipo de *virgens* essas garotas eram?

Além do mais, ler tudo de cabo a rabo praticamente me induziu a um coma.

Mas os diagramas dos três tipos diferentes de arcos e das cinco pontas de flechas eram muito legais. Senti uma espécie de emoção ao vê-los, o que me abalou e me causou repulsa. Desde quando eu me interessava por armas? Os únicos aparatos para derramamento de sangue que deveriam me fazer feliz eram bisturis esterilizados.

Depois de boas 14 horas de viagem, das quais dormi talvez umas cinco, cheguei à Itália. No terminal, não tinha ninguém esperando com uma plaquinha dizendo CAÇADORAS DE UNICÓRNIO EXPRESS. Como eu não tinha mais meu celular — fosse para emergências ou não —, tive de procurar um telefone público. A ligação para o número listado na parte de trás do livreto me levou a uma breve mensagem com sotaque carregado dizendo que trem e ônibus eu deveria pegar para chegar ao local do treinamento.

Ônibus? Que ótimo. Então essas eram as pessoas responsáveis a quem minha mãe tinha me confiado? Deixavam uma adolescente em um aeroporto estrangeiro para se virar sozinha? Segui para o lado de fora e consegui encontrar o trem, que, meia hora depois, me deixou em uma área pobre da cidade. O ônibus foi um pouco mais difícil, mas acabei descobrindo. Desconfio que o fato de eu ser loura ajudou imensamente. Já no ônibus, passei pelo Coliseu e por outras construções que pareciam tão antigas quanto ele, mas ainda habitadas. Por fim, saltei em um vale entre os montes Oppian e Celio, que meu guia listava como uma das partes mais antigas da cidade, cheia de tesouros escondidos e detalhes enigmáticos da história romana.

Jura?

O livreto oferecia outras particularidades. Construído no século XIV, o Claustro de Ctésias foi uma espécie de retiro dedicado a treinar e alojar uma grande quantidade de caçadoras de unicórnios. Pelas fotos no papel brilhoso, o Claustro era um palácio mediterrâneo, repleto de afrescos coloridos, estátuas de mármore de deuses nus, de santos vestidos de toga e com colunas altíssimas. Então é compreensível que, depois de ter descido do ônibus lotado, rebocado a mala de rodinhas por uma colina íngreme toda calçada de paralelepípedos irregulares e entrado na viela que levava ao Claustro, eu quase não tenha encontrado a construção.

Na brochura, tiveram o cuidado de não mostrar a parede em ruínas e coberta de pôsteres que cercava o prédio, os pedaços velhos de compensado que tapavam a maior parte das janelas do segundo andar, o bando de cachorros de rua tomando sol na varanda e o mendigo recostado na parede com uma mochila rasgada e um pedaço de cartolina cheia de coisas escritas em italiano.

Qualquer resto de esperança que eu tivesse de um verão agitado em Roma, andando de Vespa e tomando sorvete à meia-noite em pitorescas *piazzas*, se desintegrou completamente.

Coloquei a bolsa no ombro e percorri o caminho em meio aos cachorros que dormiam. Até aí, nada.

Além dos muros altos havia um pátio pequeno e retangular, coberto de mosaicos empoeirados e rachados, e cheio de lixo. No centro, havia uma fonte de mármore com uma estátua de pedra de uma mulher pálida, trajando uma veste fluida e segurando a ponta de um alicórnio em uma pequena bacia. A água caía ao redor do chifre e escorria pela beirada do recipiente para dentro da grande base em torno dos pés dela.

Eu me aproximei da fonte com cuidado, como se a estátua pudesse ganhar vida de repente e me perfurar com a arma que tinha em mãos. Eu me inclinei mais para perto; o alicórnio parecia inofensivo do meu ponto de vista. De acordo com o folder, no qual eu estava começando a não confiar, o chifre tinha sido transformado, com uso de alquimia, por uma caçadora mártir do passado para purificar as águas da fonte. Uma mancha de cocô de passarinho enfeitava uma das espirais.

É, quanta pureza.

Mas, por outro lado, quando presa a um unicórnio, uma coisa assim quase tinha matado um cara no quintal dos Myerson no mês passado.

Tremendo, me virei em direção à porta do Claustro, que era grande e feita de bronze; oxidado, o metal agora exibia um tom pálido e doentio de verde. Os quadrados em baixo-relevo estavam se decompondo, mas pareciam ser de cenas de caçada, embora fosse difícil identificar mais do que formas vagas: figuras altas e magras perseguindo outras mais longas e mais corpulentas.

Este lugar era um buraco.

Com alguma dificuldade, abri a porta com um estalo. Uma onda de ar frio me envolveu e, com ela, um cheiro que fez meu nariz coçar. Em contraste com a cidade ensolarada lá fora, o Claustro era escuro e... úmido? O que era esse cheiro? Fechei os olhos e inspirei de novo.

Fogo e inundação.

Que ótimo, dou dois passos e este lugar já me faz lembrar de maneiras como eu poderia morrer. Apertei a alça da mala. Se eu fosse embora agora, até onde meu dinheiro me levaria? Quanto custava um passe do Eurorail hoje em dia?

Nenhuma recepcionista para me cumprimentar. Entrei em uma grande galeria, uma rotunda cujo teto era coberto de mosaicos de folhas de ouro e mármore. Estátuas de pedra de Alexandre, o Grande, e outras figuras históricas ligadas à linhagem de caçadoras de unicórnio pareciam observar de nichos em intervalos de poucos metros na parede. O som dos meus passos se perdia no chão, como se até mesmo as solas dos meus sapatos estivessem com medo de perturbar a tranquilidade. Puxei a mala pela soleira da porta e gritei para o espaço melancólico:

— Olá?

Quando meus olhos se ajustaram à penumbra, vi à minha frente o contorno de uma mulher e de um animal em uma plataforma no meio da sala. Ao me aproximar, percebi que era outro grupo de estátuas (embora essas parecessem mais com manequins e bonecos que encontraríamos no cenário de um museu de história natural em vez de os pedaços de mármore que vemos em uma galeria de esculturas). Uma placa de bronze na base da plataforma identificava as imagens, e soltei a mochila com a surpresa. *Clothilde e Bucéfalo.*

A mulher usava um vestido de seda púrpura verdadeira, desbotada nos pontos em que, logo acima, o sol entrava pelas janelas e tocava o tecido. Cabelos louros e longos não muito diferentes dos meus cascateavam por baixo de uma touca com pregas cheia de detalhes em azul-claro e branco cintilante. O rosto de manequim era branco como porcelana, os olhos eram duas brilhantes bolas de gude com o interior negro e vazio. Ela brandia nas mãos uma espada reluzente contra o monstro à sua frente.

Ele era tão grande quanto um elefante. O pelo era de um tom profundo de castanho-avermelhado e da consistência de algo entre o cavalo e do que eu imaginava ser a pelagem de um mamute. Em um focinho longo e largo, as narinas estavam dilatadas e a boca aberta em um rosnado, revelando mandíbulas que fariam inveja a um tigre-dentes-de-sabre. Cada pata era do tamanho de um pneu de caminhão, e o animal ostentava uma pose agressiva, brandindo um chifre curvado e amarelado, tão grosso e comprido quanto a minha perna, bem em direção à caçadora.

Este era o karkadann, o mais temido e mortal de todos os unicórnios. Era a criatura dos pesadelos, a coisa contra a qual minha família lutava havia eras, o monstro que minha tia Clothilde, cinco gerações atrás, conseguiu derrotar, embora a batalha tenha lhe custado a vida.

À minha frente estava meu inimigo. Antigo, imbatível, invencível. O livreto dizia que ninguém sabia quantos anos tinha aquela criatura. Alguns acreditavam, como dizia a placa, que Clothilde havia matado o grande Bucéfalo, o leal cavalo de Alexandre, o Grande. Todos esses anos, fiz pouco caso da minha mãe por ela não conseguir mostrar nenhum resto mortal de unicórnio? Aqui estava. Cada centímetro do corpo do karkadann emanava poder, mesmo na morte, mesmo um século e meio depois de ter sido empalhado.

No entanto, foram os olhos que me deixaram fascinada. Em um certo nível, eu entendia que aqueles não podiam ser os verdadeiros globos oculares do monstro, e que um taxidermista os tinha substituído por bolas negras que brilhavam em vermelho e laranja. Ainda assim, eu não conseguia desviar o olhar.

Eu conhecia aqueles olhos. Em um lugar além da memória, eu os conhecia, e estava apavorada. Conhecia cada tendão daquele animal, a rapidez de seus movimentos, o formato que seu ódio tinha quando ele se virava para mim, as vibrações que ecoavam pela terra quando galopava em minha direção, o ardor do veneno em seu chifre.

Fiquei olhando, e o karkadann retribuiu o olhar.

E então, ele relinchou.

Eu saí correndo da plataforma, escorreguei no mármore liso e acabei de cara no chão em um mosaico de sereias a 1,5 metro de distância.

Risadas. Risadinhas leves e alegres. Fiquei de pé com cuidado, esfregando a parte do meu traseiro que tinha batido no chão de pedra. Uma garota da minha idade apareceu na porta ao longe, sorrindo para mim com intensidade.

— Me perdoe — disse ela com um forte sotaque britânico. — Não consegui resistir. Você parecia tão concentrada. — Ela deu um passo à frente, em uma área iluminada pelo sol que entrava através do clerestório ao redor do lugar onde estávamos. — É claro que não há com o que se preocupar. Não há qualquer relato de aparições de karkadann. E, de qualquer forma, eles provavelmente não relinchariam...

— Quem é você? — perguntei, antes de ouvir a dissertação dela sobre as emissões vocais das várias espécies de unicórnio.

— Cornelia Bartoli — disse ela. — Você deve ser Astrid.

— Corneli*a*? — eu perguntei. — Achei que você fosse homem. — Lilith também. Um homem mais velho e mais responsável.

— Não, esse é meu tio Cornelius. Mas todos me chamam de Cory e chamam meu tio de Neil.

— Todos me chamam de Astrid — expliquei, e fiz um aceno positivo para a plataforma. — Bela decoração.

— Você devia ficar orgulhosa — disse Cory, sorrindo com tristeza para as duas figuras em combate. — A ancestral ali em cima não é minha. — Ela tocou a ponta da túnica de Clothilde com um olhar de reverência no redondo rosto sardento. — Você se parece bastante com ela, não é?

Mordisquei o lábio para me impedir de confessar que passei a infância desejando não ter parentesco algum com ela, ou pelo menos não ser a filha de uma pessoa tão obcecada com nossa linhagem maluca.

— Não consigo acreditar no quanto isso foi bem-preservado — prosseguiu ela, com os curtos cachos castanhos balançando conforme falava. — Este lugar ficou trancado por um século, mas esta estátua parece quase nova, não é? Mais nada sobreviveu tão bem. O laboratório está em ruínas.

Talvez viesse daí o cheiro. Podridão e ar parado. Mas não, não era bem isso.

— Houve... um incêndio aqui?

Cory franziu a testa.

— Provavelmente. Todas as pragas que se possa imaginar atacaram o Claustro depois que os unicórnios desapareceram. Aparentemente, ele foi pilhado várias vezes por grupos à procura do segredo do Remédio. Passei o último mês limpando este lugar. Estava bem asqueroso antes de eu começar a trabalhar. Falando nisso, quer fazer o tour?

Recoloquei a mochila no ombro e peguei a alça da mala de rodinhas.

— Sim. Mas podemos começar com meu quarto?

Ela sorriu ao ouvir isso.

— É claro. Você deve estar sofrendo bastante com o fuso horário. Por aqui.

E ela caminhou em direção à porta pela qual tinha entrado. Fiz o melhor que pude para acompanhá-la, mas as rodinhas de plástico da minha mala prendiam em cada ranhura do piso de mosaico. Atrás de mim, eu podia sentir os olhos do karkadann.

Como se, mesmo na morte, ele observasse.

A porta levava a um pequeno corredor e depois a uma escada estreita e curva iluminada por lâmpadas amarelas.

— A fiação ainda é pouco confiável — explicou Cory, apontando para trechos de fios presos às paredes com fita crepe. Entre cada lâmpada havia um castiçal vazio em formato de pedaço de pata e casco de cavalo. Por toda a escadaria, pedaços de ossos e chifres apareciam saindo do meio da alvenaria. Até as paredes eram feitas de unicórnio. Este lugar era como um cemitério de elefantes. Eu tremi e fiz o melhor que pude para me manter no centro da escadaria.

Chegamos ao andar seguinte em meio a um tsunami vocal de Cory sobre história dos unicórnios. Ela e Lilith se dariam muito bem. Essa garota era tão entusiasta da caçada quanto minha mãe.

— Então você está aqui há um mês? — perguntei, com esperança na voz. — Está gostando de Roma? Já foi ao Museu do Vaticano? Ou à Escadaria Espanhola?

Ela olhou para mim com a testa franzida.

— Por quê? Todas as informações sobre unicórnios estão aqui.

Hum, ok então. Estava na cara que essa garota era um poço de diversão. Por fim, chegamos a um corredor de tamanho decente, com uma fileira de portas de um lado e arcos abertos que davam em um pátio do outro. Passei a cabeça por cima do parapeito e olhei para o pátio parcialmente pavimentado, que naquele momento estava à sombra do domo de onde tínhamos acabado de sair. Duas amplas passagens de paralelepípedo se interceptavam em formato de cruz, compondo uma pequena praça quadrada no meio, enquanto o resto do local era composto de jardins malcuidados, cobertos de grama. O folheto mencionava que esse pátio e as passagens eram o claustro propriamente dito, aquele que dava nome à propriedade.

— Aqui é o alojamento — anunciou Cory, abrindo os braços. — Nosso corredor residencial. O banheiro fica no final. Felizmente o encanamento é razoavelmente mais confiável do que a eletricidade.

Ela abriu uma porta na metade do corredor.

— E este é o nosso quarto.

Cory deu um passo para o lado para que eu analisasse o interior, mas fiquei olhando para a placa em estêncil feita a mão, que declarava: CORY E ASTRID. Havia unicórnios desenhados a lápis ao lado dos nossos nomes. O chifre de um praticamente perfurava o A. Que ótimo. Parecia uma réplica do quarto das Myerson.

— Quantas de nós seremos aqui?

— Umas nove, talvez? Meu tio diz que ainda é cedo para saber. — Ela entrou rapidamente no quarto. — Você tem sorte de ter chegado cedo. Peguei o maior para nós.

Olhei para o enorme corredor.

— Mas não tem um monte de quartos?

— Habitáveis, não. Ainda não. Entre.

Eu a segui para dentro do cômodo. Era lindo, com cortinas coloridas e camas bem-feitas, travesseiros brancos e macios, e colchas em tons de verde-primavera e roxo, tapetes cor de coral e escrivaninhas de madeira com abajures. Em contraste com a atmosfera antiquada e apavorante que caracterizava o restante da casa, o ambiente era moderno e alegre, sem os estranhos ossos e crânios, abundantes em todas as outras áreas.

Cory obviamente mantinha suas coisas arrumadas, e uma avaliação rápida do espaço revelou que ela tinha me dado o melhor lado do quarto, perto de uma janela que dava vista para um mar de telhados de terracota e de pedra. Rolei meus pertences até a cama que me fora designada e coloquei a mochila sobre a colcha macia e perfeitamente esticada.

— Vamos nos divertir tanto! — garantiu Cory, percebendo minha falta de entusiasmo. — Com todo o trabalho que tenho feito aqui, conheço a casa como se eu mesma a tivesse construído. E vou mostrar pra você todas as coisas verdadeiramente maravilhosas e secretas.

Vamos nos divertir? Matando unicórnios? A única coisa que me animava nessa viagem toda era a ideia de tomar um gelato. Engoli em seco. Por mais bonito que fosse o quarto, não dava uma sensação boa. As paredes eram grossas demais, o teto era alto demais. A luz que entrava pela janela era mais intensa do que a de casa. A roupa de cama era completamente nova, mas o ambiente ainda tinha cheiro de séculos de idade. Não como o do confortável estado dilapidado do apartamento onde eu morava com Lilith, mas algo como sangue e perigos ancestrais.

— E vai ser bom ter uma ajudinha com a limpeza — prosseguiu ela. O tom animado estava começando a parecer um pouquinho forçado. — Estou sozinha há tanto tempo.

— E seu tio? — falei, respirando fundo. Todas as casas velhas tinham um cheiro estranho. Esta era apenas mais velha do que a maioria.

— Ah. — O tom dela ficou vago. — Ele está bastante ocupado procurando caçadoras e tentando aprontar os materiais de treinamento. Fui encarregada dos preparativos do alojamento.

— O quarto é muito bonito — falei, esperando tranquilizá-la.

— É, ficou bom. Imagino que você queira ver o restante.

Cory parecia esperançosa, mas tive um pavor repentino de fazer o tour, de me aprofundar neste lugar, de ir para onde os esqueletos e os cheiros se destacassem ainda mais. E eu não queria dividir o quarto com essa garota que achava engraçado fingir que eu estava sendo atacada por um karkadann. A garota que parecia gostar da ideia de existirem coisas como karkadanns. Tudo em relação a Cornelia Bartoli era pequeno e arredondado, desde seu corpo *mignon* e curvo, e o rosto redondo, aos cachos macios e profundos olhos castanhos. Mas alguma coisa no modo como ela se portava me fez perceber que não era tão frágil quanto parecia.

Olhei para a cama desejando poder me deitar, depois para Cornelia, e meus protestos morreram nos lábios.

Havia um unicórnio enroscado sobre a cama de Cornelia Bartoli.

Como ele chegou ali? Aquela cama estava vazia havia um segundo ou dois.

— Ah, não, Cory. Fique parada. Não. Se. Mova.

Visualizei o rosto de Brandt depois que ele foi envenenado. Desta vez, minha mãe não estava por perto com o frasco e a lata de Coca-Cola. Nós duas morreríamos, bem ali, no tapete cor de coral.

Cory olhou por cima do ombro para ver o que tinha chamado minha atenção e, em seguida, ficou completamente furiosa.

— Bonegrinder! — gritou ela, com uma voz que mal identifiquei como humana. — Não! Feio! — Cory pegou a cadeira da escrivaninha e jogou com força na direção da cama. Ela bateu na parede de pedra, quicou perto da cabeceira e caiu no chão com um estrondo.

O unicórnio mal piscou. Em seguida, Cory ficou realmente enlouquecida.

— Sua besta horrenda! Você sabe que não pode entrar no alojamento! — A voz dela era como o som de um alarme de incêndio, de uma sirene de ataque aéreo, de uma harpia. Ela não parecia a mesma pessoa que tinha me levado até nosso quarto. — Saia da minha cama! Saia! *Saia! SAIA!* — Ela voou para cima dele com os punhos erguidos.

O unicórnio, com os límpidos e grandes olhos azuis como os de qualquer uma das criaturas ficcionais dos livros infantis de fantasia, saltou em uma confusão de patas e pernas, finas e brancas, e tentou alcançar a porta. Mas não conseguiu.

Cory o pegou por uma das pernas e pelo chifre e o tomou nos braços. Ele estava balindo agora, emitindo um som patético e sibilante. Em dois passos, ela o levou para fora, depois o sacudiu em um arco e o lançou em direção ao pátio.

Ele voou pelo ar com as pernas esticadas e despencou os dois andares até o pavimento de paralelepípedos. Incapaz de respirar, observei horrorizada quando ele caiu no chão, com o som de ossos se partindo e carne lacerando que ecoou pelas paredes e colunas. Depois disso, silêncio.

Cory ficou de pé no corredor, tremendo de fúria e olhando cegamente para o lugar onde o animal tinha caído. Em seguida, ela se virou para mim, com o rosto totalmente sem cor exceto por dois pontos vermelhos nas bochechas. Lágrimas corriam livremente de seus olhos.

Eu estava chocada demais para chorar. *Isto* era ser uma caçadora. Era isso que Lilith queria de mim. Essa crueldade, essa brutalidade.

Eu queria perguntar a ela o que devíamos fazer. Queria perguntar que diabos um unicórnio estava fazendo no Claustro de Ctésias. Mas estava com medo de falar. Estava com medo até de fechar a boca, que estava escancarada, de estupor e choque.

Em seguida, tudo piorou, porque vi movimento lá embaixo. O unicórnio estava se levantando, se balançando e olhando para nós. Havia sangue em seu pelo branco, mas, quando ele se moveu, não pareceu sequer ferido.

Eu sufoquei um grito, mas Cory não se virou.

— Acredite em mim — disse ela. — É muito difícil de matar.

4

Quando Astrid sente a emoção

Momentos depois, ouvimos passos na escada.

— Cornelia Sybil Bartoli! — gritou uma voz, e no corredor apareceu um jovem simplesmente lindo com uma camisa de tecido Oxford cor de terracota e calça marrom. Cabelos ondulados e pretos caíam sobre sua testa, lançando sombras sobre os profundos olhos castanhos e a pele bronzeada.

— O que foi que eu já disse sobre... — Ele parou de falar. — Ah. Olá.

Cory fez um gesto com a cabeça em minha direção.

— Astrid Llewelyn. — Ela cruzou os braços e fez uma expressão firme. — E, se aquela coisa tivesse noção do perigo, ficaria bem longe de mim.

— Ela não consegue se controlar, e você sabe — respondeu. Ele se virou para mim e limpou a garganta. — Sou Cornelius Bartoli. O, hum, *don* do Claustro. Pode me chamar de Neil.

Neil não podia ter mais do que 25 anos. Este era o sujeito rabugento responsável pela brochura que eu li? Este era o esquisito que andava conversando com minha mãe pela internet? Este era o cara *responsável pelo lugar*? Ele apertou minha mão, e o toque foi firme e caloroso. As mangas da camisa estavam dobradas e revelavam um relógio de aparência cara e um anel com uma pedra vermelho-escura. Não costumo gostar de homens usando anéis, mas este parecia tão masculino quanto ele todo o era.

— O que era aquela coisa? — falei de repente.

— Era Bonegrinder — disse Neil. — Ela é nosso zhi de estimação. — Ele me olhou de um jeito estranho. — Ela não tentou atacar você, tentou? Pelo que entendi do que sua mãe falou, você já tinha passado no teste do zhi.

Eu balancei a cabeça, sem acreditar. Será que ninguém tinha visto o que acabou de acontecer?

— Tem unicórnios aqui? Pra que, pra servir de alvo no treino?

Cory pareceu animada com a ideia, mas Neil lançou um olhar irritado para ela.

— Os zhis são únicos dentro da espécie — disse ele. — Nós os domesticamos. Pelo menos, as caçadoras domesticaram. O zhi recua diante de uma verdadeira caçadora de unicórnios, mas, para todas as outras pessoas, é uma besta mortal. É assim que vocês são testadas há séculos.

Teste. Nossa virgindade.

— Não há modos mais fáceis de... nos testar? — perguntei. Modos que não colocassem nossas vidas em perigo?

— Independentemente do que as revistas *teen* possam dizer, não existe evidência fisiológica de virgindade, Astrid.

Obrigada pela aula de anatomia, moço, mas eu juro que sei o que é um hímen e que há muitas e muitas maneiras de rompê-lo sem envolver sexo. Até li um artigo tratando sobre sua reconstrução através de cirurgia plástica para mulheres em cujas culturas a falta dele pode significar apedrejamento público na praça da cidade. O que, de toda forma, não as tornava virginais.

E o teste de virgindade de uma caçadora aparentemente não era menos perigoso.

— Essas coisas são mortais.

— Como todos os unicórnios, sim. Mas temos proteção. — Ele pegou um apito e soprou, emitindo uma nota baixa e aguda. Cory se retirou para o quarto e fechou a porta no momento em que ouvi o som de cascos nos degraus de pedra. Eu fiquei tensa, mas Neil não parecia preocupado.

Eu o ouvi fazendo barulho no corredor e, em seguida, um amontoado grande e branco deslizou e parou perto de nós. Ele desemaranhou os membros e o chifre e ficou de pé, olhando para Neil com enormes olhos azuis cheios de puro desprezo. Um rosnado saiu pelo canto da boca, revelando pequenas presas afiadas. O sangue estava secando no pelo levemente emaranhado, mas não vi nenhum ferimento. O bicho se virou para mim e, assim como aquele no bosque, fez uma rápida reverência.

— Ela mal tolera minha presença — disse Neil, enquanto Bonegrinder começou a esfregar a lateral do rosto na minha perna. Dei vários passos para trás, mas ela era persistente, e quando olhou para mim, foi com olhos suaves, doces, como os de um filhotinho de cachorro. Agora eu podia ver que ela era bem menor do que o animal que vi no bosque. Um unicórnio jovem era um o quê? Um gamo? Um potro? — Mas ela não me ataca por causa deste anel. — Ele sacudiu a mão em frente a ela, que se aconchegou mais para perto de mim. — De acordo com os poucos registros que temos, todos os *dons* usavam um. É uma espécie de criptonita zhi.

— Isso é impossível — falei.

Ele sorriu.

— Tudo isso aqui não parece impossível para você?

Até que enfim alguém racional!

— Sim. Não acredito em magia.

— Suponho que Cornelia ainda não tenha lhe mostrado a propriedade.

Será que o restante desta ruína me faria mudar de ideia?

— Não, ela andou ocupada demais lançando animais no pátio. — Isso não era algum tipo de sinal do nascimento de um sociopata?

Neil contraiu o maxilar.

— Peço desculpas por isso. Foi totalmente inaceitável e garanto que não vai acontecer de novo.

Ah, agora que ele prometeu, acho que vou seguir em frente com o plano de dividir o quarto com a lunática!

Estiquei a mão em direção ao animal, e ela se insinuou debaixo da minha palma, balindo com alegria.

— Não consigo acreditar que isso esteja acontecendo. — Fiz carinho na zhi, e ela se acalmou.

— É surpreendente o quanto nos acostumamos rápido — disse ele, com voz cansada. — Sua mãe me falou que você foi criada sabendo de sua herança.

Mas sem acreditar. Durante anos.

— É diferente de estar aqui.

— É mesmo. Seis meses atrás eu estava na faculdade, estudando para ser advogado. E agora, eu... — Ele parou de falar. Tive dificuldade em imaginá-lo cuidando de um bando de garotas adolescentes. Será que ele ao menos tinha experiência como *babá*? — Vou levar Bonegrinder daqui. — Ele esticou a mão em direção ao animal, e ela rosnou, mostrando uma boca cheia de presas, acovardando-se logo em seguida quando se aproximou do anel. — Suponho que Cory tenha se oferecido pra mostrar a casa.

— Eu... — Não me deixe sozinha com ela, pensei. Ela pode acabar *me* jogando de algum lugar.

— Ou talvez você prefira descansar da viagem.

Eu me agarrei à oportunidade e concordei.

— Sim, obrigada.

Neil bateu na nossa porta.

— Cory, por favor, venha cuidar da zhi. Astrid gostaria de dar um cochilo antes do tour.

Um momento depois, a porta abriu.

— O que você gostaria que eu fizesse? — perguntou ela, com um sorriso que não alcançava os olhos.

— Lavar o pelo para limpar o sangue seria um começo — disse ele. — Depois coloque-a de volta na jaula por segurança. E acho que já conversamos sobre essas exibições, não é? Ela também *sente* dor, sabe?

Cory olhou com raiva para o unicórnio, que apertou o flanco contra minha coxa em busca de proteção.

— Não o bastante.

Fiquei sozinha no quarto que eu dividiria com Cory, mas não consegui pegar no sono. E se ela voltasse enquanto eu estava semiconsciente? Sempre achei que minha mãe tinha alguns parafusos a menos, mas nunca senti medo que ela me ferisse. No entanto... Uma garota que jogava animais pela varanda do segundo andar? Ela havia passado a impressão de ser simpática, embora focada demais em unicórnios para o meu gosto.

Olhei para a decoração alegre, para as cores intensas e para os travesseiros fofos, para o vaso azul-cobalto com um belo arranjo de flores silvestres, para as poucas fotos em porta-retratos de vidro. Parecia um quarto de página de revista, com tudo tão reluzente e novo.

Senti saudades das almofadas velhas do sofá do meu apartamento. Não eram cinza, não eram marrons, e quase sempre pareciam um pouco úmidas, mas se encaixavam perfeitamente em nosso pequeno lar. Essas colchas da moda e a mobília pré-fabricada contrastavam terrivelmente com as paredes de pedra, com os castiçais de osso e as cabeças empalhadas, com o cheiro de mofo e cinzas que nenhuma flor do mundo conseguiria camuflar.

Deitei de barriga para cima na cama e passei os braços por cima dos olhos que ardiam. Minha cabeça doía, e eu só queria ir para casa.

Quando Cory voltou, fiquei deitada sem me mexer, na esperança de ela achar que eu estava dormindo.

— Não pode ser confortável ficar assim, com a mala ocupando metade da cama e sem tirar os sapatos.

Pega no flagra. Eu me sentei e ajeitei o cabelo.

— Meu tio diz que tenho de pedir desculpas por... minha exibição, mas acho que você não precisa disso, precisa?

Permaneci muito calada e cautelosa.

— Sei o que aconteceu com você nos Estados Unidos. Sei que você entende exatamente o quanto esses monstros são perigosos.

— Entendo.

— Então não concorda que devemos tomar todas as precauções?

— Ela não ia nos atacar. Você sabia disso.

— Eu também sabia que não ia machucá-la de verdade. — Ela se virou de costas para mim e ficou de frente para a escrivaninha.

— Não faça isso de novo. — As palavras saíram da minha boca antes que eu pudesse impedi-las. Afinal, que influência eu tinha? Essa garota poderia me detonar em uma briga, e eu estava à sua mercê aqui no Claustro.

Ela olhou por cima do ombro.

— Como é?

— Você a machucou, sim. Talvez não de forma permanente, mas dor é dor.

— Ela não é um *animal de estimação*, independentemente do que tio Neil queira que você pense. — Ela riu com crueldade. — Você acha que estamos aqui pra fazer o quê, Astrid? *Temos* de matá-los. É nosso propósito.

— Você já disse que sabia que não ia matá-la. Caçar é uma coisa. Torturar um animal é outra. Não faça isso de novo.

Ela ficou me olhando por muito tempo, e esperei ouvir um "senão o quê?", que nunca veio. Em seguida, ela se virou para a escrivaninha e passou o dedo por um dos porta-retratos. Olhei para além dela. A garota da foto ainda não devia ter 10 anos, mas pude identificar que era Cory. Fora tirada em um Natal, e Cory estava sentada em frente a uma árvore, rindo, enquanto ela e uma mulher, que parecia exatamente uma versão feminina de Neil, faziam pose ao lado de um grande filhote de spaniel malhado com uma coroa de folhas ao redor do pescoço.

— É seu cachorro? — perguntei, tentando quebrar o silêncio. Eu me perguntei se ela o jogaria do segundo andar. Era muito estranho: ela abraçava filhotes; gostava de tecidos bonitos e coloridos e de flores; mas depois, dava uma de louca para cima de mim.

Ela confirmou com um aceno de cabeça.

— O nome dele é Galahad. Tivemos de deixá-lo na Inglaterra. Não é seguro... para ele aqui.

Porque Bonegrinder poderia comê-lo. Ainda assim, isso não era desculpa para o comportamento de Cory. Maltratar um animal porque ele o impedia de ter a companhia de outro?

— Você sabe — disse ela abruptamente — o que é preciso pra matar um unicórnio?

— Não.

— A carne deles se regenera. Os ossos se colam. A pele se fecha sobre os ferimentos.

— Bala de prata? — sugeri, meio de brincadeira. Unicórnios pareciam ser como estrelas-do-mar tomando esteroides. Mas eu tinha visto o Remédio em ação. Se fosse possível isolar aquela qualidade do unicórnio, isso mudaria o mundo que conhecemos. Talvez Lilith estivesse certa; valia a pena encarar o perigo.

— Balas somem dentro do corpo deles. Eles precisam ser desmembrados. A decapitação funciona bem, ou um ferimento que fica aberto, como o causado por uma flecha ou uma lança. — Ela se virou para mim. — Essa é uma das razões que nos torna caçadoras melhores. Ficamos vivas tempo o bastante para derrotá-los, pois não somos afetadas pelo veneno.

— Ser perfurada no coração é igual pra todo mundo.

Cory olhou para as mãos, juntou os dedos e os afastou várias vezes.

— É verdade. Os humanos morrem muito facilmente, sejam caçadoras ou não.

Olhei de novo para a foto: Cory, o cachorro e uma mulher que quase certamente era a mãe dela. Mãe essa que nenhum dos Bartoli mencionou.

— Cory — falei baixinho. Ela estava esfregando as mãos com força agora, com os movimentos quase compulsivos.

— Não vou mais machucar Bonegrinder, se for preciso — disse ela. — Porque quero muito que você fique aqui.

— Por quê? — perguntei. Tinha de haver outras caçadoras a caminho. Algumas que realmente soubessem alguma coisa sobre como matar.

— Você é uma Llewelyn. É da família que sempre teve as melhores caçadoras. A família que acabou com os unicórnios da última vez. Quero que me ajude a acabar com eles de novo.

Nos dias seguintes, cheguei à conclusão de que Cornelia Bartoli e Lilith seriam melhores amigas para sempre. Eu não sabia que alguém *podia* ser mais obcecada por informações sobre unicórnios do que minha querida mãe, mas essa garota a derrotava sem esforço. Tentei em vão despertar seu interesse em qualquer assunto que não envolvesse unicórnios, nem a morte deles. Perguntei quais eram seus livros favoritos, e ela respondeu que as crônicas de Dona Annabelle Leandrus, de 1642, eram um pouco difíceis de traduzir, mas tinham as melhores descrições de batalhas. Perguntei sobre os filmes favoritos, e ela disse que ainda não havia nenhuma evidência em vídeo do Ressurgimento.

Além de tudo isso, ela ainda gritava dormindo.

Estava longe de ser a companheira de quarto ideal, mas ela *manteve* a palavra quanto a Bonegrinder — e não era pouca coisa, considerando a tendência do animal de nos seguir. Não houve uma manhã desde que cheguei em que não tenhamos encontrado a criatura do lado de fora da nossa porta quando acordamos. Na primeira vez em que aconteceu, fiquei com medo de perturbá-la. Cory não demonstrou a mesma preocupação; calmamente passou pela porta e empurrou Bonegrinder pelo corredor. Mas senti que isso significava um progresso. Tenho certeza de que, se eu não estivesse presente, aquele empurrão teria sido um chute. Ainda assim, a zhi se mostrou verdadeiramente faminta por punição e voltava todas as noites, até que Cory reclamou com Neil, e ele a deixou confinada na jaula de aço o tempo todo.

Isso funcionou bem por dois dias, até ela conseguir destruir a tranca com os dentes.

Então, agora estávamos em busca de um lar mais permanente para a zhi. Segui Cory pelas passagens cobertas do claustro enquanto ela experimentava várias portas e descartava os aposentos cujas saídas não podiam ser controladas.

— Essas salas foram feitas para o público — explicou ela. — Não há o mesmo tipo de segurança.

Dava para acreditar nisso. O pátio central, o claustro propriamente dito, era a parte mais delicada de toda a construção. E, fora o corredor residencial, era uma das áreas que menos tinha ossos de unicórnio e apenas insinuava o verdadeiro propósito do local. Os quatro corredores abobadados que cercavam o claustro eram separados do pátio aberto por fileiras de arcos, cada um sustentado por um par de colunas que se contorcia em uma graciosa imitação de alicórnios. Pequenos portões com pontas de flechas no topo e protegidos por pares de leoas talhadas em pedra indicavam as entradas do norte e do sul, e as paredes internas do pátio eram cobertas de mosaicos retratando belas donzelas e monstros míticos.

Era quase tranquilo — se você não olhasse para as manchas de sangue no canto onde Bonegrinder tinha caído.

Cory me contou que no passado, peregrinos entravam no claustro pelas portas agora trancadas a cadeado na parede mais ao sul e esperavam no pátio que as caçadoras os recebessem e distribuíssem o Remédio. Atualmente, aquela porta levava à igreja ao lado e, até onde as pessoas sabiam, o Claustro de Ctésias era o lar de um convento de freiras desativado, conhecido no passado como Ordem da Leoa e cujo terreno estava sendo usado como depósito.

— Não é completamente mentira — disse Cory.

— Exceto pela parte do "desativado" — respondi.

Entramos no corredor mais ao norte, que contornava a rotunda, e acabamos chegando ao corredor leste, onde pude ouvir o som de panelas e sentir o inconfundível aroma de orégano. Cory e eu enfiamos a cabeça no refeitório, onde Lucia, a cozinheira, já estava preparando o molho para o jantar. Neil tinha descoberto Lucia enquanto pesquisava candidatas qualificadas de famílias de caçadoras, e a madre superiora do convento a que ela pertencia concordou em emprestá-la para a Ordem da Leoa. Acho que Lucia estava gostando da mudança de cenário.

— *Buongiorno* — disse Cory. Ela rosnou para Bonegrinder, que estava acorrentada ao aquecedor e mordia com alegria o que parecia uma coluna vertebral bovina, com os tendões ainda presentes. — Não está te dando trabalho, está?

Lucia prendeu uma mecha de cabelo grisalho em seu hábito de freira.

— *Bella bambina?* Não, não. — Ela fez uma carícia debaixo da cabeça da zhi, e o animal balançou o rabo. — Você a alimenta, ela ama você.

Não; você é uma descendente virgem de Alexandre, o Grande, ela ama você. O ato de alimentá-la só melhorava as coisas. Observei Lucia andar até a bancada e erguer uma enorme panela de cobre. Corri para oferecer ajuda. Cory soltou a corrente de Bonegrinder e puxou a zhi até que ela ficasse de pé. Bonegrinder fez uma tentativa débil de pegar o osso com a boca, mas a ponta ficou arrastando no chão, e Cory a chutou para longe. Derrotado, o unicórnio curvou o corpo.

Desapontadas diante da atitude, Lucia e eu balançamos a cabeça para ela, e peguei o nojento brinquedinho de mastigar, segurando-o com cuidado entre dois dedos.

— Vamos cuidar dela pra você — argumentei.

— Vão, vão — disse Lucia, sacudindo as mãos para nós. — A cozinha é meu lugar. O de vocês é o campo de batalha.

— Quarenta anos e uma cirurgia de quadril atrás, aquela mulher daria uma excelente caçadora — falei para Cory quando estávamos de volta ao corredor.

— Ela é uma Saint Marie. — Cory deu de ombros, como se isso explicasse tudo. — Elas nunca foram do tipo que vai para o campo de batalha.

— Bonegrinder parou para farejar o chão, e Cory puxou a corrente para que ela prosseguisse.

Cory tem uma ideia estranha (apenas uma dentre muitas) de que cada uma das 12 famílias caçadoras tem uma casta específica. Sou uma Llewelyn; portanto, sou automaticamente uma excelente caçadora. Ela é da linhagem Leandrus, aquelas que supostamente mantinham os registros. É tudo tão bobo.

Quase tão bobo quanto a ideia de que qualquer uma das nossas famílias tem poder sobre os unicórnios.

Era uma pena. Pelas minhas poucas conversas com Lucia, descobri que ela estava fascinada pela ideia de caçar unicórnios. Tornar-se freira era uma tradição antiga entre as mulheres de sua família, mas a ordem que ela escolheu não era tão interessante quanto a das ancestrais, que tinham se dedicado à Ordem da Leoa. E, mesmo assim, ela estava presa na cozinha enquanto meu "lugar era no campo de batalha"? Eu me perguntei se conseguiria alguma espécie de dispensa médica, como se faz no exército. Quebrar a perna, talvez. Cortar fora um dedo mindinho?

Eca. Talvez não.

— Acho que vamos precisar tentar debaixo da casa capitular — disse Cory, e seguiu em direção ao domo, pegando um par de lampiões no caminho. Atrás do cenário de Clothilde e o karkadann havia uma pequena porta, que Cory destrancou com uma chave dourada e fina. Eu a acompanhei por um corredor estreito que seguia para baixo do pátio do claustro, e Bonegrinder foi andando obedientemente atrás. Este era o verdadeiro coração do Claustro de Ctésias; não o alojamento, nem o refeitório, nem o grande domo. Na área subterrânea ficavam nossa cripta, nossas salas de treinamento, as áreas de confinamento e até o cemitério. Aqui ficavam os restos queimados do nosso scriptorium, uma espécie de combinação de biblioteca e laboratório, onde Cory havia me levado no primeiro dia. Havia pouco mais do que cinzas agora, centenas de anos de registros reduzidos a pilhas de páginas enegrecidas. Cadeiras e mesas estavam viradas, congeladas no tempo pelas multidões que invadiram o local em sua busca desesperada pelo Remédio.

Nunca o encontraram. Ou, se encontraram, a fórmula se perdeu na história havia muito tempo. Não havia deixado rastro. Quando passamos pela porta quebrada e queimada do scriptorium, olhei para dentro. Pequenos pedaços de vidro e metal brilharam na luz do meu lampião — pedaços dos conjuntos de alquimia das caçadoras, fragmentos de alambiques, caçarolas, balanças e frascos espalhados em meio às cinzas de livros, mapas e pergaminhos. Eu me perguntei que família era conhecida por suas contribuições à ciência. Bonegrinder também fez uma pausa ali e farejou com curiosidade a passagem. De acordo com Cory, unicórnios têm um faro muito desenvolvido. Podiam detectar o cheiro de pólvora a 1,5 quilômetro de distância.

Seja lá o que fosse que este unicórnio farejou no scriptorium, claramente não a deixou feliz. Ela se escondeu atrás das minhas pernas, e consegui sentir seu tremor até mesmo pelo tecido da calça jeans.

Cory testou a madeira podre de cada porta conforme passamos.

— Muitas partes aqui foram danificadas — disse ela. — Ela consegue escapar de qualquer uma.

Foi preciso nos abaixar um pouco mais ao nos embrenharmos na área subterrânea do Claustro. As paredes de pedra iam ficando mais próximas por todos os lados, e estiquei a mão para ter apoio na descida pela escadaria escura. Meus dedos passaram por protuberâncias compostas de ossos, marcadas aqui e ali pelas pontas afiadas de alicórnios de zhi que se destacavam na construção. Eu me perguntei se a zhi andando ao meu lado percebia o que eram esses artefatos. Quanto mais à frente íamos, mais inseguro o unicórnio parecia. O trote dela ficou hesitante, depois puramente teimoso, e foi preciso que Cory e eu a puxássemos para que ela prosseguisse.

A estranha atmosfera do Claustro era ainda mais forte lá embaixo e me pressionava com ainda mais intensidade do que as paredes em si. Sentia a cabeça cheia, e minhas vias respiratórias pareciam tomadas de escuridão e morte.

Naquele ponto, o corredor descia por uma íngreme escada em espiral, e Bonegrinder empacou. Cory a pegou pela coleira, e eu empurrei seu flanco até que ela finalmente começou a descer devagar. Demos voltas e voltas, descendo por degraus lisos e gastos que se inclinavam perigosamente para baixo sem a ajuda de um corrimão. A luz do lampião ricocheteava nas paredes, capturando vislumbres de alicórnios e do teto, da coluna vertebral que dividia as fileiras de pedra e indo até o olhar malicioso e cego de um crânio.

Dei um passo para trás e escorreguei na escada, fazendo com que as solas dos meus pés batessem nas panturrilhas de Cory. Bonegrinder baliu em reclamação.

— Relaxe — disse Cory, com rapidez na escuridão. — É só um kirin.

E morto. Revirei meu comparativamente pequeno arquivo de conhecimento sobre unicórnios. Kirins eram os terceiros maiores da espécie. Eram originalmente da Ásia, mas na época da "primeira extinção" tinham se espalhado pela Europa também. Na antiga China e Japão, os monstros do tamanho de cavalos tinham sido adorados como deuses por aldeões apavorados com a alternativa contrária. Um ocasional sacrifício era preferível à destruição total. Os kirins eram criaturas astutas, que caçavam em bando e ficaram até conhecidos por matarem por prazer. De acordo com Cory, as imagens exageradamente positivas deles em uma grande parte das histórias orientais existia para aplacar seus temperamentos vingativos — não diferente da caracterização das cruéis fadas da mitologia celta como "o Povo Bom". Trate-os bem e talvez eles os deixem em paz.

Ao contrário dos zhis, os kirins não tinham qualquer afinidade especial por caçadoras. Eles nos matariam com tanta facilidade quanto fariam com qualquer pessoa.

Cory ainda não tinha encontrado uma descrição decente deles. Uma hora eram retratados envoltos por uma névoa ou por fogo, outra, cobertos de escamas em constante mutação que os camuflava perfeitamente. Olhei para o sólido crânio de kirin que ria em minha direção, ria para mim, do meu medo e de todos os segredos que eu não conhecia.

Cory torceu o chifre, o que abriu a porta na base da escada e nos levou a uma sala onde eu nunca havia entrado.

— Aqui é a casa capitular — disse ela. — Se prepare.

Ela colocou o lampião em uma pequena caixa de vidro e a levantou alto, iluminando o espaço profundo. Mesmo preparada, eu não tinha certeza do que deveria esperar.

Era um salão de troféus. Uma parede curva estava coberta de cima a baixo com crânios, chifres e outros pedaços, alguns presos em bases e marcados com pequenos cartões ou placas com nomes entalhados, alguns presos à parede com pregos de metal e entalhados com o nome de seu matador. Um crânio após o outro olhava para mim, com os buracos escuros e vazios dos olhos parecendo tremer e piscar com a luz do lampião.

Bonegrinder balia intensamente agora e puxava a coleira, com os cascos deslizando e estalando na pedra conforme procurava se apoiar. Segurei a corrente com força, e o balido dela se transformou em urro.

— O que é isso? — sussurrei horrorizada.

— A Parede dos Primeiros Abates — respondeu Cory. — Por centenas de anos, as caçadoras marcaram sua entrada na Ordem trazendo um pedaço de suas caças para ser pendurado aqui. — Ela apontou para um enorme crânio quebrado. — Olhe, este foi de uma Llewelyn. Katherine Llewelyn, 14 anos. Você pode imaginar sua primeira caça ser um re'em?

Um re'em. O gigantesco unicórnio representado na Bíblia, menor apenas em tamanho e ferocidade do que um karkadann. A besta do tamanho de um boi vagou pelos desertos e planícies da Terra Santa durante milênios antes de ser vencida por caçadoras de unicórnios em algum momento depois das Cruzadas. Em traduções mais recentes no livro sagrado, as descrições do animal tinham sido rebaixadas para um tipo de boi selvagem chamado auroque — um fato que fez o sangue de minha mãe ferver.

Quatorze anos e de cara com uma coisa do tamanho de um boi feroz.

— Não — falei. — Não consigo imaginar.

Cory observou a sala, um conglomerado escuro de mobília antiga e enormes formas cobertas.

— Vamos encontrar um bom lugar pra prender a corrente.

Lancei um olhar para Bonegrinder. Os olhos azuis estavam saltando nas órbitas, e ela estava praticamente se enforcando de tanto desespero para fugir.

— Não podemos deixá-la aqui! — falei. — No escuro, sozinha, com todos esses... *ossos*.

O lugar tinha cheiro de morte. Era um monumento à valentia das caçadoras, um templo da destruição da espécie de Bonegrinder.

Cory riu com deboche.

— Ela gosta de ossos, lembra? — Minha colega de quarto pegou o osso sangrento e mordido que eu ainda trazia na mão e o sacudiu na frente de Bonegrinder. — Unicórnio bonzinho. Olha só que delícia... — Ela jogou o osso a alguns metros de distância. Bonegrinder não prestou atenção.

Olhei para a parede e afundei a mão no pelo do unicórnio. Com o lampião ainda em movimento, lançando sombras estranhas nos ossos, eles pareciam pulsar como se músculos se movessem sob a superfície da pedra. Estremeci e coloquei a outra mão na cabeça, que havia começado a latejar, sem dúvida uma reação do meu sistema respiratório e linfático à poeira e ao ar parado.

— É temporário — prosseguiu Cory, puxando a corrente e começando a enrolá-la na perna de uma mesa. — Até conseguirmos encontrar um lugar mais permanente...

— É uma tumba — argumentei. Os crânios riram de mim, riram de Bonegrinder, que tinha ficado quase desvairada em suas tentativas desesperadas de escapar da corrente.

O que nós éramos, você é agora; o que nós somos, em breve você será...

Cory gemeu de frustração.

— Você e meu tio! Ela não precisa de um maldito palácio. Não vai morrer e também não vai ficar nos atrapalhando. Em alguns dias, vai haver meia dúzia de garotas aqui. E Bonegrinder vai estar sempre em nosso caminho, correndo o risco constante de se libertar. Você faz alguma ideia do que aconteceria se ela se soltasse e saísse desenfreada pelas ruas de Roma? — A voz dela ficou baixa e perigosa. — Sangue, morte, destruição...

Meus olhos permaneceram fixos nos troféus entalhados nas paredes, que pulsavam e ecoavam as palavras *sangue, morte, destruição...*

Naquele momento, de uma distância impossível, ouvi um som metálico, como as grandes portas do claustro sendo abertas, e a zhi ficou de pé e saiu correndo. A corrente escorregou pelas mãos de Cory, passou voando por mim e desapareceu escada acima.

— Astrid! — Ouvi Cory gritar. — Pegue-a!

Mas eu já estava à frente dela. Meus olhos se focaram no traseiro fofo e branco da zhi enquanto ela sumia pela escada em espiral, e foi como se um elástico tivesse estalado com força. O mundo desacelerou — aquela luz doentia e em movimento, o tom agudo da voz de Cory, as paredes que vibravam estranhamente —, mas eu não.

Poderes de caçadora, realmente.

Não senti a escada, o peso do tempo, as profundezas da escuridão. Não senti nada além do gosto de novidade e liberdade da caçada. Sabe a sensação de correr em uma esteira ou escada rolante e se sentir impelida para a frente bem mais rápido do que poderia imaginar? Eu era uma onda de maremoto feita de pés batendo no chão, um relâmpago de braços em movimento. Meu sangue ferveu, e minha visão se turvou, até que só consegui ver o contorno da zhi. Minha presa.

Eu estava quase em cima dela quando saímos na relativa iluminação da rotunda. Vi tudo no espaço de um segundo: as portas largas, ligeiramente entreabertas, a pessoa de pé dentro da casa e a rua ensolarada além, tomada pelo resto do mundo, cachorros e vendedores, freiras e crianças cujos ossos seriam uma soma à nossa coleção se eu não parasse aquele unicórnio.

E então, minha mão afundou no pelo dela.

— Peguei! — gritei, e caímos juntas no chão de mosaico. Fechei a mão ao redor do chifre dela e a puxei para trás, passando o outro braço ao redor do pescoço. Bonegrinder gritou e fechou a mandíbula, frustrada, enquanto eu a arrastava pelo piso. Ela debateu as quatro patas no ar, e eu me abaixei para não levar uma porrada com o casco no rosto.

Um segundo depois, Cory apareceu ao meu lado.

— Pegou? — perguntou ela, e concordei e olhei para cima, soprando fios soltos de cabelo claro do rosto.

A alguns metros de distância estava minha prima, bronzeada e de pernas longas, com o cabelo louro-escuro preso em um rabo de cavalo e com um enorme par de óculos segurando a franja acima da cabeça.

— Asteroide! — exclamou Philippa Llewelyn. — Surpresa!

5

Quando Astrid ganha uma aliada

Nunca fiquei tão feliz de ver minha prima. Ignorando o monstro venenoso que eu deveria supostamente segurar, me joguei nos braços de Phil.

— Calma aí — disse ela, retribuindo meu abraço. — Sentiu muita saudade? — Ela olhou para baixo. — Meu Deus, eles são reais. — Ela se afastou e se inclinou por cima de Bonegrinder, que estava ajoelhada aos pés dela, com o chifre encostado no chão. — Reais e adoráveis... E um pouco fedidos. Amigo, quem dá banho em você?

— Tentar fazer isso é colocar a vida em risco — disse Cory, fechando a porta de bronze.

— Oi — disse Phil, e esticou a mão em direção à minha colega de quarto. — Philippa Llewelyn, apresentando-se para seu dever de caçadora de unicórnios. — Disse isso sem qualquer tentativa de manter a expressão séria.

Cory não demonstrou nenhuma expressão.

— Outra Llewelyn?

Era de se pensar que ela ficaria feliz com a ideia.

— Phil é minha prima — falei.

Cory balançou a cabeça.

— Eu sei que é. Dezenove anos. Joga vôlei em Pomona.

— Andou me investigando? — perguntou Phil, com uma risada.

— É que sua mãe não mencionou outras caçadoras em potencial na sua família — disse Cory, como se não tivesse ouvido. — Eu concluí...

— Isso não me surpreende — disse Phil —, sabendo como tia Lilith é. Arrancar dela a informação de para onde você bateu em retirada foi tão difícil quanto arrancar um dente, Asterisco. Mas assim que descobri, como resistir? Uma viagem de graça pra Roma? Pode contar comigo! Onde é que pegamos o reembolso?

— Aqui, eu acho — disse uma voz masculina, e instintivamente agarrei a coleira de Bonegrinder. Nos viramos para dar de cara com Neil de pé na porta de seus aposentos, acompanhado de um cavalheiro de aparência distinta, de cabelos brancos e pálidos olhos azuis, usando um imaculado terno cinza de três peças. — Bom trabalho, Astrid.

— Quem é o bonitão? — sussurrou Phil. *Torci* para que ela estivesse falando de Neil.

— Muito impressionante mesmo — disse o acompanhante de Neil, com um leve sotaque cuja origem não consegui identificar. — E duas Llewelyn. Intrigante. — Ele deu um passo à frente com a mão estendida, e Bonegrinder começou a rosnar. — Meu nome é Marten Jaeger. É um prazer conhecê-las.

Ele chegou perto o bastante para tocar em nós, mas quando Bonegrinder baixou o chifre, ele recuou e passou a mão pelos cabelos brancos e lisos, claramente desconfortável por estar tão próximo de uma besta que se alimenta de humanos. Fiquei surpresa por um outro não caçador além de Neil poder entrar.

Neil, armado com o anel, apertou a mão de Phil e se apresentou, acrescentando:

— O Sr. Jaeger está patrocinando as restaurações e a conservação do claustro.

— E de seus moradores — acrescentou Cory baixinho. Ela puxou a corrente de Bonegrinder de minhas mãos. — Pode deixar que vou cuidar dessa coisa.

— Então este lugar não está sob os cuidados da Igreja? — perguntei.

— Trabalhamos com a Igreja. Como doadores, pode-se dizer — explicou Marten Jaeger. — Sou presidente da Gordian Pharmaceuticals, e temos especial interesse em recuperar o conhecimento perdido desta Ordem.

É claro. O Remédio. Eu me animei.

— Então *existe* uma área científica nesse trabalho.

— Naturalmente, Srta. Llewelyn. Estamos no século XXI, afinal. Meus biólogos estão fascinados com o retorno dessas maravilhosas criaturas e ansiosos para ver se as alegações históricas são verdadeiras. Até agora, elas têm se sustentado, mas tivemos... dificuldades em manter um unicórnio em cativeiro para realizar testes.

— Certo. — Phil assistiu, lentamente, conforme as peças começaram a se encaixar. — Porque só uma caçadora consegue pegar um e matá-lo. Não é o que sua mãe diz, Astrid?

Dei de ombros, distraída.

— Eu estaria realmente interessada em ver os tipos de dados que vocês coletaram até agora, Sr. Jaeger. Tenho muito interesse em medicina. Na verdade, a possibilidade de redescobrir o Remédio é a principal razão de eu estar aqui. — Bem, além de uma mãe obcecada.

Ele sorriu.

— Fascinante. Eu achava que uma caçadora de nascença como você ficaria mais à vontade com um arco do que com um tubo de ensaio.

— Não sou...

— Trarei informações na próxima vez em que passar por aqui. — Ele se virou para Neil. — Parece que você está bastante ocupado. Vou deixá-lo receber sua mais nova recruta.

Observei o Sr. Jaeger seguir de volta para o mundo iluminado e agitado além das portas de bronze. Lá fora, as pessoas estavam trabalhando de verdade. Lá fora, havia ciência de verdade. Mas, ao que parecia, eu era uma matadora nata. Então eu estava presa a esse lugar, tão acorrentada aqui dentro quanto Bonegrinder.

Levei Phil para meu quarto enquanto Cory foi procurar um lugar definitivo onde pudéssemos instalar minha prima. Sob os protestos da minha colega, Phil levou Bonegrinder, "fofa", junto e a aninhou no colo no chão do quarto. O unicórnio claramente estava nas nuvens.

— Você não é uma gracinha? — disse Phil, coçando a barriga do monstro. Bonegrinder se esticou, e seu chifre raspou no chão com um ruído.

Trinquei os dentes e decidi não contar para minha prima sobre a coxa crua de vaca que a "gracinha" comeu no almoço.

— Mas como você conseguiu fazer com que seu pai concordasse com sua vinda? — perguntei, incrédula. A palavra que começava com a letra U era como uma bomba atômica na casa de tio John.

— Verão no exterior. — Phil deu uma piscadela. — Falei que tinha montado um time de exibição para o clube e que viajaríamos pela Europa demonstrando nossa habilidade no vôlei. — Como tais habilidades tinham conseguido uma bolsa de estudos para Phil, eu podia entender a disposição de tio John em deixá-la ir. Ela se recostou na minha cama e colocou as mãos atrás da cabeça. — Vamos nos divertir tanto aqui!

— Nos divertir? Você sabe o que fazemos aqui, não sabe? Matamos coisas assim. — Cutuquei Bonegrinder com meu dedão. — Tomamos banho no sangue deles, pelo que sei.

Vamos ver como ela se sai com uma dessas! Phil era vegetariana desde sempre.

— Isso é antiquado. Você não ouviu o tal Jaeger? Estamos no século XXI. Tenho certeza de que ninguém aqui tem interesse no tipo de prática de caça irresponsável que causou a última tragédia.

Engraçado. Ela chamou a primeira extinção desses monstros venenosos que matam seres humanos de tragédia.

— Mas eu seria hipócrita se não aprovasse a seleção responsável — prosseguiu Phil, como se estivesse lendo um livro da aula de Estudos de Meio Ambiente. — É com isso que estamos lidando aqui, tenho certeza. Precisamos fazer alguma coisa pra acabar com esses ataques sobre os quais tia Lilith me contou. — Ela se inclinou para a frente e baixou a voz. — Houve um boato no campus de que os ataques tinham relação com o governo testando uma nova arma bizarra. Estou aliviada por serem apenas animais fazendo o que fazem normalmente. Então precisamos agir como protetores responsáveis do planeta, e estou feliz em fazer minha parte! — sorriu ela. — Me certificar de que os unicórnios não sejam uma ameaça à população humana, mantê-los sob controle e depois ir me divertir em Roma. Parece perfeito, certo?

Cory entrou e estreitou os olhos ao ver Bonegrinder no chão. Fiquei nervosa ao ter um flashback do meu primeiro dia, mas Cory apenas cerrou os punhos e fez uma pausa. Interessante. Talvez duas Llewelyn fizessem mais efeito do que uma.

— Seu quarto está pronto — disse ela, sem inflexão na voz. — Não tive tempo de fazer a cama, mas...

— Ah, tudo bem — disse Phil, com alegria, ficando de pé e espanando pelos brancos e macios que estavam na saia jeans e agora caíam no tapete. O rosto de Cory estava sombrio como uma tempestade. — Astrodomo já arrumou muitas camas na vida, não é, pirralha? Vamos, venha me ajudar a desfazer a mala.

Mas Cory bloqueou a passagem.

— No futuro, eu gostaria que você se lembrasse de que a zhi da casa não pode entrar na área residencial.

— A o quê onde? — disse Phil.

— *Bonegrinder* — respondeu Cory. — Não pode entrar aqui.

— Me desculpe — falei rapidamente. — Eu não prestei atenção. Fiquei tão surpresa em ver Phil que esqueci... — Mas a desculpa pareceu ruim até aos meus ouvidos. O que tinha acontecido na última vez em que a zhi entrou naquele quarto não era uma coisa que se esquecia, e Cory sabia.

Phil olhou para mim, e seu rosto adquiriu uma expressão de arrependimento.

— Cara, me desculpe. Estou aqui há cinco minutos e já detonei as regras. Vou levá-la comigo. Muito obrigada pela compreensão, Cory. — Ela passou pela porta. Bonegrinder e eu fomos atrás, e, quando passei, Cory me olhou nos olhos. A expressão dela era impossível de confundir.

Ela estava se controlando.

Na privacidade do novo quarto de Phil, minha prima se virou para mim.

— Ela é legal, mas um tanto intensa, né?

— Você não faz ideia. — Sacudi o lençol sobre a cama de Phil e comecei a prendê-lo enquanto ela abria a mala. — Ela não vai gostar da sua teoria de "seleção responsável", já posso adiantar. Ela quer os unicórnios extintos. — E só está tolerando nós duas porque acha que somos geneticamente predispostas a fazer isso acontecer.

— Vamos convencê-la de que não é uma boa ideia. — O tom de Phil era leve e, enquanto falava, tirou da mala mais um lindo vestido de verão.

Eu duvidava que Cory se deixasse influenciar por uma teoria de meio ambiente. A garota estava cumprindo uma missão. Enfiei um travesseiro em uma fronha roxa e o joguei perto da cabeceira.

— Mas é uma boa ideia manter Bonegrinder fora daqui. Cory a odeia.

— Hum, mas ela não vai poder dar um pio se o unicórnio ficar no meu quarto. Certo, bonequinha? — Phil mostrou a língua para o unicórnio. Bonegrinder baliu com alegria e pulou na cama recém-arrumada.

Que ótimo. Phil, meu único descanso da obsessão de Cory com unicórnios, decidiu que a zhi seria sua colega de quarto. O unicórnio remexeu a colcha com as patas e se aconchegou. Seu chifre fez um longo rasgo no tecido.

Eu suspirei, mas Phil apenas se juntou ao animal.

— Astrid, não se preocupe. Vamos viver os melhores dias de nossas vidas aqui.

— Não estamos de férias — falei. — Minha mãe não falou nada pra você? Temos um *dever*.

— Isso também — respondeu ela. — Mas só trabalho e nenhuma diversão na cidade que nunca dorme?

— Essa aí é Nova York. Roma é a Cidade Eterna.

— Tanto faz. A questão é, pode ser que tivessem freiras por aqui na Idade Média, mas hoje em dia as garotas gostam de uma farra.

— Quanta farra dá pra fazer em um convento?

Phil revirou os olhos.

— E quem disse que temos de *ficar* no convento? Tenho certeza de que toda essa coisa de Ordem da Leoa é só pra manter o aluguel baixo. Não tem tranca naquela porta, e tenho idade o bastante para ir e vir quando quiser... E levar comigo minha priminha que se impressiona com qualquer coisa. Vamos dar o fora!

Finalmente alguém mostrou interesse em ver a cidade. Mas...

— Não sei se podemos sair. — Por um lado, me deixaram vir do aeroporto sozinha. Mas, por outro, Cory hesitava toda vez em que eu começava a falar sobre visitar alguns pontos turísticos. — Devíamos perguntar a Neil.

— Aquele adorável cara inglês lá de baixo? — Phil riu. — Aposto dez euros que ele sai à noite assim que bota vocês na cama. Aquele cara é a *dama de companhia* mais bonita de quem já fugi.

Naquele momento, ri pelo que pareceu ser a primeira vez desde que Brandt foi atacado.

— Vamos, prima. É minha primeira noite em Roma e vamos ver a cidade. Deixei você sozinha muito tempo em casa, e olha só o que aconteceu. Você começou a namorar Brandt, dentre todos os outros. Eu não te ensinei nada? — Ela estendeu a mão e mexeu no meu cabelo. — Não vou deixar acontecer de novo. Primeiro, vamos tomar uns bons cappuccinos de verdade. Depois, vamos sair com uns caras bons de verdade. Você vai ver. Vamos nos divertir muito.

Ao olhar para o rosto sorridente de Phil, ouvir sua voz alegre, como um sopro do que fora meu passado pré-unicórnio, quase consegui acreditar.

Mas então Bonegrinder arrotou, e senti cheiro de sangue.

Deu um pouco de trabalho escapar do Claustro sem alertar Cory sobre nossos planos. Eu me senti um pouco mal de deixá-la para trás — se alguém ali precisava de uma noite de folga, essa pessoa era Cornelia Bartoli —, mas eu também queria um tempo sozinha com Phil. Mal tínhamos nos visto desde que ela fora para a faculdade, e eu estava doida por uma oportunidade para conversar sobre alguma outra coisa além de unicórnios.

Phil, no entanto, não compartilhava do meu desejo.

— Foi uma loucura quando você agarrou Bonegrinder daquele jeito! — disse ela, enquanto entrávamos em um dos ônibus públicos cor de laranja da cidade e nos acomodávamos nos assentos de plástico. — Nunca vi você se mover tão rápido. Praticamente um borrão. Você entrou na equipe de corrida depois que fui embora?

Dei de ombros, porque a única resposta em que consegui pensar parecia bizarra demais para ser levada em consideração. Consegui pegar Bonegrinder graças aos meus poderes especiais de caçadora de unicórnios. Mas seria isso alguma coisa mais louca do que as que eu tinha visto até então? Ossos que se mexiam sozinhos, um unicórnio que conseguia se levantar de uma queda de dois andares em um piso de pedra, o modo como o ferimento de Brandt se fechou na frente dos meus olhos?

— Acho que está tudo interligado — falei em voz alta. — Aposto que você também consegue. — Phil provavelmente seria melhor, já que era uma grande atleta.

Vinte minutos depois, estávamos dando nossa primeira volta na Piazza Navona, uma grande praça retangular cheia de turistas, italianos, cafés e barracas de gelato. De nosso ponto privilegiado na extremidade, era fácil ver a origem da praça como antiga pista de corrida romana. Os prédios que se ergueram ao redor das extremidades mantinham o contorno do campo, e gigantescas fontes de mármore eram a única interrupção na área plana coberta de paralelepípedos.

— Que lindo! — exclamou Phil, abrindo bem os braços.

Tentei parecer discreta, mas duas louras adolescentes em Roma, ao que parecia, era algo que as pessoas iriam olhar. E importunar. Em curtos intervalos de tempo, algum homem se aproximava de mim querendo me vender um buquê de rosas murchas. Alguns metros adiante, enrolada em tecidos apesar do sol da tarde, uma cigana se aproximou, com o corpo todo encurvado por causa da osteoporose. Perto da fonte havia um monte de crianças de camisetas e shorts sujos com pedaços de cartolina na mão. Enquanto Phil afastava mais um vendedor de flores, observei as crianças, me perguntando o que faziam ali sozinhas.

Foi um erro. Assim que repararam que eu estava olhando, vieram para cima de mim, gritando em uma língua que não parecia italiano e segurando as cartolinas para cima, como se fossem bandejas. Então, amontoaram-se ao meu redor.

— Parem! — gritou Phil. — Astrid, vá pra longe deles!

Mas eu não ia empurrar uma criança para tirá-la do caminho. Um segundo depois, estava tudo terminado, e as crianças foram embora correndo.

Com a minha bolsa.

— Não! — Cada qual seguia em uma direção diferente. — Não! São batedores de carteira!

— Jura, mesmo? — disse Phil secamente, mas eu já tinha saído correndo atrás da que estava mais perto.

— Pega ladrão! — gritei.

Passei correndo pela fonte, pulei por cima das pernas de algumas pessoas sentadas na beirada e continuei correndo. O garoto à minha frente se desviou e se abaixou no meio da multidão com a facilidade de quem tem prática, e comecei a ficar para trás. Ao contrário de minha perseguição a Bonegrinder mais cedo, neste caso não havia velocidade sobrenatural, e nem uma sensação estranha de universo se estreitando. Aqui, eu era apenas uma garota. Não uma caçadora.

— Pare! — gritei.

Uma outra pessoa passou correndo, gritando em italiano:

— *Fermate il ladro!*

Vi de relance uma calça jeans e uma camiseta vermelha surrada passarem correndo, com pernas e braços em um movimento perfeito. Ofeguei e me esforcei para acompanhar enquanto nós três seguíamos em direção ao final da praça, onde o antigo terreno da pista de corrida dava espaço a prédios e vielas escuras.

O ladrão escolheu bem a viela. Era tão estreita que eu conseguia encostar dos dois lados com as pontas dos dedos, e também era bloqueada por latões de lixo e motos estacionadas. Pulei por cima de um pedaço de concreto, bati a canela e saí mancando.

Eu os alcancei quando o corredor de vermelho segurou o garotinho pelas costas da camiseta. A criança se contorceu, e, por um segundo, achei que conseguiria sair correndo e escapar de dentro da roupa. Mas o corredor fechou a mão ao redor do braço do garoto, que era fino como um palito, e começou a dar ordens em um tom que não precisei saber italiano para entender.

Devolva para ela.

— O que ele pegou? — me perguntou o corredor. Havia traços de suor em sua têmpora e os cachos negros estavam grudados à pele escura da testa. Falando na minha língua, o que ele dizia não tinha sotaque algum.

— Minha bolsa — respondi, ainda sem fôlego. Não tinha certeza se gostava do modo com que a mão do meu salvador circundava completamente o braço da criança, independentemente de ela ser um ladrão.

O sujeito olhou para o garotinho que estava segurando e para mim.

— Odeio ser eu a te dar a notícia, mas esse garoto não está com bolsa alguma. — Ele soltou o garoto, que saiu correndo quase tão rapidamente quanto um unicórnio.

— Não! — gritei. — Ele era de uma gangue. Ele sabe quem está com a bolsa.

— Aceite a ideia. — O sujeito balançou a cabeça. — Além do mais, sua bolsa já era. Eles são muito organizados. Se você não ficar de olho no item que foi roubado, eles passam uns pros outros, e você jamais consegue encontrar.

Rosnei de frustração e bati o punho na tampa do lixão.

— Mas podíamos ter feito com que ele nos levasse até a bolsa. — Talvez.

— Não podíamos, não. É assim que as coisas são. Lamento muito, mas bem-vinda a Roma. — Ele me examinou, e, na penumbra da viela, os olhos dele eram quase pretos. — Você é americana, não é? Eu também. Giovanni Cole.

Apertei a mão dele.

— Astrid Llewelyn. Não consigo acreditar que minha bolsa já era.

— Astrid. É um nome incomum pra uma americana.

— Giovanni também — respondi, mas ele só ergueu as sobrancelhas, então respirei fundo. Afinal, não foi ele quem roubou minha bolsa. — Minha mãe é um pouco... radical. Ela queria me dar um nome de guerreira.

— Minha mãe é italiana — explicou Giovanni. — O meu significa apenas *John*. — Ele ficou em silêncio por um momento, mas eu ainda estava furiosa. — Olha, sei que você não quer ouvir essas coisas agora, mas na próxima vez que um bando de garotos ciganos for pra cima de você, não fique com medo de empurrá-los.

— Pode esquecer — disse uma voz atrás de mim. Phil chegou na entrada da viela com outro jovem. — Astrid ia preferir cortar a mão fora a encostar um dedo em uma criança.

— É o que parece.

Giovanni ainda estava olhando para mim, o que tornava bem difícil que eu o examinasse também. Absorvi o que pude dando rápidas olhadelas. Era magro, moreno, com cabelo curto, maçãs do rosto proeminentes e pele bonita.

— Eu falei que encontraríamos os dois juntos — disse o outro sujeito.

Phil colocou a mão no meu ombro.

— Você não tinha nada de valioso lá, não é? Seu passaporte?

Minha mão voou para minha boca.

— Ah, não!

— Está tudo bem, meu anjo. Acontece o tempo todo. A embaixada consegue um novo. — É melhor que consigam! Eu queria poder ir embora o quanto antes.

— Mas o que vamos dizer pro Neil? — Eu me encostei ao prédio mais próximo. Talvez fosse por isso que Cory se recusasse a sair do Claustro. — Não devíamos nem estar aqui.

— Quem é Neil? — perguntou o segundo rapaz.

— Nosso responsável. — Phil ajeitou meu cabelo. — Vamos, Asteroide, se anime. Não é nada de mais. — Ela puxou algumas mechas com mais força do que precisava e sussurrou: — Por que você não me apresenta pro seu *novo amigo?* E pro amigo *dele?*

Ah. Olhei para cima, mas era tarde demais. O "amigo dele" já estava fazendo as honras.

— Meu nome é Seth Gavriel. — Esse tinha sotaque, embora fosse aquele suave e cantado dos sulistas nos Estados Unidos. O cabelo era castanho-claro e os olhos eram de um verde vivo incomum. O nariz era sardento.

— Phil Llewelyn. O que traz vocês, rapazes, a Roma? — Ela me cutucou de novo, e fiquei de pé.

— Supostamente estamos em um programa de imersão na língua — disse Seth. — Não parecemos imersos?

— Completamente.

— Minha mãe decidiu que estava na hora de eu abraçar meu legado — disse Giovanni para mim. — E como isso envolvia vir pra Roma, não me opus.

— Parece familiar — disse Phil, que tirou uma vantagem similar da situação.

— Por que vocês duas estão aqui?

— Medicina — falei, na mesma hora em que Phil disse:

— História.

— Uau — disse Seth, se virando para mim pela primeira vez. — Você não é meio jovem para isso?

Tradução: *Você nem está na faculdade ainda, está?*

— É um programa diferente — argumentei, e Phil mostrou a língua para mim, mas a escondeu assim que Seth dirigiu aqueles olhos verdes para ela. — Mas muito avançado.

— É nossa primeira noite em Roma — disse Phil, fazendo uma cara feia. — E vejam o que aconteceu! Talvez devêssemos ir embora, não é, Astrid?

Eu achava mesmo, mas estava claro que Phil tinha outras ideias.

— Não façam isso! — disse Seth, em um tom tão doce quanto meloso. — Tenho certeza de que podemos salvar a noite, mesmo tendo perdido alguns euros e sem um passaporte.

— E sem passe de ônibus — resmunguei.

Seth olhou para mim.

— Quer saber? Vou apresentar você ao seu primeiro gelato.

— Que cortês. — Phil abriu um sorriso largo para ele. — Parece que encontramos um par de cavaleiros em armaduras brancas, prima.

Cavaleiros e donzelas. Perfeito. E Giovanni ainda me observava em silêncio. Quando Phil e sua nova conquista saíram andando pela viela, ele falou.

— Sinto muito *mesmo* por sua bolsa. Talvez eu devesse ter deixado você lidar com o ladrão do seu jeito.

— Ah, claro, o meu jeito, que não envolvia encostar um dedo nele? Acha que eu teria tido mais sucesso?

— Não. Você é uma guerreira incomum.

— Você não faz ideia. — Se ele achava que eu era rápida correndo atrás de um ladrãozinho, devia me ver correndo atrás de unicórnios.

Os lábios de Giovanni se curvaram só um pouquinho, mas foi o bastante para iluminar todo o rosto. Ele não era tão alto quanto Seth, nem tinha ombros tão largos, mas gostei da aparência dele.

— Você não está mesmo estudando medicina, está?

Eu baixei a cabeça. Chega disso.

— Que tal ensino médio? Tenho 16 anos.

— Acabei de fazer 18. — Ele deu um sorriso e acenou com a cabeça. — Não é tão ruim.

Nesse momento, eu retribuí o olhar dele em desafio.

— Tão ruim em que sentido?

— Nesse aqui. — Ele enfiou as mãos nos bolsos e me ofereceu o cotovelo, e, quando passei o braço pelo dele, uma onda de eletricidade desceu dos meus cabelos até os dedos dos pés. — Vamos, Astrid Guerreira.

6

Quando Astrid dá o salto

Seth nos levou para Testaccio, um bairro cheio de casas noturnas e artistas de rua ao longo da margem do rio. Nunca gostei muito de sair para dançar, mas depois da escuridão silenciosa do Claustro e seus ossos nas paredes, a vibrante música eletrônica e as luzes piscantes foram uma mudança bem-vinda. O lugar estava lotado de jovens, não pediram documento de identidade na porta, e mulheres de blusas apertadas andavam de um lado para o outro distribuindo bebidas coloridas em tubos de ensaio. Seth pegou várias e entregou para nós. A minha era amarela e com sabor de limão, e Phil pegou uma vermelha e outra verde. Giovanni pegou uma laranja na primeira rodada, riu e entregou o tubo roxo de volta para Seth.

Logo a multidão nos afastou de Phil e Seth, o que não me surpreendeu, embora significasse que Giovanni não tinha com quem dançar além de mim. O que era uma pena, pois Phil dança muito melhor do que eu. Ela faz um passo em que o cabelo balança em sincronia com os quadris que eu nunca consegui imitar. Giovanni dançava bem, mas alguns momentos depois que nos perdemos dos outros, ele segurou na minha mão e me puxou para fora da pista de dança.

— Está barulhento demais aqui — gritou ele no meu ouvido. — Quer ir conversar em um lugar mais tranquilo?

Eu sabia o que havia por trás daquelas palavras. Conversar queria dizer *dar uns amassos.*

— Eu não devia me separar de Phil — gritei em resposta.

— Faz sentido.

Ficamos ali de pé por um tempo, observando a multidão se mexer. Será que eu dançava mesmo tão mal que ele não queria ser visto do meu lado? Olhei para ele, que novamente se inclinou em minha direção.

— Preciso sair daqui — disse ele. — Vem comigo, por favor. Não quero deixar você sozinha. Podemos só ficar lá fora, mas acho que tem um café aqui do lado. — Ele se virou e foi para a saída, e eu o segui, perplexa.

Assim que saímos da área onde a música vibrava, ele parou e se voltou para mim, com o maxilar contraído.

— Me desculpe por isso.

— Tudo bem — falei. Ele não parecia querer dar em cima de mim, afinal. — Qual é o problema?

— Dor de cabeça. Espero que não se importe.

Neguei com a cabeça.

— Nem um pouco. Quer ir tomar um pouco de água? Talvez você esteja desidratado.

Ele olhou para o outro lado.

— Claro.

Compramos uma garrafa de água mineral sem gás e uma Fanta laranja de um vendedor na esquina, depois nos sentamos em um muro de pedra perto da boate, para que Phil e Seth pudessem nos ver se procurassem.

— Quer saber por que esta área se chama Testaccio? — perguntou ele abruptamente, apontando para uma colina que se erguia ao longe. — Aquele é o monte Testaccio. Significa montanha dos cacos de louça.

— Cacos de louça?

— Isso mesmo. Aquela colina é toda feita de pedaços de vasos e ânforas da Roma antiga. Os mercadores traziam cargas pelo rio Tibre e jogavam os potes vazios aqui. — Ele deu de ombros. — É como um antigo cemitério de Tupperwares.

E eu estava morando no antigo cemitério de unicórnios. Acho que eu teria preferido os potes de barro quebrados.

— Eu estava estudando história da arte. — Ele tomou um gole e olhou para a colina.

— Não me surpreende você ficar feliz em vir pra Roma, então. — Era oficial; ele realmente só queria conversar.

— É.

Embora não estivesse falando muito.

— Não saí muito desde que cheguei aqui — falei, canalizando a facilidade de Phil com os garotos. — O que você acha que não posso perder, além das montanhas feitas de cacos de louça?

— O Coliseu, é claro — disse ele. — Ele fica iluminado à noite. É lindo.

— É bem perto de onde estamos hospedadas.

— É mesmo? — Ele se virou para mim. — É um bairro legal.

E começou a me contar de igrejas antigas e relíquias sagradas, de vastas escavações subterrâneas que desvendavam uma nova era da história a cada camada descoberta debaixo da cidade. Falou de papas históricos que ameaçaram derrubar o monumento mais famoso de Roma, o Coliseu, para poderem ter vistas diretas do Vaticano para a Catedral de Roma, e como o antigo Fórum de Roma passou uma época meio enterrado sob um pasto de vacas no meio da cidade. Imaginei o gado mordendo a grama em meio a colunas e arcos que rasgavam a terra, mastigando a grama sobre os túmulos de César e Rômulo e soltando bosta quente sobre o antes sagrado Templo de Vesta.

Giovanni agora sorria mais e me contou histórias terríveis sobre os gladiadores e as escolas que os treinavam, sobre como costumavam mudar o curso do Tibre para inundar o Coliseu e promover imitações de batalhas marítimas, sobre não ter havido tantos cristãos assim jogados aos leões, afinal. Eu me perguntei se já teriam feito exibições de caçadas a unicórnios.

— Eu devia levar você à Galleria Borghese — prosseguiu ele. — Houve um cardeal, Scipio Borghese, na época da Renascença, que usava seu poder na Igreja para forçar outros amantes da arte a entregar o que tinham. "Me dê seu Michelangelo ou encare a Inquisição." É a melhor coleção.

— Parece divertido — falei.

— O que parece divertido? — Phil e Seth se juntaram a nós, de mãos dadas e brilhando de suor.

— Giovanni disse que tem um museu ótimo...

— Ah, não — gemeu Seth. — Chega de museus, Jo. — Ele se virou para Phil. — Ele está me torturando com isso há semanas.

Giovanni tomou outro gole da garrafa de água e não respondeu, mas o brilho desapareceu de seu rosto. Olhei para o espaço que havia entre nós, para a mão dele apoiada no muro de pedra, a alguns centímetros da minha. Deslizei meu dedo mindinho até roçar no dele.

Os olhos dele se fixaram nos meus.

E ali, no espaço entre as batidas do coração, eu senti. Não um som, uma visão ou um sentimento, mas uma combinação dos três. Seria o sussurro de uma respiração ou um vislumbre de escuridão em meio às sombras da colina? Seria o ar, com um leve aroma de brasas e decomposição? Seria a sensação da noite na floresta da minha cidade, onde eu soube que algo me observava, ignorei a sensação e paguei o preço?

Giovanni franziu a testa.

— Astrid?

Fiquei de pé e observei a colina, mas a sensação passou. Os pelos dos meus braços estavam arrepiados, e a adrenalina inundou meu corpo, mas não havia nada ali. Nada para caçar, nem humano nem monstro. Nada além da minha paranoia.

— Vamos — falei. — Está ficando tarde e vamos para o outro lado da cidade.

Eu praticamente empurrei Phil para longe da colina, para longe do muro, e saí andando pela praça. Giovanni juntou as garrafas vazias e correu atrás de nós, e Seth também nos alcançou, do lado de Phil.

— Bem, vamos acompanhá-las até em casa, pelo menos — disse ele. — Protegê-las dos terríveis ladrões.

— Sem objeções — falei, embora o arrepio na minha pele não tivesse nada a ver com as crianças ciganas. Contanto que estivéssemos nos afastando do monte Testaccio, eu estaria feliz.

Mesmo se isso representasse voltar para o Claustro.

A rua do Claustro não tinha iluminação pública, e o parque com vegetação densa em frente fornecia pouca luz. Phil, que talvez tivesse tomado o conteúdo de mais tubos de ensaio do que deveria, quase se matou cambaleando pelo chão de pedra usando sandálias de salto anabela. Seth manteve o braço ao redor da cintura dela, para garantir que ela não sofresse nada pior do que uma torção de tornozelo; e Giovanni e eu seguimos atrás.

— Vocês estão hospedadas aqui? — perguntou ele, quando nos viramos depois da parede pichada e entramos no pátio da frente. Não havia luz saindo das poucas janelas que davam para a frente, mas a lua, que estava escondida ao entrarmos na ruela, banhava as pedras com um brilho pálido e prateado. — Que lugar é esse?

— Já foi um convento — sussurrei, o que não era mentira.

— É meio assustador.

— Você nem faz ideia.

Ouvimos Phil dar risadinhas vindas do espaço escuro sob a parede externa. Pensei ter visto a silhueta de Seth botar a mão na bochecha dela e rapidamente olhei para o outro lado.

— Me diverti hoje — falei.

Por algumas horas, no meio da multidão de turistas e romanos, nenhum deles com medo de ser repentinamente atacado por monstros, eu quase esqueci o que estava fazendo ali. Seth mantivera sua promessa de tornar nossa noite mais doce, embora eu não tivesse certeza do que realmente havia funcionado: o gelato, a risada de Phil ou minha conversa com Giovanni.

Ele não era nada parecido com Brandt, disso eu tinha certeza. A rota de atalho de Seth nos fez passar no meio de um cemitério medieval, cheio de buganvílias e lotado de lápides corroídas, e lá Giovanni ficou completamente à vontade. Ele até começou a traduzir algumas das inscrições nos monumentos. Duvido que *ele* tivesse problemas na aula de francês. Eu me perguntei se ele tinha problema com qualquer coisa relacionada à língua. Não que isso fizesse diferença, especialmente graças à minha nova condição celibatária.

— Eu também — disse ele, que estava examinando o chafariz. — Isso é muito interessante. Você sabe quem o desenhou? Talvez Bernini, mas nunca ouvi falar desse. O que essa figura está segurando? Parece uma varinha mágica. — Ele olhou mais de perto, mas tropeçou na beirada da fonte. — Ai! — Giovanni sacudiu a mão e olhou para ela e depois para a fonte. — Essa coisa é afiada.

— O que foi? O que aconteceu? — falei, chegando mais perto. Peguei a mão dele na minha e examinei o ferimento. Um corte fundo percorria a beirada da palma da mão. — Você encostou no quê?

Ele deu de ombros.

— Não sei, em alguma ponta afiada, sei lá. Cara, isso arde!

Talvez no alicórnio? O medo me atingiu em cheio. Estávamos muito longe da garrafa mágica da minha mãe. Isso se ela funcionasse uma segunda vez.

— Como está se sentindo? Está tonto? — Virei a mão dele, procurando sinais de envenenamento.

— Você gosta mesmo de medicina, não é? Não se preocupe, já tomei vacina contra tétano. Isso vai me ensinar a não chegar perto demais de objetos de arte. — Ele tirou a mão da minha e se virou para observar o chafariz de novo.

— Tétano é a menor das minhas preocupações — murmurei. Mais risadas e sussurros vieram do canto escuro, mas Giovanni parecia absorto.

— É lindo mesmo — disse ele. — Não sei por que não está em nenhum dos guias de passeios a pé. — Ele se manteve afastado, mas estreitou os olhos para ver melhor o rosto da mulher.

— Bem, não dá pra incluir todas as esculturas de Roma — falei, me encolhendo todas as vezes em que ele fechava a mão. Será que o chifre ainda era venenoso depois de ter sido removido do unicórnio há tanto tempo? — O que você estava me contando mais cedo, mesmo? Sobre fazer tour pelas igrejas? Ir de igreja em igreja na esperança de dar de cara com um Caravaggio esquecido ou um Raphael qualquer? — Brandt tinha reagido muito mais rapidamente quando foi atingido pelo alicórnio. Este deve ter perdido a força.

Ele não respondeu, e por um momento desejei que Seth estivesse ali para debochar de Giovanni e fazer com que ele deixasse a estátua de lado. Mais risadas vieram do cantinho. Gente, esses dois estavam dando uns amassos ou fazendo uma guerra de cócegas? Invejei a capacidade de Phil de se divertir com garotos sem permitir que se criassem situações esquisitas e constrangedoras. Ela estava sempre saindo com algum garoto na escola e nunca reclamou de precisar dormir com alguém para receber convites. Phil nunca cedeu e, mesmo assim, sempre foi muito popular.

Por que eu não podia ser igual? Por que não podia beijar um cara sem me preocupar aonde isso ia dar? Seria graças à obsessão de Lilith por eu poder me candidatar à caçadora de unicórnios? Seria graças à insistência dela que agora eu *seria* caçadora? Que, independentemente das outras coisas que eu imaginava para minha vida, ficaria presa atrás desses muros de pedra e cercada dia e noite pelos crânios sorridentes e sem olhos que povoaram meu terror na infância?

Mas Lilith não estava aqui, nem Neil, nem Cory. Por que eu não podia beijar esse cara agora?

Quero dizer, tirando o fato de que ele parecia mais interessado em um bloco de mármore do que em mim. Talvez fosse o jeito de o universo me punir por não ter aproveitado a chance de dormir com Brandt e, com isso, escapar dessa confusão.

— Ah, olhe — disse ele, se ajoelhando aos meus pés. — Uma inscrição.

Eu me juntei a ele, e nossos ombros se encostaram quando nos agachamos na base do chafariz.

— Está em italiano?

— Latim, eu acho. — Ele se inclinou ainda mais e semicerrou os olhos, tentando decifrar as letras na escuridão. — "*In memoriam*"... Obviamente, significa "em memória de...". Não sei o que essa palavra significa. "*Pestilentia.*" "Peste", você acha? Blá-blá-blá, "homenagear", acho. E essa palavra, eu vejo nas igrejas o tempo todo. É "sacrifício". "*Em memória de* blá-blá-blá *peste* blá-blá-blá *e para homenagear o sacrifício dela, uma irmã da ordem...*"

— Da Leoa — digo baixinho, ficando de pé. — "Para homenagear o sacrifício de uma irmã da Ordem da Leoa."

— Era assim que as freiras daqui eram chamadas? Ordem da Leoa? É um nome maneiríssimo.

— Elas eram freiras maneiríssimas. — Freiras que acabavam com pestes. Freiras que matavam monstros. Freiras que tinham poderes para salvar o mundo. Era o que Lilith queria que eu acreditasse.

— Sobrou alguma?

Engoli em seco. Ele estava falando com uma. Ou com uma garota que se tornaria uma.

— Acho que simplesmente acabaram. Perderam o propósito.

— Que triste.

— Você acha? — Meus olhos estavam quentes. Minha garganta estava apertada. Talvez tivesse sido *eu* quem foi tocada pelo alicórnio. — Você não acha que algumas coisas devem permanecer no passado? Como, por exemplo, se isolar do mundo, desistir de tudo que você podia querer porque seus pais decidiram... entregar você para outro propósito?

Ele ficou de pé e limpou as mãos.

— Você está certa. Devia ser difícil. Mas, hoje em dia, as pessoas que fazem coisas como se tornar freira, monges ou coisa assim, fazem isso porque acreditam, porque querem essa vida. Não é o que eu quero, o celibato e tal... — ao dizer isso, ele baixou a cabeça e olhou para o outro lado —, mas respeito que outras pessoas queiram. A vocação é uma coisa poderosa. Quando se sente isso de forma intensa, tudo o mais de que se abre mão não parece ser muito sacrifício, parece?

Ah, é? Experimente.

Outra risada. Fechei os olhos contra a luz da lua e tentei bloquear os sons de minha prima e sua conquista, a raiva quente que apertava meu peito todas as vezes em que eu pensava em Lilith, no medo do que estava lá fora, na escuridão, na frustração de que Giovanni nunca seguraria na minha mão na única noite em semanas em que pude fingir ser *normal* de novo...

Respirei fundo e mais uma vez me veio a sensação, como fome ao amanhecer ou exaustão no fim do dia. Meu corpo se preparou tão naturalmente que mal tive tempo de ir contra. Virei a cabeça em direção à entrada do pátio e abri os olhos.

Mais uma vez a escuridão tremeu, um azul-marinho profundo sobre preto. Mas, então, como naquela noite na floresta, eu o vi mais claramente. Eu... *o senti.* Ele estava de pé logo depois do arco, esperando por mim, esperando pelos rapazes, esperando para atacar. Bem maior do que Bonegrinder. Bem maior do que qualquer zhi. Com pelo malhado, uma crina densa e escura e um longo e cruel chifre.

— Você está bem? — perguntou Giovanni, pegando meu braço e me puxando na direção dele. — Nunca vi uma pessoa se mexer tão rápido. Você pareceu ter sumido por um segundo.

Percebi que estávamos em algum ponto à direita do portão. Em um piscar de olhos, cruzei o pátio inteiro, fui em frente, como tinha feito quando fui atrás de Bonegrinder naquela tarde.

O unicórnio na entrada deu alguns passos à frente, depois fez uma pausa, um pouco além do alcance da luz da lua. Ele era da cor da meia-noite, das sombras, dos pesadelos. Nunca tinha visto nada assim. Por que estava esperando? Estávamos indefesos. Embriagados, cansados e sem armas.

— Com essa capacidade de correr, você devia se candidatar a uma bolsa de estudos de corrida quando chegar à faculdade.

Olhei para ele sem entender, tentando clarear os pensamentos, mas só conseguia ver sangue e morte.

— Tem alguma coisa ali... Se afaste. Você vai se machucar. — Eu não podia ter outro Brandt em minhas mãos.

— De que você está falando? — perguntou ele, esticando o pescoço na escuridão, até ficar a centímetros da criatura.

Será que ele não conseguia sentir o hálito no rosto? Será que não via como a criatura estava me provocando ao ameaçar matá-lo? Bastava um movimento de mandíbula e Giovanni já era. Quase duas décadas de conhecimento sobre arte, mãos bonitas e raros sorrisos. Visualizei as linhas de aparência aveludada no rosto de Brandt, me lembrei do sangue dele pingando sobre as folhas. Não tínhamos a garrafa dourada. Não tínhamos nada.

O chifre do unicórnio estava quase em cima da cabeça de Giovanni. Ele estava parado, todo de carne e osso, ou não, uma alucinação e uma ameaça ao mesmo tempo. Talvez meu tio estivesse certo e os que viam coisas assim fossem mesmo loucos. Este não era Bonegrinder, cheia de pelos, cascos e comportamento de bicho de estimação com raiva. Este era um monstro. Este era mágico.

— Não — sussurrei. *Vá embora. Vá embora.*

— Odeio ser eu a dizer, Astrid Guerreira, mas não tem nada aqui.

O kirin (pois era isso que ele era) abriu a boca acima da cabeça de Giovanni. Tive um *flash* de seus dentes. E, naquele momento, o unicórnio me olhou bem nos olhos e me desafiou a ir atrás dele.

Tirei os sapatos e saí correndo.

7

Quando Astrid derrama sangue pela primeira vez

O kirin era feito da própria noite. Eu me agarrei às suas costas, incapaz de fazer muita coisa além de segurar no pelo frio e úmido enquanto ele corcoveava enlouquecidamente, balançando a cabeça na tentativa vã de me perfurar com o chifre. De perto, pude ver que ele não era nada invisível, apenas composto das cores da noite. Ainda assim, enquanto saltava em uma luta silenciosa, com os cascos não fazendo qualquer som ao se chocarem com pedras, o mundo ao nosso redor piscava como uma miragem, a imagem de Giovanni se enevoando ao nos afastarmos. Será que ele conseguia me ver? Será que me ouviria se eu gritasse?

Subi pelas costas da criatura e agarrei tufos da crina negra que escorregaram pelos meus dedos como grama úmida. Agora eu conseguia ouvi-lo respirar em lufadas quentes de ar, exalando decomposição e ferindo minhas narinas quando as inalei. Minha mão se fechou ao redor do chifre, quente e duro como um taco de beisebol em um dia de verão. Eu apertei. Eu puxei. O kirin ficou louco, se contorcendo e saltando, pulando e me sacudindo. Consegui ouvir Phil gritar meu nome, consegui ver três imagens borradas no portão, mas não tive fôlego para gritar. Minhas mãos escorregaram do chifre e foram parar no focinho da criatura; enfiei os dedos desesperadamente até sentir uma coisa mole debaixo do meu polegar. O olho.

Eu me encolhi de horror, e o kirin corcoveou mais uma vez.

A lua passou por mim balançando em arco, e caí no chão, com o braço parecendo pegar fogo. Cobri a cabeça com as mãos, certa de que a qualquer segundo sentiria cascos esmagando meu crânio. Alguma coisa quente pingou no meu rosto, e em seguida Phil estava ao meu lado, me puxando para ficar sentada.

— Levante-se — sibilou ela. — Ele já foi.

Esfreguei a parte de trás da cabeça, onde tinha batido com força contra o piso de pedra. Não havia cortes, mas com certeza haveria um galo amanhã.

— Cara — disse Seth. — Você é algum tipo de acrobata? É melhor parar de dar saltos-mortais sem um chão acolchoado, hein?

Quando afastei a mão, havia sangue escorrendo pelo meu braço. Fiquei olhando para ele, meio entorpecida.

— Você se machucou... — disse Phil, franzindo a testa.

Olhei para além dela, para onde Giovanni estava, silencioso como um kirin.

— Aperte — disse ela.

Um rio de sangue descia do cotovelo até meu pulso, vindo de um corte profundo e ardido na parte interna de meu braço.

— Mas estou falando sério — disse Seth. — O que você achou que estava fazendo?

— O que era? — perguntou Phil, ignorando o acompanhante.

— Um kirin — sussurrei em resposta. — Tenho certeza.

— Nas ruas de Roma?

Incapaz de atrair nossa atenção, Seth se virou para Giovanni.

— Por que ela foi pular de cima do muro?

Giovanni negou com a cabeça sem saber responder, mas não tirou os olhos de mim.

— Não tenho... certeza. O modo como ela se moveu... Ela simplesmente desapareceu.

Phil ainda estava falando.

— Acho que, se pode haver coiotes no aeroporto de Los Angeles, pode haver kirins no centro de Roma...

Eu me desvencilhei dela (de toda forma, o corte não era fundo) e fiquei de pé.

— Aquilo não foi uma ginástica olímpica. Tinha uma coisa ali.

— Uma *coisa*? — riu Seth. — Como o quê, um monstro? Você contou lendas demais para essa garota hoje, Jo. Agora ela está vendo górgonas e ciclopes.

— Ei — disse Phil, com a voz em tom perigoso. — Cuidado com o que fala. — Ela se virou para mim. — Vamos, Astrid. Vamos limpar isso.

Giovanni ainda estava olhando, mas não deu um passo em minha direção. Nem perguntou se eu estava bem.

— Não podemos deixá-los sozinhos aqui — falei. — E se ele estiver perto?

Phil fechou os olhos, como uma médium doidona.

— Não está. Você não consegue perceber?

Não. Eu me sentia coberta de kirin. Cheia dele. O kirin cobria meu corpo como óleo, queimava no meu sangue. Apertei os braços sobre o peito e tremi.

— Hum, moças? — disse Seth. — Nós vamos embora. — Ele puxou o braço do amigo. Giovanni deu alguns passos para trás, mas não se virou.

Eu queria dizer que não éramos esquisitas, que havia uma explicação racional para o que ele presenciou, algo que não envolvia um unicórnio invisível. Mas para quê? Brandt não tinha acreditado na história do bode louco. Nem mesmo o encanto de Phil estava tendo muito efeito neles.

— Se cuidem. — Foi tudo que consegui dizer.

Giovanni pareceu que ia falar alguma coisa, mas Seth saiu andando, e ele só hesitou por um segundo antes de seguir o amigo.

— Babacas. — Phil bateu o pé no chão. — Odeio garotos! Num segundo estão com a língua enfiada na sua boca e, no seguinte, pulam fora. Espero que *sejam* comidos por unicórnios. Seria bem feito pra Seth por se divertir com a sua cara.

Observei as silhuetas deles desaparecerem na escuridão e prendi a respiração, mas se havia um unicórnio os seguindo, não consegui detectar.

— Bem, isso foi uma bosta. Que final horrível pra uma noite ótima, hein? — disse Phil.

— Uma noite ótima que começou com minha bolsa sendo roubada?

Phil repuxou os lábios.

— Ah, é. Bem, não há nada que possamos fazer agora. Vamos cuidar desse braço. Não consigo acreditar que você foi atrás dele! O que já sabe sobre matar unicórnios?

Encostei o queixo no peito.

— Não sei por que fiz isso. Foi burrice. Eu nem sequer tinha uma arma. Mas ele apenas... me olhou. Ele ia *comer* Giovanni.

— Então achou que era melhor que ele comesse você em vez disso? — suspirou Phil, passando a mão pelo meu braço ferido e me guiando pelo pátio em direção à porta do Claustro. — Sua mãe me mataria se soubesse que deixei você pular em cima de unicórnios na sua primeira semana aqui.

— Lilith te mataria se soubesse que você me levou pra sair com garotos.

— Verdade. — Phil sorriu. — Acho que é a maldição das mães solteiras. Elas têm medo da filha cair na mesma armadilha.

Não, Lilith queria garantir que eu ainda poderia ser caçadora. Olhei para meu braço. Havia sangue seco sobre a pele, mas o ferimento parecia pouco mais do que um arranhão. Phil abriu as portas gigantescas, e entramos pé ante pé na rotunda. Era ainda mais apavorante à noite. Nenhuma luz brilhava nos mosaicos dourados, e o que eu conseguia distinguir de "Bucéfalo" era um volume ameaçador e sem forma definida; um contorno do chifre; e aqueles dois olhos brilhantes e proeminentes.

— Se divertiram?

Nós duas pulamos. Uma luz se acendeu e pisquei para Cory, que apontou uma enorme lanterna para nós como se estivéssemos em um interrogatório. Neil estava ao lado dela, com os braços cruzados sobre o peito.

— Onde vocês duas estavam? — perguntou ele.

Phil se empertigou.

— Nós saímos.

Cory apontou a luz da lanterna para meu braço.

— Deve ter sido uma noite e tanto.

— Havia um kirin... — comecei, mas Neil me interrompeu.

— Vocês não podem sair sem permissão. Imaginem minha aflição quando estava tentando mostrar o claustro para uma nova caçadora e os pais dela esta noite, mas acabei descobrindo que tinha perdido uma menor de idade sob minha supervisão.

— Qual é o problema? — perguntou Phil. — Eu a levei pra jantar. Sou prima dela. Posso fazer isso.

— A mãe de Astrid a colocou sob nossos cuidados, não sob os seus. Apesar de você não ser menor, eu não aprovo o fato de você estar aqui sem o conhecimento de seus pais. O que eu sei é que você chegou sem convite e sem aviso e, no minuto seguinte, está desaparecendo com minhas caçadoras.

— *Suas* caçadoras? — respondeu Phil. — O que te qualifica pra ser o responsável?

Neil ignorou a pergunta.

— Astrid, se lave e vá pro seu quarto. Philippa, me acompanhe até minha sala imediatamente.

Dei um passo à frente.

— Sem mim, ela não vai. — Ela havia me defendido de Seth, agora eu podia fazer o mesmo. — Phil não me forçou a ir a lugar algum. Se estamos encrencadas, estamos juntas. — Qual era a pior coisa que ele podia fazer? Me expulsar? Manda ver!

Neil franziu a testa.

— Tudo bem. — Ele se virou e entrou batendo os pés na sala dele. Nós fomos atrás, e Cory nos seguiu até que Neil praticamente batesse a porta na cara dela.

— Me desculpem a bagunça — disse ele, em um tom que não trazia qualquer traço de desculpa verdadeira.

A sala de Neil era cheia de livros e papéis, fotos de satélites e desenhos amarelados de unicórnios. Mas as paredes eram pintadas em um tom creme suave e não havia sinal de ossos.

Ele transferiu uma pilha de pastas de cima de um banco para o chão e gesticulou para que sentássemos. Tomamos nossos lugares, e Neil lentamente percorreu a extensão da escrivaninha até sentar-se na cadeira. A camisa dele estava amassada, o cabelo, desgrenhado, e pensei estar vendo olheiras debaixo dos seus olhos. Senti uma pontada de culpa por tê-lo deixado preocupado a noite toda. Já trabalhei como babá vezes o suficiente para saber o quanto é difícil lidar com pais que aparecerem quando você não está com tudo perfeitamente sob controle.

— Vou ouvir a explicação de vocês.

— Mas é isso — disse Phil. — Não temos nenhuma. Nós saímos. Nos divertimos. Até onde eu sei, essas coisas não são ilegais.

— Se você acredita nisso, por que não me informou? — Oops, ponto para o Neil.

Mas Phil se saiu bem.

— Se tivéssemos perguntado, por que você teria dito não?

Ele apontou para o meu braço.

— Não é razão o suficiente pra você? Sua prima foi atacada por um unicórnio hoje. Uma caçadora sem treinamento corre perigo sempre que estiver do lado de fora. Vocês não entendem? O *potentia illicere*... O unicórnio é atraído até a caçadora, sempre. E hoje, ele veio atrás *dela*.

— Peço licença pra discordar — respondeu Phil. — Pelo que sei, *ela* atacou *ele*.

Eu confirmei, para apoiá-la. E talvez agora não fosse o melhor momento para mencionar meu passaporte perdido.

— Pelo que você ouviu de quem?

— Do garoto com quem ela estava saindo.

Agora Neil ficou de pé.

— Você só pode estar brincando. Não só a retirou do Claustro sem minha permissão, mas também arrumou um encontro pra ela? — Ele negou com a cabeça sem acreditar. — Não tem respeito pelo que estamos fazendo aqui?

— Não vejo como tenhamos posto qualquer coisa em risco. — Phil também ficou de pé.

— Não é permitido ter encontros. Isso vai contra todas as regras da Ordem.

Phil riu.

— Por favor. Eu namoro há anos e ainda sou qualificada pra ser caçadora de unicórnios. O que você pensa de nós? Acabamos de conhecer esses caras!

— Então *você* também estava com alguém? — Ele cruzou os braços. — Essas questões não são negociáveis.

Ela deu de ombros.

— É você quem está desesperado por caçadoras de unicórnio. Quantas estão vindo, seis? Nove? Contra quantos unicórnios? — Ela sorriu. — *Tudo* aqui é negociável.

Ele se inclinou para a frente e sorriu do modo mais charmoso possível.

— Não isso. Suponho que você conheça *essas* regras.

Eu gemi.

— Você não entende, Phil? Isso aqui não é uma colônia de férias. É uma escolha pra vida inteira. Se vamos ser caçadoras, é assim que vai ser. É o que vamos ser. Não seremos namoradas, nem esposas, nem mães...

Phil olhou para mim, atônita.

— Então era disso que tia Lilith estava falando. E você concordou com isso?

Quais eram minhas opções? Talvez eu tivesse resistido com mais intensidade se sentisse que estava abrindo mão de alguma coisa. Mas depois de Brandt, não era como se eu ainda tivesse muita chance com os caras da minha cidade. E as coisas com Giovanni não deram em nada, mesmo antes de o kirin aparecer. Talvez eu não levasse jeito para romance, independentemente da questão dos unicórnios.

— Isso é simplesmente ridículo! — gritou ela. — Como você espera que alguém se submeta a isso?

— Agora você entende por que estamos tendo tanta dificuldade — disse Neil. — O estigma histórico é uma carga difícil de se livrar. Metade das famílias existentes é descendente do lado feminino, uma população que raramente tinha descendentes antes de os unicórnios se tornarem extintos. Mesmo se estiverem cientes de sua herança, poucas apoiam. A resistência era esperada.

— Então por que seguir as antigas regras? — perguntei. — Você está disposto a perder Philippa porque ela não quer desistir de todos os aspectos da vida pessoal para ser caçadora. Está disposto a abrir mão de todas nós. Estou aqui porque minha mãe me obriga e porque, como você diz, sou menor de idade. Você está tentando recrutar mais caçadoras, mas só está dificultando as coisas pra si mesmo. Não seria melhor mudar as regras pra se adequar ao fato de que, hoje em dia, as mulheres são mais independentes?

— Com que objetivo? — perguntou Neil. — Perder tempo treinando garotas que vão nos largar assim que decidirem levar seus relacionamentos para o próximo nível?

Eu não tinha resposta para isso.

— Entendo seu ponto de vista, acredite — disse Neil, sentando-se. — Me sinto muito mal por ser forçado a assumir a posição de cuidar de sua vida pessoal. Não é da minha conta. Mas havia uma razão pra Ordem da Leoa assumir o disfarce de convento, e não tinha nada a ver com o catolicismo. Ao tirar as caçadoras do mundo material, a ordem acabava com qualquer possibilidade de perdê-las para ele. — Ele gesticulou para Phil. — Você tem 19 anos; diz que namora há vários; e, mesmo assim, ainda é... *qualificada.* Tem alguma ideia do quanto isso é raro para alguém dessa idade?

— Por que você não me chama logo de derrotada? — disse Phil.

Mas Neil não ia se deixar enrolar.

— Principalmente alguém tão atraente e cheia de energia como você. Pra ser completamente franco, se eu não tivesse visto você passar no teste do zhi com meus próprios olhos, teria dificuldade em acreditar.

O olhar de surpresa nos nossos rostos o fez ruborizar, e ele contornou.

— Você é a garota mais velha daqui, com uma diferença de vários anos.

— E o que a idade dela tem a ver? — perguntei. — Você acha que só porque ela é bonita, legal e divertida, deveria estar fazendo sexo?

— Não! — Neil passou a mão pelos cabelos. — Vocês não entendem? *Eu* não ligo. Não criei as regras, mas preciso segui-las. O jeito antigo *funcionava.*

— O jeito antigo — continuei —, foi desenvolvido em uma sociedade onde as mulheres não eram nada além de haveres.

— Nada além de quê? — Phil franziu a testa.

— Propriedades — explicou Neil, e se curvou na cadeira. — Eu sei. E, até certo ponto, concordo. Vejo os problemas inerentes de pedir que adolescentes assumam um compromisso pra vida toda. Mas nós não sabemos quanto tempo vai demorar até termos caçadoras prontas pra cumprir o dever. Antigamente, vocês eram treinadas desde a infância e continuariam caçando até a terceira idade. Então, que prazo escolheremos? Quatro anos, como o serviço militar? Trinta, como as virgens vestais da Roma antiga?

— Trinta! — Phil quase se engasgou. — Isso é a vida inteira.

Se não fôssemos mortas durante a primeira caçada. Sempre havia essa possibilidade. Verifiquei o arranhão no meu braço, que tinha secado completamente. O que eu estava pensando quando pulei no kirin daquele jeito? Eu podia ter morrido hoje.

— Por que é você quem determina os termos? — perguntei. — Quem nomeia o *don*? Como isso funciona?

Neil parecia cansado.

— Normalmente, o antigo *don* ou um grupo de caçadoras experientes. Nesta situação, não tínhamos nenhuma das duas coisas, então assumi a posição.

Ainda bem que Lilith não sabia que o cargo de Neil tinha sido dado a ele por si mesmo, senão certamente minha mãe teria tentado tirá-lo dele.

— Mas talvez tenha sido um erro. Antes, quando éramos apenas Marten, Cornelia e eu, tudo parecia simples. Já na prática... talvez você esteja certa. O sistema antigo não vai mais funcionar. E talvez seja uma coisa que devamos todos discutir, juntos, como uma Ordem. Ninguém é dono de vocês; ninguém pode forçá-las a fazer isso. E admito: tenho odiado cada minuto nessa função.

Ninguém pode me forçar a fazer isso? Neil tinha *mesmo* trocado uma ideia com minha mãe?

Phil fez um gesto de negação com a cabeça.

— Se você odeia, então por que está aqui? Ninguém está te forçando.

— Depende de como você encara. — Ele apoia a cabeça nas mãos e fica em silêncio por um bom tempo. — Eu não devia contar isso. Nada disso. Mas vocês estão certas. O que me torna mais qualificado do que Philippa para ser o responsável aqui? Pelo menos, ela é caçadora. Os *dons* nunca foram caçadores, mas agora o tempo é outro.

Vi Phil erguer o queixo, mas eu ainda estava observando Neil. Ele não parecia em nada com o rabugento Cornelius Bartoli que trocava tantos e-mails ansiosos com minha mãe.

— Minha irmã — disse ele, ainda encolhido à escrivaninha —, era genealogista. Foi pelos registros dela que conseguimos encontrar a maioria das famílias. Ela achava que os unicórnios eram uma história de família interessante, úteis apenas por fornecerem um retrato detalhado e uma série de registros que ela poderia usar pra estudar nossa linhagem. Ela nunca acreditou. — Ele se endireitou na cadeira e nos olhou. — Um dia, uns seis meses atrás, ela estava no bosque com a filha, e elas foram atacadas por um bando de zhis. Minha irmã foi morta.

— Ah, meu Deus — sussurrou Phil. — Neil, lamento muito.

Mas eu estava tremendo tanto que não conseguia falar. *Que nem Brandt.* Que nem Brandt, a única diferença é que não havia ninguém lá para salvá-la.

— Quando as encontrei — disse ele —, os zhis estavam mortos. Cornelia tinha batido neles com um porrete até matá-los. Todos, menos um. Ela havia desmaiado, coberta de ferimentos. O único animal que sobreviveu estava dormindo no colo dela.

Eu engoli em seco.

— Bonegrinder.

Não era surpreendente ela querer a zhi morta. E eu a tinha protegido. E Phil a tinha... *acariciado.*

Ele confirmou, parecendo infeliz.

— O unicórnio é atraído para a caçadora, sempre. — Depois de um tempo, ele prosseguiu. — Cory não sabia de nada sobre isso, nada sobre as habilidades dela. Vocês não a reconheceriam na época. Ela mudou demais. Quando mexeu nas coisas da mãe, descobriu a existência de caçadoras, do Claustro, da Ordem. Acabou ficando obcecada. Foi Cory quem fez contato com Marten Jaeger, que fez contato com Lilith Llewelyn.

Então não tinha sido Neil a escrever como Cornelius. Sempre fora Cory. Não era de surpreender que, pessoalmente, ele parecesse tão diferente daquele dos e-mails de Lilith.

— Precisávamos de um adulto pra ser o *don*, pra continuar a procurar novas caçadoras, então eu me juntei a ela. O que mais eu podia fazer? Sybil era minha irmã, e agora sou tudo que a filha dela tem.

Phil esticou a mão e tocou o ombro dele.

— Neil — disse ela, baixinho.

— Você é uma fraude — falei. — Você e Cory nos trouxeram aqui sob alegações falsas. Não fazem a menor ideia de como nos transformar em caçadoras.

Neil contraiu o maxilar.

— Reunimos os registros que sobraram e estamos trabalhando dia e noite pra montar um programa. Tenho um arqueiro habilidoso que está vindo para ensiná-las como usar o arco e flecha; temos a Gordian Pharmaceuticals pra quaisquer outros recursos de que possamos precisar. Não, não temos experiência, ninguém mais tem. Mas sabemos mais sobre unicórnios do que qualquer pessoa viva.

— E — disse Phil, para dar apoio — tenho certeza de que as novas caçadoras podem ter registros familiares que podem ser de alguma ajuda. — Ela sorriu para ele, e eu senti vontade de gritar.

Fiquei de pé.

— É, vocês estão *transbordando* conhecimento. Vou ligar pra minha mãe e contar exatamente o que está acontecendo aqui.

Agora Phil se virou contra mim.

— Acha que vai fazer alguma diferença pra ela, Astrid? "Ah, claro, querida. Esqueça essa ideia de caçadora de unicórnios e volte pra casa." Até parece. — Ela voltou a falar com Neil. — Quero ajudar você. Passou por muita coisa sozinho. Mas precisa ser com direitos iguais. Sou caçadora, é verdade, mas não vou me anular e ser... propriedade de ninguém, sei lá. Sou uma mulher adulta e tomo minhas próprias decisões.

— Combinado — disse Neil, e pareceu aliviado com isso.

Ela olhou para mim.

— E devíamos levar em conta os desejos das caçadoras menores de idade também. Não só Cory, mas todas. Não estou pregando o caos, mas é injusto impor regras com séculos de idade em situações nas quais não são mais aplicáveis. Sei que podemos pensar em alguma solução.

Fiz um som de protesto, mas ela me ignorou e continuou a elaborar seu pequeno estratagema para Neil. Era demais. Eu tinha entrado em um avião por ordens de Lilith, desde que cheguei só vinha ouvindo ordens de Cory. Não ia deixar que minha prima três anos mais velha mandasse em mim. Dei meia-volta e saí como um furacão da sala de Neil.

Phil me alcançou antes de eu chegar na metade da rotunda.

— Astrid, espere.

— Não! — Apertei o braço contra o peito e continuei andando. — Você deveria tornar toda essa experiência melhor, suportável! Mas agora está comprando a ideia. Eu queria que você fosse filha da minha mãe e eu fosse filha do tio John! Assim, eu não precisaria estar aqui.

Ela me puxou para perto.

— Astroturf, pare com isso. Não faça assim. — Nos braços dela, a sensação era igual a de ser abraçada por Lilith. Ela era mais alta do que eu. Mais forte. Eu tentei me afastar, mas Phil passava horas malhando e conseguia bater em uma bola de vôlei com tanta força que deixava marca na quadra. — Você não vê o quanto vai ser melhor?

— Não. Estou presa aqui de qualquer jeito.

— Mas não pra sempre. E não do jeito que eles querem. Pense bem. Você disse que Cory quer caçar unicórnios até que fiquem extintos. E, se sua mãe pudesse fazer as coisas como quer, ela trancaria você aqui e jogaria a chave fora. Posso não saber as mesmas palavras difíceis que você, posso não saber nada sobre caçar, mas consigo entender Neil. Ele não pode fazer isso sozinho. Precisa de nós, como caçadoras e como ajudantes. E precisamos que ele esteja do nosso lado. Você não percebe? Trabalhe *com* o sistema. Não lute contra ele.

— Lutar contra os unicórnios? — debochei, me afastando e segurando o braço ferido. — Pra que da próxima vez eles me acertem em um lugar mais delicado? Podemos ser imunes ao veneno, mas ninguém é imune a um grande e afiado chifre entrando na barriga. Trinta centímetros pra direita e eu poderia ter morrido hoje. Brandt poderia ter morrido no bosque lá da nossa cidade. Sybil Bartoli? *Morta.* E ninguém aqui tem a menor ideia de como nos treinar, de como fazer com que estejamos em segurança.

Phil não tinha resposta para isso.

Apontei para a figura de Clothilde atrás de nós.

— Ela treinou a vida toda, mas ainda assim foi morta pelo karkadann. Caçadoras de unicórnios *morrem*, Phil. Não é um jogo. Você pode fazer todos os pactos que quiser pra que a gente possa sair com garotos, ir pra faculdade, ir embora depois de um número determinado de anos de serviço, mas não muda o fato de que minha vida está em perigo aqui. Não quero fazer isso. Eu *não* sou uma guerreira.

— Mas hoje você...

— Hoje eu fiz uma loucura. Não vai acontecer de novo. — Parei de falar, me sentindo sem fôlego de repente.

Phil mordeu o lábio e me observou.

— Astrid, eu te amo tanto. E juro, juro mesmo, que quero a sua segurança e quero que seja feliz. E vou fazer o que for preciso pra que isso aconteça.

— Você vai me tirar daqui? — Ela não respondeu. — Não achei mesmo que fosse. Boa noite.

Fui para a escada e fiz uma careta ao esticar a mão para o corrimão e sentir o ferimento no meu braço repuxar com o movimento. Eu queria arrancar os pedaços de ossos das paredes. Queria esmagar os que despontavam como protuberâncias pela alvenaria. No andar do alojamento, vi uma luz acesa debaixo da entrada de outro quarto, que devia pertencer à nova caçadora. Olhei para os nomes na porta quando passei a caminho do banheiro, no final do corredor. DORCAS E URSULA.

Só pode ser brincadeira.

Lavei e desinfetei o corte quase cicatrizado da melhor maneira que pude. Posso ser imune a veneno de alicórnio, mas quem sabe o tipo de germes que um unicórnio carrega? O lado positivo foi que consegui usar alguns dos itens de primeiros socorros que Lilith tinha colocado na minha mala. Passei um curativo líquido e usei uma fileira surpreendentemente cuidadosa de curativos adesivos para fechar o corte, considerando que os colei com apenas uma das mãos.

A luz estava apagada no quarto que eu e Cory dividíamos, e a coisa amontoada sobre a cama dela obviamente não tinha nada para me dizer. A luz da lua se refletia nos porta-retratos sobre a prateleira dela, as fotos da mãe, do cachorro, de uma época em que ela também era normal.

Tentei ficar o mais em silêncio que pude ao entrar pé ante pé, trocar de roupa e subir na cama. Fiquei deitada sem me mover e respirei fundo, mas permaneci acordada. Phil tinha se juntado a mim no Claustro, mas não estava do meu lado. Meu passaporte tinha sido roubado, então eu não podia fugir. E jamais veria Giovanni de novo. Minutos se passaram, talvez até horas, mas minha cabeça estava cheia demais para cair no sono completamente. Meus olhos ardiam, minha cabeça doía, e meu braço coçava, mas não chorei.

Em vez disso, pensei no kirin.

8

Quando Astrid recebe as caçadoras

Quando acordei na manhã seguinte, Cory já tinha se vestido e saído do quarto, o que, para ser sincera, foi um alívio. Eu ainda não sabia o que dizer para ela. Fiz minha cama, depois desci o corredor até o banheiro, esfregando o polegar na palma da mão. Eu havia lavado as mãos cuidadosamente na noite anterior, mas não fez diferença. Meus sonhos foram repletos de kirins, e minha pele cheirava a fogo e inundação. Quando saí do chuveiro, depois de sete minutos mornos e gotejantes, vi uma garota pequena e pálida, com cabelos castanhos sem graça e desgrenhados, de pé em frente à pia. Ela esfregava os olhos avermelhados.

— Oi — cumprimentei. Essa devia ser Dorcas. Ou, talvez, Ursula.

Ela caiu em prantos e saiu correndo do banheiro. Finalmente alguém com menos vontade do que eu de ser caçadora. Corri atrás dela, amarrando meu roupão no processo. Vi-a passar por Cory no corredor e desaparecer no quarto, batendo a porta atrás de si.

Cory mudou a pilha de lençóis de um braço para o outro e deu uma risadinha. Em seguida, sem dar a menor atenção para mim, entrou em outro quarto. Fui atrás.

— Ela está bem? — perguntei.

Cory virou as costas para mim e colocou os lençóis em cima de uma das camas.

— Dorcas Bourg, da família Bourg. Belga de nascimento e princesinha mimada desde pequena. Você devia tê-la visto reclamando dos quartos ontem. — Ela enfiou a cabeça no guarda-roupas e começou a remexer.

— Tem alguma coisa que eu possa fazer pra te ajudar?

Os sons pararam, mas Cory permaneceu onde estava.

— Você não está indo pra casa logo mais? Com sua prima?

— Não. Tivemos uma longa conversa com Neil e...

Cory bateu a porta do armário e olhou para mim com raiva.

— Ele contou a vocês.

Olhei nos olhos dela.

— Sim. Cory, sinto muito.

Ela cerrou os punhos, depois esticou os dedos várias vezes, respirando com força. Achei que talvez ela fosse arremessar alguma coisa de novo. Pensei que talvez *a mim*.

— Não consigo imaginar o que você tem passado — disse.

Ela foi até a cama e começou a abrir os lençóis, prendê-los nos colchões e arrumá-los tão esticados que fiquei surpresa pela cama não se dobrar. Fiquei em silêncio. Meu cabelo molhado pingou no tapete.

Por fim, ela disse:

— Temos mais duas caçadoras chegando em breve, e há muito trabalho a ser feito.

E isso foi tudo. Ela não voltou a falar e me evitou pelo restante do dia. Mesmo quando nossas tarefas nos uniam, ela não me olhava no rosto e se recusou a participar de qualquer conversa minha com Phil. Mesmo as sobre unicórnios. Agora que Phil tinha decidido assumir um papel mais ativo no Claustro, ela estava tomada de curiosidade. Não havia escapatória.

Eu me peguei pensando no kirin com frequência, me lembrando da crina oleosa, do calor ardente em meu sangue quando o chifre perfurou minha pele. O ferimento no meu braço estava quase completamente curado, graças aos meus cuidados. Mas eu ainda podia sentir o globo ocular do kirin no meu polegar.

Os pais de Dorcas voltaram para o Claustro para se despedir. Eles passaram por nós (o marido de terno e a esposa cheia de joias e com cheiro de perfume caro) com uma leve olhadela de lado e desapareceram no quarto de Dorcas. Reparei que o nome de Ursula foi riscado da placa na porta.

— Aparentemente — sussurrou Phil para mim —, ela não pode ter colega de quarto.

— Por quê? Ela tem algum tipo de alergia? — Talvez eu mesma devesse ter tentado usar essa desculpa.

— Não, ela *não aceitar* ter, caso contrário, não vai ficar, de acordo com Neil. — Phil deu de ombros. — Agora você entende o que eu disse sobre tudo ser negociável?

A julgar pelo comportamento de Dorcas nos dias que se seguiram, também era negociável o fato de ela sair ou não do quarto para se juntar a nós. Neil, Cory, Phil e eu trabalhamos dia e noite para deixar o Claustro pronto para o verdadeiro treinamento. Limpei estábulos antigos e imundos, cheios de ossos de ratos (melhor do que de unicórnios) e tirei a poeira de um monte de alvos. Arrastamos colchões, limpamos armários e ajudamos Cory a organizar pilhas de diários com páginas amareladas e outros registros.

Cory voltou a falar comigo, e eu calculadamente evitei qualquer conversa que pudesse tocar no assunto da mãe dela. Eu ficava preocupada todas as vezes em que mencionava minha própria mãe na presença dela. Como eu podia falar sobre o quanto me ressentia de Lilith quando sabia que Cory mataria para ter a mãe lhe dando ordens? Na verdade, como Cory *já havia* matado.

As próximas caçadoras a chegar foram Rosamund Belanger, uma pianista de Viena que estava em pleno desabrochar, e Zelda Deschamps, uma modelo parisiense que Phil reconheceu da *Vogue* da última primavera. Zelda tinha 1,80 metro de altura e a pele mais bonita que já vi, lisa e tão negra que parecia azul à meia-luz do saguão de entrada.

Tanto Rosamund quanto Zelda pareceram céticas quanto às peças exibidas no saguão de entrada, assim como quanto à existência de Bonegrinder, que agiu com tanta alegria ao vê-las quanto com todas as outras caçadoras. Phil estava abrigando a zhi em seu quarto, o que me deixava de fora da situação. Eu já achava o animal sinistro antes, mas agora, ao saber o que havia feito, eu não queria nem chegar perto.

Cory não disse nada sobre as novas arrumações dos quartos. Acho que temia que, se abordássemos a parceria Bonegrinder-Phil, acabaríamos chegando ao motivo de a zhi morar aqui.

Mas eu estava morrendo de vontade de perguntar a ela quem tinha escolhido o nome.

— Você compreende — disse Rosamund, com a fala carregada de sotaque, acariciando o pelo de Bonegrinder com dedos longos e finos. — Minha família não sabe nada sobre nossa herança. Cornelius Bartoli nos disse que somos — ela olhou para Cory como se quisesse confirmar — da linhagem Temerin.

— Descendência feminina — esclareceu Cory com alegria, e me perguntei se tinha sido ela ou Neil a agir como "Cornelius" nas conversas com a família de Rosamund. — Mas, pelo que sabemos, isso pode tornar você ainda mais forte. Eu mesma sou de uma linhagem bastarda, de várias gerações anteriores, é claro. Minha tataravó era governanta na casa de uma das famílias Leandrus.

— Quando vocês ficaram ricos? — perguntou Phil.

Eu franzi a testa. Os Bartoli eram ricos? E Phil sabia disso?

Cory sorriu.

— Quando a filha caçadora da minha tataravó salvou o filho de uma linhagem nobre dos Bartoli de um re'em particularmente feroz. Pelo que li, foi amor à primeira vista.

— Espere aí — falei. — Ela era caçadora, mas deixou a Ordem pra se casar? Achei que era proibido.

— Não — disse Cory. — Isso foi na época de Clothilde e da Última Caçada. Ela estava sem ter onde trabalhar.

— Bom pra ela.

Zelda manteve distância do zhi durante essa conversa.

— Não gosto de animais — disse ela.

— Isso vai tornar nossa missão um pouco difícil — disse Phil, acariciando as orelhas de Bonegrinder.

— Não se tudo que eu precisar fazer for matá-los.

Ouvi Cory murmurar baixinho:

— Gostei dessa.

* * *

Tanto Rosamund quanto Zelda tinham 17 anos, e Cory as colocou no mesmo quarto. Mas, no começo da manhã seguinte, Zelda ainda estava na cama enquanto Rosamund já estava vestida e pronta à nossa porta, perguntando onde ficava a sala de música.

Cory ficou olhando para ela.

— Acho que tem um piano lá embaixo, na casa capitular. Mas eu ficaria chocada se descobrisse que funciona depois de tanto tempo.

Phil se juntou a nós, com Bonegrinder logo atrás. Zelda apareceu, com aparência sonolenta e usando um roupão de cetim, e até Dorcas resolveu vir atrás, com a curiosidade superando a determinação de manter-se isolada.

Voltamos ao interior do Claustro, na casa capitular, com sua Parede dos Primeiros Abates, sua escuridão e seus crânios distorcidos. Mesmo se o piano funcionasse, eu não sabia como Rosamund planejava tocá-lo no escuro, com todas aquelas coisas mortas observando-a.

Todas levamos lampiões desta vez, então pelo menos havia um pouco mais de luz. Na verdade, bem iluminada e estando de costas para a Parede dos Primeiros Abates, a sala era quase aconchegante. Talvez o fator aterrorizante fosse causado pela decoração. Paredes de ossos podiam ter sido o máximo na moda da decoração de interiores no século XVI, mas eu preferia paredes lisas e uma natureza-morta sem pensar duas vezes.

O teto abobadado era alto e sua aparência era quase etérea, como uma caverna gigante ou até mesmo uma catedral. Phil puxou as coberturas de musselina de cima da mobília e deixou à mostra cadeiras, mesas e até sofás. Ela andou pelo grande espaço, empurrando pedaços de pano e acendendo castiçais, e percebi que nem toda a sala parecia um *lounge* de estudantes.

Do lado extremo da casa capitular, outra parede era coberta de fileiras e mais fileiras de armamentos. Havia machados, lanças, baionetas, arcos grandes e pequenos, uma katana entalhada com leões dourados e pequenos escudos redondos de cobre com amassados e marcas de perfuração por cima de todos os emblemas e enfeites coloridos. Havia pontas de flechas feitas de alicórnio e espadas cujos punhos e corpos eram feitos com fragmentos do mesmo material. Havia mesmo um piano, com pernas de mogno espiraladas como alicórnios e teclas não de marfim, mas de osso, assim como uma harpa que parecia composta de um gigantesco chifre curvo parecendo uma presa de elefante, entalhado com imagens de feras fantásticas e apoiado em uma base de leões dourados.

Será que tudo naquela sala era feito de unicórnio?

— Uau, olhem só pra isso.

Phil puxou outro pano. Bem no meio da sala havia a maior relíquia de todas; um trono enorme, apoiado contra a base da coluna que era o suporte da abóbada. Cada centímetro da peça era feito de alicórnio, dos enormes chifres em arco que formavam a base até o intrincado labirinto de alicórnios de muitos tamanhos que cruzavam a parte traseira, as laterais, o assento e a base. De longe, os chifres pareciam se contorcer uns contra os outros como cobras, se revirando infinitamente dentro da prisão do trono, com padrões se formando e se dissolvendo a cada brilho da luz que nossos lampiões lançavam. Cada vez que piscava, eu via alguma coisa diferente: uma lua crescente, um leão afundando as garras nas costas de um unicórnio, um campo vasto de batalha, um templo em chamas.

Odiei aquilo. O trono fez os pelos da minha nuca, dos meus braços, todos os meus pelos ficarem arrepiados. Tive vertigens e lutei contra ondas de náusea, com a tontura que surgiu no momento em que Phil descobriu a peça. Fiquei para trás, preferindo a outrora apavorante Parede dos Primeiros Abates.

Cory ficou olhando para o trono com curiosidade.

— Fantástico — disse ela. — Não há menção a um artefato tão intrincado nos registros que vi.

— Talvez quisessem mantê-lo em segredo — continuou Phil —, se os chifres são tão valiosos quanto você diz.

Cory olhou para Zelda.

— Você é da linhagem Hornafius, os artesãos. Será que eles podiam ter feito isso?

Por que ela insistia tanto que tínhamos as mesmas especializações que nossos ancestrais distantes? Apesar do teste com o zhi, eu ainda não tinha certeza de haver qualquer veracidade nas alegações de que o DNA de Alexandre, o Grande, era responsável por nossas habilidades. Eu certamente não sentia ter nada em comum com um guerreiro macedônio. E a genética não funcionava assim.

Mas minha colega de quarto nunca deixava uma coisinha pequena como a ciência ficar no caminho de sua busca para erradicar uma espécie inteira de mamíferos. Ela perguntou a Zelda:

— Sua família tem alguma coisa...

Zelda inclinou a cabeça para trás e gargalhou.

— Meus avós renegaram minha mãe quando ela começou a namorar meu pai. Não vou poder ajudar muito no que diz respeito à história da família.

— Mas — argumentou Cory — agora que você adotou o direito de nascença de sua família...

— Eles são porcos racistas, mais interessados na pureza do legado do que na realidade verdadeira da família. — Ela balançou a cabeça. — Não quero relação alguma com os Hornafii.

Rosamund andou em direção à parede, mas parou de repente.

— Vocês estão ouvindo isso? — disse ela.

Todas nós nos entreolhamos.

— O quê?

— A parede. Ela zumbe. — Ela se inclinou para a frente. — Esta nota. — Ela cantou uma única nota alto e bom som.

Cory fez que não com a cabeça.

— Não estou escutando nada.

Philippa, Zelda e Dorcas concordaram, mas eu fiquei ali, paralisada.

Eu não ouvia nada... não exatamente, mas quando ela cantou, eu senti... não sei. Senti a mesma dor intensa que as paredes sempre causaram.

— Sons são vibrações, certo? — perguntei. — Eu sinto... vibrações perto desses ossos.

As outras quatro olharam para mim em estado de choque, e, em seguida, uma a uma, se aproximaram da parede e colocaram as palmas das mãos nela. Trinquei os dentes e me juntei a elas, e Rosamund fez o mesmo.

Naquele momento, todas ao mesmo tempo, nós ouvimos. Um acorde, selvagem e triunfante, frio e terrível. Em seguida, com mais intensidade do que nunca, senti o mesmo aroma da primeira vez em que entrei no Claustro. Fogo e fungo, velhice e ozônio.

Tiramos as mãos da parede, e o acorde parou. Rosamund foi até o piano e se sentou em um banquinho, afastou o cabelo ruivo do rosto e colocou as mãos nas teclas amareladas.

— Esse acorde... Era este. — Ela tocou uma coisa, e as cordas vibraram com o mesmo som selvagem.

Zelda negava com a cabeça.

— Sei muito pouco sobre música. O que isso significa?

Cory observava Rosamund, com atenção.

— Não consigo acreditar... Estou aqui há semanas e nunca ouvi.

Eu ergui as mãos.

— Certo, como estamos falando sobre coisas estranhas que sentimos aqui, mais alguém reparou no cheiro?

Zelda olhou para mim.

— Achei que fosse mofo.

Dorcas balançou a cabeça e falou pela primeira vez.

— Não, parece cheiro de madeira queimada. É o que achei que fosse.

Cory parecia perdida e mordeu o lábio enquanto as outras caçadoras concordavam.

— Eu senti — disse ela por fim. — No começo. Só... não sinto faz algum tempo. Estou aqui há tanto tempo que acho que me acostumei. Vou pesquisar mais sobre essas vibrações — acrescentou ela rapidamente, depois se afastou da parede.

— Ótimo! — comentou Phil, se sentando no trono. — Agora, talvez possamos ouvir Rosamund tocar... — As palavras dela se transformaram em um grito, e ela deu um pulo, como se tivesse se queimado.

— O que houve? — perguntei, correndo para perto dela. Os braços de Phil tremiam, e ela pareceu ter dificuldade em ficar de pé.

— Ele... me deu um choque — sussurrou ela, depois se engasgou, como se fosse vomitar. Todo mundo se afastou do trono, e ajudei Phil a sentar-se em outra cadeira. — Doeu.

Phil se sentiu melhor depois de um ou dois minutos, e Cory e Neil acabaram cercando o trono com uma corda até compreendermos a situação. De acordo com os registros que encontramos depois, o trono tinha sido um presente dado à Ordem pelo povo da Dinamarca após uma batalha particularmente sangrenta no século XIV. Phil saiu tocando em todos os pedaços de osso da casa, mas disse que nada deu o mesmo tipo de choque que o trono. Sugeri que talvez tivesse sido um fluxo de eletricidade estática, mas então Dorcas me desafiou a chegar perto dele, e eu mal tinha encostado a mão no apoio para os braços quando senti pontadas de dor subindo até o cotovelo.

Com o trono de alicórnio e o zumbido da Parede dos Primeiros Abates, Rosamund foi a única disposta a passar algum tempo na casa capitular, batendo nas teclas do piano, que, milagrosamente, não tinha nem perdido as cordas nem a afinação durante os séculos em que não fora tocado.

Eu me perguntei se o instrumento era feito com vísceras de unicórnio em vez de gato.

Phil e eu éramos as únicas representantes de nossa família no Claustro. A próxima a chegar, Melissende Holtz, de 16 anos, era, como Rosamund, outra descendente dos Temerin. Cory me informou, entre murmúrios, que aquela era uma família à qual se atribuía algumas das caçadoras mais ferozes e sedentas de sangue em todos os registros. Eu me perguntei o quanto no passado estava o ancestral em comum entre elas, pois nunca vi duas garotas tão diferentes. Rosamund era uma ruiva alta e elegante, que se aproximou imediatamente de Zelda e Phil e cuja voz de soprano, clara e bem treinada, ecoava pelos corredores de pedra da casa desde que chegou. Melissende tinha cabelo preto, olhos cinzentos e uma expressão permanente de mau humor no rosto. Ela parecia gostar de lá tão pouco quanto eu, mas, se alguém perguntasse, só dizia com sua voz, rouca como a de um fumante, que estava animada por sair da Baviera. Os pais tinham ciência da herança dela de caçadora de unicórnios, e quando os registros do Ressurgimento começaram a aparecer na imprensa, fizeram contato conosco.

Melissende também ignorava completamente a irmã mais nova, Ursula, a ponto de a garota estar no Claustro por quase um dia inteiro antes de eu me dar conta de que elas eram parentes. Ursula, de 12 anos, era para ser colega de quarto de Dorcas, que tem 14, e a princípio Cory tinha ficado com medo de Ursula se sentir isolada sem ter alguém da idade dela por perto. Por sorte, na mesma época, Neil recebeu notícias de uma garota de 12 anos dos arredores de Délhi que tinha um zhi como bicho de estimação, e acrescentamos Ilesha Araki aos nossos registros e ao quarto de Ursula.

Mas não acrescentamos, contudo, o zhi dela, pois Bonegrinder nos mantinha mais do que ocupadas. Soubemos que Ilesha ficou de coração partido por deixar o unicórnio para trás. Cory perguntava-se por que não aproveitaram para acabar com o sofrimento do animal naquele momento.

— Supostamente nós deveríamos matar esses miseráveis, não alimentá-los — argumentou ela, mergulhada em uma busca vã pelos ancestrais de Ilesha. — Será que sou a única aqui que se lembra disso?

— Neil disse que ela tem uma irmãzinha que prometeu cuidar dele. — Eu estava ajudando Cory, principalmente porque o escritório de Neil era um dos poucos lugares no Claustro que não deixava os pelos da minha nuca arrepiados. Eu achava o zumbido do computador dele tranquilizador, mas era a completa ausência de carcaças de unicórnio que realmente salvava a sala.

Cory pegou o dicionário de latim.

— A irmãzinha seria mais útil se viesse pra cá e aprendesse a matar unicórnios em vez de ficar em casa cuidando de um. Dez anos é idade mais do que suficiente para ficar longe de casa, em minha opinião. O que meu tio estava pensando?

Talvez ele não quisesse pagar duas passagens de Délhi, pois a criança poderia começar a chorar na primeira semana.

Depois chegaram Grace e Mika Bo, da família Bo, de Cingapura. De acordo com Neil, os Bo tinham sido muito discriminados nas encarnações anteriores da Ordem da Leoa porque, naquela época, as famílias europeias os consideravam “selvagens orientais”. Pelo que se sabe, foi preciso um esforço hercúleo da parte de Neil e a influência de Martin Jaeger para que a família concordasse com a ida para Roma.

As caçadoras tinham adquirido o hábito de se reunir na rotunda para testemunhar o teste com o zhi, e quando formamos nosso costumeiro escudo ao redor do Sr. e da Sra. Bo, eu só conseguia pensar que o pai parecia bem feliz com os acontecimentos, enquanto a mãe parecia prestes a chorar.

— Não precisa ter medo, mãe — disse a garota mais velha, Grace, por cima do ombro ao passar por nosso círculo de proteção. — Eca, que cheiro é esse?

A irmã mais nova fungou o ar.

— O quê? Não consigo sentir cheiro nenhum.

— Porque você tem o nariz cheio de meleca. — Grace puxou a irmãzinha pela mão. — Venha, Mika.

O pai olhou para ela com raiva.

— Seja delicada com sua irmã.

Grace revirou os olhos.

Phil estava de pé do outro lado da rotunda e, com uma das mãos, segurava a zhi pela bandana azul que ela tolamente tinha amarrado ao redor do pescoço do monstrinho. Bonegrinder praticamente se enforcou de desespero para se aproximar das recém-chegadas. As garotas Bo se posicionaram na frente do escudo humano, de mãos dadas, e o unicórnio começou a balir em meio a arquejos curtos e intensos.

— Ah, se enforque mesmo, vai... — sussurrou Cory.

Atrás de mim, a Sra. Bo soluçou baixinho. À minha esquerda e direita, Cory e Rosamund trocavam olhares de incerteza. Mas eu também sentia. Alguma coisa estava errada. Juntas, olhamos para Bonegrinder quando Phil soltou a bandana.

Havia sede de sangue nos olhos da zhi.

— Não! — gritou a Sra. Bo, passando entre mim e Cory. — Pegue a mim!

Ela ficou de joelhos em frente ao corpo da filha mais nova na hora em que Bonegrinder disparou em direção a elas, com o chifre mirando diretamente o coração da mulher.

9

Quando Astrid propõe um desafio

De novo, não. Fiquei paralisada enquanto o unicórnio galopava em direção às garotas. Na memória, vi o rosto de Brandt, roxo e envenenado, mas não consegui fazer meus pés se mexerem. O cheiro de morte encheu minhas narinas, o sangue latejava nos ouvidos. Ainda assim, mesmo com tanto medo, consegui sentir meu eu, meu instinto nato de caçadora, calculando a distância entre meu corpo e o do unicórnio. O mundo ficou em câmera lenta, assim como da última vez em que corri atrás dela, como na vez em que fui atrás do kirin. Os músculos da minha coxa se contraíram numa insinuação de que eu fosse disparar. Mas não me mexi. Não conseguiria chegar a tempo. Era tarde demais.

Grace Bo esticou a mão e pegou Bonegrinder pelo chifre com um salto. Ela rodopiou o animal, e as patas da zhi derrubaram a Sra. Bo no chão. Mika Bo chorou. Todos gritaram.

As outras caçadoras correram para refazer o escudo humano ao redor de Mika e da mãe enquanto Grace, com a ajuda de Phil, lutava para derrubar o unicórnio.

O rosto do Sr. Bo tinha ficado roxo.

— O que significa isso?

A Sra. Bo baixou a cabeça e apertou a filha contra o peito, mas não respondeu.

Grace tirou o longo cabelo preto do rosto e ficou de pé, deixando que Phil lutasse com Bonegrinder.

— Ba ba — disse ela para o pai, ficando na ponta dos pés. — Você me viu? Você me viu pegar o unicórnio?

Ele a empurrou para o lado, passou pelo escudo humano, agarrou a esposa pelo cotovelo e a colocou de pé.

— Quem foi que mexeu com minha filha? — disse ele furioso.

As lágrimas corriam livremente pelo rosto da Sra. Bo, e ela fez que não com a cabeça. Ele foi até Mika.

— Conte-me, luz da minha vida. Vou destruí-lo. Conte-me.

— Eu juro, Ba ba, eu juro... — disse Mika.

— Você não entende, Ba ba? — disse Grace. — Ela não foi desonrada. Apenas não é sua filha. — As palavras ecoaram pelo salão de pedra, e a garota mais uma vez se virou até encarar o pai. — *Eu sou* sua filha, Ba ba. *Eu* sou.

O Sr. Bo ficou olhando para a esposa sem entender.

— Phil — disse Neil em tom alarmado, e minha prima entrou em ação. Ela tirou as outras caçadoras da rotunda sem largar a coleira de bandana de Bonegrinder.

Dorcas balançou a cabeça ao sermos levadas para fora.

— Não entendi. Qual era o problema daquela garota?

— Você já viu aquilo antes? — perguntou Ursula para Cory. Tínhamos nos recolhido no quarto de Rosamund e Zelda, um ponto que rapidamente tornara-se o centro social do alojamento. Zelda estava deitada na cama, folheando uma revista grossa cujas páginas reluzentes mostravam modelos esqueléticas. Rosamund estava pintando as unhas. Phil estava escovando Bonegrinder, e Cory estava com cara de enjoada.

— Não, esse problema em particular, nunca — disse Cory. — Já vi algumas que falharam no teste do zhi, o que foi muito constrangedor. Mas, na maioria dos casos, é um processo autosseletivo. Se a garota compreender o perigo que Bonegrinder representa, ela vai admitir se não pode ser caçadora, independentemente de qual seja a consequência a encarar em casa. Nós até podemos camuflar os fatos para os pais se a garota nos procurar pedindo sigilo.

— O que não entendo — disse Phil — é por que vocês não dão o anel que Neil usa pra cada garota que está sendo testada. Assim, se ela não passa por mérito próprio, pelo menos não se fere.

— E o que tio Neil faria para se proteger? — perguntou Cory.

— Por que Neil precisa estar lá? — disse Phil. — Façam com que uma das caçadoras administre o teste.

— Mas agora que estamos todas aqui — comentou Cory —, nós caçadoras estaremos ocupadas com o treinamento.

Phil deu de ombros.

— Não sei. Me parece brutal da forma que estamos fazendo atualmente. Antigamente, aposto que deixavam as garotas que não passavam no teste serem mortas pelo zhi.

Eu tremi.

— As pessoas faziam todos os tipos de coisas horrendas no passado — disse Melissende. — Uma das minhas ancestrais foi *donna* no Claustro, e todos os anos ela testava as garotas enfiando a ponta de um alicórnio no peito delas. Se elas se curassem, podiam ficar.

Que nojo.

— E, se não se curassem, morriam de qualquer forma — disse Cory. — A imunidade ao veneno só existe com a virgindade.

— Há muitas maneiras ruins de morrer — disse Rosamund. — Uma virgem vestal que quebrasse os votos era enterrada viva.

É, mas dizem que morrer por asfixia é como adormecer. Já o envenenamento por alicórnio é pavoroso. Por outro lado, pelo menos era rápido.

Dorcas parou de roer as unhas.

— As virgens vestais também eram caçadoras de unicórnio?

— *Wirklich?* — exclamou Rosamund. — Então elas teriam alguma outra coisa pra fazer além de alimentar o fogo sagrado o dia todo. Sempre achei esse trabalho fácil demais.

— Há evidências quanto a isso — disse Cory. — Principalmente porque o culto da deusa Diana era baseado fora de Roma, em Ariccia, nos tempos antigos.

Phil se inclinou e sussurrou no meu ouvido.

— Quem eram mesmo as virgens vestais?

Cory olhou para nós, deu uma risadinha debochada e assumiu a postura de sermão.

— Vesta era a deusa romana do fogo sagrado. As virgens vestais eram suas sacerdotisas. O trabalho delas era se certificarem de que o fogo sagrado do templo da deusa, no Fórum Romano, nunca se apagasse. De acordo com a lenda, enquanto ele estivesse aceso, o Império romano não cairia.

— Entendi. Obrigada — disse Phil com alegria. — Então o que...

Mas Cory não tinha terminado.

— Elas também eram encarregadas de vários itens considerados sagrados pelo povo romano. Executavam certos ritos, presidiam o sistema judiciário e tinham direitos e privilégios que nenhuma outra mulher romana tinha.

— Interessante — disse Phil, em um tom que significava *já chega*.

— Como quais? — perguntou Ursula.

— Podiam ser donas de propriedades, por exemplo. — Cory começou a contar nos dedos.

— Então não eram apenas *haveres*, huh? — sussurrou Phil.

— E podiam ser carregadas pelas ruas em liteiras. E, se encontrassem um prisioneiro condenado a caminho da execução, ele era perdoado.

Zelda virou uma página da revista.

— O que isso tem a ver com caça a unicórnios? Até agora, são apenas outras virgens. Como as freiras católicas. Não é isso que a Ordem da Leoa fingia ser?

— É, mas todas as responsabilidades das virgens vestais estavam associadas à purificação — disse Cory. — Elas realizavam cerimônias que supostamente mantinham os celeiros livres de veneno e, para o festival de Lupercal, faziam uns bolos especiais que, segundo as crenças, estimulavam a fertilidade e a saúde em qualquer um que os comesse.

— O Remédio — falei baixinho. — Elas eram as caçadoras responsáveis pelo Remédio.

Cory confirmou.

— Exatamente. As sacerdotisas de Diana no templo dos arredores de Ariccia, na região rural ao sul de Roma, eram as caçadoras. Mas as sacerdotisas de Vesta, aqui no centro da cidade...

— Eram as curandeiras — concluí.

Então a Roma antiga separava as responsabilidades das caçadoras entre as que matavam os unicórnios e as que curavam pessoas. Gostei da ideia. As duas funções só devem ter sido combinadas no período medieval quando as sacerdotisas de deuses pagãos abriram lugar para as freiras católicas.

Dorcas se manifestou de novo.

— Meu pai sempre disse que nossos dons são herança de Alexandre, o Grande.

— A linhagem de Alexandre, o Grande, determina quem tem poderes de caçadora — disse Phil, feliz por saber alguma coisa sobre o assunto. — Se você é descendente dele, é mulher e é virgem...

— Muita idiotice — disse Rosamund. — Ele não era mulher, nem era virgem!

— Ele foi virgem em algum momento — murmurou Melissende. Phil riu.

— Mas você sabe por que é assim? — perguntou Cory a Phil. — Sabe por que estamos aqui?

— Tenho certeza de que *você* sabe — disse Phil, parecendo bem interessada em um emaranhado de pelos debaixo do queixo de Bonegrinder. Ela puxou, e o animal mordiscou os dedos dela com dentes afiados como navalhas.

Cory sabia mesmo.

— Em 356 a.C. — ela começou a dizer, como se estivesse narrando o prólogo de um *blockbuster* épico —, em uma noite quente de verão, um incêndio aconteceu no templo de Diana em Éfeso, uma das Sete Maravilhas do Mundo Antigo e que se situa onde hoje é a Turquia.

Zelda parou de virar as páginas. Rosamund fez uma pausa, com o pincel do esmalte parado acima da unha do polegar.

— Dizem que o fogo foi provocado por um homem chamado Heróstrato, que queria ser lembrado por algumas de suas ações.

— Incêndio criminoso? — Phil girou o dedo ao lado da orelha. — Que louco.

Eu dei de ombros. Obviamente, deu certo. Agora *eu* sabia o nome dele.

— O templo era o lar de muitas sacerdotisas de Diana. Em uma das encarnações, ela foi Senhora dos Animais e tinha poder sobre todas as criaturas da floresta, das montanhas e do deserto. Como ela, muitas das sacerdotisas eram caçadoras virgens, encarregadas de encontrar e destruir os grandes predadores. — Cory fez uma pausa. — O mais temido deles era o unicórnio.

Bonegrinder começou a lamber a própria barriga.

— Na noite do incêndio, essas sacerdotisas ficaram presas dentro do templo e foram queimadas vivas.

Um tremor percorreu meu corpo.

— A deusa não estava presente para salvar suas sacerdotisas porque, em sua encarnação como deusa da fertilidade, estava na Macedônia, cuidando da esposa do rei Filipe durante o parto do filho dele, Alexandre. A história diz que, em memória às sacerdotisas que perdeu, a deusa Diana concedeu a Alexandre, o Grande, e suas descendentes femininas os poderes das caçadoras virgens. — Cory sorriu com alegria, e todas ficamos em silêncio.

Eu dei uma risada.

— Você está falando sério? É *essa* a explicação?

Cory pareceu ofendida.

— É claro.

— Que idiotice — falei. — Primeiro de tudo, não temos nenhum poder especial pra caçar ursos, javalis ou patos-reais. Só unicórnios. Diana devia ser meio mesquinha, hein?

— O poder especial para unicórnios é porque eles são os mais mortais de todos os animais! — argumentou Cory.

— Tudo bem — disse. — Tem outra coisa. Por que Alexandre é o único homem com poderes especiais contra unicórnios, e depois disso só as descendentes femininas?

— Porque foi o nascimento de Alexandre que impediu que ela acabasse com o incêndio.

— Então, do nada, a deusa Diana, que não é exatamente muito amiga dos homens, decide sacrificar todas as suas sacerdotisas, todo o seu grupo de caçadoras virgens, por causa de um bebê menino que está mais interessado em conquistar cidades e fazer coisas que as virgens *certamente* não fazem, caso contrário ele não teria descendentes em primeiro lugar, do que em se dedicar à causa primordial?

Rosamund pareceu pensativa.

— Além do mais, Alexandre, o Grande, não caçava unicórnios. Ele os domava. O cavalo de guerra dele, Bucéfalo, que ele domou quando criança, era um karkadann, certo?

Melissende confirmou.

— Na minha família, dizem que o poder militar de Alexandre era derivado de Bucéfalo. Que ele planejou sua estratégia com o unicórnio, que conversava com ele. Foi por isso que não conseguiu conquistar mais nada depois que Bucéfalo morreu.

— Um unicórnio falante? — disse Cory, com ceticismo. — Acho um tanto irreal.

Soltei uma gargalhada. *Aquela* era a parte irreal?

— Essa história toda não passa de um mito! Quem eram as caçadoras antes do nascimento de Alexandre? Só aquelas sacerdotisas? Você está dizendo que ninguém tinha como se defender dos unicórnios fora daquele único templo turco, que ninguém no Oriente, nem na Europa Ocidental estavam a salvo porque não adoravam a deusa Diana?

Cory cruzou os braços.

— Tudo bem, Astrid. Qual é sua explicação racional?

— Não faço ideia — falei. — Acho que a coisa toda é sem sentido, francamente.

— Como você pode dizer isso depois de tudo que viu? — perguntou Cory. — Depois do que nós testemunhamos com os Bo? Uma era descendente de Alexandre, a outra, não. E veja o que aconteceu.

— Só porque eu não sei, não significa que não haja uma boa explicação — argumentei.

— Procure descobrir — disse Cory —, mas eu vou usar a explicação que temos.

Phil olhava de uma para a outra.

— Parem com isso, meninas. Não digam que vou precisar separar vocês duas. Enfiar uma no Templo de Vesta e a outra... Onde era o templo de Diana em Roma mesmo?

— O Templo de Diana, em Ariccia — disse Cory. — Mas isso não funciona, porque sou uma Leandrus, e ela é uma Llewelyn, e as Llewelyn têm a reputação de melhores caçadoras...

Gemi.

— Ah, pelo amor de...

Bonegrinder deu um salto e quase escapou da mão de Phil. Ouvimos vozes no corredor, e eu parei de falar.

— Vocês não estão indo embora, estão? — Era Grace Bo.

— Sinto muito, mas precisamos ir — disse o pai dela. — A viagem pra casa é longa.

— Mas Ba ba...

— Não envergonhe nossa família.

Passos no corredor. Uma porta sendo fechada.

Bonegrinder ficou de pé, e Phil a levou para fora do quarto. Ela cruzou o corredor até a porta com a placa MELISSENDE E GRACE e se ajoelhou no chão.

Cory olhou para mim com raiva.

— Explique isso.

Agora que tínhamos reunido um bom grupo de caçadoras, Neil sabiamente decidiu que seria melhor sermos treinadas para, você sabe... *caçar*. Ele e Marten trouxeram um especialista em arco e flecha do interior para nos ensinar o básico. O nome dele era Lino, e eles o encontraram depois que um artigo sobre o aumento de ataques de animais selvagens o apresentou como um dos melhores caçadores do país, que, apesar de sua habilidade, fora incapaz de atingir ao menos um dos estranhos animais atacando o gado da área onde morava.

O pobre sujeito estava desesperado por causa de nossa capacidade antes mesmo de termos terminado de montar os alvos no pátio. Lino nos observou brigar para prender as pernas dos alvos no chão. Ele balançava a cabeça e lançava olhares preocupados para Neil, que estava sentado com Marten Jaeger na extremidade do muro que separava os corredores do pátio. Na outra extremidade, Phil estava prendendo a corrente de Bonegrinder a um anel de metal no muro de pedra. A presença dos três homens agitava o animal, e não era pouco. Ela passou a manhã babando.

O céu carregado prometia chuva havia uma hora, e eu secretamente desejei que o barômetro despencasse mais um pouco. Talvez uma tempestade nos mandasse todos para dentro. Por outro lado, Cory não falava comigo desde nossa discussão sobre Alexandre, o Grande, então a possibilidade de ficarmos presas em nosso quarto talvez fosse um destino pior do que o arco e flecha.

Na noite anterior, durante o jantar, ao qual Grace Bo não compareceu, Cory tinha dado uma olhada em nossa mesa. Nela, havia uma Phil bastante empolgada, alegrando Neil e as outras caçadoras com uma história sobre a competição estadual de voleibol do semestre passado. Ao ver a cena, Cory se lembrou de uma importante pesquisa que precisava fazer no escritório de Neil. Quase tive vontade de acompanhá-la. Depois do Incidente do Bode Maluco, eu sabia exatamente como era a sensação de ser deixada de lado.

Mas fiquei onde estava, ao lado de Phil.

Lino tinha desembalado meia dúzia de arcos de tamanhos e formatos diferentes, alguns com engrenagens, alavancas e bastões, que os faziam parecer mais instrumentos de tortura camuflados do que os graciosos, ainda que horrendos, antigos arcos da parede do subsolo.

— Quem vai ser a primeira? — perguntou Lino. — Precisamos testar a força de vocês.

Ele apontou para Dorcas e ofereceu a ela um arco que parecia uma moldura feita de liga de carbono com corda de metal. Ela pegou a arma com cuidado e começou a imitar a postura e os movimentos dele.

Mas Dorcas simplesmente não conseguiu puxar a corda. Lino mexeu no instrumento e fez ajustes, encorajando-a durante todo o tempo, até que ela conseguiu puxar até metade do que deveria. Depois disso, pareceu ficar um pouco mais fácil, mas ela mal conseguiu segurá-lo por mais de um segundo antes de soltá-lo e sacudir os braços.

— Só dez quilos — disse Lino, com tristeza.

Jaeger e Neil trocaram olhares.

Enquanto Lino repetia o processo com a próxima caçadora, eu me juntei a Cory e algumas outras garotas perto da mesa de armamentos. Com a variedade de arcos, ele havia colocado também facas de caça de todos os formatos e tamanhos, assim como pontas de flechas cobertas de partes móveis de metal e flechas de madeira e fibra de vidro, com acabamento de diferentes tipos de penas ou mesmo de pedacinhos finos de plástico. Em uma extremidade da mesa, apoiadas dentro de estojos com espuma protetora, como se fossem feitas em porcelana delicada, havia várias armas.

— O que eu não entendo — estava dizendo Melissende, passando um cigarro apagado de um lado para o outro entre os dedos — é por que estamos perdendo tempo com arcos e flechas. Não estamos na Roma antiga. Não podemos simplesmente atirar nos unicórnios com rifles?

— Não — disse Cory. — Eles não morrem com balas.

Ah, lá ia Cory começar de novo. Eu mesma tinha arrancado o olho de um unicórnio com o polegar. Eles não eram feitos de titânio.

— Por que não? — perguntou Melissende. Ela acendeu o cigarro, e Lino, empertigando-se, andou até nós, arrancou-o dos lábios dela e pisou nele sobre a grama.

— Você vai parar com isso. O animal consegue sentir o cheiro. E todas vocês, nada mais de usar perfume, certo?

Nós concordamos, com os olhos no arco gigantesco que ele tinha nas mãos.

— Ainda estamos longe de sequer usarmos flechas — disse Lino. — Vocês precisam se exercitar muito para melhorar os braços. — Ele levou Ilesha para testar a puxada dela.

As outras caçadoras começaram a mexer nos vários artigos de camuflagem e para mascarar aromas que o instrutor tinha trazido consigo. Não que fossem ser muito úteis, considerando como os unicórnios se sentiam atraídos por nós, independentemente do que usássemos.

Cory começou a brincar com uma das armas, apertando e afrouxando partes.

— Você quer mesmo saber por que não? — perguntou ela a Melissende, que deu de ombros e saiu de perto.

— Estou mais interessada em por que não podemos usar bestas. Elas são mais legais do que armas e arcos.

— É pela mesma razão — prosseguiu Cory, mas Melissende tinha perdido todo o interesse. — É porque o dardo é curto demais. — Melissende pegou outro cigarro e se virou. — Vou mostrar! — disse Cory, rapidamente.

— O que você sabe sobre armas? — perguntei a Cory, morrendo de medo de a coisa explodir a qualquer momento.

— Sei um pouco — disse ela. — Mais sobre rifles do que pistolas. Meu avô caçava codornas, faisões e outras aves em nossa propriedade. Ele me levava para atirar em alvos quando criança.

— Então você tem alguma experiência de caça, huh?

Ela deu de ombros e abriu a base da pistola, produzindo um som estranho, como um clique ecoando.

— Mas pássaros não são exatamente unicórnios — acrescentei, quando ela puxou uma alavanca no tambor.

Ela olhou para mim com a arma apontada para o chão.

— Matei mais unicórnios do que você.

Em seguida, ela ergueu a arma e mirou em Bonegrinder. Ouvi um estalo, e a zhi cambaleou contra a coluna.

Phil gritou.

Bonegrinder caiu sobre um dos joelhos, ofegante, enquanto sangue escorria do corpo dela em fluxos idênticos.

10

Quando Astrid dispara e acerta

Phil correu pelo pátio em direção ao unicórnio.

Lino estava com a arma de Cory em uma das mãos e prendendo os braços dela atrás das costas com a outra. Gritava com ela em italiano.

— Astrid! — gritou Phil. — Me ajude! Ela está sangrando!

Corri até minha prima e o animal. O sangue saía por lados opostos do torso de Bonegrinder. Phil colocou as mãos sobre os ferimentos, e o sangue jorrou entre os dedos dela, escuro e tão quente que praticamente queimava.

— Me ajude, ah, Deus, me ajude — implorava ela.

Bonegrinder calmamente ergueu a cabeça e lambeu o rosto de Phil. O sangue começou a se acumular ao redor do pelo branco da zhi. Muito sangue. Eu imaginei pulmões destruídos, órgãos despedaçados dentro do seu corpo. O pequeno unicórnio não tinha a menor chance.

De longe, ouvi Neil gritando com Cory.

— Uma toalha! — pedi. — Alguém traga uma toalha!

Uma sombra caiu por cima de nós.

— Ela vai ficar bem. — Olhei para o alto. Marten Jaeger estava acima de nós, tomando o cuidado de manter os brilhantes sapatos de couro longe da poça de sangue. — Afaste as mãos. Você vai ver.

— Não — aconselhei Phil. — Mantenha a pressão.

Mas Phil ergueu as mãos encharcadas e vermelhas e olhou para um dos ferimentos no meio do pelo coberto de sangue.

— Fechou.

Marten concordou com um aceno de cabeça e um delicado sorriso no rosto.

— Cornelia está certa. Balas não ferem um unicórnio. Por que vocês acham que Clothilde usava uma espada, mesmo no século XVIII?

Ilesha limpou a garganta.

— Posso soltar agora? — perguntou ela. O braço dela tremia, mas ela ainda estava segurando a corda do arco com força total. O queixo de Lino caiu, e ele soltou Cory.

Bonegrinder começou a lamber o ponto onde a bala tinha entrado. Rosamund se juntou a nós, com os braços cheios de toalhas molhadas e secas. Ela começou a limpar o sangue enquanto Phil esfregava o pelo de Bonegrinder.

— Está cicatrizado — disse Phil, um tanto exultante, um tanto maravilhada. — Está completamente cicatrizado. Como é possível?

Marten balançou a cabeça.

— Eu adoraria saber. É disso que trata minha pesquisa. De alguma forma, o poder regenerativo do unicórnio está incorporado no Remédio. A não ser que o ferimento seja mantido aberto, ele cicatriza quase instantaneamente. Mas, apesar de todos os testes que fizemos neste animal em particular, não conseguimos isolar essa propriedade.

— Vocês fizeram testes nela? — perguntou Phil, com raiva. Não era de surpreender que Bonegrinder tivesse sentido medo do scriptorium.

— É claro. Ela ficou sob nossos cuidados até os Bartoli saírem de nossas instalações para virem trabalhar no Claustro. Não podíamos ficar com ela sem a supervisão da jovem Cory, e ela estava ansiosa para... cuidar da possível reconstituição da Ordem. Uma pena, na verdade.

— É mesmo? — debochou Phil.

— Está vendo aquela marca no chifre dela, à direita? Raspamos um pouco para fazer uns testes. — Olhei e vi que um dos anéis do espiral do chifre de Bonegrinder estava um pouco assimétrico. — Colhemos sangue, urina e fezes. Experimentamos vários procedimentos e diversos venenos. Nada teve efeito. — Ele gesticulou para zhi. — Nem dá pra ver as cicatrizes da vivissecção.

Phil estava muda de raiva, e eu tinha certeza de que estava prestes a mandar Bonegrinder atacar Marten. A zhi estava com jeito de que ia gostar. Estava claro que o cheiro de sangue, até mesmo o dela própria, tinha despertado a fome do animal. E talvez eu entendesse a ansiedade de Bonegrinder, mas, ao mesmo tempo, quantos humanos a Gordian Pharmaceuticals salvariam se descobrisse a chave para o Remédio? Não era esse o sentido de caçar unicórnios? Salvar pessoas?

— Senhor — falei rapidamente —, você prometeu me mostrar algumas das pesquisas nas quais está trabalhando.

— Certamente — respondeu Marten, mas em seguida se distraiu com uma confusão no pátio. Neil e Cory estavam aos berros em meio a uma intensa discussão.

— ...disparar uma arma de fogo de uma distância tão curta, com tantas pessoas em volta!

— Olhe! — Cory apontou para Bonegrinder. — Ela está ótima. É só uma calibre .22...

— E se você tivesse errado o tiro?

— O vovô treinou a nós dois, e eu sempre atirei melhor do que você!

— Cornelia, isso é inaceitável. Já conversamos sobre isso. Conversamos e conversamos...

— É — disse ela. — Conversamos *o suficiente*, não foi?

Neil ficou tenso.

— O que você quer dizer com isso?

Cory cruzou os braços.

Neil respirou fundo.

— Vá pro seu quarto. Vou conversar com você depois da aula.

Ela ergueu o queixo.

— Então agora vamos brincar de você ser o *don* e eu a caçadora? Que ridículo.

Neil olhou para ela com intensidade.

— Eu *sou* o *don*, Cornelia. E você *é* a caçadora. Vá. Para. O. Seu. Quarto.

Todos ficaram repentinamente preocupados com o estado dos próprios sapatos, e o ambiente ficou em silêncio por um momento. Em seguida, Cory se virou e saiu andando, majestosa como uma rainha.

— Um espetáculo infeliz — disse Marten, com um pequeno sacolejo negativo da cabeça enquanto Lino trancava as armas e voltava para os arcos. Phil estava mimando Bonegrinder, que não parecia nada mal. — Gostaria de ser a próxima, Astrid? Estou muito curioso quanto às suas habilidades com o arco.

— Não tenho nenhuma — confessei. — Não sou muito boa atleta.

— Mas você é uma Llewelyn.

Resisti ao ímpeto de revirar os olhos. Será que até os cientistas que pesquisavam unicórnios eram loucos?

— Além disso, soube que outro dia você atacou um kirin usando apenas uma das mãos.

Eu não tinha certeza se isso era uma coisa sobre a qual Neil deveria estar falando com orgulho. No mínimo, mostrava o quanto estávamos despreparadas. Tentei voltar ao assunto principal.

— Na verdade, ouvi uma coisa muito interessante ontem sobre caçadoras históricas. — Talvez as informações de Cory pudessem ter alguma utilidade, afinal. — Pelo que eu soube, algumas eram especialistas no Remédio, em vez de em caçadas...

— Sim, mas não da sua família.

Eu tinha certeza de que não havia ninguém chamado Llewelyn na Roma antiga, então como ele podia saber de que família as virgens vestais eram?

— Olha — continuei, odiando o tom desesperado da minha voz. — Tenho estudado biologia e química a minha vida toda. Nunca quis ser outra coisa além de médica.

— Isso é ótimo — disse ele, observando as caçadoras lutarem para puxar a corda dos arcos.

Para falar a verdade, Grace estava se saindo muito bem. Lino a colocou para armar o arco com uma das flechas que trouxe, mas o primeiro disparo foi longe, passou por cima do telhado do corredor e bateu contra a parede do alojamento.

É claro que Marten não estava impressionado comigo. Ele devia ter um batalhão de doutores em bioquímica como funcionários. Saber química de ensino médio não significava que ele me daria um jaleco e me mandaria começar a trabalhar. Meus poderes só serviam para caçar, não para manipular tubos de ensaio e microscópios.

Zelda não conseguia nem erguer o arco. Esses nossos poderes de caçadora... serviam para que mesmo, hein?

— De qualquer forma — disse eu, em uma nova tentativa —, adoraria ver em que vocês estão trabalhando. Se houver alguma coisa que eu possa fazer daqui para ajudar com sua pesquisa, é só falar.

Agora ele olhou para mim de lado.

— E o que poderia ser?

— O que vocês precisarem. Qualquer observação feita quando eu estiver... em campo. Qualquer tipo de informação que eu possa dar. — Como a sensação de esmagar o globo ocular de um unicórnio. — Só lamento não termos a amostra de Remédio que eu tinha em casa. Esse processo todo poderia ser tão mais simples...

Ele estreitou o olhar.

— Você tinha uma porção de Remédio?

— Um restinho, sim. Minha mãe tinha uma garrafa antiga com um resíduo dentro. Mas usamos em um... amigo meu que foi perfurado por um zhi.

— E funcionou? — perguntou ele.

— Não sei como supostamente funciona, mas ele não morreu. — Vamos lá, Astrid, você pode se sair melhor do que isso. Você acabou de contar para ele que é uma grande cientista! — Na verdade, os sintomas do envenenamento por alicórnio foram quase imediatamente interrompidos, e o ferimento se fechou como... — Como magia.

— Ele foi administrado oralmente?

— Em grande parte, mas também derramamos um pouco em cima da ferida. Minha mãe fez as duas coisas, uma vez que não estava certa de como deveria ser aplicado.

— Seu amigo fez alguma descrição da experiência?

— Não. Quando voltamos a nos encontrar, ele terminou comigo.

— Ah. — Marten sorriu, entendendo. — Então não era um amigo tão bom assim. — Ele me observou. — Um amigo bem estúpido, na verdade. Você salvou a vida dele. E é caçadora. São duas qualidades muito admiráveis.

Rá. A qualidade que Brandt procurava em mim não era compatível com o trabalho de caçadora de unicórnios.

— É, bem...

— Qual era o nome desse jovem estúpido?

— Por quê? — perguntei. — Vai procurá-lo e dar uma surra nele?

— Não, mas eu gostaria de pesquisar a recuperação dele. Ele foi curado pelo Remédio. Quem sabe que tipo de propriedades o sistema imunológico dele pode ter agora?

É claro. Como sou burra.

— Brandt. Brandt Ellison.

— Excelente. — Marten cruzou os braços. — Você pode mesmo acabar sendo de grande ajuda para minha pesquisa, Astrid.

Eu dei um sorriso imenso.

— Olhe, está na vez da sua prima.

Ele se voltou para o pátio. Phil estava se posicionando ao lado da mesa de arcos. Ela tinha limpado quase todo o sangue de Bonegrinder, mas suas roupas estavam manchadas de vermelho, e havia pelos e gosma presos nos espaços entre seus dedos e entre braço e antebraço. O sol tinha começado a passar pelas nuvens, e o cabelo dela tinha um brilho dourado.

Phil pegou um arco e uma flecha, acondicionou-a, puxou a corda e soltou. A flecha foi direto para o centro do alvo em formato de cervo.

— Sorte de principiante — sussurrou Grace para Melissende.

Mas eu sabia que não era. Eu vinha observando Phil jogar vôlei havia anos. Os saques dela eram certeiros. Phil disparou três flechas mais, e cada uma se enterrou no alvo a centímetros da outra.

Os olhos de Marten Jaeger praticamente cintilavam.

— *Isso* é que é caçadora.

•

Basta dizer que eu não era tão boa quanto Philippa com o arco e flecha, mas até eu fiquei surpresa quando atingi o alvo (no joelho, mas pelo menos chegou perto) duas vezes seguidas.

— As garotas Llewelyn são de longe as melhores do grupo — relatou Lino para Neil e Marten.

— Não é surpresa para ninguém — disse Marten, olhando para nós. — Em quanto tempo você acha que elas vão conseguir dominar a atividade?

— Contra um cervo ou um javali, como os que eu caço? — perguntou Lino. — Eu não iria querê-las em ação comigo agora, mas elas acertariam todos os animais menores. Elas são boas. Mas contra um animal como o de hoje, ou contra os maiores... — Ele balançou a cabeça. — Não sei. Um animal que caça você ao mesmo tempo que você o caça... é diferente.

— Mas em quanto tempo? — disse Marten, com uma nota de ansiedade em sua voz culta. — Na sua opinião.

— Vão aprender bem rápido — disse Lino. — É natural para elas.

Gemi. Era o fim da minha chance de exercer a vocação científica.

— E as outras?

— A ruiva é promissora — disse Lino —, mas seria melhor se não estivesse com tanto medo de machucar a mão.

— Meu piano é minha vida — exclamou Rosamund, na defensiva.

— A garota indiana também.

— Nós não temos nome? — sibilou Phil para mim.

— E Grace está em ótima forma. As outras vão precisar trabalhar mais.

— Aí está — sussurrei em resposta. — Um nome.

Lino baixou a voz e sussurrou uma coisa para Neil, cujo rosto adquiriu uma expressão de raiva.

— Sim, bem, sabemos isso sobre ela — disse ele, com o maxilar contraído.

Aposto que estavam falando sobre Cory e sua fabulosa mira.

Encontrei a caçadora em questão deitada na cama em nosso quarto, lendo mais um dos antigos diários. Tirei as roupas manchadas de sangue e peguei meus itens de banho sem falar com ela, que sequer me olhou. Foi a mesma coisa quando voltei, me vesti e penteei o cabelo.

Então era assim que ia ser. Do mesmo jeito que foi quando Neil nos contou sobre a mãe dela. Da última vez, não insisti. Desta vez, achei que tinha passado dos limites.

— Cory — comecei. — O que você fez hoje...

— Não me dê sermão, Astrid Llewelyn. Não *ouse* me dar sermão.

— Não estou.

— Então o que você vai falar? — Ela tirou os olhos do diário. — Que está indo embora porque quebrei minha promessa? Tudo bem!

— Que promessa? — Eu estava confusa.

— De que não ia machucar aquela... *coisa*! Aquele monstro horrível, terrível, infeliz e sedento por sangue! De que não faria nada com sua preciosa besta comedora de gente. Pra que você e sua prima idiota possam acariciar e brincar com ela e amarrar laços cor-de-rosa no pescoço dela enquanto ela deseja almoçar as pessoas que você ama.

Eu tinha esquecido sobre o nosso trato. Pareceu ter sido feito havia tanto tempo... Antes de Phil, antes das outras caçadoras, antes de eu saber a verdade sobre Bonegrinder.

— E eu prometi que ficaria sentada fingindo que não sou assim, fingindo que, toda vez que olho para ela, não estou vendo... — Ela parou de falar.

Fiquei de joelhos ao lado da cama dela. Ela estava apertando os lençóis em um movimento de reflexo.

— Não — disse. — Não ligo pra promessa. Eu entendo.

— É tudo que vejo. É tudo que sinto, o sangue em minhas mãos. Às vezes, parece que ainda está aqui. Sangue, pelo, pele, carne. Sob minhas unhas, em todo meu corpo.

Coloquei as mãos sobre as dela e segurei até ela parar de se mexer.

— Eu sei. — Ainda conseguia sentir o kirin, dias depois. E eu não o tinha matado.

— Eram três — disse ela. — Uma família. Uma fêmea, um macho e... ela.

Era a primeira vez que eu ouvia Cory se referir a Bonegrinder no feminino.

— E Neil disse que ela era apenas um bebê, como se tivesse alguma *importância*. — Ela escondeu o rosto na colcha. — E nos fez ficar com ela. E alimentá-la. E *dar um nome* a ela. — A voz dela falhou. — Na verdade, foi ele quem escolheu o nome. Eu estava ocupada tentando encontrar alguém que a tirasse de perto de mim.

Como deve ter sido difícil ver Phil cuidando de Bonegrinder todo aquele tempo. Eu deveria ter pensado nisso. Nós duas deveríamos.

— Então encontrei Marten Jaeger e a Gordian. É terrível dizer isso, mas gostei da ideia de ela passar o resto da vida infeliz em uma jaula, sendo submetida a terríveis exames médicos. Eu costumava ter fantasias com ela toda coberta de pequenos eletrodos. Ah, meu Deus, pareço maluca, não é? — Ela ergueu a cabeça, e seus olhos estavam vermelhos e inchados de chorar.

— Um pouco — admiti.

Não me incomoda a ideia de usar Bonegrinder para exames médicos, embora até eu tenha ficado abalada com a questão da vivissecção. Depois disso, vinha o quê? Jogavam-na em um canto para ver se ela cicatrizava? Mas, ao mesmo tempo, eu não queria ficar pensando nisso.

Só que o unicórnio não tinha matado *minha* mãe.

— No entanto, foi bem pior do que eu imaginava. E eu não podia ir embora. Se eu não estivesse presente, ela fugia. Independentemente da quantidade de jaulas, independentemente da quantidade de itens prendendo-a. E eu não conseguia vê-los fazendo aquelas coisas com ela. Mesmo depois do que ela fez. — Ela engoliu em seco e falou: — Sei que você não acredita em mim.

Na verdade, era bem difícil imaginar Cory fazendo qualquer coisa diferente de saborear a experiência de assistir Bonegrinder sofrer. Ela havia arremessado a zhi do segundo andar só para vê-la sangrar. Tinha atirado na barriga dela hoje sem pensar duas vezes.

— Então, fui embora. E ela veio conosco, nossa "zhi de estimação". — Ela deu um pequeno soluço. — E eu me odeio por não matá-la, por não ser forte o suficiente pra fazê-lo, forte o suficiente pra deixar que *eles* façam aos poucos. E *a* odeio porque ela não percebeu. Ela não sabia que eu desejava sua morte a cada segundo. Ela me amava, e eu a odiava, e eu a machucava, e ela *ainda* me amava. Ela não vai embora!

E agora, as lágrimas jorraram.

— Mas sabe o que eu odeio mais do que tudo? Que não seja verdade. Ela *não* me ama. Ela ama *caçadoras*. Podia ser Phil ou qualquer outra. Uma caçadora. E, se não fosse uma caçadora, seria carne. Eles não conseguem evitar. Ela não *assassinou* minha mãe. Nenhum deles fez isso. Era apenas carne, como lobos atrás de uma lebre. Como meu avô e um faisão.

Parte de mim queria concordar com ela, mas a outra parte se lembrou de como o kirin tinha zombado de mim, de como havia me mostrado uma visão da morte sangrenta de Giovanni. Ele não era "apenas carne" para aquele unicórnio. Era algo que pertencia a uma caçadora. Mas aquele era um kirin. Talvez os zhis fossem mais simples, além de domesticáveis.

E eu não sabia o que dizer para reconfortar Cory. No fim das contas, fazia alguma diferença a mãe dela ter sido morta por simples animais selvagens ou por monstros mágicos que sabiam que estavam atacando uma coisa que era importante para seu único predador conhecido? Seja como for, Sybil Bartoli estava morta. Seja como for, Cory precisavam cuidar do filhote dos animais que mataram sua mãe.

— Então agora ela não me ama mais. Acho que a afastei mesmo. E ela não foi a única que afastei.

Houve uma batida na porta. Eu a abri, e Neil entrou. Ele foi direto até Cory e a envolveu nos braços, sem dizer nada.

Eu saí do quarto e fechei a porta.

Nós todos nos sentamos para jantar juntos naquela noite. Marten Jaeger tinha ido embora alegando negócios urgentes, e Lino guardara os arcos e partira. Bonegrinder tinha se recuperado completamente e estava deitada ao pé da cadeira de Phil, com as pernas da frente dobradas de maneira protetora ao redor do que parecia ser uma vértebra de elefante. Cory e Neil chegaram atrasados à mesa, os dois com os olhos um pouco vermelhos, mas com sorrisos no rosto e muito apetite. Neil se juntou à discussão sobre a aula de arco e flecha daquela tarde, e Cory ficou em silêncio, embora eu a tenha visto olhando tanto para mim que me perguntei se devia propor uma ida ao banheiro feminino para terminarmos a conversa. Na verdade, cheguei a abrir a boca para fazer isso quando houve um som alto de batida nas portas de bronze da rotunda.

— Minha nossa — resmungou Neil, tirando o guardanapo do colo. — Precisamos pôr uma tranca naquela porta. Alguém segure o animal.

Bonegrinder já estava de pé e tremendo. Phil passou uma corda pelo pescoço da zhi, e nós corremos para a rotunda.

— Esperem! — gritou Dorcas, quando começamos a nos mover. — Foi um som muito alto. Vocês não acham que um unicórnio tentaria entrar aqui, acham?

Àquela altura, Phil e Bonegrinder tinham chegado à rotunda. Eu estava logo atrás delas e praticamente tropecei em Phil, que estava paralisada.

À frente da porta estava uma garota que parecia *grunge*. Tinha olheiras enormes, o cabelo estava cortado de qualquer jeito e pintado em uma variedade de tons desbotados (mas era quase todo preto), havia poucas partes do rosto dela sem *piercing*, e as tiras de couro ao redor do pescoço, pulsos e cintura tinham *spikes* de metal. Estava usando umas 14 camadas de roupas, meias-arrastão rasgadas e coturnos. Ela ficou ali de pé, com os pés ligeiramente virados para dentro, o rosto para baixo, segurando uma mochila em uma das mãos e uma bolsa de viagem de estampa camuflada meio vazia com a outra mão.

— *Prego*? — perguntou Neil.

Ela olhou para o grupo de pessoas à sua frente entre a franja desgrenhada e deu um sorriso forçado.

— Disseram que vocês me dá comida. — Os olhos dela estavam vermelhos, e as pupilas estavam tão dilatadas que quase não dava para ver a cor da íris.

— Ah, Deus — disse Cory, dando um passo à frente. Ela ainda estava com o garfo na mão. — Você deve estar enganada. Não somos esse tipo de convento. Há um sopão comunitário a algumas quadras...

— Não! — gritou a garota. — Disseram que *vocês* me dá comida!

Estendi as mãos com as palmas para cima e cheguei mais perto dela.

— Oi — disse eu, com delicadeza. — Qual é seu nome? Sou Astrid.

— Val. Valerija Raz. — Ela olhou para mim com raiva. — Tenho fome.

— Quem, hum... — Neil procurou o tom certo. — Quem falou pra você vir aqui?

Ela deu de ombros.

— Sei lá.

Cory tentou de novo.

— Gostaríamos de ajudar, mas acho que houve mesmo algum engano. Não lidamos com... — Ela parou de falar. Vi os lábios dela se moverem em uma pergunta para Neil. *Porcos-espinho?*

Tanto faz. É claro que podíamos dar um pouco de macarrão à garota. Dei outro passo hesitante em sua direção.

— Oi, Valerija — comecei a dizer.

Ela deu um salto para trás.

— Disseram pra vir aqui! — Ela enfiou a mão na bolsa. — Eles veem o que fiz com *isso*.

Ela o segurou pelo chifre, e todos nós sufocamos um grito. A pele escura como a noite, o pelo tigrado, os olhos amarelos, a boca aberta e, mais do que tudo, o sangue que escorria livremente da extremidade que, no passado, era ligada ao pescoço. Uma cabeça de kirin.

Phil segurou meu braço com força. O kirin não tinha um dos olhos amarelos. Aparentemente, nem tudo se regenerava.

Valerija Raz ergueu o queixo.

— Disseram que aqui é meu lugar.

11

Quando Astrid elabora uma estratégia

Foi só quando vi Valerija tirando os parcos e questionáveis pertences da mala no quarto de Philippa que comecei a realmente apreciar o fato de dividir o meu com Cory. Pelo menos, nunca tive medo de ser estrangulada enquanto dormia.

Valerija trazia consigo uma muda de roupas, uma calota, 17 relógios, três facas (uma normal, um canivete e uma portátil), uma caixa de plástico de guardar aparelho que fazia um barulho como se estivesse cheia de comprimidos, uma tigela e uma colher cobertas de uma substância nojenta, três livros em um alfabeto que não reconheci, um vidro de perfume, um casaco e um saco plástico cheio de fotos.

Até Phil parecia nervosa.

— Como ela matou aquela coisa? — sussurrou ela da porta. — Não foi com o canivete, com certeza.

— Pergunte a ela — sussurrei em resposta e dei um empurrãozinho em Phil.

Valerija se virou e olhou para Phil com raiva.

Nós recuamos.

— Talvez seja melhor eu deixar você se acomodar — disse Phil, se afastando.

As caçadoras se reuniram no quarto de Zelda e Rosamund.

— Vou trancar a porta — disse Rosamund. — Vocês viram aquelas facas?

— Vocês viram aquele kirin? — disse Phil. — Como ela o matou com uma faca?

Eu concordei.

— Mesmo que ela tenha cortado a garganta dele, o que é improvável, considerando o que sabemos sobre a capacidade de recuperação de Bonegrinder, ela precisaria de alguma coisa bem mais forte para serrar a coluna dorsal.

Cory chegou.

— Neil ainda está tentando entrar em contato com Marten. Isso é tão legal! Uma caçadora completamente desconhecida, vindo até nós por vontade própria! Alguém conseguiu descobrir quem a mandou aqui? — Ela olhou para Phil.

— Pra ser perfurada tentando? — perguntou Phil. — Não, obrigada.

Eu mordi o lábio. A verdade era que Phil tinha passado os últimos dez minutos tentando iniciar uma conversa com a nova colega de quarto e tinha chegado exatamente a lugar algum.

Cory pigarreou, frustrada.

— Tudo bem, eu vou. — Ela endireitou os ombros e saiu.

Fiquei olhando para ela.

— Talvez alguém devesse ir junto, só pra garantir...

— Ela sabe se cuidar — disse Phil. — Além do mais, Cory é a única que se preocupa com a origem da garota e a qual *família* pertence. Até onde sei, se ela matou um unicórnio, isso a coloca bem à frente da maioria de nós.

— Ela é obviamente uma sem-teto — disse Zelda —, seja lá o que mais ela for. Mas estou curiosa. É incomum que alguém na situação dela também seja...

— *Qualificada*? — disse Phil. — Bem, não julgue um livro pela capa. Não temos ideia de qual é a história dela.

— Verdade — admitiu Zelda. — Afinal, a maior parte das garotas do meu trabalho não são mais virgens. Elas sempre se surpreendem quando lembram que eu sou. — Ela olhou para Phil. — E você, é virgem por quê?

Phil deu de ombros.

— Sou exigente. Não tenho nenhuma razão em particular. Não estou esperando uma ocasião especial, como encontrar meu verdadeiro amor nem a pessoa com quem vou me casar. Só não quero dormir com qualquer cara que entre na minha vida.

— Eu sou católica — disse Rosamund. — Não quero dormir com mais ninguém além do meu marido. É muito difícil pros meus amigos acreditarem nisso. — Ela olhou para Zelda. — Você também é religiosa?

Zelda baixou a cabeça e andou até a mesa.

— Não. Mas todo mundo acha que essa é a única boa razão.

— Verdade! — disse Dorcas. — Sempre que alguém descobre que sou virgem, diz que é coisa de gente religiosa. E tenta me convencer a não ser mais.

— Minhas amigas também dizem isso — falei. — Meu último namorado... Eu supostamente precisava dormir com ele.

— *Precisava?* — disse Zelda. — Por quê?

Ah, isso parecia tão idiota agora.

— Porque ele ia me levar ao baile da escola.

Todas gemeram.

— Eu sei, eu sei — admiti, timidamente. — Mas não fez diferença. Ele foi atacado por um zhi.

— É mesmo? — exclamou Rosamund. — O que aconteceu?

Expliquei sobre o Remédio e como Brandt terminara comigo depois que o curei.

— Fique feliz de não ter dormido com ele! — exclamou Phil. — Brandt Ellison é péssima pessoa. Você deveria ter deixado o zhi acabar com ele. — Ela balançou a cabeça. — Ainda não te perdoei por sair com ele.

— Eu terminei com um garoto pra vir para cá — disse Dorcas. — Era por isso que estava triste no começo. Eu o amava, mas ele não quis dormir comigo. Ficava dizendo que não queria ser *O Cara*. Podíamos fazer tudo, menos sexo. — Ela baixou a voz. — Ele até queria... — Ela fez um gesto vago indicando o traseiro.

— Que nojo! — exclamou Phil. — Ele até faria sexo, mas não da maneira tradicional? Sério: qual é o problema desses caras?

— Ele disse que desse jeito eu não teria como engravidar.

Tremi. Talvez não ficasse grávida, mas havia várias outras consequências terríveis.

— Também não se engravida com camisinha — disse Melissende, com uma risadinha. — Odeio os homens. Essa é minha resposta.

Grace nos observava do canto.

— Meu pai não me deixava ver garotos. Eu frequentava uma escola para meninas, e ele era muito rigoroso quanto a namoros.

Dorcas suspirou.

— Bem, quando você finalmente conhecer um, ele vai achar que você é uma aberração por estar esperando.

— Eu também ouço muito isso — disse Phil. — Piorou depois que fui pra faculdade. Se você não dormiu com ninguém na época de escola, tem alguma coisa errada com você. Deve estar se guardando pra *alguma coisa*. E ninguém quer essa responsabilidade — riu ela. — Mas eu não ligo. Pra mim, só prova que, se um cara não quer a "responsabilidade" de ser o primeiro, ele não merece ser nenhum outro número.

— É fácil pra você dizer isso. — As palavras escaparam da minha boca sem querer.

Phil olhou para mim com a mágoa contorcendo-lhe os lábios.

— O que você quer dizer, Asteroide?

— Você sempre foi linda e popular na escola. Se não dormia com um cara, tinha uma fila enorme de outros caras atrás. Não são todas que conseguem isso.

Phil me olhou sem entender.

— Você está me dizendo que ficou com aquele nojento do Brandt, que teria *dormido* com ele, porque ele era o único que queria?

Todo mundo estava olhando para mim. Eu não falei nada.

— Porque é a pior ideia que eu já ouvi. Danem-se os idiotas da nossa escola, Astrid. Há caras muito melhores por aí. E aqueles gatinhos com quem saímos outro dia?

Giovanni e Seth?

— Os que acharam que éramos aberrações e fugiram correndo, *correndo*, de nós? É, eles são de primeira.

— Os dois eram dez vezes mais bonitos do que qualquer garoto com quem estudei. Então, não julgue toda a espécie masculina pelos derrotados com quem namoramos em nossa cidadezinha caipira.

— Que importância tem isso? — gritei. — Não vamos mais ficar com ninguém. Somos caçadoras. Somos castas. Não importa com quem dormiríamos, nem por quê. Se eu tivesse dormido com Brandt, nem sequer estaria aqui!

— Acteon — disse Melissende. — Isso se chama Acteon.

— O quê? — perguntou Dorcas.

— O homem com quem uma caçadora faz sexo pra poder se livrar de sua obrigação. — Ela tirou outro cigarro do bolso da camisa, olhou para ele com carinho e suspirou. — Era uma situação relativamente comum. Nem todo mundo que *podia* ser caçadora queria ser. Era uma maneira de escapar.

Nada de surpreendente nisso.

Rosamund disse:

— Acteon... por causa do mito? Ele foi o homem que surpreendeu a deusa Diana tomando banho.

Melissende confirmou.

— Mas ele foi morto! Virou um cervo, e os próprios cachorros fizeram picadinho dele.

— As caçadoras tinham punições diferentes — disse Melissende com um sorriso frio —, porque tínhamos animais de estimação diferentes.

Eu tremi.

— A mulher era punida também? Era enterrada viva, como as virgens vestais? Jogavam os zhis em cima delas?

— O que você acha? — sibilou Melissende, depois acendeu o cigarro.

Phil ergueu as mãos.

— Tudo bem, chega dessa conversa. As pessoas faziam todo o tipo de coisas sangrentas antigamente. Inquisições, torturas e jogar as pessoas aos leões por diversão. Mas isso era antigamente. Ninguém vai enterrar ninguém vivo por aqui. Nem soltar Bonegrinder. Entendido?

Dorcas e Rosamund concordaram. Zelda exasperou-se e virou a página da revista. Melissende soprou uma nuvem de fumaça e trocou olhares com Grace.

— É claro — disse ela.

Cory voltou correndo, com os olhos brilhando.

— Ela é uma Vasilunas! — Ela sorriu e deu um pulinho. — Dá pra acreditar? Uma Vasilunas. Supostamente, elas deveriam estar extintas.

— Como ela sabe? — perguntou Phil.

— Ela mesma investigou — disse Cory. — As Vasilunas eram famosas pela habilidade de rastreio. Eram as melhores quando o assunto era encontrar unicórnios.

— Ah — disse Melissende. — Como cães.

E, pela primeira vez, Cory, Phil e eu concordamos perfeitamente. Lançamos um olhar de asco para Melissende.

— Pra onde você está me levando? — perguntei a Phil pela sétima vez.

E, pela sétima vez, ela se esquivou da resposta.

— Que parte de "é uma surpresa" você não está conseguindo entender?

— A parte em que não gosto de surpresas. Neil sabe que você está "retirando uma das caçadoras do Claustro"? — Fazia uma semana e meia que eu não saía da propriedade, desde a noite em que conheci Giovanni e ataquei o kirin.

Ela meneou a cabeça e continuou andando.

— Neil e eu temos um acordo. — Estávamos em um lindíssimo parque cheio de árvores no norte de Roma. O sol da tarde brilhava por entre as folhas; os pássaros cantavam acima de nós; as pessoas passeavam com seus animais de estimação; e, por todo o caminho, havia homens vendendo sorvete e doces em carrinhos e barracas.

— É mesmo? — falei, sem acreditar. — E que acordo é esse?

— Nós dois concordamos que: o que os olhos não veem, o coração não sente.

— Phil!

Ela suspirou.

— Tão certinha. Tudo bem. Falei pra ele que precisava de um guarda-roupa mais apropriado para fazer caçadas e que traria você pra fazer compras comigo. — Ela pegou minha mão e me puxou. — Venha, vamos nos atrasar.

Subimos outra colina e chegamos a uma clareira ensolarada, dominada por um grande palácio de pedra clara e mármore. Havia muita gente aglomerada ao redor dos chafarizes e dos degraus externos. No final do caminho estavam Seth e Giovanni. Seth sorriu e acenou assim que nos viu.

Eu parei de andar na mesma hora.

— Surpresa! — disse Phil, e puxou com mais força. — Venha.

— Mas... — Voltei a andar ao lado dela. — Achei que estivéssemos com raiva deles. Eles abandonaram a gente.

— Seth ligou pro meu celular outro dia e pediu desculpas — disse Phil com alegria. — Disse que não conseguia parar de pensar em mim. Que Giovanni não conseguia parar de falar em *você*. E que queriam compensar o que fizeram conosco. — Ela me olhou por cima do ombro. — Está vendo, existem caras bonitos e legais que *gostam* de nós. Não vamos mais nos rebaixar ao nível de palhaços como Brandt, tá?

Àquela altura, tínhamos chegado até eles, então Phil não esperou minha resposta.

— Oi! — disse Seth. — Estávamos começando a achar que vocês não viriam. São muito rigorosos com os horários de entrada aqui. — Ele começou a nos entregar ingressos.

— O que é aqui? — perguntei, olhando para o palácio.

Seth inclinou a cabeça na direção de Giovanni.

— A culpa é do professor e sua fixação por arte. Ele mexeu vários pauzinhos para conseguir esses ingressos.

— Não mexi — disse Giovanni, que tinha se materializado ao meu lado. — Só me dei ao trabalho de ligar antes.

— Gosto mais da história de Seth — disse Phil.

Giovanni se virou para mim.

— É a Galleria Borghese, sobre a qual falei naquele dia. Há obras incríveis lá dentro. Rafael e Bernini. Todos os tipos de obras. Achei que você fosse gostar.

Eu sorri para ele, mas só conseguia pensar no jeito como ele me olhou depois que ataquei o kirin. Os curadores abriram as portas, e os visitantes com os ingressos do horário em questão começaram a entrar. Seguimos a multidão, ouvindo Phil e Seth conversarem.

— Vamos para o andar de cima primeiro — disse Giovanni. — Todo mundo vê o térreo antes, e ele fica muito cheio.

Ele nos levou por uma escadaria larga em espiral, toda dourada e feita de mármore, diferente em quase todos os aspectos das escadarias íngremes, escuras e estreitas do Claustro.

As primeiras galerias tinham pinturas a óleo da Virgem Maria segurando o menino Jesus no colo, assim como retratos de nobres famosos da Itália e chefes do clero. Havia até uma série de bustos do cardeal Scipio Borghese, o famoso patrono da arte. Era um homem robusto com bochechas redondas, olhos inteligentes e um ar muito arrogante.

— Ele era bem cruel na aquisição dos objetos de arte que queria — explicou Giovanni. — E, como era cardeal, tinha muito poder. Houve uma vez em que outro nobre encomendou uma pintura, mas quando Borghese viu o artista trabalhando no estúdio, insistiu em ficar com ela. Quando o nobre recusou, Borghese colocou a Inquisição atrás do homem até ele concordar em abrir mão do quadro.

Olhei para a escultura à minha frente. O rosto na pedra parecia quase convencido agora.

— Que legal — disse Seth. — Eu gostaria de ter esse tipo de influência. — Ele segurou a mão de Phil. — Fique comigo se quiser viver!

Phil tirou a mão da dele e balançou o dedo.

— Ele era padre. Nada de garotas.

— Ei, de qualquer forma eram todos corruptos naquela época.

Seth passou o braço ao redor dos ombros dela e a guiou pela galeria.

Assim que ficamos sozinhos, Giovanni se manteve em silêncio. Esperei que ele me mostrasse a próxima obra de arte, mas ele não disse nada, apenas seguiu em frente e começou a observar o busto de outro ângulo.

Que ótimo. Ele realmente não queria estar ali comigo. Estava apenas me acompanhando para que Seth pudesse ficar com a garota que *não* perseguia unicórnios invisíveis.

Seth e Phil saíram do salão, e fui atrás deles, mas quando cheguei à porta, não consegui descobrir para qual dos muitos ambientes eles tinham ido. Virei para a direita e me vi na maior galeria de todas. Acima de uma enorme lareira havia uma gigantesca pintura a óleo da deusa Diana, com uma lua crescente na testa, cercada por um grupo de garotas seminuas com arcos e flechas. Algumas estavam disparando contra alvos, outras nadavam com seus cães em um lago límpido, e outras carregavam suas presas, amarradas em galhos, sobre os ombros. Fiquei paralisada, olhando.

— É Diana e as Caçadoras — disse Giovanni, que estava atrás de mim. — Domenichino. Foi mais um artista que Borghese colocou na cadeia até que lhe desse o quadro. — Ele apontou para uma pessoa escondida atrás de um arbusto perto da extremidade direita. — Está vendo aquele sujeito observando? Era um crime horrendo ver a deusa virgem se banhando.

Fiquei sabendo.

— Como fez Acteon — acrescentei.

Giovanni concordou.

— Exatamente. Você sabe de mitologia. Mas aqui ele está apenas observando uma das caçadoras do grupo. Ele talvez sobreviva a isso.

— Ela talvez até goste. — Apontei para a caçadora nua nadando. — Está vendo, ela está olhando para nós, fora do quadro, e está sorrindo. Sabe que podemos vê-la e não se importa. — Talvez tenha até achado que esse Acteon pudesse tirá-la da vida de caçadas para sempre.

Giovanni sorriu para mim.

— Você é uma ótima crítica de arte.

— Obrigada. — Olhei para baixo.

— Me desculpe... Isso te incomoda?

— Isso o quê?

— Eu fazer piada com o cardeal, e tudo o mais.

— Não! — Eu neguei com a cabeça. — Por que incomodaria?

— Porque você vai ser freira.

Meu queixo caiu.

— Eu não vou ser freira!

A expressão dele ficou confusa.

— Mas... achei que você ia. E você está naquele convento...

O quanto, exatamente, Phil tinha contado a Seth sobre nosso pequeno "convento"?

— Não vou ser freira — repeti. — É... meio complicado. Tem uma tradição familiar, mas não quero ser parte dela. Só estou aqui porque minha mãe me obrigou. Vou embora assim que puder.

— Ah — disse ele, parecendo aliviado. Talvez tenha sido por isso que ele vem agindo de maneira tão estranha. O quanto seria estranho sair com uma pessoa que você achava que estava prestes a seguir ordens religiosas?

— Achei que você fosse meio jovem pra tomar esse tipo de decisão. Mas quando ele me falou, e levando em consideração o modo como você agiu outro dia... fez sentido.

— O modo como agi?

— É. — Agora ele olhou para o outro lado. — Você ficou correndo de mim e...

— Posso explicar isso — falei, rapidamente. Mas como eu sequer ia começar? Eu não estava correndo dele. Estava protegendo-o!

— É, eu também. — Ele franziu a testa. — Só não gosto da explicação. — Ele começou a andar em direção ao quadro ao lado. — Venha ver este. É um Rafael. — Ele me levou até um quadro menor, pendurado em uma parede lateral, longe dos outros. Giovanni parou na frente da obra e olhou para mim. — O que você acha?

Meu queixo caiu. A pintura mostrava uma jovem sentada ao lado de uma janela com um zhi no colo.

— Se chama *La Dama con Liocorno* — disse Giovanni, me observando. — A dama com o unicórnio.

Meu coração disparou, mas eu me controlei.

— Bonito. — Phil provavelmente adoraria. — Era alguma dama em particular? — Cory provavelmente saberia a linhagem familiar de cabeça.

— Não tenho certeza — disse Giovanni. — Mas, pelo que sei, era comum pintarem retratos de noivas posando com unicórnios antes do casamento como presentes para os noivos. Era um símbolo de inocência e pureza. Provavelmente é esse o significado do quadro.

— Provavelmente — disse, olhando para o retrato.

Ao redor do pescoço, a garota usava um colar com uma pedra vermelha em nada diferente da que havia no anel de Neil. Talvez ela não fosse caçadora, afinal. Talvez apenas usasse a pedra como proteção enquanto posava. Ainda assim, um zhi ficaria tão bem-comportado nos braços de uma não caçadora?

— Aposto que a pintaram com um carneiro no colo e acrescentaram o chifre depois — disse Giovanni.

— Provavelmente — repeti. Mas eu conhecia um zhi quando via um. Este era ainda menor do que Bonegrinder, um verdadeiro bebê unicórnio. Não dava para imaginar o quanto Rafael deve ter ficado com medo por ter esse monstro em seu atelier. Acabei por desviar o olhar, mas Giovanni ainda estava olhando para mim. — O quê? — perguntei. — Você está me deixando assustada.

— Nada. — Ele balançou a cabeça e forçou uma risada. — Não, na verdade é uma coisa sim, mas é loucura, e eu provavelmente nem deveria contar. Jamais veria você de novo.

— Experimente — falei.

Talvez ele soubesse. Ele me levou até aquele quadro por um motivo. Talvez tenha visto, sim, o kirin e não conseguiu acreditar no que seus olhos viam. Talvez não tenha sido eu quem o assustou na outra noite, mas o monstro. *Apenas fale a palavra "unicórnio" em voz alta, e eu saberei que você não vai me achar louca se eu contar tudo.*

A alguns passos dali havia um banco largo, forrado de couro preto. Nós nos sentamos com os joelhos se tocando, e Giovanni apoiou os cotovelos nas coxas e juntou as mãos.

— A situação é a seguinte — disse ele, com os olhos direcionados para o chão entre os pés. — Não estou aqui apenas pra aprender mais sobre o lado da família da minha mãe.

— Eu sei. Você também queria ver Roma.

— Fui expulso da faculdade.

— O quê?

Ele suspirou e ficou em silêncio por um longo tempo.

— Semestre passado. Eu gostava muito de farra, entrei em uma fraternidade, perdi o controle de tudo. Uma noite... eu estava muito bêbado e um pouco doidão, e houve uma briga enorme. Algumas pessoas se feriram, e todos os alunos do meu ano da fraternidade foram levados ao comitê disciplinar da universidade. Fomos todos expulsos. Perdi minha bolsa de estudos.

— Ah.

Uni as mãos no colo, sem saber o que dizer. O que isso tinha a ver com a outra noite e com a pintura da garota com o unicórnio no colo?

— Minha mãe e meu pai não quiseram lidar com a situação nem comigo. Me mandaram pra cá, pra morar com meus parentes e "refletir sobre o que aconteceu". Mas a família da minha mãe é muito rigorosa e religiosa, e estava me enlouquecendo. Então, me candidatei a esse programa de estudos e, por algum milagre, entrei. Tenho esperanças de que possa usá-lo pra voltar pra faculdade.

— Aposto que consegue — falei. — Qualquer programa de história da arte adoraria ter você. Você é muito inteligente.

— Não, eu sou muito burro. Quando saímos naquele dia, tomei aquela bebida. Foi só uma, mas eu queria mais. Foi por isso que saí da boate. Sabia que podia ficar e me divertir, mas se arrumasse confusão de novo... Esta é minha última chance.

— Eu entendo — disse. De certa forma, ele também estava preso aqui. — Então... quanto ao unicórnio?

— Que unicórnio?

Todo o sangue sumiu do meu rosto.

— Aquele... no quadro — continuei, sem jeito. — Você não... estava tentando... dizer alguma coisa?

Ele me lançou um olhar de lado.

— Por que você acha isso?

Eu não tinha palavras. Onde estava Phil para me ajudar a sair daquela situação? O que Giovanni diria se eu confessasse tudo? Eu só conseguia visualizar aquele momento, lá em casa, quando Kaitlyn olhou para mim como se eu fosse louca. Quando Brandt riu de mim na frente da escola toda.

Giovanni ficou em silêncio por um momento, depois quase gemeu.

— Tudo bem, o negócio é o seguinte. Pensei ter visto um unicórnio naquela noite quando estava com você. Loucura, né? Foi por isso que fui embora correndo. Achei que talvez tivesse alguma coisa naquela bebida da boate, alguma droga, e que eu tinha feito besteira de novo sem nem saber. Não quis surtar na sua frente.

— Acho que tinha alguma coisa nas nossas bebidas — disse eu, baixinho, escondendo minha decepção. Era uma loucura mesmo. — Também vi um unicórnio.

— É estranho termos tido a mesma visão. Deve ter sido depois de ver aquele chafariz no pátio.

— Ou talvez tenha sido real — sugeri, mas ele deve ter pensado que eu estava brincando, porque deu uma gargalhada.

— Sinto muito que você tenha se machucado — disse ele. — Me senti um idiota depois. Fiquei com medo do que tinha feito. Depois de todo o trabalho pra consertar minha vida, bebi só um copinho e tudo fugiu do controle. Não quero mais ser aquele cara. O que vai pra farra, o que briga. Mas eu devia ter ficado e ajudado.

— Eu tinha Phil — falei. — Além do mais, isso vai me ensinar a não provocar os unicórnios.

Ele riu. Foi a resposta mais errada possível.

— Acho que não é uma boa ideia você e sua prima saírem conosco. Somos más influências. Vocês são legais demais.

Legais querendo dizer *inocentes*. Eu podia traduzir o que Giovanni dizia muito bem.

— Então você me vê e pensa em quê? Naquela garota ali? — Indiquei o quadro com a cabeça.

— Dificilmente. — Ele pegou minha mão. — Você é muito mais bonita do que ela.

Revirei os olhos com o elogio.

— Além do mais, ela provavelmente nem sabia ler, e aposto que você sabe. É uma grande qualidade em uma garota, ao menos em minha opinião.

— Melhorou um pouco — falei.

— E gostei muito do jeito como você dança. Desculpe a maneira como saímos da boate naquela noite.

Ele estava olhando para mim de novo. Embora não houvesse sorriso no rosto dele, agora que estávamos muito perto, percebi que seus olhos grandes e escuros sorriam por ele.

Acima de nossas cabeças, o quadro da dama com o unicórnio estava parado no mesmo lugar, a menina imóvel como esteve durante séculos. A caçadora na imagem segurava o pequeno zhi no colo e nos olhava com uma expressão de irritação no rosto congelado. Estava com raiva por precisar se casar e parar de caçar? Com raiva pelo quadro ter demorado tanto tempo para ficar pronto? Ou será que estava irritada por eu estar ali com um garoto que sabia tudo sobre arte e gostava do jeito como eu dançava?

Um garoto que me contou todos os seus grandes segredos. Um garoto que acariciava as costas da minha mão com o polegar de um jeito que me dava arrepios em todos os ossos do corpo, que me fez esquecer a sensação do kirin, a adrenalina da caçada, o fedor de fogo e inundação.

À minha direita, a caçadora nua na água olhava com ousadia para fora do quadro, convidando o olhar do homem escondido, indiferente à deusa Diana e seu coração de pedra segurando um arco a poucos metros de distância. Ela estava procurando seu Acteon. A caçadora de Rafael, com o unicórnio no colo, estava a caminho do seu.

Havia uma maneira de sair dessa. *Acteon.* Sorri para Giovanni.

— Sabe — disse ele, com a cabeça inclinada e tão perto da minha que nossas testas estavam quase se tocando. — Só estar perto de você pode me colocar em confusão. Eu e Seth estamos em um curso de imersão da língua. Assinamos um contrato que diz que só podemos falar italiano.

— Então, talvez você devesse parar de falar — sussurrei, e encostei os lábios nos dele.

12

Quando Astrid começa a agir

Giovanni tinha lábios macios, e apertou minha mão quando nos beijamos. Em seguida, nossas bocas se abriram, nossas línguas se tocaram, e o sangue disparou pelo meu corpo com mais velocidade do que a provocada pelo efeito de qualquer unicórnio.

Quando se afastou e olhou para mim, os olhos sorriam tanto que tive vontade de rir alto.

— Uau — disse ele.

— Está vendo? — Tirei o cabelo do rosto. — Não sou tão inocente quanto você pensa.

Eu mal me lembro do resto do museu. Vimos um monte de obras de arte lindas, e Giovanni parecia saber um pouco sobre todas elas, mas como eu podia perder tempo pensando nas esculturas de mármore quando estava muito mais interessada nas linhas do corpo dele? Ele ficou segurando minha mão pelo resto do passeio, e reparei na maneira como seus músculos se movimentavam debaixo da camiseta, como suas clavículas apareciam pela abertura da gola e seus ombros se comprimiam contra o tecido. Ele tinha mãos grandes, como o Davi de Bernini que vimos no térreo. Só que era mais magro; mais corredor do que lutador. Sua pele estava um tom ou dois mais escura do que na última vez em que o vi, e seu cabelo se encaracolava sobre a testa e no topo da cabeça. Ignorei a maior parte das estátuas de italianos que ele me mostrou, preferindo me concentrar nos contornos do rosto de

Giovanni: seu nariz largo, maçãs do rosto proeminentes e olhos escuros e profundos com cílios negros e grossos.

Decorei cada detalhe. Esse era o homem com quem eu dormiria. Giovanni seria meu Acteon.

Em certa ocasião, ele me puxou para um canto e me beijou até um segurança pigarrear e gesticular para que seguíssemos em frente. Em outro momento, tirou a mão da minha e a colocou nas minhas costas, deixando-a repousar ali, quente e pesada, até que minha coluna quase ficou dormente com a sensação.

A decisão foi tão fácil. Por que fiquei tão perturbada? Quando se tratava de Brandt, quando se tratava de todos os garotos com quem fiquei, me senti tão pressionada a seguir em frente que não parei para apreciar cada etapa do caminho. Mas, agora que eu sabia para onde estava indo, sabia que queria ir, a sensação era deliciosa. Essa onda agradável e emocionante de poder que percorria meu corpo era intoxicante, inebriante. Flertei como nunca tinha feito antes. Giovanni não ia ficar surpreso? Sem persuasão, sem jogos de sedução à espera de me fazer ceder. Eu estava pronta para ir em frente.

A única pergunta era onde cometer o ato.

Obviamente, o Claustro estava fora de questão. Onde os meninos moravam? Será que o quarto de alojamento dele nos daria privacidade o suficiente? Seria possível conseguir um quarto de hotel? Eu não morria de vontade de perder a virgindade em cima de um cobertor em um canto afastado do parque, mas não se pode ter tudo.

Nosso tempo no museu acabou, e os seguranças encaminharam os visitantes para a porta. Encontramos Phil e Seth se beijando ao lado de um chafariz no jardim.

— Aí estão vocês! — Phil se afastou dele e veio em minha direção. — Vocês demoraram uma eternidade! Estou morrendo de fome. Vamos comer.

O sol estava se pondo, mas a maior parte dos italianos só comeria dali a horas.

— Na verdade — falei —, não estou com muita fome. Talvez você e Seth possam ir sozinhos. — Fiz olhos de cachorrinho sem dono para Giovanni.

— É sério? — disse ele. — Pra falar a verdade, eu queria comer. Não almocei hoje.

Mordi o lábio. Isso seria complicado. Eu me inclinei e sussurrei no ouvido dele:

— Achei que talvez... pudéssemos ficar sozinhos.

Giovanni ergueu as duas sobrancelhas.

— Tudo bem. — Ele olhou para Seth. — Astrid e eu vamos dar uma volta.

Phil me olhou com uma expressão estranha no rosto.

— Astroturf? Você está bem?

— Estou — respondi. Ela precisava usar os apelidos idiotas agora? — Encontro você no Claustro.

— Que horas? — perguntou ela. — Deveríamos ficar juntas. E se você se perder?

— Não vou me perder. — Olhei para o relógio. — Que tal dez horas?

Seria tempo o suficiente? Eu contaria a Phil de antemão sobre o que tinha feito, e iríamos direto até Neil para começar a planejar minha viagem para casa. Eu só torcia para que ela não ficasse encrencada; afinal, deveria estar cuidando de mim.

E, de repente, ela começou a fazer exatamente isso, para minha consternação.

— Não sei — disse ela. — Deveríamos ficar juntas. Por questão de segurança, no mínimo. — Ela fez uma careta para mim, e a careta dizia: *Lembra-se do kirin?*

— Jo pode cuidar dela — disse Seth. — Vamos, Phil.

Eles foram embora, mas Phil me lançou olhares curiosos por cima do ombro até sumirem de vista.

— E então? — disse Giovanni quando eles sumiram. — O que você quer fazer?

— Por que você não me mostra onde está morando? — pedi. Vamos dar o pontapé inicial.

Ele pareceu em dúvida.

— É apenas um colégio interno em Trastevere. Não tem nada de interessante e fica meio longe daqui.

Eu o beijei com intensidade. Foi um beijo demorado, no qual apertei meu corpo contra o dele.

— Quero conhecer.

Assim, entramos em um ônibus e fomos pra Trastevere. Era um bairro distante e elegante, de ruas estreitas e cheias de butiques e restaurantes, mansões antigas e grandes parques.

— O que gosto nesta parte da cidade — disse Giovanni enquanto andávamos de mãos dadas por uma das ruas — é que tem muito verde. Não é como Nova York. Lá, se não estivermos em um parque, só há arranha-céus por todo lado. Esses prédios antigos não são assim.

Melhor ainda para unicórnios se esconderem.

— Você é de Nova York? — perguntei.

— Nascido e criado. Meu pai também, embora ele seja do Harlem. Eu nasci em Manhattan, no Village. Mas moramos no Brooklyn agora.

— Na única vez em que fui a Nova York, não saí do aeroporto — falei.

— Eu nunca fui a Seattle — disse ele. — É legal?

Dei de ombros.

— Não vou muito lá, também. É preciso ter carro pra andar na cidade, e minha mãe trabalha muitas noites, então ela precisa do nosso.

— Seu pai está na história?

— Nunca esteve.

Ele apertou minha mão e, depois de um momento, falou de novo.

— Você e Phil são engraçadas. Parecem mais irmãs do que primas. Vocês me lembram muito do modo como minhas primas italianas agem entre si.

— Crescemos sendo vizinhas — falei. — Praticamente. Minha mãe e eu moramos em cima da garagem do pai dela.

Aparentemente, isso revelou muito, porque ele ficou muito quieto, e eu me perguntei se estava pensando na minha bolsa roubada. Ele parou em frente a uma pequena *trattoria*.

— Você não está com fome? Este restaurante é ótimo, e barato. Gosta de frutos do mar?

— Só posso! — disse. — Morando em Washington!

— Aqui tem um excelente espaguete com frutos do mar. Você vai adorar.

Olhei o relógio. Ainda tínhamos bastante tempo para comer, fazer sexo e para eu voltar ao meu lado da cidade às dez.

— Tudo bem.

Só que os italianos não entendem o significado da palavra *pressa* quando o assunto é comer, e a alegre senhora que cuidava do lugar acabou se mostrando uma grande fã do meu cabelo, ficando quase tão encantada por ele quanto pelo conhecimento que Giovanni tinha da língua. Eu entendia uma em cada cinco palavras, incluindo as vezes em que ela tocava na minha cabeça e dizia *"Bella"*.

— *Sí* — concordou Giovanni, e piscou para mim. — É a cor — explicou ele. — Você não sabia que os italianos adoram louros?

O jantar demorou horas. Quando terminamos e saímos, entupidos de alcachofra e tomate, frutos do mar e massa, um tipo de vitela recheada com pedaços de carne curada e queijo e uma torre de gelato multicolorido que o chef não nos deixava ir embora se não terminássemos, comecei a me preocupar seriamente com a hora. Eu sabia que era possível fazer rápido se você quisesse, mas não tinha muita certeza se queria que fosse assim.

Mesmo sendo para escapar do meu destino de caçadora, eu queria que minha primeira vez fosse importante.

Mas, mesmo com toda minha irritação por causa da duração do jantar, eu tinha de admitir que a experiência foi excelente. Fomos colocados em uma mesa minúscula no porão do restaurante, sob um teto de barris pintados de amarelo e com várias fotos em preto e branco da família do chef. A atmosfera tinha cheiro de fumaça, queijo e vinho, e todos os outros clientes eram jovens casais com aparência moderna ou grandes famílias que deixavam as crianças correrem de um lado para o outro enquanto pediam uma garrafa de vinho atrás da outra. Meus joelhos se encostavam aos de Giovanni debaixo da mesa, e ele ficava batendo o pé no meu enquanto conversávamos. As velas faziam seus olhos parecerem quase pretos, e, quando ele falava sobre arte, seu rosto irradiava alegria.

— Preciso ter cuidado redobrado aqui — disse ele. — Alguém do curso poderia nos ver. — Ele manteve a voz baixa enquanto falava comigo e, às vezes, falava em italiano quando a porta do restaurante se abria.

— Ferrari, espresso, Dolce e Gabbana, biscotti, fettucini — falei em determinado momento, em resposta.

Ele caiu na gargalhada.

— Você não quer aprender um pouco de italiano, agora que está morando aqui?

Eu andava ocupada demais aprendendo a usar o arco e flecha.

— Você pode me ensinar.

É claro que ele não poderia. Se as coisas acontecessem conforme o planejado, eu jamais voltaria a ver Giovanni depois daquela noite.

Não tinha certeza de como me sentia quanto a isso.

— Então aqui estamos nós — disse Giovanni, quando chegamos ao colégio. — Está vendo? Não é nada de mais.

Ele tinha razão. Era uma estrutura simples de madeira, como qualquer prédio escolar americano dos anos 1970. Havia campos esportivos e um grande pátio aberto, cheio de mesas de piquenique onde os alunos podiam comer e estudar. Na lateral havia uma piscina malcuidada com algumas cadeiras e espreguiçadeiras.

— Eu queria poder convidar você pra entrar, mas são muito rigorosos quanto a visitas, ainda mais do sexo oposto.

Droga.

— Isso não é nada em comparação ao lugar onde estou morando.

— O convento? — perguntou ele. — Não, acho que não.

Ele me puxou para um canto, perto da área escura da piscina. Pelo menos foi para um lugar escondido. Olhei para as espreguiçadeiras. Elas serviriam.

Nós nos sentamos em uma e começamos a nos beijar de novo. Giovanni tinha gosto de temperos, como nosso prato de massa, e um pouco de doce, por causa do gelato. A brisa da noite tinha aumentado, e me aconcheguei a ele. Fiquei feliz quando ele passou os braços ao redor do meu corpo.

No passado, esperava que os garotos dessem o primeiro passo, que colocassem a mão dentro da minha blusa ou da minha calça. As garotas colocavam a mão dentro da calça dos garotos? Deveria ser pela frente ou por trás? Às vezes os garotos apertavam minha bunda. Giovanni tinha uma bunda bonita. Será que eu devia apertá-la?

— Ei. — Ele se afastou e colocou a mão no meu rosto. — Em que você está pensando?

— Na sua bunda — admiti.

Ele riu.

— Uma garota nunca me disse uma coisa assim.

— Tudo tem uma primeira vez — disse eu, de maneira sugestiva.

Ele me beijou de novo, colocando a mão aberta sobre meu queixo e meu pescoço. Um calor parecia irradiar a partir daquele ponto, e um rubor se espalhou pelo meu rosto, pelo meu pescoço e desceu até o peito. Deixei minhas mãos percorrerem o peito dele, torcendo para que ele fizesse o mesmo. Os beijos dele desceram dos meus lábios para o meu pescoço, e a mão dele migrou para o sul, seguindo o calor. Ele encontrou um ponto de pulsação acima da minha clavícula, e, quando senti a língua dele ali, eu gemi.

Ele parou.

— Você está bem?

— Estou — falei, ofegante. — Continue.

Ele riu de novo, e senti um sopro frio sobre minha pele. Tremi, embora estivesse tão quente a ponto de suar. As mãos dele estavam por baixo da minha blusa agora, uma sobre um dos seios, por cima do sutiã, e a outra nas minhas costas. Eu também estava com as mãos debaixo da camisa dele, fazendo pequenos círculos sobre a pele, imaginando como seria quando houvesse menos roupas entre nós.

O que vinha depois? Alguma coisa vinha depois, mas eu estava tendo dificuldades em organizar os pensamentos. O que ele estava fazendo no meu pescoço era muito gostoso. O modo como o polegar dele deslizava pela renda do meu sutiã era bom demais. Tudo era muito bom, e eu queria mais.

Eu me recostei na espreguiçadeira, e ele veio para cima de mim, com uma perna entre as minhas e nossos cintos se encostando. As tiras da espreguiçadeira se curvavam sob nosso peso. Eu sentia os tubos de metal nas laterais, ásperos sob meus dedos conforme a tinta se esfarelava.

— Astrid — sussurrou ele contra a minha pele, e eu soube que ele estava falando conscientemente. Ele quis dizer *Astrid*, e não *a garota embaixo de mim.*

Abri a boca, mas a única palavra que chegou aos meus lábios foi Acteon.

Não cheguei a falar porque ele colocou a boca sobre a minha de novo. Os beijos dele estavam mais intensos e mais urgentes do que antes. Giovanni estava se mexendo em cima de mim, e pude sentir que ele estava excitado, podia sentir a pressão contra minha perna. Enfiei as mãos entre nós e comecei a puxar o cinto dele.

Ele se afastou.

— O que você está fazendo?

Puxei o cinto pela fivela e comecei a abrir o jeans dele.

— Adivinhe.

— Pare.

Minhas mãos pararam imediatamente.

— O que foi? — perguntei.

— Nada. — Estava escuro demais para eu conseguir ler o que os olhos dele diziam, então não dava para saber se estava sorrindo ou não. — Mas não vou ficar pelado em uma cadeira enferrujada de piscina. — E recomeçou a beijar meu pescoço.

Enferrujada ou não, eu estava ficando sem tempo.

— Ah, vamos — insisti, tentando persuadi-lo com o tom mais sedutor que consegui. — Eu quero muito.

Ele ergueu a cabeça e olhou para mim até que eu afastasse o olhar. Em seguida, ele disse:

— Você é virgem, não é?

Estreitei bem os olhos, e todo o calor fugiu do meu corpo.

— Astrid. Olhe pra mim.

Abri os olhos, e ele ainda estava me encarando, mas eu conseguia ler a expressão dele direitinho agora. Pena.

— Sou. — Eu podia ter mentido, mas duvidada que ele fosse acreditar. Ele provavelmente conseguia sentir isso pelo cheiro, como um unicórnio sentiria.

— Entendo. — Senti o corpo dele se mover e ele se sentar ao meu lado. Eu queria me encolher em posição fetal. — Não me entenda mal...

Ah, Deus. A ladainha do "não se ofenda" toda de novo!

— Mas não quero dormir com você — disse ele.

Eu me sentei.

— Por que não?! — Com tantos garotos em Roma, fui escolher justo o que *não* queria fazer sexo? — Porque sou virgem?

— É. Não. Um pouco de cada.

— E você não quer carregar a *responsabilidade*? — sussurrei. — Eu não ligo, juro. Não estou esperando nada de você se fizermos isso.

Ele olhou para mim sem entender.

— Isso é... decepcionante.

— Por quê? — Meus olhos ardiam, e eu tinha esperança de ele não ter notado. — Não é um sonho se realizando? Uma garota que quer dormir com você e nunca mais te ver de novo?

— Não — disse ele. — Gosto de você, Astrid.

— Então por que você não quer? — Tentei em vão fazer com que minha voz não saísse trêmula.

Ele passou os braços ao redor de mim e me puxou para perto.

— Eu faço questão de nunca fazer sexo com uma mulher que está chorando, pra começar.

— Pare com isso! — Eu o empurrei para sair dos braços dele. — Antes de qualquer coisa, não seja condescendente comigo.

— Tudo bem — disse ele, com um tom de raiva finalmente surgindo na voz. — Não me trate como um pedaço de carne. "Durma comigo e nunca mais volte a me ver." Que merda é essa?

É minha única chance. É isso.

— Eu não quis colocar dessa forma — falei. Talvez eu pudesse consertar. — Também gosto muito de você. Quero dormir com você.

— Você acabou de me conhecer. Estou gostando muito, mas...

— Mas o quê? Como sou virgem, precisa ser especial? Estou cansada de caras dizendo isso! — Na verdade, nenhum tinha dito isso para mim, mas eu ouvi o bastante de Dorcas e Phil para saber como era.

— Então você tenta seduzir muitos caras e não consegue? — O tom de Giovanni era cruel.

Fiquei de pé e andei em direção à piscina. Percebi que *realmente* tinha chorado quando o ar da noite esfriou as lágrimas no meu rosto.

Eu o senti atrás de mim antes mesmo de ele falar.

— Astrid — disse ele. — Por favor. Não quero estragar nada.

Eu queria. Queria que ele me estragasse. Que me estragasse para as caçadas definitivamente.

— Mas não me sinto à vontade. Não só por você ser virgem, mas porque não nos conhecemos tão bem. Não quer esperar um pouco e ver aonde isso vai dar?

— Não — respondi. — Se esperarmos, não vai dar em nada.

Quantas vezes mais eu seria capaz de escapar do Claustro antes de Giovanni voltar para o Brooklyn e eu acabar tendo de ser caçadora para sempre?

— Não é verdade. Pare com isso. — Ele tentou colocar a mão na minha cintura, mas eu não deixei.

— As garotas com quem você dorme — disse —, você as ama?

— Só houve uma — disse ele. — E sim, eu a amei.

Senti uma onda de ódio e ciúme dessa garota desconhecida que Giovanni tinha amado e com quem tinha perdido a virgindade. Senti inveja de Giovanni por não ser virgem, por não ser mulher, por não ser descendente de Alexandre, o Grande. Por não precisar carregar esse peso.

— Esquece — disse, e comecei a andar em direção à rua. Talvez eu ainda pudesse pegar um ônibus até o Coliseu a tempo de chegar no Claustro às dez. E talvez amanhã acordasse em casa, na minha cama, e os unicórnios ainda fossem imaginários.

Ele segurou meu braço.

— Esquecer? Você vai me esquecer? Ei, não fuja assim, não terminamos!

Eu me virei para ele.

— Terminamos sim, porque vou voltar para aquele convento e não vou sair mais. Você era minha única chance.

— Não é verdade — disse ele. — Você tem escolha. Não precisa fazer nada que não queira.

— Você não faz ideia do que estou tendo de encarar.

— É mesmo? — disse ele. — Eu certamente não sei como é se sentir pressionado, não é? É, é uma merda, para ser sincero. — Ele inclinou a cabeça em direção à piscina. — Tudo bem. Se vai te fazer feliz, vamos voltar pra espreguiçadeira e fazemos sexo.

Eu me livrei do toque dele.

— Não.

— Está vendo? Você não quer. — A voz dele ficou mais suave. — Astrid, você não quer.

No momento seguinte, eu estava nos braços dele, meu rosto estava encostado em seu peito, e não havia nada de sexual naquilo. Éramos apenas nós dois no pátio escuro, abraçados com tanta força que eu mal conseguia sentir a brisa.

— Me desculpe — disse ele. — Talvez quando...

— Está tudo bem.

Eu o beijei antes de ele conseguir concluir o pensamento. Eu não queria uma regra, nem um roteiro, nem um planejamento. Não queria que nada me fizesse esquecer que o cara em meus braços não era Acteon. Era Giovanni Cole.

Ele foi de ônibus comigo até a cidade. Ficamos em silêncio a maior parte do tempo, mas Giovanni segurou minha mão e esfregou o polegar nos meus dedos durante todo o caminho.

Ele me levou até a entrada do Claustro e apontou para um ponto do pavimento.

— Ali — disse ele. — Foi ali que pensei ter visto o unicórnio.

Eu concordei com a cabeça.

— Bem, não tem nenhum unicórnio à solta hoje.

Era verdade. Eu conseguia sentir.

Eu ainda conseguia sentir.

Nós nos beijamos de novo, e ele foi embora, então entrei sozinha no pátio. Já passava muito das dez. Eu torcia para que Phil não estivesse encrencada por ter chegado sem mim.

Uma luz baixa e oblíqua brilhava na escada da rotunda, iluminando Clothilde e Bucéfalo, assim como as três figuras na base do painel. Cory e Phil estavam sentadas, com Bonegrinder no meio, as mãos segurando a coleira com firmeza.

— Estou encrencada? — perguntei.

— Shh — respondeu Cory. — Não acorde Neil.

Phil ficou de pé, e Bonegrinder trotou ao seu lado. Quando elas chegaram perto, a zhi se virou em minha direção e farejou. Seu rabo se sacudiu, e ela fez uma reverência.

— Graças a Deus — disse Phil. — Estava muito preocupada.

13

Quando Astrid usa um arco e chega a uma conclusão

Phil e Lino estavam discutindo. De novo.

Não que eu me importasse com esses debates quase diários sobre questões ambientais e direitos dos animais. Só preferia que não acontecessem de manhã cedo, quando eu estava presa a uma árvore a 6 metros do chão.

Mais de duas semanas tinham se passado depois que falhei completamente em minha tentativa de seduzir Giovanni. Não voltamos a falar sobre aquela noite, mas todas as vezes em que ele me tocava ou me olhava por um segundo a mais, eu só conseguia pensar em como ofereci meu corpo a ele e em como ele o recusou.

Não que eu o tenha visto muito. Meus dias estavam cheios de aulas sobre amarrar a corda no arco e cortar flechas, além de horas de treinos que deixavam minhas costas, meu peito e meus ombros com tanta dor que eu só queria afundar no esquecimento da minha cama todas as noites.

Foram dias terríveis. Quatro noites em uma plataforma em uma árvore tinham me deixado com saudade até do Claustro.

Abaixo de mim, Valerija estava sentada de pernas cruzadas no chão, com as costas apoiadas no tronco. Estava de olhos fechados, mas não dormindo. Fios brancos idênticos desciam de seus ouvidos até o bolso do casaco, o único detalhe que se destacava no cabelo e roupa escuros. Eu não conseguia acreditar que ela estava ouvindo música enquanto caçava!

Olhei para a frente, para os olhos de Cory. Ela também estava com um arco na mão e também aguardava em uma árvore ali perto. A teoria, pelo que eu podia perceber, era que Valerija deveria ser a isca, a virgem que tradicionalmente atraía os unicórnios. Aparentemente, esse era um papel comum das caçadoras da família Vasilunas. Como era experiente nas lutas com faca, mas tinha se saído muito mal com o arco e flecha, Valerija foi encarregada das lâminas enquanto nos posicionamos nas árvores, prontas para um ataque surpresa aos unicórnios quando eles aparecessem.

Se eles aparecessem.

Mas eu estava ali havia cinco horas e não os tinha pressentido nem uma vez.

Essa era a essência do atual debate.

— Fique quieta — disse Lino —, senão eles não virão.

— Falando ou não falando — respondeu Phil —, eles sabem que estamos aqui. Essa é a questão. Aquela ali não é uma fêmea de unicórnio no cio. — Talvez Phil tivesse sorte de Valerija estar de fones de ouvido. — É uma caçadora. Se eles são atraídos a nós, como a lenda diz, um pouco de conversa não vai fazer diferença.

Pobre Lino. Estava tendo muito trabalho conosco. O problema era que tudo que ele sabia sobre arco e flecha (e era muita coisa) era pouco perto da magia. Eu tinha prestado atenção às aulas dele sobre demarcação de território, aproximação silenciosa, espreita sobre árvores, reação de reflexo ao som do disparo e outras dez mil coisas que eram importantes para caçadores comuns. Mas a maior parte das regras não se aplicava na captura e matança de unicórnios. Certa vez, Lino chegou a perder meia hora nos explicando como atirar, esperar e seguir a trilha de sangue até a carcaça, antes de entender o quanto esse tipo de dica era inútil para caçadoras de unicórnios. Não se pode esperar que um unicórnio ferido morra. Primeiro de tudo, a maioria dos unicórnios atacaria em vez de fugir antes mesmo de você conseguir dar o segundo disparo. Além disso, se a flecha entrasse e saísse do animal, ou fosse arrancada, o ferimento cicatrizaria. Isso significava que, ao conseguir fazer o animal sangrar, era preciso usar essa vantagem e abater o monstro.

Por isso, sentinelas nas árvores. Por isso, a faca razoavelmente grande presa à coxa de Valerija. Lino também estava em uma árvore, longe do alcance de chifres, para dar instruções, apoio moral e um par extra de olhos. Cory insistiu que esse último item não era necessário. Que se um unicórnio chegasse perto, nós caçadoras conseguiríamos senti-lo bem antes de Lino conseguir vê-lo, com ou sem binóculos de visão noturna. Eu sabia que era verdade. Atualmente, eu já conseguia dizer quando Bonegrinder estava na porta antes mesmo de ela começar a bater com a cabeça na madeira.

Ainda assim, eu achava revigorante trabalhar com alguém que falava em termos científicos: a proporção da potência de disparo para a energia cinética e como isso afetava a velocidade da flecha; onde mirar para conseguir um dano maior e mais rápido (atrás do ombro do animal, onde a flecha teria mais chance de perfurar os dois pulmões e o coração); e por que as chances de o disparo não ser fatal aumentavam, a não ser que a presa estivesse de lado para o arco e não de frente ou se afastando. Pelo fato de Marten Jaeger ser diretor de uma empresa farmacêutica, ele parecia tão fascinado pelo potencial mágico dos unicórnios e das caçadoras quanto os Bartoli. Embora tivesse me dado alguns papéis sobre os testes que estavam fazendo na Gordian, estava óbvio que, a não ser que eu estivesse com um arco nas mãos, ele não tinha interesse.

Ouvi criaturas da noite se movendo nos galhos acima de mim e tremi. Naquela noite, estávamos posicionadas em um bosque ao lado de uma fazenda. Os fazendeiros eram amigos de Lino e, no mês anterior, tinham perdido vários carneiros, um cavalo e três cães pastores. Embora houvesse registro da existência de lobos na área, as carcaças mostraram sinais distintos de envenenamento por alicórnio. Lino queria que fizéssemos nossa primeira caçada oficial antes que os monstros enfiassem o chifre em um dos fazendeiros. Ele escolheu Phil, Cory, Valerija, Ilesha, Grace e eu baseado em nossas experiências e desempenhos durante o treinamento com arco. O orgulho dele tinha sido ferido pela incapacidade de pegar um dos animais. A julgar pelo comportamento dele nos últimos dias, estava na hora de matar um unicórnio ou ser um eterno fracasso.

Estávamos nos aproximando de nosso quarto dia na Toscana (e minha quarta noite em cima de uma árvore), e a admiração pelos campos da Itália estava começando a sumir. Phil estava frustrada com a ausência de sinal de celular e com o fato de que uma semana sem uma escapadinha para ver

Seth era uma semana em que ele podia estar arrumando novas companhias. Phil acreditava piamente na filosofia do "longe dos olhos, longe do coração" quando se tratava de garotos.

Mas Giovanni nunca ficava longe dos meus pensamentos. Eu me lembrava de cada beijo, de cada conversa... e de cada humilhação. Phil corretamente supôs o pior quando Giovanni e eu nos separamos dela e de Seth depois da ida ao museu, mas acho que pensou que era ele quem estava tentando tirar vantagem de *mim*. Ela ficou de olho em nós dois desde então, e fiquei com vergonha demais para explicar que as tentativas dela de bancar a responsável eram desnecessárias. Não tenho ideia do que ela disse a Cory para impedir que dedurasse nossas atividades extracurriculares para Neil, mas as duas tinham ficado quase amigas depois daquela noite.

Pelo menos, Cory tinha parado de fazer comentários depreciativos sobre minha prima na minha presença.

Parte da mudança pode ter se dado graças ao fato de que as recém-chegadas ao Claustro se mostraram mais irritantes para minha colega de quarto do que Phil tinha sido. Cory se achava no direito de se vangloriar por causa dos dois zhi que tinha matado e de seu vasto conhecimento sobre história de unicórnios. Mas a decapitação sangrenta do kirin de Valerija rapidamente usurpou a posição dela como caçadora de destaque, e a chegada de Melissende tinha apresentado uma perspectiva completamente nova para a história da Ordem da Leoa.

Uma perspectiva que, devo admitir, me assustava muito. As histórias de Melissende sobre o Claustro pareciam mais com as da Inquisição. Agora eu entendia o que Cory quis dizer quando descreveu os Temerin como uma gente sádica e sedenta por sangue. Não era suficiente eu passar metade dos meus dias ouvindo Lino descrever a melhor maneira de estrangular um bovino carnívoro? Eu precisava mesmo relaxar durante a noite ouvindo discussões entre Cory e Melissende sobre quais *dons* ou *donnas* de Claustro tinham protegido melhor a virtude de suas caçadoras, independentemente de as tais caçadoras terem sobrevivido ou não, mesmo com essa proteção?

Ainda assim, pelo menos em Roma eu tinha uma cama macia. Aqui, tinha pouco mais de 1 metro quadrado para ficar sentada e o tronco da árvore coberto de teias de aranha para me encostar.

As discussões continuaram.

— *Signorina* — disse Lino, com cansaço —, isso deve ser discutido com os *Signori* Bartoli e Jaeger, sim? Não sou eu que escolho.

— Não, não, Lino — disse Phil. — Entendo isso. Mas, agora, estamos aqui. Com você. Então podemos dizer que estamos sob suas ordens. Neil não tem o mesmo conhecimento de como lidar com animais que você tem. E o Sr. Jaeger tem suas próprias... prioridades.

— *Signorina*, se aprendi alguma coisa essas semanas é que não sei muito sobre *liocornos*.

— Mas eles estão em extinção. Sim, eu concordo que eles não deveriam estar se alimentando das criações desses pobres senhores. Mas matar uma espécie em extinção? Isso não deveria ser ilegal? Por que não podemos trabalhar pra prendê-los e realocá-los em um ambiente mais selvagem? É o que fazem com animais em extinção nos Estados Unidos.

— Até onde sei — murmurou Cory —, não há registro oficial se os unicórnios estão ou não em extinção. Eles não são protegidos pela lei de nenhuma nação e por nenhum tratado internacional. — Tenho certeza de que Cory gostava que as coisas fossem assim.

— Isso é um problema! — exclamou Phil. Pelo canto do olho, vi Valerija olhar para elas, menear a cabeça e enfiar a mão no bolso da jaqueta, sem dúvida para aumentar o volume da música. — Deveríamos estar ensinando as pessoas sobre essas criaturas. Deveríamos estar lutando pela criação dessas leis.

— Supostamente, somos as únicas que conseguem matá-los — argumentei. — Se isso for verdade, então eu diria que, com nosso histórico atual, eles não precisam ter medo de desaparecer de novo.

— Só estou dizendo... — começou Phil.

— Só está dizendo há *horas* — murmurou Cory.

— É que passamos séculos em treinamento pra caçar e matar, mas nenhum tempo estudando o comportamento dessas criaturas, tentando entender por que estão Ressurgindo agora; de onde vem a população e como estão procriando; e como pode ser viável, na época atual, capturá-las, realocá-las em áreas selvagens onde não serão ameaças a humanos... Fazer *qualquer outra coisa* senão matá-las.

Não é que eu não concordasse com os argumentos de Phil. Eu concordava. Mas ela repetia essa mesma coisa havia semanas, e nada tinha mudado. Ninguém parecia ter qualquer informação sobre o comportamento dos unicórnios além do aumento constante do fluxo de histórias que descobrimos, descrevendo ataques a animais de criação e, ocasionalmente, a seres humanos. Os livros de Cory tinham poucas menções a como os zhis viviam em família, os kirins caçavam em grupo e os karkadanns eram criaturas solitárias; mas, exceto isso, não sabíamos nada sobre o ciclo de vida dos unicórnios. Quantos anos vivia cada espécie? Quanto tempo durava uma gestação? Aparentemente, não havia nenhuma família de caçadoras cuja especialidade fosse zoologia. Século XIX idiota. Nunca ouviram falar de Darwin?

Então, mesmo com a postura e todo o debate de Phil, ainda tínhamos a tarefa de matar os unicórnios e não de subjugá-los até o momento de poderem ser realocados para a Floresta Negra ou para a savana queniana ou para os confins do Tibete. O fato de continuarmos trabalhando de acordo com uma política datada de centenas de anos, e que previamente tinha resultado no que pensávamos ser a extinção desses animais, não parecia incomodar o pessoal da Gordian, e os Bartoli tendiam a seguir as instruções dos livros de história ou de Marten Jaeger.

O que Phil parecia não entender, apesar das fortes insinuações de Neil e agora de Lino, era que a pessoa que pagava as contas também dava as ordens. Naquele momento, eram Marten e a Gordian. Eles queriam amostras, e não poderíamos ir para casa até entregarmos um unicórnio a eles. Eu compreendia isso perfeitamente. Se fui forçada a ir para Roma ser treinada para ser caçadora, por que também não poderia ser forçada a matar unicórnios na Toscana? Era tudo parte do mesmo negócio. Phil, que tinha escolhido ir para lá por vontade própria, não via dessa maneira. Ela queria ter influência *política.*

A luz violácea do pré-amanhecer começou a brilhar por entre os galhos das árvores. Outra noite desperdiçada. A névoa era densa no campo além do bosque, brilhando em um tom suave e cintilante de lilás, pontuado aqui e ali pelas formas de ovelhas dormindo.

Mesmo os animais de criação tinham melhores condições de moradia. Abaixo de mim, a cabeça de Valerija estava pendendo para a frente. O arco de Cory estava apoiado nos joelhos. Phil tinha se virado até estar de costas para Lino, com os braços cruzados e o queixo erguido. Ilesha procurava pontas duplas no cabelo. Grace estava meditando em posição de lótus.

De repente, nós todas ficamos alertas. Um unicórnio.

— O quê? — sussurrou Lino. Ele olhou pelo binóculo, mas estava claro demais no momento para a visão noturna funcionar direito.

Phil fez sinal com a mão para que ele fizesse silêncio. A criatura ainda não estava visível, mas todas conseguíamos senti-la. Agora eu percebia que provavelmente havia sentido o zhi naquela noite em que estava trabalhando de babá, só não sabia o que a sensação significava na época. Com os sentidos em alerta, forcei meus membros a ficarem parados e a não pular da plataforma para ir atrás do animal e abatê-lo. Phil podia protestar contra a moralidade da caçada até ficar rouca, mas esse fogo não queimava só nas minhas veias. Os topos das árvores tremeram quando suas ocupantes concentraram os sentidos na presença no bosque abaixo.

Minutos se passaram. Se todas nós podíamos senti-lo, será que ele podia nos sentir? Podia sentir quantas de nós havia aqui? Será que isso assustaria o unicórnio ou o atrairia?

Com dolorosa lentidão, eu me agachei e ergui o arco. O unicórnio estava vindo do norte, de trás das árvores onde Phil, Lino e Grace estavam sentados. Ainda estava escuro demais para ver além da árvore seguinte. Eu me esforcei para enxergar entre os galhos. Mesmo estando mais perto deles, o outro grupo não teria uma boa posição de disparo de onde estava. Por outro lado, o ângulo também podia ser ruim para mim. O unicórnio se aproximaria por baixo. A cabeça e o pescoço dele poderiam bloquear um disparo certeiro no torso.

A sensação estava mais forte do que nunca agora, mas eu ainda não via nada, nem mesmo a denunciadora movimentação de sombra que me fizera perceber que havia um kirin naquela primeira noite com Giovanni. Enquanto minhas companheiras observavam a floresta, eu fechei os olhos e apurei os ouvidos. Na última vez, consegui ouvi-lo respirar. Na última vez, consegui sentir o cheiro dele. Se *fosse* um kirin na noite cheia de matizes da floresta, jamais conseguiríamos vê-lo. Talvez ele até já tivesse passado.

E, assim que pensei isso, eu soube que era verdade. Ele *tinha* passado. Naquele momento já devia estar no pasto, escolhendo sua presa. Soltei o cabo que me prendia ao tronco da árvore e pulei para o chão.

Valerija, com os fones de ouvido ainda no lugar, deu um salto quando caí no musgo ao lado dela.

— Ele está no campo — sussurrei, com a voz um pouco mais alta do que a respiração. Ele havia ignorado completamente as caçadoras em busca de mais ovelhas. Talvez soubesse que os animais não iriam oferecer resistência se ele optasse por sua carne para o café.

Fiz sinal para as caçadoras que ainda estavam nas árvores, olhando de cima de suas plataformas sem entender. Um momento depois, todas nós ouvimos o grito abafado da ovelha.

Valerija e eu saímos correndo. Quando chegamos à extremidade do campo, pulei a cerca baixa de madeira e continuei correndo, torcendo para que as outras estivessem atrás de mim e impulsionada pela visão persistente que havia em minha cabeça, do unicórnio chegando sorrateiramente por trás da ovelha sonolenta. A privação de sono tinha me proporcionado uma imaginação vívida, aparentemente.

À frente, vi movimento, uma multidão de ovelhas correndo sem direção, comprimidas umas contra as outras de medo. Além delas, uma sombra em movimento, um vislumbre de sangue. Eu estava certa!

Diminui a velocidade ao escorregar no orvalho. O kirin estava com um animal empalado no chifre e o jogava para outro lado. Sangue respingou nas costas das ovelhas em disparada, e elas vieram em nossa direção.

— Saiam do caminho! — ouvi Phil gritar de longe e pulei para o lado, empurrando Valerija enquanto as ovelhas passavam. O chão tremeu abaixo de nós por um momento, e tudo virou lã e barulho, e nós escorregando na gosma. Lutamos para permanecer de pé mais uma vez.

O kirin tinha soltado a ovelha do chifre àquela altura, e eu torcia para que o animal estivesse morto. Vi a ovelha se contorcer por um momento no chão e depois ficar parada, um pedaço de carne fofo e vermelho.

Valerija emitiu um som que pareceu um palavrão quando o kirin se virou em nossa direção e baixou a cabeça para atacar. Era menor do que aquele que vi antes, com pouco mais de 1 ano, mas tão mortal quanto qualquer outro. Fiquei paralisada e esqueci todas as aulas de Lino sobre arco e flecha enquanto o monstro me olhava com seus brilhantes olhos dourados.

— Recuem! — Phil estava gritando. — Voltem!

— O que é isso? — Eu ouvi a voz de Lino. — Não estou vendo nada.

Valerija pegou meu braço e começou a me puxar, então recuei em direção à cerca, empurrando as ovelhas que estavam no caminho. Grace passou correndo quando alcancei as outras caçadoras, com o cabelo negro balançando atrás de si. Olhei por cima do ombro e a vi parar a menos de 20 metros do animal, posicionar a flecha e disparar.

Houve um baque vazio e oco, e o unicórnio rugiu.

Grace gritou de deleite e ergueu o arco no ar. O unicórnio agora estava empinando, com os cascos no alto e sangue negro jorrando da flecha alojada em seu ombro.

— Ela acertou! — gritou Lino, incrédulo. Em seguida, ele se recuperou. — *Dai!* Rápido! Outro disparo! Você precisa provocar o ferimento fatal!

Mas Grace estava tendo dificuldade em ajeitar o arco — se por medo ou adrenalina, eu não conseguia perceber. As mãos dela tremiam enquanto ela prendia a próxima flecha, e duas vezes ela tentou puxar a corda e não conseguiu. Alguns segundos depois, ela se ajoelhou e apoiou o arco no chão. O unicórnio estava agarrando a flecha com os dentes, depois abaixou a cabeça e atacou.

Avancei correndo e coloquei Grace de pé.

— Corra. Agora!

Mas era como se as pernas dela fossem de borracha e ela caiu em cima de mim. O kirin chegou mais perto, balançando a cabeça de um lado para o outro como se o chifre fosse uma espada. O cheiro de fogo e de podridão ardia em minha garganta.

Ouvi outro som de corda à minha direita, e uma flecha atingiu os flancos do unicórnio. Ilesha. Ela puxou a corda de novo, avaliou a distância entre o unicórnio e nós e fez uma pausa.

— Abaixem-se! — gritou ela. Mas era tarde demais. O kirin estava em cima de nós.

Mais uma vez, o tempo desacelerou. A cabeça do kirin, no lado extremo oposto do balanço, nos encarou de lado, pronta para nos cortar com um movimento gigante. Peguei a flecha abandonada de Grace no chão e a enfiei no pescoço do animal, bem debaixo do maxilar. O alumínio se dobrou e quebrou na minha mão quando o kirin se afastou, quase arrancando meu braço junto.

Nós nos abaixamos enquanto ele elevava a cabeça de novo e caímos com força no chão. Grace recuperou o controle e saiu de baixo das patas que se debatiam quando o unicórnio se virou e saiu galopando pelo campo.

— Onde está ele? — perguntou Lino. Ele estava olhando freneticamente ao redor. Segurava o arco na mão, mas nem parecia saber em que direção mirar.

— Hum, do outro lado do campo? — disse Phil. — Você não o viu se virar e sair correndo?

Ele ficou de queixo caído e balançou a cabeça.

— Não. Ele... fugiu. — Ele parecia muito confuso. — Vocês todas o veem? Vão pegá-lo!

Nenhuma de nós se mexeu. Grace e eu estávamos cobertas de sangue, lama e grama molhada. Ilesha tinha se encolhido no chão, com a cabeça entre os joelhos e os ombros tremendo enquanto chorava. Phil estava olhando para nós com repulsa, e Cory estava ao lado de Lino do outro lado da cerca, com o rosto tão cinzento quanto o amanhecer. Os gritos do unicórnio ecoavam pelo campo.

— Vão! — gritou Lino de novo.

— Não! — disse Phil. — Não sem ter um plano.

Eu me inclinei para verificar um arranhão profundo na testa de Grace, mas ela me empurrou.

— Ele cicatriza enquanto estamos aqui! — disse Valerija, gesticulando para o campo com a faca. — E agora, está zangado.

Ilesha fungou e mexeu a cabeça.

— Outro kirin solitário — disse Cory com espanto. — Em teoria, eles viajam em rebanhos.

— *Matilhas,* você quer dizer. — Massageei o ombro. — Eles não são cervos. São lobos. — E entre os lobos também havia os solitários. Normalmente, machos adolescentes que não se tornaram dominantes o suficiente para formar sua própria matilha. Eu me dei conta de que aquele kirin era isso. Um jovem unicórnio solitário e sem matilha para ensiná-lo a ficar longe de caçadoras como nós.

Ao longe, o unicórnio urrou.

Lino ouviu claramente.

— Vão agora! — disse Lino de novo. — É uma ordem.

— Cale a boca! — gritou Phil para ele. — Se você quer esse unicórnio, vá matá-lo *você*.

Lino ficou olhando para ela por um momento, com fúria pulsando nos olhos, mas não disse nada. Phil pareceu ficar alguns centímetros mais alta enquanto estávamos ali de pé, tremendo de medo, frio e cansaço. Ela estava certa; ele não poderia abatê-lo. Tanto Lino quanto o unicórnio e todas as ovelhas no campo estavam à nossa mercê. Se não obedecêssemos, a Gordian não teria um unicórnio morto para brincar esta noite.

Lino deu as costas ao grupo por um momento e olhou para o amanhecer. Eu me perguntei o que ele tinha visto ao olhar o kirin. Giovanni mal tinha conseguido vislumbrá-lo naquela noite. O que os não caçadores viam? O que Lino tinha acabado de testemunhar? Um bando de garotas e ovelhas deslizando na lama enquanto uma sombra mortal corria entre nós?

Grace ficou de pé e limpou o excesso de grama do corpo.

— Eu vou atrás dele. — Ela ergueu o arco e verificou sua aljava. — Fui eu quem o feriu. Esse abate é meu.

Ela saiu andando na névoa, com sangue pingando do corte na testa.

— Ela não pode ir sozinha — disse Valerija.

— Por que não? — perguntou Cory. — *Você* matou um kirin sozinha. — Mas Valerija já tinha ido atrás de Grace.

Eu olhei para Phil.

— Por favor — falei. — Ela está ferida, e ele quase nos matou com um só ataque. Isso não é um rito de passagem.

Phil deu um grande suspiro e colocou o arco no ombro.

— Tudo bem. Vamos. Mas só estou indo para proteger Grace. Não acredito nisso. — Ela olhou para Lino. — Fique aqui onde é seguro e dê mais ordens. Você ajudou *tanto* da última vez.

— Pare — falei. — Ele está tentando nos treinar da melhor maneira que sabe.

Phil mordeu o lábio e olhou para ele por um longo momento. Em seguida, escalou a cerca e se juntou a mim.

— Não me faça começar com você. Pelo amor de Deus, Astrid, pare de caçar unicórnios. Para alguém que não quer estar aqui, você está agindo como uma caçadorazinha obediente.

Tirei lama das pernas da minha calça.

— E quanto a Ilesha e eu? — gritou Cory da cerca.

— Venham se quiserem — gritou Phil sem se virar. Ela baixou a voz de novo. — Nada a declarar?

— Me desculpe. Ouvi as ovelhas e... — E o quê? Tive uma visão de morte? Isso parecia ótimo e louco.

— Não estou falando disso. Estou falando do que aconteceu antes. Por que você nunca fica do meu lado? Você disse que queria que as coisas mudassem, mas só fica ali com o arco na mão e a boca calada sempre que tento fazer alguma coisa acontecer.

— Me diga como agir pra fazer diferença, e faço o que você mandar — disse eu. Cory e Ilesha tinham optado por não irem conosco atrás do kirin. — Até agora, só vi você discutir, e eles ignorarem você.

— Porque estou sozinha. Mas pense bem. Você viu a ênfase que colocam no fato de sermos Llewelyn. Se nós duas nos rebelarmos contra essa situação...

O som de cachorros latindo nos fez parar, seguido de barulhos altos e uma voz de garota gritando. Saímos correndo.

Cem metros à frente, nós os vimos. Valerija estava de barriga para baixo na grama, imóvel. Ao longe, dois *sheepdogs* latiam enlouquecidamente enquanto um terceiro mancava com uma perna no ar, choramingando. Eu não sabia o que tinha acontecido com o pobrezinho, mas não parecia veneno de alicórnio.

Grace e o kirin estavam em confronto direto. Ela estava com o arco levantado, mas não com a corda puxada, e ele estava com o chifre apontado para o peito dela enquanto raspava o chão com as patas da frente e bufava. Ainda pingava sangue da flecha espetada no maxilar dele, um sangue preto e escuro que se misturava ao seu pelo da cor da meia-noite.

— Grace — disse Phil. — Afaste-se. Estamos lhe dando cobertura.

— Não ouse — respondeu ela, com voz quase inflexível. — Esse abate é meu. — As mãos dela tremeram enquanto ela tentava puxar a corda de novo.

Fui até Valerija e me ajoelhei na grama.

— Você está bem?

Eu a virei. Havia um ferimento perto do ombro dela, aparentando ter de 3 a 4 centímetros de profundidade. Puxei a ponta do casaco para ver a pele.

— Queima — disse ela, ofegante.

Eu me lembrava dessa parte. Mas estava sangrando pouco, e, enquanto eu observava, o ferimento pareceu se fechar, ficando menos profundo e mais estreito a cada segundo. No chão, Valerija se contorcia de dor, mas ela iria sobreviver. Foi isso que aconteceu com meu braço depois que fui jogada longe pelo kirin? Parecia a perna de Brandt depois que a tratamos com o Remédio.

Olhei para Phil, que estava com o arco na mão e uma flecha pronta para o disparo. O unicórnio olhou para ela com raiva. Phil disparava bem melhor.

— Grace — disse ela de novo, sem tirar os olhos do kirin. — Afaste-se.

— Afaste-se você — sibilou Grace. — Este é meu. — E, naquele momento, ela disparou.

O unicórnio deu um salto que não foi rápido o bastante, e a flecha de Grace perfurou a barriga dele. Ele gritou de novo, um som horrível e desesperado, e caiu sobre as patas da frente com força. E, então, atacou sua agressora.

Eu mal consegui me encolher, e logo o corpo de Grace estava sendo lançado ao ar. Ela voou alguns metros e caiu. O unicórnio atacou de novo, com o chifre abaixado e os dentes à mostra, indo para cima da garota encolhida no chão.

Phil soltou a flecha quando o animal estava de lado. Houve outro som oco no corpo do unicórnio, bem atrás do ombro esquerdo. Mas será que tinha entrado fundo o bastante para perfurar os pulmões? O animal se virou e galopou em direção a Phil, que saiu do caminho quando ele estava chegando.

Depois de passar por ela, o unicórnio se virou mais uma vez, depois caiu de joelhos. Grace ainda não se mexia. Peguei a faca de Valerija e a deslizei sobre a grama úmida para minha prima. Ela a pegou pelo cabo e ficou de pé.

O kirin estava rosnando agora, prostrado na grama, com cada esforço para respirar pontuado por gritos sibilantes, sons que eu me lembraria pelo resto da vida. Os olhos dele estavam arregalados de pavor, revirando nas órbitas como bolas amarelas. Phil se aproximou lentamente. Ele mal se moveu quando ela ficou de pé acima de seu corpo ferido, respirando com toda a dificuldade de um animal morrendo. Ela ergueu a faca bem alto.

Ande. Ah, Deus, ande logo. Eu apertei bem os olhos.

Squish. Squish. Squish.

Quando olhei de novo, estava tudo terminado, e Philippa Llewelyn estava coberta de sangue de unicórnio.

14

Quando Astrid se recupera

— ALÔ, MÃE?

— Astrid! São duas da manhã.

— Eu sei, me desculpe. É que... eu precisava ligar.

— Você está bem?

— Não. — Eu estava coberta de lama e sangue, e Grace estava na sala ao lado, levando pontos na testa, dados por técnicos da Gordian. — Quero ir pra casa.

Houve um longo silêncio na linha.

— Mãe, você está aí?

— Estou aqui, Astrid. Só estou tentando entender. Você não está brigando com as outras garotas, está?

— Não.

— E elas estão tratando você bem?

— Estão. — Elas não estavam me batendo nem nada.

— Então o que está provocando esse pequeno episódio?

— É a *caçada*, mãe. Não gosto de fazer isso.

— Você se machucou?

— Não. Acho que fui a única que não se machucou.

— Que bom! Estou orgulhosa!

— Não, não fique orgulhosa! Eu odeio aquilo.

A voz dela ficou fria.

— O que você quer com "você odeia aquilo"?

— Bem, o sangue...

— Sangue? — Lilith riu, com deboche. — Essa é a garota que diz que quer ser médica? E agora está com medo de sangue? Astrid, estou surpresa com você.

Tentei me lembrar de como Phil tinha colocado as coisas.

— É que não tenho certeza se é ético. Eles estão em extinção. Tem de haver um modo mais humano de lidar com essa ameaça.

— Humano? Ah, entendi. Você vai melhorar, querida. Vai melhorar nos disparos, pra que eles morram rapidamente e não sofram muito.

— Não é o que quero dizer...

— Você matou um hoje?

— Não. Phil matou.

— Phil. Entendo. — Minha mãe ficou em silêncio por um bom tempo. — Bem, você precisa encarar, Astrid. Sei que você consegue fazer isso.

— Mas eu não *quero* fazer isso, mãe! Tentei. Eu me esforcei mesmo, como você falou, mas odeio tudo. — O treinamento, o plantão na árvore, a morte, a magia... — Quero ir pra casa. — Esperei, mas não houve resposta para meu pedido. — Mãe?

— Talvez seja porque ainda é madrugada aqui, mas não estou entendendo mesmo de onde você tirou isso. Você está indo bem, está saudável, está se dando bem com as outras caçadoras... Qual é o problema? É por Phil ser melhor nisso do que você?

— Não! Não ligo pra isso. Phil também não. Ela não quer matar nada.

— E, ainda assim, ela está lá fora matando unicórnios e você não. Talvez você pudesse aprender alguma coisa com a dedicação de sua prima.

— Não! Mãe, não é isso! Você não entende.

— Talvez eu não entenda, mas sei que você assumiu um compromisso e, no instante em que as coisas começam a ficar difíceis, você me liga pra reclamar.

— Isso não é verdade. — Respiro fundo. — As aulas aí na escola vão recomeçar em breve.

— Ah, sim. — Minha mãe soava distraída. — Eu pretendia discutir isso com Cornelius. Estou pensando em um professor particular ou em matricular você em uma escola americana em Roma. Mas teríamos de ver o custo O que as outras garotas vão fazer?

Eu não fazia ideia, mas sabia que algumas não estavam mais na escola, e que outras, como Dorcas, Cory e Grace, provavelmente não precisavam levar em conta o custo em suas decisões.

— E você teria a oportunidade de aprender italiano. Você tem aprendido alguma coisa da língua com o treinamento?

Só o que Giovanni tinha me ensinado. Mas eu não podia contar à minha mãe sobre *ele*.

— Pense no quanto o estudo de italiano vai ser ótimo pros seus formulários de entrada na faculdade, Astrid.

Tentei imaginar uma redação sobre a sensação de me agachar em um campo ao amanhecer e de observar minha prima esfaquear um monstro comedor de homens até a morte. Isso causaria um impacto e tanto no comitê de admissão de uma faculdade.

Tinha causado um grande impacto nos conselheiros acadêmicos da minha mãe.

— Além do mais, o que tem pra você por aqui? Aqueles seus amigos idiotas? Você se lembra daquele garoto, Brandt? Ele fugiu de casa! Que tipo de gente é essa pra você ter como companhia?

Brandt fugiu de casa? Estranho. Por outro lado, eu entendia o desejo de fugir dos pais. Tentei afastar o cabelo do rosto, mas as mechas sujas estavam grudadas na minha pele.

— Mãe — sussurrei. — Por favor.

Acho que ela nem sequer escutou.

— Você devia estar se concentrando no treinamento ainda mais intensamente, Astrid. Em matar mais rápido, de forma mais humana. Sei que você deve pensar que Phil tem talento natural por causa da experiência como atleta, mas pense em quem eram seus ancestrais. Você tem as mesmas habilidades. Até mais. Deveria se sair melhor do que sua prima.

— Como posso ter mais habilidades do que Phil? — perguntei.

— Sei que você consegue! Tenho muito orgulho de você, querida. É um sonho se realizando saber que você está aí cumprindo o destino da família. Vou te deixar ir agora. Te amo, Astrid.

— Eu também te amo, mãe.

Desliguei o telefone e mordi o lábio. A luz fluorescente do escritório vazio da Gordian fazia minhas roupas de caçada parecerem ainda mais manchadas e surradas. Provavelmente contaminei a cadeira de plástico só de sentar nela. Eu lavei as mãos duas vezes e praticamente arranquei a pele na segunda, mas a sensação grudenta do sangue escuro do kirin não sumia. Eu não conseguia sentar. Meu sangue parecia vibrar nas veias, com intensidade mil vezes maior do que a provocada pela cafeína ou até mesmo da adrenalina. Cruzei os braços sobre o peito e me balancei nos calcanhares. As outras não pareciam sentir isso. Talvez porque tivessem se ferido. A energia delas estava concentrada em cicatrizar os machucados. Já a minha, vibrava por dentro sem ter como sair de mim.

Fiquei parada na porta que levava ao cômodo ao lado, uma sala de estar onde as outras caçadoras descansavam, com gelo sobre partes doloridas do corpo ou tirando pedaços de lama das roupas. Havia uma televisão presa ao teto transmitindo um animado *game show* italiano. Grace estava sentada em um banco longo, com uma fileira de pontos brilhando na testa. Ela estava com uma bolsa de gelo na nuca e se recusava a olhar nos olhos de qualquer pessoa. Disseram que ela sofreu uma concussão e uma torção no tornozelo, além dos cortes e hematomas, mas, milagrosamente, não teve nenhuma fratura no crânio e em nenhum outro osso.

Ainda assim, era como olhar para a sala de espera do meu velho hospital.

Ilesha estava encolhida em uma poltrona dormindo. Pobre garota. Parece que ela vomitou durante todo o tempo em que estivemos caçando o kirin. Ela tinha um bom disparo, mas desmaiando ao primeiro sinal de violência, não serviria muito para a Ordem.

Valerija tirou um pequeno estojo do bolso do casaco e pegou um comprimido. Ofereceu o estojo a Cory, que se encolheu, enojada. Valerija deu de ombros, tomou o comprimido, ajeitou os fones de ouvido e fechou os olhos. Ela se recusara a deixar que qualquer um dos médicos encostasse nela, mas eu podia imaginar o tipo de dor que estava sentindo, mesmo com o ferimento já tendo quase cicatrizado por completo quando chegamos à Gordian. Ela nem mesmo estava usando curativo. Valerija também mancava muito quando saímos daquele campo. Eu teria oferecido ajuda, mas Phil e eu estávamos carregando uma Grace inconsciente.

Talvez o que ela acabara de tomar fosse uma tentativa de se automedicar. Talvez eu devesse descobrir o que era. Talvez acabasse com essa sensação de estar em disparada, fora de controle, mesmo estando de pé e parada.

Cory balançou a cabeça e andou até mim.

— Precisamos mesmo fazer alguma coisa em relação a ela.

— Seus livros falam sobre uma política oficial de drogas no Claustro? — perguntei, com agressividade. — Pelas minhas contas, hoje ela fez mais estragos do que você.

Assim que as palavras saíram da minha boca, eu me arrependi de tê-las dito.

Alguma coisa surgiu no rosto de Cory, mas ela se recuperou rapidamente.

— E também quase morreu, não foi? Alguns centímetros mais para baixo e o kirin teria perfurado o coração dela.

Verdade. Eu não queria saber quantas de nós estivemos perto da morte hoje.

Cory suspirou.

— Não vamos brigar por causa disso.

— Concordo. Me... desculpe pelo que falei.

— Você não tem culpa. Você estava lá, e eu não. — Ela indicou com a cabeça na direção de Phil. — Ela está bem?

No canto, Phil estava esparramada sobre uma cadeira, assistindo ao incompreensível programa de TV e parecendo tão chapada quanto se tivesse tomado um dos comprimidos de Valerija. Não tinha falado comigo desde que saímos daquele campo. Eu me sentei ao lado dela.

— Oi.

Ela acenou, mas manteve os olhos na tela. Se estava sentindo aquela mesma vibração que eu sentia, não havia sinal algum.

— Acabei de falar com minha mãe ao telefone.

— É?

— Falei sobre seu feito.

Phil não disse nada por um momento.

— Não foi meu. Àquela altura, foi um tiro de misericórdia. Se Grace quiser a honra, ela pode ficar.

Grace fungou no canto da sala.

— Não, obrigada. Quando eu matar meu primeiro unicórnio, farei sem a ajuda de ninguém.

Phil não respondeu. Eu tentei de novo.

— Perguntei a ela se eu podia ir pra casa.

— Você está indo?

— Não.

Phil repuxou os lábios e concordou, mas não disse mais nada. Eu estava com medo demais para perguntar se ela estava planejando ir embora. O que eu faria se Phil me deixasse lá sozinha? Imaginei que Lilith ficaria satisfeita: não haveria outra Llewelyn para roubar minha cena. Mas a simples ideia me apavorava.

— Vamos voltar pra Roma agora — disse, no tom mais animado que consegui. — Talvez você devesse ligar pro Seth e ver se podemos encontrá-los hoje. — Nada. — Ou amanhã. Pra dar uma chance pros hematomas diminuírem até lá.

Nada ainda. Nem mesmo uma risadinha. E era *Phil*. Mordi o lábio, querendo mais do que qualquer coisa que nós duas estivéssemos no quintal do tio John, onde tínhamos mais risco de sermos picadas por mosquitos do que perfuradas por unicórnios.

Eu desisti. Apoiei a cabeça no encosto da cadeira e tentei não pensar em todos os parasitas e outras coisas nojentas em minha calça coberta de lama. Pelo menos, eu esperava que fosse lama. Havia muitas ovelhas naquele campo. *Acalme-se.* Meus pés começaram a bater no chão.

— Vou dar uma volta — avisei.

Eu não conseguiria suportar nem mais um momento ficar sentada ali entre as caçadoras feridas, me perguntando quanto tempo levaria até que Phil começasse a agir como ela mesma de novo. Eu queria correr uma maratona. Queria correr e correr até deixar tudo para trás. Meus pés começaram a batucar sobre o linóleo.

Mas o corredor terminava em uma sala mobiliada com uma plataforma. E, sobre ela, jazia o cadáver do kirin.

Técnicos de jalecos brancos se reuniam ao redor do corpo, tirando sangue daqui, pegando amostras de pele e de pelo dali. Eu me perguntei quando começariam a necropsia e como fariam isso se não conseguiam manter os cortes abertos.

Observei em silêncio quando prenderam sensores de várias máquinas ao cadáver, terminaram de coletar amostras e saíram por uma porta lateral. As máquinas roncavam e apitavam. Pela porta, pude ver que uma delas media a temperatura do corpo do unicórnio e outra, a temperatura do chifre, que parecia ainda estar nos 40 e poucos graus. Celsius. Era estranhamente quente para um cadáver.

Andei na ponta dos pés para dentro da sala para dar uma olhada nos sensores mais de perto. O curioso é que o kirin não parecia tão grande agora, coberto e inerte daquele jeito, com a boca aberta e a língua pendendo para fora da mandíbula cheia de presas, com cicatrizes reluzentes na pele. Estranho... a carne do unicórnio se regenerava até depois da morte. Estiquei dois dedos hesitantes para tocar na pele.

— Astrid? — Dei um pulo e empurrei a pata do unicórnio de cima da plataforma, fazendo-a bater com força na lateral. Marten Jaeger estava na porta, me observando. — Aqui não é seu lugar.

— Eu...

Ele pareceu se controlar.

— Quero dizer, pensei que você gostaria de ficar com as outras caçadoras relaxando. — Ele fez um sinal para que eu me aproximasse.

— Eu não consigo esfriar a cabeça — admiti.

Ele concordou, embora houvesse um olhar confuso em seu rosto.

— Está quente demais pra você?

— Não. Me desculpe, é modo de dizer. Não consigo relaxar.

— Ah. Entendo. Isso é muito comum depois de um evento tão emocionante. — Ele se aproximou e ficou entre mim e as telas. — Você... gostou da caçada?

— Não — disse, esgotada demais para mentir. — Eu odiei.

— Entendo.

— Talvez, como Cory não quer mais ficar aqui, eu possa ficar, ajudar no laboratório...

— Não — disse Marten. — Temo que isso não daria certo.

— Mas você precisa de uma caçadora se vai manter espécimes...

— Sinto muito, Astrid. — Ele mexeu a cabeça. — Lamento. Parece que você tem uma curiosidade natural pelo tipo de trabalho que fazemos aqui. Na verdade, acho um tanto estranho. Se eu tivesse suas habilidades, ficaria bem mais interessado nelas.

— Quer trocar?

Ele não disse nada; apenas me observou com seus estranhos olhos pálidos.

— Talvez — disse — pudéssemos reformar o scriptorium. Eu podia montar um pequeno laboratório no Claustro. Não iria interferir com minhas caçadas, juro!

Ele ergueu as sobrancelhas.

— Não, o scriptorium tem... problemas estruturais. Não quero nenhuma das caçadoras indo até lá. É perigoso demais. Talvez mais tarde possamos pensar em reformar aquela parte da construção que fica perto da outra ala...

Ele continuou a falar de planos futuros, mas tudo se misturou com o pulsar do sangue em meus ouvidos. O kirin morto me olhava com seus vidrados olhos amarelos. Para Marten, para minha mãe, para todos eles, eu era apenas uma garota com um arco. Uma assassina boa apenas de acordo com aquilo que podia matar.

E eu não era particularmente boa nisso.

— Odeio desencorajá-la, Astrid. De verdade. Afinal, sua teoria mais recente sobre a ligação entre o Remédio e a imunidade das caçadoras foi vista pelo meu próprio laboratório como digna de avaliação... vários meses atrás.

Avaliar e descartar. Cara, como eu fiquei sem graça ao compartilhar com o pessoal da Gordian minha observação sobre a cicatrização do ferimento de Valerija. Eles apenas resmungaram, me ignorando em seguida. Mais tarde, Cory explicou que todos estavam mais do que cientes de que as caçadoras curavam-se dos ferimentos de alicórnio com rapidez sobrenatural. Até já tinham feito um teste nela uma vez, fazendo incisões regularmente e pingando veneno de alicórnio dentro do ferimento. Nada acontecera, e o ferimento cicatrizou normalmente.

Marten explicou o restante. Pelo que entendi, vários testes foram feitos para verificar se o sangue de caçadora era um possível ingrediente na fabricação do Remédio. Mas não dera em nada. No entanto, se quiséssemos doar sangue para que continuassem com os testes, eles ficariam felizes em receber. Assim, todas as caçadoras doaram amostras.

Eu não era nada além de uma ferramenta, como aquele unicórnio sobre a plataforma.

Alguém pigarreou. Eu me virei e vi Lino, parecendo tão exausto quanto todas nós. Ele começou a falar com Marten em italiano. Entendi pouco mais do que nossos nomes, até que a conversa se transformou em uma discussão intensa demais para que eu conseguisse acompanhar. Mas o tom de Marten deixou claro que ele estava dando ordens.

— Por quê? — perguntou Lino na minha língua. — Ela não me entende. Entende, Astrid?

Eu balancei a cabeça. O que Marten achava que eu estava entendendo e ele não queria que entendesse? Por que Cory não estava ali para traduzir?

— Astrid, não o escute — disse Marten. — Ele é um camponês tolo.

Lino fez um gesto rude para Marten, que deu de ombros, foi até a parede e pegou um telefone. Lino balançou a cabeça e cuspiu no chão.

— Astrid — disse ele para mim como se estivéssemos sozinhos no aposento —, eu lhe dei lições sobre como ser caçadora. Foi errado. Você não é uma caçadora aqui. Eles não são animais. Até um urso, até mesmo um leão, correria. Esses atacam. Você não é caçadora.

— O quê? — disse eu.

— Você é um soldado. — As palavras me atingiram como um soco.

Marten parecia que ia jogar o telefone em Lino, mas o arqueiro continuou a falar comigo.

— Estou indo embora agora. Mas te digo... se você puder ir pra casa, vá. Vá pra casa. Aqui não é lugar pra nenhuma de vocês.

Dois homens uniformizados como seguranças apareceram de cada lado de Lino. Ele os olhou com desprezo, se virou e saiu, com os dois logo atrás.

Marten me observou.

— Bem, Astrid, sinto muito por você precisar testemunhar essa cena. Ao que me parece, foi um erro deixar uma pessoa tão irresponsável cuidar de vocês. Não vou deixar que aconteça de novo.

Eu mal sabia o que pensar.

— O que significou isso?

Marten suspirou.

— Eu o estava repreendendo por permitir que tantas de vocês ficassem feridas. Ele não quis aceitar a responsabilidade, como você pode ver. Foi muito... grosseiro da parte dele ser tão cruel e insensível na sua presença.

— Ah — disse, ainda insegura. Quando até mesmo meu treinador dizia que meus medos eram justificáveis, eu não sabia o que fazer.

— É claro que ele está certo quanto a uma coisa. Esse caminho que vocês tomaram é muito perigoso. Talvez você fosse gostar de voltar aos Estados Unidos, se pudesse.

— Se pudesse — disse —, eu estaria no próximo avião. Mas minha mãe não deixa.

Marten concordou, com expressão pensativa.

— Já pensou em *não* ir pra casa? Em ir pra outro lugar?

Fugir? Como Brandt tinha feito? Uma pequena fagulha de esperança se acendeu em meu peito.

— Pensei — respondi baixinho. — Mas que diferença faria no final? Ainda sou caçadora, não sou? Para onde quer que eu vá, os unicórnios se sentirão atraídos por mim.

— E você os mataria se precisasse? — perguntou Marten.

Mordi o lábio. Eu não tinha matado o jovem animal de hoje, mas o tinha atacado. Perfurado. E também o kirin que ameaçara Giovanni. Era quase incontrolável. Se eu estivesse em uma situação em que devesse escolher entre matar um unicórnio ou deixar que ele matasse a mim ou outro alguém...

— Que escolha eu tenho?

Marten olhou para o kirin morto sobre a plataforma.

— Que escolha, não é?

Mais tarde, Neil nos contou que Marten ficara insatisfeito com nosso progresso sob a tutela de Lino. Ele nos prometeu que um novo treinador de arco e flecha chegaria em breve para substituí-lo, mas que Marten queria ter certeza que desta vez contrataria o melhor. Cory perguntava-se sobre ele ter levado a sério o conselho de Lino quanto ao treinamento de combate. Decidi que acreditaria nisso no dia em que um boina-verde do exército americano aparecesse na porta do Claustro.

Enquanto isso, ficamos reduzidas ao treinamento com dois arcos de exercício e uma aljava só metade cheia que Lino havia abandonado, o que nos deixou muito tempo sentadas esperando pela vez de acertar o alvo.

Três dias se passaram depois da caçada até eu começar a ver sinais da antiga Phil de novo. Ela nem mesmo tinha me perturbado para encontrar os garotos desde que voltamos a Roma, e, apesar da dedicação sempre que chegava a vez dela de praticar, eu comecei a me perguntar se Phil não estava repensando a ideia de ser caçadora de unicórnios. Talvez quisesse fazer as malas e ir para casa.

Mas, uma certa manhã, quando eu estava andando pelo corredor do alojamento, eu a ouvi gargalhando no pátio. Olhei para baixo e vi Phil exibindo para Neil e Lucia o novo truque que tinha ensinado a Bonegrinder. Ela fez o unicórnio ficar imóvel enquanto equilibrava almôndegas no focinho da zhi. Eu já tinha visto Bonegrinder ser obediente antes, mas hoje ela estava truculenta, rosnando e mordendo Phil. Era a sua forma de puni-la por fazê-la passar a indignidade de ter de se comportar na frente de uma pessoa que não era caçadora.

— Já chega, Pippa — disse Neil, depois que a quinta almôndega rolou pela grama. — Não vai sobrar nenhuma pra Lucia preparar o jantar.

— Pare com isso, *Celius* — respondeu Phil, e jogou uma almôndega para Bonegrinder. A zhi a pegou no ar e depois foi farejar as outras que tinha deixado cair. — Pippa é um apelido idiota. Parece um filhote de pássaro.

— E *Phil* parece um motorista de caminhão.

— É preferível. — Ela jogou uma almôndega nele, e ele saiu correndo quando Bonegrinder partiu para cima.

Lucia balançou a cabeça para os dois, limpou as mãos no avental e foi para a cozinha. Eu me afastei do parapeito, envergonhada por estar bisbilhotando. Mas quando vi Phil mais tarde, parecia que a caçada ao kirin nunca tinha acontecido.

— Ei, Astronomia — disse ela, e se sentou ao meu lado. — Quer sair hoje à noite?

Eu estava verificando as penas de uma das flechas. O uso constante estava começando a deixar marcas. Se não arrumássemos um novo treinador nos próximos dias, deveríamos ao menos pedir que Neil comprasse material novo para continuarmos treinando.

— Giovanni disse que tem prova amanhã.

Eu prendi a ponta da flecha no lugar e coloquei a flecha com as outras.

— Tenho certeza de que você consegue persuadi-lo a deixar o estudo de lado *uma* noite. Vocês dois são farinha do mesmo saco quando se trata de estudo, hein?

Bem, atualmente nenhum de nós dois estava matriculado em instituições escolares de ensino regular, então sim, ela estava certa.

— Você sabia que eles violam as regras do programa cada vez que saem conosco?

— Outra coisa que vocês dois têm em comum! — Ela estava sorrindo agora, e eu fiquei tão feliz em ver isso que cedi na hora.

— Tudo bem, ligue. Mas faça o favor de deixar claro pra Giovanni que *não* foi ideia minha.

Phil e Seth estavam em rara forma naquela noite, cada um parecendo determinado a superar o outro em entusiasmo e ousadia. Eles roubaram uma dúzia de rosas de um vendedor ambulante, se juntaram a um grupo de artistas de rua em um show de dança e conseguiram, só com o papo, entrar em uma boate furando a fila que dava a volta no quarteirão. Eu estava esperando que a noite terminasse com eles invadindo o Coliseu ou tomando um banho à meia-noite na Fontana di Trevi. Giovanni observou a farra deles achando graça, mas não participou, e eu comecei a me perguntar se ele estava arrependido de ter vindo. Ele permaneceu mais quieto do que nunca, e eu tive receio de ele estar zangado por termos feito com que largasse os livros. Eu sabia o quanto era importante que ele tirasse boas notas no programa. Ele dependia disso para ser aceito de volta na faculdade.

Terminamos a noite comendo sobremesa em um restaurante no alto do monte Mario, com vista para o noroeste da cidade. Phil e Seth logo foram para uma área escura, me deixando sozinha com Giovanni pela primeira vez desde aquela noite em Trastevere. Ao que parecia, Phil tinha decidido que podia confiar em mim e que eu podia ficar sozinha de novo. Ou talvez tenha esquecido. Ou queria que nós duas saíssemos do ramo de caça a unicórnios.

Olhando para Giovanni, sentado em silêncio na outra ponta do banco, duvidei que ele se aproximaria de mim depois do que aconteceu.

— Esse lugar é legal — comentei, me sentindo cada vez mais idiota.

— Sabe como chamam? — A voz dele se espalhou pela escuridão. — *Collina degli innamorati.* Colina dos enamorados.

— Ah. — Mas ele não disse mais nada, e o constrangimento caiu mais rápido do que cai a noite.

Por fim, ele falou.

— Provavelmente vou me arrepender de perguntar isso, mas o que você fez na semana passada?

— Precisei viajar.

— Ah, é?

— É.

— Sem mais detalhes?

Passei quase todas as noites em uma árvore. Fui pisoteada por um rebanho de ovelhas. Enfiei uma flecha no pescoço de um unicórnio. Odiei cada segundo e sonhei com você todas as noites.

— Fomos pra Toscana. Pra uma fazenda. — Isso foi tudo que consegui dizer.

— Que tipo de fazenda?

— De ovelhas.

— Ah.

Outro minuto se passou, no qual não havia nada além das luzes da cidade brilhando ao longe e o som do vento nos galhos das árvores sobre nossas cabeças. Em seguida, ele disse:

— Não sei direito o que nós dois estamos fazendo aqui. Bem, aceito direitinho qualquer tipo de castigo, mas não te entendo. Seth disse que você não queria vir hoje.

— Foi isso que ele te disse? — perguntei. Era isso que Phil tinha dito para ele? Eu me lembrei de ter contado a ela sobre a prova de Giovanni e comecei a ficar irritada. — Não é verdade. Achei que você precisasse estudar!

— É por isso que você não me liga há uma semana? Que não me contou que ia sair da cidade? E quando vejo você, precisa ser porque Seth e Phil combinam?

— Não...

— Qual é a sua, na verdade? — Agora ele parecia irritado. — Seth me diz uma coisa, e você me diz outra, completamente diferente. Não sei em que acreditar.

Acredite em *mim.* Mas é claro que ele não podia. Era eu quem tinha desaparecido. Era eu quem tinha mentido para ele sobre o unicórnio. Era eu quem tinha tentado seduzi-lo e depois disso quase não encostei nele. Era eu quem não ligava havia uma semana. Não era surpresa ele estar com raiva.

— Primeiro ele me diz que vocês iam entrar pra um convento. E você me diz que tem de entrar, mas não quer. Tudo bem. Mas você também fala que cresceu morando no apartamento em cima da garagem de seu tio, e agora ouço que você e Phil são herdeiras que estão sendo confinadas em um convento pra não poderem exigir sua fortuna. Eu nem sequer sabia que isso era permitido. É verdade?

Eu ri.

— De onde Seth tirou essa ideia? Phil jamais mentiria assim!

— Pra ser bem sincero, estou começando a achar que essa coisa toda é um grande golpe.

— Que coisa toda?

Ele olhou para a cidade para que eu não pudesse interpretar o que havia em seus olhos.

— Você. Phil. Tudo.

O tiramisu no meu estômago virou pedra. Observei o perfil dele, envolto em sombras, mas nítido o bastante para que eu lesse a expressão que havia em seu rosto. Raiva. Desconfiança. Tive medo de abrir a boca, medo do que poderia sair se eu o fizesse. Mas, ao olhar para ele naquele momento, soube que já o tinha perdido.

— Não. Não somos herdeiras, mas estamos presas aqui, e minha mãe quer que eu, ao menos, fique. Eu só quero ir pra casa. Mais do que tudo, quero ir embora. E se eu ajo como se não quisesse ver você, é só porque não quero ter dúvidas sobre querer ir embora. Porque, Giovanni, para mim, você é a única coisa boa de estar em Roma.

Antes que eu pudesse tomar fôlego para continuar, ele começou a me beijar, aninhando meu rosto nas mãos, e eu sentia o coração dele disparado sob as pontas dos meus dedos, que de alguma maneira tinham chegado às têmporas dele. Por alguns extraordinários momentos, não havia nada além disso — de nossa respiração, nossas bocas, nossas mãos nos cabelos um do outro —, e as células no meu corpo pareciam acompanhar a sensação. Esqueça a tensão que senti depois da caçada ao unicórnio; essa era a única adrenalina que eu queria.

Melhor dizendo, essa era a única coisa *ótima* de estar em Roma.

Quando Giovanni se afastou, os olhos dele estavam rindo, e por um segundo achei que tinha expressado essa impressão em voz alta. Mas então ele inclinou a cabeça para olhar além de mim. Eu acompanhei o olhar, e no pátio do restaurante, o garçom que estava colocando as cadeiras sobre as mesas estava olhando para nós de cara feia.

Collina degli innamorati, verdadeiramente.

— *Vieni con me* — disse Giovanni, puxando minha mão. *Venha comigo.*

Fugimos para o parque que havia ali perto, e conforme entrávamos no meio das árvores, Giovanni colocou a mão nas minhas costas, sobre a lombar.

— Me desculpe. Eu devia ter perguntado. Mas você não ligou...

— Tem sido difícil — falei. Agora que comecei a confessar, fiquei com vontade de contar tudo. Por onde começar? — Sabe todas essas histórias no noticiário sobre ataques recentes de animais selvagens?

— Acho que ficaremos em segurança em um parque dentro da cidade — garantiu ele, e me girou até eu ficar com as costas contra uma das árvores.

— Não foi isso que eu quis dizer...

— Quero dizer uma coisa. — Uma das mãos dele estava na minha cintura, e a outra sobre a árvore, perto da minha cabeça. — Tenho sido tão injusto quanto você. Se tudo der certo no meu programa de estudo e eu puder voltar para a faculdade, e aí? Talvez tenha sido por isso que imaginei o pior quando você não ligou.

Eu encostei a cabeça na mão dele.

— Não escute mais as coisas que Seth diz.

— Se não tivesse escutado hoje, eu podia não ter visto você novamente.

Ergui a cabeça.

— Mas ele está inventando. Phil não precisa mentir pra que os rapazes se interessem por ela.

— Você também não.

Eu podia sentir a respiração dele no meu pescoço. Era verdade o que ele dissera? Giovanni tinha um cheiro tão bom. Fechei os olhos e me lembrei daquelas noites em cima da árvore na Toscana, com as costas contra um tronco áspero como o de agora e com os braços doendo, tanto por me segurar à plataforma quanto por não poder esticá-los para abraçar o cara que eu estava visualizando na cabeça. E aqui estava ele, bem na minha frente. Eu o abracei apertado e me deixei levar pela sensação.

— Fico feliz — falei —, porque tem uma coisa que preciso te contar.

— Pode me contar qualquer coisa. Assim eu não preciso ouvir outra pessoa. — A mão dele seguiu a bainha da minha blusa, e ele encostou a palma contra minha barriga. Eu mal conseguia lembrar o que estava dizendo.

— Sabe os monges das cruzadas, de muito tempo atrás? As ordens religiosas que treinaram seus membros pra serem guerreiros, e tal?

— Como os Cavaleiros Templários? — Ele afastou meu cabelo do pescoço com a outra mão e aninhou meu maxilar.

— Isso. Aquele meu convento é um desses.

— Sei. Aquelas suas freiras valentonas. — Ele começou a beijar meu pescoço. — Que bom que não existem mais cruzadas.

— Ah, mas existem.

Ele fez uma pausa e depois ergueu o rosto.

— Você está me dizendo que está sendo treinada pra ser soldado, Astrid Guerreira?

Eu concordei.

— Só que... está mais pra caçadora.

— Tipo, uma assassina? — O espaço entre as sobrancelhas dele se ergueu. Uma testa franzida no estilo Giovanni.

Se apenas fosse tão simples quanto ficar sentada em um telhado e atirar em unicórnios com rifles.

— Não. — Talvez eu devesse recuar. — Você provavelmente viu notícias sobre os ataques de animais selvagens.

Ele pareceu confuso.

— Na verdade, não. Tenho estudado tanto que não tenho visto o noticiário.

Isso pode tornar as coisas um pouco mais difíceis.

— Alguns ataques de animais selvagens têm acontecido. E nós temos de acabar com eles.

— Freiras de Controle de Animais Selvagens?

— É.

— E sua mãe está te obrigando a largar a escola pra fazer isso?

— É.

Ele riu.

— Eu concordo, Astrid. Você precisa sair de lá. É a coisa mais doida que já ouvi.

E não tinha chegado à parte doida ainda: aquela com os unicórnios e a magia e a panaceia que curaria tudo se conseguíssemos descobrir como fazê-la. Quero dizer, se a Gordian descobrisse. Éramos Freiras de Controle de Animais Selvagens patrocinadas por uma empresa farmacêutica. Ficava mais estranho a cada minuto.

Giovanni me beijou naquele momento, e eu afastei aqueles outros pensamentos. Não podia contar a ele a parte realmente doida. E cada vez que eu começava a falar, ele parava de me beijar e prestava atenção. Quem ia querer que *isso* acontecesse?

Ele me apertou contra a árvore, e meu cabelo ficou emaranhado no tronco, mas não dei a menor importância. Eu não estava de pé direito, mas sim apoiada nos braços dele e na coxa que ele tinha conseguido colocar entre as minhas pernas. Toques leves e divinos das pontas dos dedos dele na pele da minha barriga se opunham aos beijos fortes e intensos. Ele estava se controlando, mas meu coração estava batendo tão forte que achei que minhas veias iam explodir.

— Mais — sussurrei, e ele deu um suspiro que foi quase um gemido.

— Astrid. — Ele encostou a testa na minha, respirando com força. — *Ti voglio bene.*

Segurei a mão dele contra meu coração.

— Não é justo você usar italiano, que eu não sei. O que isso significa?

Ele fez que não com a cabeça.

— Nunca vou contar.

Mas, pela expressão nos olhos dele, deu para ter uma boa ideia. Minha pele ardeu como fogo sob o olhar dele, e todos os pelos do meu corpo ficaram arrepiados quando ele me beijou de novo. Nossas mãos ainda estavam unidas entre nossos corpos, por dentro da minha blusa, mas então ele soltou a dele e pressionou a palma contra meu esterno, com os dedos abertos sobre meus seios.

Giovanni não era em nada parecido com os outros garotos. Eu não conseguia respirar, não conseguia pensar. Sentia tudo intensamente demais: o sussurro das folhas, os batimentos do coração dele, o som de nossas coxas cobertas de tecido deslizando umas contra as outras, o toque leve dos lábios dele nos meus, cada mudança infinitesimal de posição da mão dele quando as pontas dos dedos entraram por baixo da beirada do meu sutiã. Meu sangue parecia vibrar com um acorde estranho e terrível. Essa emoção, esse sentimento incrível e descontrolado. Eu adorava. Adorava tudo...

Não.

Fiquei imóvel nos braços dele. Eu conhecia essa supraconsciência. Não éramos eu e Giovanni. Era um unicórnio.

— Não — falei em voz alta, e ele se afastou. Mordi o lábio para me impedir de gritar, meio por perder seu toque, meio pelo medo. Vários unicórnios. Aqui. Perto. E eu sem arma nenhuma. Sem apoio. Será que Phil conseguia senti-los? Onde ela estava?

— Astrid? — disse Giovanni. — Você está bem?

Não, eu não estava. Porque outra coisa, uma coisa nova, havia começado, como se algum catalisador no meu corpo tivesse sido deflagrado. Queimava, ardia. Meus olhos lacrimejaram, e minhas narinas e minha garganta se fecharam. Olhei para os meus braços, quase esperando ver a pele rachar e descascar. O que era isso? Tentei listar os sintomas, mas minha mente estava concentrada demais na posição dos unicórnios.

— Droga! — Giovanni esfregou os olhos. — Mas que me... Parece spray de pimenta. Vamos sair daqui. — Ele começou a me puxar na direção por onde tínhamos vindo, mas eu balancei a cabeça.

— Não. Não... por aí. — Bem em frente aos unicórnios. Eles estavam se deslocando rapidamente.

Fomos mais para dentro do parque e vimos Phil e Seth. Ele parecia respirar com dificuldade. Os dois estavam desgrenhados. Reparei que a blusa de Phil estava do avesso e com a parte de trás virada para a frente.

— Você os viu? — perguntou Phil.

Eu balancei a cabeça.

— E você?

— Não. O que foi aquela...

— Queimação? — completei. — Não faço ideia. Seth está bem?

— Acho que ele inspirou muito desse troço, seja lá o que for — disse Giovanni.

Seth estava sentado com as costas contra uma árvore. Eu torcia para que ele conseguisse correr se fosse preciso. Os unicórnios estavam se afastando agora, mas a sensação de queimação ainda estava lá.

— Devemos ir atrás? — perguntou Phil.

— Acho que devíamos sair correndo. Não estamos preparadas.

Giovanni estava nos observando.

— Moças, precisamos levar Seth de volta ao restaurante. Ele está tendo alguma espécie de reação alérgica.

— Mas eles não virão atrás de nós? — perguntou Phil.

— Aquele novinho não veio, mas estávamos em número maior. — Os unicórnios estavam quase indo embora, e eu já conseguia respirar direito outra vez. — Acho que decidiram não vir.

Seth tinha começado a tossir, um som cheio de catarro que claramente deu nos nervos de Phil. Giovanni o ajudou a ficar de pé, e eu puxei a etiqueta da blusa debaixo do queixo de Phil.

— Quem precisa de um responsável agora? — perguntei.

Ela afastou minha mão.

— Não é o que parece.

— É melhor que não seja. Duas caçadoras desarmadas e sozinhas em um bosque já é ruim o bastante. Mas uma?

— Eu não abandonaria você, Asteroide. — Ela apertou minha mão e foi ajudar Seth.

Giovanni se juntou a mim no caminho de saída.

— Já fui atingido por spray de pimenta na escola. Uma lata se rompeu na bolsa de uma garota no meio da aula de matemática. A sensação foi igual.

— É mesmo? — Olhei ao redor, mas quase não conseguia enxergar no escuro. É claro. Quem precisava de olhos quando se podia *pressentir* os unicórnios?

— Ouvi dizer que ladrões algumas vezes usam o spray para deixar as vítimas vulneráveis. Vocês acham que alguém estava tentando nos assaltar?

Sinceramente, ladrões eram a menor das minhas preocupações. Perder outra bolsa não seria nada em comparação a um ataque de unicórnios. Era o fim: nada mais de ficar com garotos pelos bosques. Sempre terminava mal.

— Astrid, *guardami*. — Ele me segurou pelos ombros. — Olhe pra mim. Você está bem?

A expressão dele estava cheia de preocupação, mas só reparei nisso por um momento. Pois atrás dele, na extremidade da floresta, havia uma pilha de corpos.

Pelo menos, devem ter sido corpos. De kirin, no passado, a julgar pela aparência dos pedaços de ossos e pele espalhados. Meus olhos arderam de novo só de olhar.

— Ah, Deus — sussurrei.

Ele se virou.

— Mas que diabos?

Um estava com um corte do rabo até a garganta, com as tripas caindo na grama. Outro estava em pedaços, com uma espessa camada de sangue escuro obscurecendo a pele tigrada. Se eu não tivesse passado um tempo observando um cadáver de kirin recentemente, jamais teria reconhecido a espécie.

Antes que pudesse evitar, eu estava de pé no meio do massacre, andando ao redor de corpos com nojo e fascinação.

Phil apareceu ao meu lado.

— Quem pode ter feito isso? — A voz dela tremeu. — Ninguém no Claustro...

A queimação. Eu conhecia. Era veneno de alicórnio. Olhei para as íris esbranquiçadas do cadáver de kirin aos meus pés.

— O terceiro unicórnio — falei em tom baixo o bastante para que os garotos não ouvissem. — Havia um terceiro. — Precisávamos telefonar para alguém. Precisávamos entender. — As caçadoras são as únicas *pessoas* que podem matar um unicórnio.

Eu ergui a cabeça e olhei para a trilha. Giovanni olhou para mim, e não havia nada nos olhos dele além de horror.

— Mas eles também podem matar uns aos outros.

15

Quando Astrid toma uma atitude

O som de metal contra pedra ressoou pelo Claustro, somando-se às vibrações que emanavam da parede e aumentando minha dor de cabeça. Eu tinha começado a criar uma resistência à casa capitular, mas essa situação com as estacas de metal e o martelo não era a ideal.

Neil deu outra batida na estaca da direita, depois baixou o martelo e deu um passo para trás.

— Philippa — disse ele, praticamente fazendo uma reverência ao sair do caminho.

Minha prima deu um passo à frente, com um chifre de kirin nas mãos, e o colocou por cima das duas estacas na parede. Ao lado do alicórnio, ela gravou seu nome com letras simples e triangulares.

Philippa Llewelyn

— É justo — disse Cory ao meu lado — que eu não tenha nada na Parede dos Primeiros Abates?

— Se quiser — retruquei — faço uma limpeza na escova de Bonegrinder, e você pode pendurar uma bola de pelo dela. Você já a matou várias vezes.

Cory deu uma risadinha debochada, Phil fez uma reverência e sorriu, e até Neil não conseguiu esconder o sorriso. Quando Phil reparou nisso, ela girou os braços no ar e apresentou o chifre mais uma vez, como se fosse apresentadora de um *game show*. Grace sussurrou alguma coisa (que tenho certeza que foi depreciativa) para Melissende, e ela ouviu tudo sem mudar a expressão do rosto. Rosamund olhou com desejo para o piano.

Mais um dia no Claustro.

A Gordian demorou mais de duas semanas para devolver o chifre do kirin para que Phil pudesse pendurá-lo na Parede dos Primeiros Abates. Eu ainda não sabia que tipo de testes eles faziam com os animais, mas havia uma parte de mim que estava feliz por terem mudado o foco para cadáveres, em vez de animais vivos como Bonegrinder.

Telefonei para a Gordian para falar da matança no parque de monte Mario. Eles mandaram uma equipe para recolher os corpos, mas o veneno de alicórnio lá era forte demais para os não caçadores conseguirem chegar perto. Por fim, acabaram colocando fogo em toda a área e fizeram parecer com que tivesse ocorrido um incêndio natural. Essa foi a história que ouvimos no noticiário no dia seguinte: incêndio. Nada de unicórnios mortos. Eu não sabia qual a vantagem de manter a situação em segredo, mas quando tentei tocar no assunto com Cory, ela pareceu interessada nessa ideia do fogo. Estava se perguntando se napalm não seria uma arma eficiente contra unicórnios.

Eu me perguntava por que unicórnios atacariam uns aos outros assim.

Depois da cerimônia da parede, tivemos um período de folga. Melissende e Grace estavam colocando gelo nos braços com os quais disparavam o arco depois de um dia cansativo treinando nos alvos, pois Melissende estava determinada a fazer parte do grupo de caçadoras em nossa próxima caçada, e Grace ainda culpava-se pelos disparos malsucedidos. Elas estavam encolhidas no canto perto das armas, com as cabeças baixas e próximas, fofocando.

Ilesha e Ursula, que estavam se dando muito bem, decidiram jogar xadrez no tabuleiro da casa capitular, que era, como você deve ter adivinhado, feito de unicórnio. No caso do tabuleiro de xadrez, ossos brancos de re'em e pretos de kirin foram esculpidos para formar as peças e os quadrados.

Eu me sentei no sofá o mais longe possível do Trono e da Parede dos Primeiros Abates e considerei se valeria a pena ir lá em cima pegar um pedaço de pano úmido para colocar em cima dos olhos. Como as outras meninas aguentavam ficar ali? Rosamund passava metade do tempo nesse lugar fechado e sombrio, batendo nas teclas do piano, ignorando completamente as vibrações que vinham das paredes do ambiente; sons que, tenho certeza, conflitavam com a música que ela estava tentando tocar.

Cory voltou para o escritório de Neil, sem dúvida munida de outra pilha de arquivos amarelados, na tentativa de descobrir mais vítimas infelizes da promiscuidade de Alexandre, o Grande, para trazer para nossa congregação de caçadoras. Talvez eu me juntasse a ela para tentar descobrir mais coisas sobre o comportamento dos unicórnios.

Valerija estava sentada em uma cadeira, com o olhar perdido. Dorcas estava no outro sofá, fazendo uma trança no cabelo de Zelda. Rosamund continuou tocando. A escolha dela hoje me lembrou da primavera e de danças, como o quadro que Giovanni me mostrara de Diana com as caçadoras, rindo e reunidas para comemorar uma caçada bem-sucedida.

Talvez antigamente as caçadoras fossem assim. Tentei imaginar as garotas ao meu redor comemorando após uma caçada. Não consegui.

É claro que não ajudava o fato de Ursula e Melissende terem começado a discutir sobre a postura de Melissende com o arco. Eu não entendia quase nada de alemão, mas a julgar pela expressão corporal, a caçula estava implicando com o modo como a irmã mais velha posicionava os pés. Como Ursula era quem vinha acertando o alvo com precisão ultimamente, era interessante que Melissende prestasse atenção, mas eu duvidava que isso fosse acontecer. Ursula, entre movimentos de torres e peões, gritava sugestões para a irmã, e Melissende gritou alguma coisa em resposta; eu não precisava entender a língua para saber que era *cala a boca*.

Apoiei a cabeça no encosto do sofá e tentei me concentrar na música de Rosamund, nas notas altas, claras e intensas e nas graves retumbantes, mas não consegui tirar a imagem daquele quadro da cabeça. Diana encarava, austera e triunfante, de dentro das minhas pálpebras. Os homens nos arbustos esperavam seu destino. A caçadora chamava, com presunção e elegância. Eu fiquei ali deitada, presa no subsolo em uma jaula de ossos de unicórnio.

Será que Rosamund não podia tocar outra coisa? Eu não aguentava mais. Quanto mais ouvia, mais a música parecia se misturar com o ressoar das paredes. Aquele acorde terrível ecoava no meu crânio, agora com mais intensidade ainda, como se a adição do chifre de Phil tivesse aumentado o barulho.

Abri os olhos e olhei para a parede. Não era estranho? Mês passado, eu não tinha reparado em nada quando acrescentaram o chifre de Valerija. Fiquei de pé e andei até a parede, contraindo um pouco os músculos ao chegar perto. Passei a mão pelos fêmures e maxilares, costelas e pélvis, cada um ressoando com a mesma vibração. Fechei os dedos ao redor do chifre de kirin com o nome de Phil. A mesma coisa. Continuei passando os dedos pela parede e fechei a mão ao redor do troféu de Valerija.

E não senti nada. Zona morta. Eu o tirei de cima das estacas onde estava apoiado e o examinei, virando-o nas mãos. Esse não emitia som nem vibração, nem na parede nem fora dela. Voltei para o chifre de Phil e sopesei os dois nas mãos.

Estranho. Olhei para a frente e vi Valerija me encarando. Acenei e rapidamente coloquei os dois chifres no lugar. Por que eram diferentes? Será que havia algum processo que as antigas caçadoras executavam nos chifres que a Gordian pode ter descoberto sem querer? Se eu ao menos soubesse que tipo de testes eles estão fazendo.

Será que eu fui a única a perceber? Phil tinha soltado Bonegrinder da corrente que a prendia ao gancho na parede, e as duas tinham saído para algum lugar. Eu queria sequestrar o chifre para mostrar a ela, mas Valerija ainda estava me observando, com a desconfiança brilhando nos olhos. Tudo bem, fique com seu chifre idiota. Haveria tempo depois.

O que fiz, então, foi andar até o pátio. Encontrei Phil escovando Bonegrinder. A zhi estava naquilo que lhe era equivalente ao paraíso, encostada na lateral de Phil enquanto emaranhados de pelo de unicórnio rolavam pelo pátio. Eu me sentei perto delas.

— E então — disse Phil com alegria. — Agora sou oficialmente caçadora de unicórnios. — Ela ergueu a cabeça. — Eu me sinto... exatamente igual. — Ela voltou a escovar a zhi. — E acho que é bom. Não me sinto uma assassina, nem nada assim.

— Quanto tempo você acha que vai ficar aqui? — perguntei.

— Como assim?

— Você não gosta de caçar, não gosta da filosofia, não gosta de dividir o quarto com Valerija...

— Quanto tempo *você* vai ficar?

— Saio daqui assim que fizer 18 anos — respondi, com segurança. — Ou antes, se eu conseguir que seu pai peça minha custódia.

— É, mas você acabaria com a diversão pra mim e pra sua mãe. Meu pai surtaria se soubesse que estamos aqui — disse Phil. Ela puxou com força um nó no pelo de Bonegrinder, e a zhi baliu em protesto. — Não odeio tudo relacionado a caçar. Eu poderia ficar sem a parte em que realmente matamos os unicórnios. Mas essa monstrinha aqui não é tão ruim. E, para ser sincera, gosto de ir atrás deles. Gosto da sensação.

— Você gosta é dos poderes.

— Você também, Astrid. Não minta.

Eu não podia negar. Desde que cheguei ao Claustro, pressentir unicórnios tinha quase se tornado um hábito. No parque com Giovanni, eu não tinha certeza de quais sensações haviam sido provocadas por ele e quais resultavam dos meus poderes de caçadora se manifestando. Eu amava aquela sensação de súbito alerta, como se tudo desacelerasse. Amava como me sentia forte quando estava caçando um unicórnio. Amava até a maneira como Bonegrinder fazia uma reverência para mim se eu desse a oportunidade. Mas, no entanto, podia viver sem atrair os monstros até mim. Podia viver sem as vibrações nas paredes da casa capitular.

Mudei de tática.

— Aposto que Seth não gostaria de vê-la flertando com Neil desse jeito.

Phil virou a cabeça e olhou para Bonegrinder.

— Seth e eu não temos nada assim tão sério.

Eu praticamente engasguei com a língua. Ela não negou? Não veio com essa de *eu não estava flertando com Neil*? Se antes eu estava brincando, agora estava perplexa.

— Seth sabe disso? — perguntei, ao mesmo tempo que me perguntava sobre o que Neil sabia.

Agora ela olhou para mim.

— Giovanni acha que é sério? — perguntou ela. — Poderia ser sério, considerando que você vai ficar na Ordem por mais dois anos?

— Ele vai voltar pra faculdade em alguns meses, de qualquer maneira.

— Seth também.

— E você? — insisti.

Bonegrinder se contorceu quando Phil começou a puxar um nó particularmente difícil. A zhi mordeu os dedos de Phil, e ela bateu no focinho do unicórnio.

— Sem morder!

Os olhos azuis e límpidos de Bonegrinder ficaram cheios de arrependimento e adoração, e Phil derreteu.

— Monstro — disse ela, com uma risadinha.

O pelo da zhi brilhava à luz do sol. Era de esperar que as pessoas fossem fascinadas por essas criaturas há milênios. Elas eram lindas e terríveis ao mesmo tempo. Uma fonte incrível de poder, mas também capazes de tanto horror.

Como as próprias caçadoras virgens.

— Phil — disse. — Eu reparei em uma coisa lá embaixo, na Parede dos Primeiros Abates.

Contei a ela rapidamente sobre o alicórnio de Valerija.

— Estranho — disse Phil. — Vamos lá conferir.

Ela tirou o pelo de zhi das pernas da calça, enrolou a corrente de Bonegrinder em uma coluna e me acompanhou para dentro de casa, escada abaixo.

Ficamos paralisadas na porta. Grace estava imprensando Ilesha na parede de armas com uma espada gigantesca apontada para a garganta dela enquanto Melissende empurrava Ursula para perto do trono de alicórnio.

— Parem! — gritou Phil.

— Senão o quê? — disse Grace. — Você vai contar pro Neil? Estou tremendo de medo.

Na verdade, ela estava, pois mal conseguia manter a espada erguida. Ilesha choramingou. Eu engoli em seco e comecei a me aproximar das duas.

— Anda — disse Melissende, provocando a garota mais nova com uma voz fria como gelo. — Você não está com medo de se sentar, está? Não é corajosa e forte como sua amiga Ilesha ali? Vocês duas não têm dezenas de troféus naquela parede? Sente. Pare de agir feito um bebê. — Ela deu outro passo à frente. Ursula se encolheu, cambaleou para trás e apoiou a mão no braço do trono, depois gritou e saltou para a frente como se tivesse se queimado.

— Acho que você *é* um bebê — disse Melissende. Na nossa língua. Humilhando a irmã na frente de todo mundo, se exibindo para Grace.

— Se afastem delas — disse Phil, rodeando o sofá e aproximando-se de Melissende.

Melissende nem mesmo se virou.

— Por quê? Ela é minha irmã e se acha uma grande caçadora. Então pedi uma prova disso.

Ilesha começou a deslizar parede abaixo enquanto os braços de Grace tremiam. A espada era grande demais. Era praticamente mais alta do que ela. Grace parecia estar tendo dificuldade em segurá-la no alto e baixou a ponta para o chão ao se virar para prestar atenção em Phil. Fui até a Parede dos Primeiros Abates e peguei o alicórnio mais próximo.

No canto, Rosamund apertava as mãos, desnorteada, mas não havia tempo para ficar apavorada. Grace tinha apontado uma espada para outra garota. Se ela desse mais um passo em direção à minha prima, eu usaria o alicórnio contra ela.

Impassível, Valerija ficou olhando para a cena, aparentemente doidona demais para reparar no que estava acontecendo. Dorcas e Zelda não estavam por perto.

— Se afaste *agora* — repetiu Phil.

— Me obrigue — disse Melissende.

Phil segurou no braço dela e a puxou, se colocando entre as duas garotas Holtz.

— Não se aproxime dela de novo, senão vai ter de me encarar.

— Palavras duras vindas do bichinho de estimação do *don*. Que lindo. — Melissende esfregou o braço. Phil olhou para ela com raiva.

Mas eu ainda estava observando Grace, que tinha concentrado o olhar nas costas de Phil. A ponta da espada se arrastou no chão.

— Phil — falei, avisando-a.

Grace olhou para mim e deu uma leve balançada de cabeça. Ao que tudo indicava, eu não era uma ameaça. Meu punho apertou o chifre, mas eu sabia que jamais conseguiria usá-lo. Grace estava certa.

Phil se virou para Grace.

— Espada muito grande e poderosa para alguém tão pequena quanto você — disse ela, baixinho. — Acha mesmo que consegue erguê-la?

Grace riu com zombaria.

— É o montante de Clothilde Llewelyn. — Ela se esforçou para erguê-la de novo. — Acha que *você* consegue?

Phil negou com a cabeça.

— Você não entende? Isso não é uma competição.

Grace riu.

— É claro que não. Afinal, você está vencendo. — Ela respirou fundo e começou a erguer a espada. Isso acabou com minha hesitação.

Corri até ela e coloquei o pé sobre a lâmina. O cabo da espada se soltou das mãos de Grace e bateu no chão, nas pedras. Grace cambaleou para trás, e até Valerija pareceu despertar do estupor quando o baque metálico ressoou entre as paredes, capturado e amplificado por cada osso no aposento. Todas as garotas ficaram olhando.

— Se fosse Clothilde segurando essa espada — falei —, duvido que ela quisesse vê-la apontada pra uma semelhante.

16

Quando Astrid se solta na noite

— Você é muito corajosa, prima — disse Phil, quando ficamos sozinhas na casa capitular. Em algum lugar lá em cima, Melissende e Grace estavam ouvindo um sermão, sendo ameaçadas com telefonemas para os pais, sentindo todo o peso de seus "atos irresponsáveis e violentos". Ilesha e Ursula tinham sido levadas para o quarto por uma abalada Rosamund e, provavelmente, estavam sendo paparicadas e comendo bombons naquele mesmo instante. Cory sem dúvida estava ouvindo atrás da porta de Neil. E eu não conseguia me acalmar. Meu pé ainda formigava por ter empurrado a espada. Não acredito que fiz aquilo.

— Não sou. — Esfreguei uma canela na outra e dei uma olhada na montante, agora parada e silenciosa sobre as pedras. — Só estava tentando impedi-la.

Um movimento corajoso teria sido usar o alicórnio que eu tinha em mãos. Mas chutei uma espada. Grande coisa.

— Você a fez parar! — disse Phil. — Fez todo mundo parar. Acho que Neil até ouviu você lá de cima.

Eu dei de ombros. Esse seria outro milagre a se somar às anormalidades acústicas da casa capitular. Recoloquei o alicórnio em seu devido lugar na Parede dos Primeiros Abates, me encolhendo um pouco quando as vibrações ficaram mais fortes. Os ossos na parede pareciam se ondular, e me afastei antes que ficasse enjoada.

— Vamos arrumar tudo por aqui e voltar ao pátio. — Eu precisava de sol e de um ar que estivesse livre do cheiro de fogo e de inundação.

— Você que manda. — Phil deu uma risadinha e ajeitou uma cadeira. — Afinal, eu não iria querer te contrariar.

— Por que você fica dizendo coisas assim?

Ela balançou a cabeça e começou a ajeitar o tabuleiro de xadrez. As peças tinham se espalhado durante a briga.

— Porque você devia ter visto sua cara, Astrid. Como se o Juízo Final tivesse chegado e você fosse um anjo vingador prestes a jogar Grace Bo nas chamas do inferno. Cheguei a ficar com medo de você por um segundo.

— Não sei o que me deu.

— Eu sei. Elas estavam ameaçando as mais novas. As Llewelyn não toleram isso.

Torci o nariz para ela.

— Então você é durona também.

— Pode apostar que sou. — Ela colocou uma mecha de cabelo pra trás do ombro. — Observe.

Ela andou pé ante pé até o trono de ossos e posicionou o dedo acima do braço da cadeira.

— Não faz isso — disse eu, sorrindo.

A mão dela desceu em câmera lenta enquanto, ao mesmo tempo, fazia comentários do tipo:

— Será que ela vai fazer? Será que consegue?

— Ela é uma idiota? — perguntei.

— Mais perto... mais peeeeeerto...

Revirei os olhos.

— ZAP! — gritou Phil.

Eu me encolhi, e Phil caiu na gargalhada.

— É, nós duas somos *mesmo* duronas.

Eu balancei a cabeça e fui pegar a espada. Era bem mais pesada do que eu esperava. Como Grace tinha conseguido erguê-la daquele jeito? Tentei levantá-la completamente do chão duas vezes antes de conseguir colocá-la na horizontal. De pé, com a ponta encostada no chão de pedra, a extremidade da montante se encaixava debaixo do meu queixo. Meu respeito pela boa e velha Clothilde tomava nova dimensão se ela conseguia empunhar essa espada monstruosa com regularidade.

— Ei, Phil, venha me ajudar a pendurar isso.

Ela subiu os degraus até a parede de armas, e juntas lutamos para recolocar a montante no lugar.

— Ainda está bem afiada — disse Phil, examinando a lâmina. — Você precisa admitir que ver essas coisas é incrivelmente legal.

Dirijo o olhar para as outras armas ali guardadas.

— Acho que prefiro nossos arcos modernos, com miras de tecnologia de ponta, estabilizadores e gatilhos.

— Verdade. — Phil passou o dedo pela corda de um dos arcos na parede, o que desencadeou uma nova onda de vibrações dos ossos em frente. — Bem que Lino disse que disparar com o dedo poderia afetar nossa mira.

Abaixo da montante havia um pequeno facão de lâmina bem recurvada, feito de um pedaço único de alicórnio entalhado. Era uma peça interessante, diferente de quase todas as outras armas na parede.

Olhei para a Parede dos Primeiros Abates. Não havia nenhum troféu de Clothilde Llewelyn. Será que aquela faca de alicórnio era do primeiro animal que ela matou? Eu a tirei da parede, surpresa pelo punho estar tão quente na minha mão.

— Acho que devíamos sair esta noite — disse Phil, ainda passando os dedos pelas armas.

Para que serviria uma adaga tão pequena? Em meu punho, a lâmina se curvava como uma foice. Talvez para tirar a pele de um unicórnio morto?

— Você quer dizer ligar para os garotos?

Phil deu de ombros.

— É. A não ser que você não queira ver Jo. — Phil tinha começado a chamar Giovanni assim, imitando Seth. — Mas talvez possamos convencer Neil de que todas precisamos de um passeio. Pra espairecer, por assim dizer.

Fiz dois movimentos de corte com o facão.

— Como uma excursão das meninas do Claustro?

— Isso! Acho que estamos ficando meio doidas aqui. Melissende se sente excluída. Ela não foi conosco para a Toscana; pra ela, sobra apenas ser uma chata enquanto nós somos fabulosas o tempo todo. Isso deve ser deprimente.

Eu ri e troquei o facão de mão.

— Mas ter todas essas caçadoras em um mesmo lugar deve atrair unicórnios.

Tremi ao me lembrar da cena no parque. Por que os unicórnios tinham lutado entre si? Por que estavam lá? Será que estavam vindo nos atacar quando começaram a brigar? Será que tinha sido uma luta por direitos, para decidir quem comeria as caçadoras desarmadas? Se fosse esse o caso, por que o unicórnio vencedor recuou? Olhei para a lâmina de alicórnio que tinha em mãos. Não havia nenhum entalhe no punho ou no corpo que indicasse o nome da caçadora a quem tinha pertencido. Eu me perguntei se, assim como a espada pendurada ao lado, se teria pertencido a Clothilde. Gostava da sensação de tê-la nas mãos.

— Acho que ficaremos bem se permanecermos em áreas movimentadas. Nada de lugares escuros e bons para dar uns amassos. Nenhum unicórnio vai nos atacar no meio de uma *piazza*. — Phil recolocou na parede a flecha que estava examinando. — Vamos lá. Vamos pedir a Neil.

Eu não tinha muita certeza se esse esquema todo não era para Phil passar uma noite na cidade com Neil, mas eu não sabia como perguntar, então simplesmente a segui quando ela subiu a escada em direção ao escritório dele. Só quando passei pelo painel de Clothilde e Bucéfalo que reparei que ainda estava segurando a adaga. Eu a escondi debaixo da ampla saia de Clothilde e corri para alcançar minha prima.

Neil não mostrou interesse algum em escoltar um bando de adolescentes pelas atrações noturnas de Roma, e Cory se incomodava com a ideia de que uma noite livre pudesse parecer uma recompensa para o mau comportamento.

— E que tal apenas Ilesha e Ursula? — perguntou Phil. — Para alegrá-las?

— E quem vai tomar conta das outras? — Ele balançou a cabeça. — Sou o *don* aqui. Preciso ter algumas regras.

Ah, sim, porque a supervisão dele tinha sido maravilhosamente eficiente na casa capitular...

— Além do mais, elas são crianças, Pippa. Não universitárias. Não posso permitir que essas garotas saiam pelas ruas de Roma como bem entendem.

Dei uma risada de deboche. Todos olharam para mim.

— Por favor — argumentei. — Valerija era uma viciada sem-teto antes de aparecer aqui na porta. Duvido que precise de sua proteção.

— E Ilesha, Dorcas e Ursula? — perguntou Neil. — E Grace? — Ele negou com a cabeça. — Os pais delas as deixaram sob minha responsabilidade. Tenho de fazer o que penso ser o melhor para elas.

— Então não tem problema colocar a vida delas em perigo ao enviá-las pra caçar unicórnios que comem gente, mas você não pode correr o risco de deixar que saiam pra tomar um gelato? — perguntou Phil. — Acho que está na hora de repensar seu sistema.

— Não é seguro — disse ele. — Todas as vezes em que você e sua prima vão passear pela cidade, são atacadas por um kirin.

Phil ergueu as mãos no ar.

— E ao serem deixadas sozinhas, essas garotas quase fatiaram umas às outras com espadas; bem aqui no Claustro! O que é mais perigoso? Estou falando de ver um filme. Sair pra tomar ar.

— As coisas andam meio devagar por aqui — admitiu Neil — com a perda do nosso treinador. Suponho que o tédio seja parte da razão para as garotas terem começado a implicar entre si.

— Ainda não recebemos uma nova missão da Gordian? — perguntou Cory.

— Não — disse Neil, o tom brusco e frustrado. — É no mínimo irritante. Precisamos de mais equipamento, de mais treinamento. As caçadoras têm se saído excepcionalmente bem sozinhas, mas fizemos um acordo com a Gordian, que não está cumprindo sua parte. Não sei até onde meus recursos e os de Cory vão durar sem o suporte da empresa.

— Marten Jaeger é um idiota — disse Phil.

— Não diga isso — disse Cory. — Ele tornou tudo isso possível. Ele é responsável por tudo que estamos fazendo.

— "Tudo que estamos fazendo" se resume a colocar uma espécie em risco de extinção para que ele possa colocar as mãos em uma droga que vai torná-lo mais rico do que já é — respondeu Phil. — Se ele realmente quisesse fazer o bem, que tal se encontrasse um modo sustentável de lidar com o problema dos unicórnios? Ele é tão ruim quanto os caçadores ilegais que capturam tigres na Ásia. — Phil parou de falar. — Na verdade, *nós* somos tão ruins quanto eles. Somos caçadoras ilegais.

— Caçadores ilegais — corrigiu Cory — são aqueles que roubam caça das terras de outras pessoas. Unicórnios não são caça, e fomos convidadas para irmos àquela fazenda. Logo, não caçamos ilegalmente.

— Mas somos alguma coisa, que não é boa. — Phil cruzou os braços e olhou para Neil. — Nada a declarar?

— Caçar ilegalmente — disse ele — também pode ser definido como caçar uma espécie proibida de ser caçada *de acordo com a lei*.

Phil olhou para ele com raiva, se desviou dos Bartoli e tentou me convencer.

— Marten Jaeger *também* é um idiota, Astroturf, porque não dá crédito o bastante a você. Já vi como ele te afasta todas as vezes em que você puxa conversa sobre a pesquisa.

— Por que ele deveria me dar crédito? Pelo fato de que cheguei às mesmas conclusões que a equipe dele chegou meses atrás? — Eu tinha sorte de ele nem sequer me encorajar.

— Você contou a ele sobre Brandt, não contou? O único ser humano vivo a receber uma dose do Remédio?

Verdade. Eu me perguntava se Marten o teria encontrado e feito exames, ou se meu ex tinha fugido de casa antes de isso ser possível. Eu duvidava que Brandt fosse cooperar como voluntário. E talvez o Remédio funcionasse como um antídoto padrão e fosse metabolizado pelo corpo depois de usado com o veneno com o qual "foi embebido". Suspirei. Eu não sabia o bastante sobre nenhum desses assuntos para ser realmente útil para alguém com uma empresa farmacêutica inteira à sua disposição. Não era boa para nada além da minha mira e do meu radar de proximidade de unicórnios. Como ainda não abati um deles, e como meu primeiro instinto ao pressenti-los era correr na direção oposta, eu não era boa nem para isso.

Satisfeita por ter conseguido colocar seu ponto de vista, Phil voltou ao assunto inicial.

— As caçadoras precisam sair daqui um pouco. Isso não é bom pra ninguém.

— Quantas das garotas falam italiano o suficiente pra entender um filme? — perguntou Cory.

— Que seja um filme de ação então, em que os diálogos não fazem diferença. — Ela olhou com raiva para Cory. — Ou apenas caminhar por uma *piazza* por algumas horas. Sair um pouco desse ambiente de caçada. Não é de espantar que se sintam competitivas e pressionadas. Isso é tudo que elas têm feito nas últimas semanas. — Ela se corrigiu: — Tudo que nós temos feito.

Se Neil reparou no deslize, não deu sinal.

— E estaremos em grupo — argumentou Phil. — Podemos até levar armas, se isso fizer você feliz.

— Ah — disse Cory. — Muito discreto subir a Escadaria Espanhola com um arco preso às costas.

— Então o que você sugere? — perguntou Phil. — Você conhece toda a história. O que as caçadoras do passado faziam?

— Ficavam aqui, onde era o lugar delas — respondeu Cory.

—Bem, o *meu* lugar não é trancada aqui dentro. — Phil ergueu o queixo. — Não é o lugar de nenhuma de nós.

Minha prima fez cara feia, e Neil a chamou de "Pippa" exatamente quatro vezes. Por fim, Cory, Phil e eu ficamos encarregadas de acompanhar as outras meninas ao cinema e a uma sorveteria, depois voltarmos direto para o Claustro antes das dez. Sozinhas.

A primeira coisa que Phil fez foi ligar para Seth e perguntar se ele queria ir conosco. Estávamos de pé no pátio naquele momento, vendo Bonegrinder destruir um pedaço de carne de porco enquanto o sol da tarde ficava mais fraco e fazia as colunas espiraladas brilharem em um tom branco. Fiquei encantada com o entusiasmo da zhi pelo jantar. Ela agia com ferocidade tremenda, considerando o fato de que a comida já estava morta. Eu me perguntei o quanto o comportamento de Bonegrinder era diferente de um zhi que cresceu na natureza. Se a comida fosse escassa, será que se tornaria canibal? Era isso o que tínhamos visto naquela noite no parque? Mas por que um unicórnio atacaria outro quando havia um monte de pessoas desarmadas e saborosas por perto?

Phil entregou o celular para mim.

— Giovanni quer falar com você.

— Astrid Guerreira — disse ele, quando atendi. — Como vai a vida no ramo das Freiras de Controle de Animais Selvagens?

— Frustrante. — Pelo menos, ele estava fazendo piada. Giovanni tinha demonstrado estar abalado depois de ver aqueles cadáveres alguns dias atrás.

— Pensei que tivéssemos conversado sobre esse seu hábito de esperar pra me ver só quando Phil decide.

Phil, que estava perto o bastante para ouvir os dois lados da conversa, ergueu as sobrancelhas para mim.

— O que você quer que eu diga? — perguntei. — Eu não tenho celular.

— Acho que você gosta de bancar a difícil.

— Ai.

Bancar a difícil? Eu tinha me jogado em cima dele!

Ele prosseguiu no mesmo tom de deboche:

— Então você decidiu largar tudo hoje à noite pra me ver, pelo que eu soube?

Eu me afastei de Phil e andei a distância de algumas colunas.

— Eu vou porque *quero* ver você hoje. Me desculpe por não ter ligado, mas eu...

— Andou ocupada com os animais selvagens. Eu sei.

Minha garganta começou a queimar de novo, mas não tinha nada a ver com veneno de alicórnio. Nunca o tinha ouvido falar assim antes.

— De que você está falando? Giovanni...

— ...não sou selvagem o bastante pra você — disse ele, como se eu não estivesse ali. Olhei para Phil, que estava me observando, entendendo tão pouco quanto eu. — Baby, você não faz ideia.

— Você está bêbado? — perguntei, e as sobrancelhas de Phil foram até o céu de novo.

Seth entrou na linha.

— Então vemos vocês duas na Piazza Navona esta noite?

— Não — respondi. — Acho que não é uma boa ideia.

A última coisa que eu queria era que Giovanni e eu brigássemos na frente das outras caçadoras. Já tinha passado por um rompimento em público. Não precisava de outro.

— Besteira, mini Phil! — disse ele, com uma risada que me fez trincar os dentes. — Vamos nos divertir. Traga suas amiguinhas também.

Ele desligou.

Olhei para Phil.

— Isso foi um erro. Não vamos nos encontrar com eles.

— Vamos dar uma bolo neles? Foi assim que criei você? Pare com isso. Seth conhece os melhores lugares. Vai ser o melhor para as garotas se divertirem.

Eu balancei a cabeça.

— Não, tem alguma coisa estranha. Nunca ouvi Giovanni falando daquele jeito. Ele pareceu... cruel.

Phil franziu a testa.

— Espero que ele não acabe sendo um babaca com você, Astrid. Detestaria usá-lo como alimento de unicórnio. Os garotos podem ser bem babacas às vezes.

No pátio, Bonegrinder mordia com alegria sua mais recente conquista ensanguentada. Por mais estranho que pudesse parecer, achei que iria preferir passar o resto da noite com ela.

No fim das contas, não levamos os arcos conosco, mas peguei outra vez a adaga que estava nas dobras da saia da estátua de Clothilde e a enfiei na bolsa. Embora eu não quisesse calcular nossas chances contra um kirin sem armas de longo alcance como arcos e flechas, me sentia melhor sabendo que tinha mais do que meus punhos a meu favor caso encontrássemos algum unicórnio.

Ilesha, Ursula, Zelda, Dorcas e Rosamund se juntaram a nós, mas Valerija não quis ir depois de saber que encontraríamos com alguns garotos, e Melissende bateu a porta na cara de Phil assim que ela e Grace viram minha prima. Sinceramente, fiquei feliz de poder evitar a companhia delas por algumas horas.

A Piazza Navona estava lotada, como sempre, e mantive minha bolsa a tiracolo, duplamente determinada a não perdê-la por causa da antiga (e sem dúvida valiosíssima) arma que escondi dentro. Compramos gelatos e paramos perto do enorme chafariz de Bernini chamado Fonte dos Quatro Rios, onde conversávamos acima do barulho da água e observávamos as pessoas passando. Ilesha e Ursula pareciam ter se recuperado completamente do trauma da tarde; e embora Dorcas estivesse tentando agir do mesmo modo ponderado de Zelda, que só tinha comprado um pequeno copinho de *sorbet* de limão, ela não conseguia parar de olhar para a enorme torre de bolas de sorvete multicoloridas na casquinha de Ursula.

Cory estava contando para Rosamund sobre o pequeno portfólio de partituras que tinha encontrado, e as duas conversavam sobre métodos antigos para transcrever melodias e como isso poderia afetar a habilidade de Rosamund de tocá-las. Phil estava tentando decifrar uma lista de filmes em um jornal italiano e ficando cada vez mais frustrada pelos títulos não serem uma tradução direta dos originais em inglês.

— Escolha algo com um ator que luta artes marciais — avisei. — Vai ser perfeito.

— Aí estão vocês! — Phil foi puxada da beirada da fonte, e o jornal e o copinho de gelato caíram no chão. Seth a rodopiou e estalou os lábios sobre os dela. — Hummm, você está com gosto de cereja.

— Aproveite enquanto pode — disse Phil. — É tudo o que sobrou do sorvete.

— Ah, eu vou. — Ele se virou para as outras caçadoras e fingiu tirar um chapéu. — Senhoritas. Boa noite. Seth Gavriel, ao seu dispor.

Enquanto as caçadoras se apresentavam, olhei além de Seth, mas não vi Giovanni.

— Você está namorando, Phil? — perguntou Dorcas, com olhos arregalados. — Neil sabe?

— Ah, o famoso responsável! — Seth sorriu para a plateia. — Pena que ele não está de serviço esta noite, hein?

— Por que "pena"? — perguntou Cory, imune aos charmes de Seth.

— Porque eu queria dar uma olhada nesse cara com quem vocês passam tanto tempo. Pra ver o que tanto ele tem.

Havia um tom de ciúme na voz dele? Eu me perguntei brevemente o quanto Phil falava sobre Neil.

— Ei, mini Phil — sussurrou Seth para mim. — Não se dê ao trabalho de procurar pelo seu garoto. Ele foi covarde demais pra aparecer.

Mordi o lábio e fingi que não estava esticando o pescoço para examinar a multidão.

— E então — disse Seth. — Tenho o plano perfeito pra hoje. Tem um grande show ao ar livre nas Termas de Caracala.

Cory levantou os olhos do jornal, do qual tentava limpar o gelato.

— É do outro lado da cidade, perto do Claustro.

— Por que viemos até aqui pra voltarmos para aquele lado? — perguntou Ilesha.

Zelda deu de ombros.

— Eu topo ir a um show. Não me importo quem vai tocar. — Ela ficou de pé e tirou sujeira imaginária da saia. Rosamund ficou tão empolgada, que deu pulinhos.

Então fomos para as Termas de Caracala. No ônibus, Cory justificou para si mesma que pelo menos seria uma caminhada rápida para casa depois do show, e as mais novas pareceram animadas pela noite de passeio incluir mais do que gelatos. Fiz o melhor que pude para esconder a decepção de levar um bolo. Eu queria poder falar com Phil sobre a situação, mas ela passou a maior parte do tempo com a língua de Seth dentro da boca, então não tive oportunidade.

As Termas de Caracala eram enormes ruínas de tijolo perto do Circo Máximo. Embora agora restasse pouco além de algumas paredes em pedaços, arcos e abóbadas, ainda era impressionante. Enormes paredes de 30 metros iluminadas por refletores amarelos erguiam-se bem acima de nós, formando um cenário imponente para o show. A plateia tinha se reunido na colina gramada em frente às ruínas, acomodada em cobertores ou cadeiras dobráveis enquanto vendedores caminhavam entre as pessoas, e carrinhos de comida e bebida ocupavam a rua que levava até ali.

Passei o dedo pelo contorno da adaga pelo lado de fora da bolsa. Outro parque romano? Perfeito. As termas em si pareciam abandonadas, mas eu me perguntei o quanto eram seguras. Será que um canto tranquilo e escuro serviria de bom esconderijo para um kirin? Os unicórnios tinham de dormir em algum lugar, não tinham?

— Isso vai ser perfeito — disse Seth. Ele enfiou a mão na mochila e tirou uma lona dobrada. — Não é perto demais da multidão, é agradável e escuro... — Ele beliscou a cintura de Phil, mas em vez de dar um gritinho ou rir, ela olhou para ele com incredulidade.

— Ele é sempre tão abjeto? — perguntou Cory baixinho, enquanto me ajudava a esticar a lona.

— Não sei o que significa essa palavra — sussurrei em resposta —, mas ele costuma ser mais legal.

Assim como o amigo dele. Onde estava Giovanni? Ele ia adorar um passeio assim. Aposto que estaria no meio de um discurso sobre a arquitetura das termas. Eu me senti dividida entre o alívio por ele não ter aparecido estando de mal humor e a depressão por ver o show sentada ao lado de Cory em vez de Giovanni.

As garotas se espalharam sobre a lona, com um arsenal de refrigerantes, lanches e pulseiras e colares fosforescentes que compraram de um vendedor ambulante. O som de conversas tomava conta da atmosfera quente da noite, e comecei a relaxar. Talvez Phil estivesse certa. Os garotos podiam ser uns babacas às vezes, e eu não devia deixar que isso estragasse minha noite. O tempo estava lindo; eu estava fora do Claustro passeando com minhas amigas, prestes a ver um show de música em uma colina de Roma... As coisas estavam ótimas.

Um jovem casal à nossa frente estava com o cachorro com eles no cobertor. A criancinha da família ao lado foi até lá com uma guloseima, e o cachorro rolou e mostrou a barriga, querendo carinho. O movimento me fez lembrar de Bonegrinder e da necessidade sem fim que o unicórnio tinha pela atenção das caçadoras.

Cory reparou que eu estava observando e traduziu.

— Estão conversando com a outra família sobre os cachorros que desapareceram recentemente. Pelo que entendi, as termas servem de lar pra muitos cachorros de rua. Todos sumiram nos últimos meses.

A bile subiu pela minha garganta quando pensei nesse cachorrinho fofo como refeição de kirin.

— Sei que você não tem material sobre isso, e a Gordian não parece nem um pouco interessada, mas não consigo deixar de achar que nos sairíamos muito melhor se começássemos a pesquisar o comportamento deles. Se encontrássemos padrões de alimentação, ciclos reprodutivos, estrutura do grupo ou da família, onde dormem, dieta preferencial...

— Linguagem corporal quando atacam e quando simulam um ataque — concluiu Cory. — Concordo. Se você quiser pesquisar comigo, Astrid, eu topo. Seria bom ter ajuda. — Ela sorriu. — Isso se você conseguir dar um tempo na função de ser uma maravilhosa *Llewelyn.*

Mas, desta vez, eu sabia que ela estava brincando.

— Por que todo mundo se prende tanto a essa história de famílias? Você também, sabe.

Cory tomou um gole de refrigerante.

— Faz sentido, não faz? Ao menos pra mim. Os Leandrus eram famosos por serem mestres em administração, e nós somos mesmo. Minha mãe tinha todo tipo de ótimos livros sobre isso. Sua família era a das exímias caçadoras, e Clothilde Llewelyn matou o karkadann.

— Mas agora, o que você acha?

— Não sei, de verdade. Phil é melhor nos alvos, mas Grace se saiu tão bem quanto ela ao disparar contra aquele kirin na Toscana. Valerija matou um, sozinha. Melissende é uma Temerin, completamente brutal, mas a irmã dela e Rosamund são bonequinhas. E você...

— Não sou tão boa caçadora quanto você e Marten acham que eu deveria ser?

— Você é melhor do que eu.

— Mas não tão boa quanto você esperava que eu fosse.

Cory não disse nada. O show começou, e nossa conversa fora encerrada. Eu me deitei com os cotovelos apoiados na lona e fechei os olhos, deixando que a música tomasse conta de mim. Ao contrário da música que Rosamund tocava, não havia nada ali com o menor fedor de unicórnio. Puras batidas e ritmo, sem aquela vibração na parede do Claustro, nem o som das cordas dos arcos. Eu inspirei e não senti nada além de grama, pessoas e salgadinhos. A multidão ao meu redor sussurrava e se movimentava. Abri os olhos. Rosamund estava batendo com as pontas dos dedos na lona, tocando silenciosamente com a banda. Dorcas e Zelda estavam dançando em rodopios, com as mãos abertas para as estrelas que tinham começado a surgir no céu pálido da noite.

Eu me juntei a elas e dancei no meio das duas. Girei com a batida da bateria no palco e segurei nas mãos de Dorcas para criar um arco para que Zelda passasse embaixo, me abaixei e rodopiei com elas, deixando que a saia que peguei emprestada de Phil balançasse ao redor do meu corpo como um pequeno círculo de cor que tremulava ao vento.

Dançamos durante várias músicas; Cory, Ursula e Ilesha se juntaram a nós, rodopiando e pulando e ondulando com a batida. Enquanto isso, a noite caía, deixando o campo primeiramente em tons de violeta, depois azul-marinho e depois preto, exceto pelas lâmpadas e as centenas de pulseiras e colares de neon. Esqueci completamente de Giovanni por vários minutos. Não reparei quando Phil e Seth se afastaram.

Mas reparei quando ela voltou.

— Hora de ir — disse ela, aparecendo ao meu lado, parada como uma pedra no meio do rio de música.

— Qual é o problema? — perguntei. — Onde está Seth?

— Mandei ele embora. Ele estava sendo um idiota. — Ela olhou para a lona. — Acho que vamos ter de levar isso conosco.

— Deixe disso — falei. — Vamos ficar por mais algumas músicas. Dance com a gente.

Ela balançou a cabeça.

— Está ficando tarde. Prometemos a Neil.

— Desde quando você se preocupa tanto com as regras? — Peguei as mãos dela e tentei puxá-la para dançar, mas ela afastou as mãos.

— Astrid, pare de ser tão infantil. Está na hora de ir pra casa.

Eu parei de dançar, e o mundo voltou a ser o que era.

— O Claustro não é minha casa.

Ela se inclinou e começou a puxar a lona, derrubando latas de refrigerante vazias e embalagens de doces.

— É. Continue tentando acreditar nisso.

— O que você está querendo dizer?

— Que tia Lilith largou você aqui, e todas as suas fantasias sobre ir pra casa não passam disso. De fantasias.

Recuei como se tivesse levado um tapa. Ela se deu conta do que tinha dito.

— Ah, Asterisco, me desculpe. — Ela esticou o braço em minha direção, mas eu me afastei. — Não escute o que eu digo. Estou cansada e frustrada. Não quis dizer isso.

— Não importa se você quis dizer ou não — comentei. — É verdade.

— Não, querida...

Peguei a outra ponta da lona e comecei a dobrá-la.

— Reúna as garotas.

Sair das termas não significou que a dança tinha terminado. As outras caçadoras foram rodopiando pelo parque e pelo monte Celio em direção ao Coliseu e ao Claustro de Ctésias. As músicas ricocheteavam pelas paredes de mármore das igrejas e ecoavam por arcos vazios de ruínas e prédios de apartamentos, com pátios e portões na frente. O soprano suave de Rosamund se elevava acima da voz das outras, interrompidas por risadas ocasionais quando as garotas corriam atrás umas das outras pelas ruas. Até Cory parecia estar se divertindo.

Phil foi a única a permanecer em silêncio. Caminhávamos lado a lado.

— O que está acontecendo? — perguntei, passando o braço ao redor de seu ombro.

Ela abraçou a lona contra o peito e se apoiou em mim.

— Você estava certa. Não devíamos ter nos encontrado com Seth hoje.

— O que aconteceu?

Ela apertou os lábios e ficou olhando para nossos pés.

— Ele estava sendo um babaca.

Eu dei uma apertada no ombro dela.

— Sabe quando nossos pais costumam dizer: "Eles só estão interessados em uma coisa"? — Ela deu uma risadinha melancólica. — Às vezes me pergunto se não é mesmo verdade.

— Acho que às vezes é — falei. — Foi assim com Brandt. Todas as vezes que saíamos... era como jogar uma espécie de jogo complicado. O que ele tentaria, quando tentaria e como eu o impediria sem deixá-lo com raiva e sem fazer algo que eu não quisesse. Era a única coisa em que eu pensava todas as vezes que estávamos juntos. Não sobre o filme que estávamos assistindo nem sobre o que estávamos conversando. Eu só ficava esperando que ele tentasse alguma coisa. Não era um namoro; era uma preparação para a batalha. — Talvez fosse para isso que realmente precisássemos de treinamento de combate.

— E com Giovanni?

Fiquei vermelha e torci para ela não conseguir enxergar isso no escuro.

— Eu... queria fazer sexo com Giovanni. A princípio. Achei que, fazendo isso, poderia ir embora.

Phil concordou.

— Isso eu percebi. O que aconteceu?

— Ele não quis. Acho que agora é tarde demais. — E era uma pena. Sair com Giovanni não era como sair com Brandt. — Não sei por que ele não veio hoje.

— Nem eu. Sinto muito, prima. Eu...

Ela parou de falar, mas eu soube o motivo. Todas nós sentimos, mas nenhuma estava preparada.

Sentimos uma vibração debaixo dos pés, como se as pedras antigas estivessem se soltando do chão, e, então, Ursula gritou.

Eu me virei. Mesmo em câmera lenta, o unicórnio era praticamente um borrão. Enorme, castanho, como mármore manchado de lama. Um re'em. Era do tamanho de um touro, de um bisão, e as garotas se encolheram. Havia alguma coisa em seu chifre, um pedaço de pano, uma coisa embolada, mas quando ele sacudiu a cabeça e aquilo caiu no chão, eu vi.

Ursula.

Cory gritou e bateu com a garrafa de refrigerante no chão. O vidro se quebrou, e ela partiu para cima da criatura, segurando um caco em seu punho ensanguentado.

O vidro mal arranhou a pele do animal, e o unicórnio a atacou. Ela voou contra a parede, deslizou e ficou imóvel. Dorcas deu um gritinho e correu até ela.

— Corra — sussurrou Phil. — Temos de correr.

— Ele vai nos pegar.

Enfiei a mão na bolsa e fechei a mão ao redor do cabo da faca.

Zelda saiu correndo em direção às ruas mais movimentadas que havia à frente, gritando como uma *banshee*. O unicórnio se virou para ir atrás, mas recuou quando duas Vespas começaram a subir pela ruela, forçando os motores na subida. Os motoqueiros diminuíram a velocidade e depois pararam, e pude ver que estavam olhando.

— *Chiama la polizia!* — gritou Zelda. Ela fez uma pausa e pegou um pedaço de metal que estava na base de um andaime. Vi um dos pilotos das

Vespas pegando um celular no bolso da jaqueta. O unicórnio bateu com a pata no chão, e Zelda se aproximou dele, segurando o pedaço de metal como um taco de beisebol.

Rosamund estava agachada ao lado de Ursula, e sua fala, antes compreensível para nós, deteriorava-se proporcionalmente ao pavor.

— *Sie blutet stark! Hilfe! Hilfe!* Ela sangra muito! — Ela ergueu a mão, que estava coberta de vermelho.

Ilesha tinha enrolado sua longa saia e estava ajoelhada na poça de sangue, que só aumentava. Minha audição de caçadora conseguia detectar, acima de todo barulho, Ursula ofegando e chorando, tentando respirar e dizendo de modo quase inaudível que queria a mãe.

Engoli em seco. A imunidade ao veneno não ajudaria muito, se ela tivesse uma hemorragia antes que o ferimento fechasse. Será que eu deveria ajudá-la? Provavelmente, sabia mais sobre primeiros socorros do que as duas.

O cabo da faca estava quente sob meus dedos, e o mundo se resumiu ao formato do unicórnio, com seu chifre enorme e retorcido brilhando com o sangue da minha amiga. Tirei a adaga da bolsa e comecei a andar lentamente na direção dele, por trás.

— Phil, me dê cobertura.

— Com o quê? — Ela ergueu a lona, impotente.

— Não sei, mas precisamos ajudar Zelda!

Naquele momento, Zelda estava de pé na frente dos motoqueiros, gritando para que fossem embora, mas os italianos são "machos" demais para isso.

— Vocês vão acabar morrendo! — disse ela. Eu me perguntei se eles não compreendiam o que ela dizia.

Mas o unicórnio era impossível de confundir. Cada músculo em seu enorme corpo representava morte, dor e sangue. Ouvi Cory gemer à minha direita e dei um pequeno suspiro de alívio por ela ainda estar viva. Fiz um aceno positivo com a cabeça para Zelda, que apertou ainda mais o pedaço de metal e o ergueu mais alto. O que eu não daria por um arco e flecha naquele momento. Ele devia saber que eu estava atrás dele, uma outra caçadora. Alguns metros a mais e eu poderia enfiar-lhe a faca.

Então, Dorcas soltou um grito de guerra e se lançou contra as costas do animal. A besta saltou e deu um coice, bufando e gemendo, enquanto a caçadora se agarrava com todas as forças e batia com os punhos contra seus flancos. Também corri, mas não consegui chegar perto com o unicórnio pulando, chutando e balançando a mortífera cabeça manchada de sangue.

— Dorcas! — gritei. — O que você está fazendo?

— Ataque o pescoço! — gritou Phil, atrás de mim. — A carótida!

Naquele momento, eu vi. Dorcas estava segurando um canivetinho patético, que não chegava a ter 5 centímetros de comprimento. Cada pequeno ferimento se fechava assim que ela erguia o punho para perfurá-lo de novo.

O unicórnio provavelmente não sentia nada além de picadinhas de mosquito.

Zelda encontrou um espaço e atacou. Ela bateu com o pedaço de metal em uma das pernas do animal, que rugiu, cambaleou e deu um salto para recuperar o equilíbrio. Assim que consegui, cheguei correndo por trás e enfiei a faca com força por baixo no tórax da criatura. Um fluxo quente de sangue correu pela minha mão, e o unicórnio pulou, conseguindo livrar-se de Dorcas. Ela voou suavemente, como uma flor na brisa, e desmoronou sobre as pedras, com o braço formando um ângulo que não era natural.

O animal se afastou de mim e da minha faca e atacou Zelda, perfurando-a na lateral e derrubando os motoqueiros. Ela gritou quando foi erguida pela ponta do chifre, mas, de alguma forma, conseguiu lançar os pés contra a cara dele, dando-lhe um chute que a desprendeu. Ela caiu no chão e se encolheu nas sombras, com o braço pressionado contra a lateral do corpo que sangrava.

O unicórnio me encarou, com sangue pingando do chifre e pelo focinho, seus olhos concentrados na faca em minha mão. O sangue ainda escorria pelo corpo e pela pata dianteira.

— Ei! — gritou Phil, e o unicórnio virou a cabeça em sua direção. Ela abriu os braços e a lona saiu voando, cobrindo a cara dele. — Agora, Astrid!

Não pensei, apenas dei um salto. Este unicórnio não tinha uma crina na qual eu pudesse me agarrar; em vez disso, segurei em músculos e omoplatas mais largos do que minha cabeça. Ele se debateu debaixo de mim, mais corpulento e barulhento do que qualquer kirin, e a lona bateu em nós dois, se emaranhando e deslizando por um fluxo de sangue quente.

Ele ainda sangrava. Como era possível? Apertei a adaga e procurei alcançar o pescoço da criatura.

— Astrid! — Phil estava gritando, mas eu não fazia ideia do que ela queria. Como eu poderia matar um gigante com uma faca? Pensei na estátua que Giovanni me mostrou de Davi e sua atiradeira. Como alguém podia fazer uma coisa daquelas?

O unicórnio balançou a cabeça de novo, e a lona escorregou, ficando pendurada no chifre da besta. Subi para mais perto do pescoço dele, agarrei o chifre com a mão livre e puxei com força. O unicórnio virou o focinho para cima, e eu estiquei a mão, enfiando a faca com tudo no pescoço dele. Com um movimento forte, enfiei a parte côncava bem fundo. A carne rasgou sob minha mão, os músculos convulsionaram, e o unicórnio caiu.

Saí de cima do unicórnio e deixei que o sangue dele corresse sobre mim como um rio.

17

Quando Astrid fica quieta

Philippa me sacudiu e me acordou quando a ambulância chegou. Eu insisti que não estava ferida, mas entre nossa incapacidade de comunicação em italiano e o sangue no meu corpo, foi mais rápido deixar que me levassem. O corpo do re'em ainda estava no meio da rua, e quando fecharam a porta da ambulância, vi um grupo de padres sair do meio da multidão e rodeá-lo.

Reconheci pelo menos um deles da igreja ao lado do Claustro.

Fomos encaminhadas para o Ospedale San Giovanni. Ursula foi levada diretamente para a sala de cirurgia. Eu tinha acabado de mostrar às enfermeiras que o sangue não era meu quando Melissende entrou correndo na sala de emergência, com o rosto branco como o de uma estátua e ofegando como se tivesse vindo correndo desde o Claustro. Provavelmente tinha mesmo.

Eu a fiz parar na porta.

— Ela perdeu muito sangue, mas é um ferimento por alicórnio.

— Entendo — respondeu Melissende. — Me deixe vê-la. Me deixe ver minha irmã.

— Não sei o que vai acontecer se fizerem uma transfusão com sangue comum.

Melissende se apoiou na parede.

— Talvez o ferimento não cicatrize?

— Não tenho ideia.

Cory ainda estava inconsciente. Phil, que fazia ligações para Neil em intervalos regulares, me contou que tentaram ligar para Marten e para a Gordian três vezes, mas que não atenderam.

— Será que vão me deixar doar sangue pra ela? — perguntou ela. — Só por precaução?

Eu duvidava que o hospital permitisse uma transfusão direta de sangue sem um bom motivo, coisas como um tipo sanguíneo raro que só Melissende e a irmã tivessem.

— Não sei, mas...

Melissende me empurrou para passar e entrou na área cirúrgica.

Zelda tinha escapado com ferimentos que, quando as ambulâncias chegaram, pareciam relativamente superficiais no torso. Ela também tinha vindo para o hospital, mas a liberaram logo depois com uma fileira de pontos no abdômen, como uma incisão para extração do apêndice no lado errado do corpo.

— Minha mãe vai me matar se ficar uma cicatriz — disse Zelda, levantando a blusa para examinar os pontos.

Ela teve sorte. Dorcas tinha quebrado o braço em dois lugares, e Cory estava com um corte de quase 8 centímetros na cabeça. Tiveram de raspar uma parte do cabelo dela para dar os pontos. Neil chegou ao hospital e ficou tomando conta da sobrinha. De acordo com ele, o pessoal da igreja ao lado do Claustro tinha cuidado do transporte do re'em para nossa casa. Aparentemente, os habitantes da área não eram tão ignorantes sobre o propósito da Ordem da Leoa quanto eu pensava. Por fim, quem não estava ferido e quem tinha recebido alta pegou carona com uma enfermeira que estava saindo do turno de plantão para descer a colina e chegar ao Claustro. No leste, o céu já estava ficando claro.

O cadáver do re'em jazia exangue no meio da rotunda. Quando entramos, Valerija e Grace o estavam examinando, parecendo confusas e assustadas. Elas olharam para nós com as faces limpas e inocentes se comparadas aos nossos corpos maltratados e sujos de sangue. Cada centímetro de mim doía e estalava quando eu andava.

— Ursula vai ficar bem? — perguntou Grace.

— Ainda não sabemos — disse Phil.

Grace mordeu o lábio, acenou com um movimento rígido da cabeça, virou-se e saiu do aposento.

Valerija parecia sem saber o que fazer.

— Vou botar água pra ferver. — Ela também saiu.

Quase pedi que dividisse conosco seu suprimento de comprimidos. Todas precisávamos de alguma coisa que nos fizesse dormir agora. Seis caçadoras olharam para o corpo enorme do re'em sem dizer nada. Em seguida, Ilesha correu para cima dele e começou a socá-lo.

— Seu maldito! — gritou ela, batendo nele com os punhos como uma criança pequena fazendo birra. — Seu maldito!

Rosamund puxou-a dali, falando baixinho:

— Calma, agora. Calma.

— Por que o trouxeram pra cá? — perguntou Zelda. — A Gordian não o quer?

— Não conseguimos fazer contato com eles — disse Phil. — Nem com Marten.

Dorcas cambaleou ligeiramente.

— Acho que preciso me sentar.

Valerija voltou da cozinha.

— É. Neil mandou Grace e eu arrumarmos as camas. Aqui no térreo. Pro caso... — Ela gesticulou sem entusiasmo para Zelda e Dorcas.

— Obrigada — disse Zelda. — Os médicos mandaram não subir escadas por alguns dias.

Phil passou os braços ao redor de Dorcas.

— Vou ajudar você a se deitar. — Ela olhou para mim. — Você está bem, Asteroide?

Balancei a cabeça, ainda paralisada com a visão do re'em. O pelo curto e claro estava coberto de sangue seco. O ferimento na costela dele parecia maior do que eu lembrava, embora não fosse nada em comparação com o vão irregular aberto em sua garganta.

As outras meninas saíram, e eu mal percebi. Ficamos ali sozinhos, caçadora e cadáver, em frente às estátuas de Clothilde e Bucéfalo, tudo parado, tudo quieto. Assim como o jovem kirin, morto, o re'em parecia menor.

Andei ao redor do corpo, absorvendo cada detalhe que perdi durante a luta. O rabo tinha um tufo na ponta, como o de um leão. A cabeça era mais larga do que comprida; tinha narinas bojudas; orelhas redondas; a boca cheia de presas; e uma barba curta e encaracolada com uns 8 centímetros de comprimento; era parcialmente acinzentada.

Olhei para a frente e vi Bonegrinder na porta, com a cabeça erguida. Ela entrou no aposento, olhando com medo do corpo que estava no chão para mim.

— Está tudo bem — assegurei.

Bonegrinder farejou o cadáver e se encolheu. Ela se aproximou de mim, hesitante, desconfiada, mas se ajoelhou e fez uma reverência.

Eu fiquei de joelhos.

Tive de fazer aquilo. Simplesmente tive. Como Phil fez com o jovem kirin. Ele teria matado todas nós. Estendi a mão trêmula e toquei no pelo dele. Frio. Frio demais.

Bonegrinder se encostou em mim e lambeu a palma ensanguentada da minha mão. Baixei a cabeça, desejando conseguir chorar.

— ...de muita irresponsabilidade!

— Mas fomos emboscadas!

— E vocês sabiam que havia uma probabilidade disso acontecer!

As vozes furiosas ecoavam pelo andar vazio do alojamento. Acordei e fui na ponta dos pés até a porta. Bonegrinder, encolhida perto da minha cama, veio junto. Eu não me lembrava de tê-la deixado entrar. Olhei para meus braços, para o pijama limpo e para meu cabelo, cuidadosamente penteado e parcialmente úmido. Eu mal me lembrava do que tinha acontecido depois que lavei todo o sangue.

Um vislumbre de lembrança. Eu, encostada na parede do chuveiro. *Shhh, Astrid, você não pode ficar aí deitada de toalha...* Phil. É claro. E agora, ela estava gritando com Neil no pátio. Abri a porta e fui para o corredor. O céu tomado de nuvens pretas tornava impossível avaliar que horas eram.

Valerija estava de pé em frente ao parapeito, com os dedos nos lábios.

— Então precisamos ficar aqui dentro por toda a eternidade? Nos escondendo aqui? É essa sua solução? — disse Phil.

Neil se virou para ela.

— Se for preciso isso pra mantê-las em segurança, sim.

— Isso é um absurdo.

Bonegrinder deu um salto e apoiou as patas da frente na beirada do parapeito.

Phil continuou falando:

— Se não estamos em segurança porque somos caçadoras, então não devíamos mais ser caçadoras. Essa é a parte perigosa. Seja quando estamos andando na rua, seja quando saímos em missão, é o fato de sermos caçadoras de unicórnios que nos coloca na linha de fogo.

— O fato de serem caçadoras salvou várias das vidas de vocês esta noite.

— Mas também nos colocou em perigo. — Era uma nova voz, de Cory, vinda de debaixo do corredor. — Não foi um ataque aleatório. Assim como não foi aleatório quando eles atacaram a mim e minha mãe.

— E então sua sugestão é que nos escondamos aqui até quando? Para sempre? — perguntou Phil.

— Pelo menos, é seguro — respondeu Cory.

— Eu não consigo viver assim — disse Phil. — Não vou. E muitas das garotas também não... — Ela indicou o alojamento, mas parou quando nos viu de pé perto do parapeito. — Astrid. Você acordou.

Desci correndo a escada, com Bonegrinder logo atrás. Um momento depois, eu estava no pátio, com as pedras frias contra meus pés descalços. Era de manhã. Eu tinha dormido o dia todo e a noite toda?

Primeiro fui até Cory. O cabelo cacheado dela estava grudado ao redor do rosto e havia uma gaze branca enrolada ao redor da cabeça.

— Você está bem?

— Foi uma concussão.

— Contusão — corrigiu Neil.

Ela sacudiu a mão para ele.

— Estou um pouco confusa.

— E as outras? — Eu me virei para Neil e Phil.

— Descansando, a maioria — disse Phil. — Grace e Melissende ainda estão no hospital com Ursula. Ela resistiu bem à cirurgia, mas perdeu um dos rins.

Eu me sentei nos degraus.

— Ah, não.

Phil olhou para Neil.

— O verdadeiro problema é a cicatrização... Está mais lenta depois que ela recebeu a transfusão de sangue.

Era o que eu temia.

— Ela não começou a reagir ao veneno, começou?

— Não. Mas Zelda está completamente curada agora. Tiramos os pontos hoje pra que não se perdessem debaixo da pele nova. Com Ursula, é como se fosse um ferimento qualquer.

— Um ferimento bem grave — disse Cory. — O quadro ainda é delicado.

— Algumas das caçadoras foram ao hospital hoje doar sangue — disse Valerija. — Pra Ursula. Achamos que, se ela receber mais sangue de caçadora, talvez comece a cicatrizar de novo.

— O que a Gordian diz?

Neil estava com os lábios bem apertados.

— Não conseguimos fazer contato com ninguém da equipe de Marten. Ele mesmo está viajando a negócios. Eu me arrependo por não ter estabelecido um procedimento pra emergências, uma espécie de linha direta 24 horas pra ligar pra Marten. Nunca pensei que fôssemos passar por uma batalha não planejada. Nunca tivemos a intenção de pôr as caçadoras em ação se a equipe da Gordian não estivesse de plantão. Vou de carro até a Toscana amanhã pra tentar falar com alguém pessoalmente. Até porque, não podemos deixar aquele cadáver apodrecendo na rotunda.

— Não quero que o re'em vá pra eles — disse eu, abruptamente. — Não quero que o tenham em mãos.

Se não podiam se dar ao trabalho de atender nossas ligações, por que deveríamos cumprir nossa parte do acordo?

— Astrid — disse Neil —, isso está no nosso acordo. Eles podem solicitar todos os corpos...

— Não quero saber. Tivemos uma emergência grave, e eles não puderam se dar ao trabalho de nos dar atenção? Marten demite nosso treinador e fica enrolando pra arrumar outro? Levam nossas caças e nunca nos dizem nada...

— A decisão não é sua — disse Cory. — Marten tem sido maravilhoso conosco.

Valerija deu uma risada de deboche, mas não disse nada.

Cory voltou ao assunto anterior.

— Acredito firmemente que, depois dessa tragédia, precisamos tomar mais precauções. Nada de caçadoras saindo por aí sem armas adequadas e apoio na retaguarda. Acho que esse ataque mostra que qualquer unicórnio escondido na cidade sabe que estamos reunidas no Claustro. Um ataque acontecendo a poucas quadras daqui, em uma rua movimentada da cidade... — Ela parou de falar.

— Ela tem razão — disse Neil, enquanto Cory se esforçava para reunir mais ideias em seu cérebro avariado. — Aquele re'em estava escondido no parque ao lado. Não podemos mais deixar as caçadoras saírem.

— E as que estão indo ao hospital? — perguntei.

— Quando decidirem voltar para cá, vão telefonar, e irei me certificar de que sejam trazidas em segurança.

— E como você vai fazer isso? — disse Phil. — Com arcos e flechas ou com carros?

— As duas coisas, se for preciso — disse Cory.

Phil se virou para Neil.

— E você concorda com isso? Sair e reunir mais e mais jovens pra enfiar aqui, afastadas do resto do mundo, pra que fiquem em *segurança*?

— Quais são nossas opções, Pippa?

Não havia opções. Não se fôssemos caçadoras. Estávamos no meio da cidade e, mesmo assim, atraíamos animais selvagens. Todas nós sabíamos disso. Mas Phil e eu éramos as mais afetadas pelas novas regras. Éramos nós que sempre escapávamos.

É claro que, se Giovanni tivesse me largado, não importava muito. Eu mal pensei nele desde o ataque. É impressionante como tomar um banho de sangue pode afastar qualquer decepção romântica. É extraordinário como ver uma amiga ser perfurada pode fazer você esquecer toda a sua vida amorosa.

Apoiei a cabeça nas mãos, e a discussão prosseguiu ao meu redor.

* * *

De tarde, quando Phil e eu estávamos sozinhas no meu quarto, ela me mostrou o celular.

— Vinte mensagens de Seth. Recado na caixa postal, mensagem de texto, tudo.

— Ele pediu desculpas?

Eu estava deitada na minha cama, escovando o pelo de Bonegrinder para retirar pedaços de grama, enquanto Phil gastava o chão andando de um lado para o outro. Era estranho; antes, eu nunca fora do tipo que fica cuidando da zhi. Isso sempre fora trabalho de Phil. Mas, agora, sentir o corpinho quente dela perto do meu era reconfortante.

— Um milhão de vezes.

— Um milhão de vezes em vinte mensagens? Uau. Devem ser mensagens bem longas. — Eu sorri com tristeza. — Você ligou de volta? Contou o que aconteceu?

Mas essas não eram as perguntas que eu realmente queria que fossem respondidas. Vinte mensagens de Seth. Alguma delas mencionava Giovanni? Giovanni falou de mim? Será que ele não se importava o suficiente para admitir que também agira como um idiota? Ele faria o mesmo se eu tivesse um celular?

Ela negou com a cabeça.

— Ele quer se encontrar comigo.

Eu me sentei e tirei Bonegrinder do lugar. Ela baliu em protesto.

— Você espera que eu lhe dê permissão?

— Não!

— Espera que eu vá com você, então.

Phil pressionou os punhos contra as têmporas.

— Não! Astrid, achei que você entenderia. — Ela se sentou ao meu lado e apoiou a cabeça na barriga de Bonegrinder. A zhi estava no céu, com nós duas fazendo dela o recheio de um sanduíche. — Preciso sair daqui. Esse último dia e meio foi uma tortura. Não tem nada pra fazer além de ficar aqui sentada pensando sobre as coisas que eu poderia ter feito pra evitar...

— Não há nada que você poderia ter feito — falei. — Foi uma emboscada, como você disse. Nem percebemos que o re'em estava ali até ele estar em cima de nós.

— Preciso me afastar do Claustro por um tempo. Para espairecer.

— Talvez você possa ir com Neil na viagem dele até a Gordian.

Ela virou o rosto para o pelo de Bonegrinder, fazendo sua resposta sair abafada.

— Naah. Precissamos dexaar alquém aqui pfra tomar conta dje vocêss.

— Acho que Cory e eu somos capazes de cuidar da fortaleza. — Com ou sem contusão.

— Um adulto. — Ela ergueu a cabeça. — Além do mais, aposto que a Gordian vai ligar hoje e dizer que não precisa que ele saia do Claustro. Não vai ser necessário que nenhuma de nós saia, nunca mais. — Ela passou os dedos na pelagem de Bonegrinder, e a zhi a observou com admiração. — E eu não posso esperar tanto. Vou ficar louca se tiver de ficar aqui mais uma hora. Você não sente isso?

Normalmente, sim, mas eu ainda estava exausta da minha luta com o re'em. Agora eu entendia por que Phil tinha ficado tão indiferente depois de ter matado o kirin.

— Não gosto da ideia. É perigoso.

— Asteroide — gemeu Phil. — Você está parecendo um *deles*.

— Desculpe. Mas é verdade. Não quero você ferida. Não iria suportar.

Eu me lembrei do rosto de Melissende no hospital. Desesperada, horrorizada. Ela e a irmã podiam não se dar bem, mas ela amava Ursula.

— Então venha comigo. Vamos levar armas. Quanto mais gente, mais seguro.

Quanto mais gente, mais unicórnios escondidos, aguardando. Cocei atrás das orelhas de Bonegrinder, abaixando a cabeça de forma que meu cabelo não me deixava ver Phil.

— Eu... não quero. Por favor, Phil, não pense que sou covarde. Não consigo. Não ainda.

Senti o colchão se mexer quando Phil ficou de pé.

— Tudo bem. Vou fingir que é porque você não quer ficar de vela pra mim e Seth.

Tinha isso também, mas estava longe de estar no topo da minha lista. E eu ainda não conseguia olhar nos olhos dela. Olhei para a mesa de cabeceira, onde estava a faca feita de alicórnio, linda e limpa. Peguei a arma, e Bonegrinder levou um susto.

— Leve isto — pedi, e entreguei a ela, com os olhos ainda baixos.

Ela pegou o cabo da faca.

— Estava pensando em um arco, mas não tem mal algum em levar uma arma extra.

Eu a observei examinando a faca, virando-a de um lado para o outro nas mãos.

— É estranho — falei. — Sabe aquela primeira facada que dei no re'em? Ela não cicatrizou.

Phil deu de ombros.

— Talvez não tenha dado tempo, você logo cortou a garganta dele.

— Talvez. — Mas o kirin tinha cicatrizado bem rápido depois de arrancar a flecha de Grace do ombro. — E suponho que ele tenha sangrado rápido demais pra que o ferimento do pescoço também cicatrizasse.

Mas, por outro lado, os ferimentos do kirin também se fecharam, mesmo depois da morte. Será que os re'ems eram diferentes de alguma forma?

Phil fez alguns movimentos experimentais com a faca.

— Não sei, Asterisco. Você sempre foi melhor do que eu nessas coisas científicas. — Ela se inclinou e me deu um beijo na testa. — Imagino que você já terá descoberto quando eu voltar à noite. Vou ligar pra Seth.

Eu a peguei pela mão que segurava a faca.

— Por favor, se cuida, tá?

— Pode deixar.

Ela foi para a porta, e Bonegrinder pulou da cama para ir atrás dela, balindo de um jeito digno de pena.

— Não, não, querida, fique aqui e faça companhia a Astrid, tá? — Ela acariciou o pelo mais denso no pescoço da zhi. — Volto pra brincar com você mais tarde. — Ela acenou para mim. — Durma bem, prima.

Ela fechou a porta, deixando eu e Bonegrinder olhando consternadas.

À noite, eu mesma já estava louca de agitação por causa do confinamento. Por mais que quisesse, não podia passar o resto da vida escondida no quarto com Bonegrinder. Afinal, se a zhi ficasse com fome, eu talvez começasse a parecer apetitosa. Fui para o andar de baixo e encontrei Cory na sala de Neil, lendo.

— As outras estão na casa capitular — disse ela, quando bati na porta. — Sinto muita vertigem quando tento subir e descer a escada, então vou ficar presa ao térreo por mais alguns dias.

— Tem certeza de que dá pra você ficar forçando os olhos pra ler esses documentos velhos?

— Na verdade, tenho ordens médicas pra não fazer isso. — Ela sorriu e virou a página.

— Melissende e Grace ainda estão no hospital?

— Voltaram há algumas horas. Grace disse que Melissende não dormiu nada. E a aparência dela indicava isso mesmo. Ela tem ficado em cima dos médicos direto pra que Ursula receba nosso sangue.

— Mesmo designando nossas doações para Ursula, eles ainda têm de fazer o mesmo processo de avaliação do material. Demora. — Eu me sentei ao lado dela. — Fizeram testes com seu sangue na Gordian?

— Hum?

— Fazer testes com sangue de caçadora tem algo a ver com o Remédio. É preciso fazer transfusão do nosso sangue pro corpo de um não caçador pra ver se dá imunidade ao veneno de alicórnio.

— Seria difícil encontrar um voluntário em quem testar — disse Cory. — Se não desse certo, eles seriam processados.

— Verdade.

E não dava para fazerem a transfusão do nosso sangue para um animal a fim de fazer um teste desses. Mas será que podia ser uma coisa tão simples quanto o nosso sangue? Talvez o Remédio feito pelas caçadoras não fosse um produto dos unicórnios que elas matavam, mas produto de nós em si. Seria possível?

Mas, assim que o pensamento me ocorreu, eu o deixei de lado. Era ridículo. Se fosse sangue de caçadora, não haveria tanto segredo quanto à produção do Remédio. As caçadoras do Claustro não teriam precisado de um laboratório completo para criá-lo. E as histórias estariam repletas de menções a caçadoras sendo sequestradas para retirada de sangue, enquanto o que realmente vemos são descrições de batalhas contra unicórnios de tirar o fôlego.

Além do mais, as caçadoras não eram invencíveis. Cory e Dorcas eram prova suficiente disso. Só quando éramos feridas pelo próprio alicórnio é que víamos os mesmos poderes regenerativos evidentes nos unicórnios e em quem recebia o Remédio. E Cory já tinha sido submetida a um experimento no qual o veneno era pingado em uma incisão feita por um bisturi de aço. Nada aconteceu. Então também não podia ser a mistura de nosso sangue e do veneno de alicórnio.

— Cory — disse eu —, há algum exemplo na história que descreva uma caçadora recebendo uma dose do Remédio? Não para curar envenenamento por alicórnio, mas para curar uma doença ou algum outro ferimento?

— Não me lembro de nada assim, mas fique à vontade pra pesquisar nos arquivos.

Boa dica. Já estava na hora de eu me dedicar ao que realmente me interessava. Eu vinha reclamando havia semanas de não termos informações suficientes sobre os unicórnios. Que deveríamos investigar tal história ou tal teoria. Mas folhear papéis velhos e embolorados (dos quais só metade estava escrita em inglês e uma quantidade menor ainda era decifrável) era a última coisa que eu queria fazer depois de passar o dia disparando flechas até parecer que meus braços iam cair. Eles me lembravam demais dos papéis estranhos e mofados da minha mãe, cheios de teorias malucas e pseudociência.

Do outro lado da porta, deitado na rotunda, havia um monstro. Um monstro gigante, venenoso, mortal. Um tubarão, uma cobra, uma pantera e um hipopótamo enlouquecido, todos reunidos em um só ser. E eu o tinha matado. Eu, que nunca matei nada maior do que uma barata. E todos esses arquivos antigos, ignorantes e velhos me diriam que havia uma razão para eu ter conseguido, por eu ter uma espécie de predisposição genética mágica para matar unicórnios.

Eu queria saber a verdade, mas ela não seria encontrada aqui. E daí que eu tinha calafrios sempre que um unicórnio se aproximava? O nome disso era instinto de sobrevivência. E daí que eu não compreendia a distorção na percepção de tempo quando entrava em uma batalha? Tenho certeza de que meia dúzia de textos havia sido escrita sobre a capacidade maior da mente de processar informações em situações de emergência. E a mira incomum, a força e a velocidade? Bem, eu não vinha fazendo nada além de treinar por várias semanas. E não podia descartar o efeito placebo: diga para um grupo de adolescentes que elas têm poderes especiais para caçar unicórnios e veja o que dá pra fazer tendo isso em mente.

Cada *don*, cada caçadora comprava essa ideia da magia, dependia dela. Acreditava que, por ser membro de determinada família, era capaz de rastrear e, por ser membro de outra, capaz de caçar. Eles não procuravam descobrir por que era assim: simplesmente acreditavam. Predestinação. Vontade de Deus. Sei lá. Se está funcionando, não procure entender.

Diga isso para a garota deitada naquele hospital no alto da colina.

— Na verdade — disse Cory —, o relato da campanha Jutland. — Ela apontou para uma pilha moderna e encadernada de fotocópias sobre a mesa de Neil. — Acabamos de colocar as mãos nesses registros quando eu estava pesquisando sobre o trono de alicórnio que tem lá embaixo. Muitas caçadoras morreram nessas batalhas. Os dinamarqueses nos deram aquele trono como lembrança. Parece que fizeram um igual pra monarca deles.

Peguei o manuscrito encadernado com espiral.

— Está em inglês? E digitado?

— Pegamos emprestada uma tradução em inglês dos arquivos do Vaticano. Eles eram fascinados por Margarida I da Dinamarca, sobretudo quando ela chamou a Ordem inteira pro norte, para ajudá-la a livrar o país do ataque de unicórnios. E não há muitas menções a isso nos arquivos, mas acho que o Vaticano tinha receio de perder a Ordem da Leoa pra ela. Mulheres poderosas se unindo, essas coisas.

Havendo ciência envolvida ou não, eu queria conhecer aquela história.

Bem tarde da noite, Phil voltou de seu encontro com Seth. Eu só soube que ela havia voltado quando Valerija bateu na porta do escritório de Neil.

— Astrid? — perguntou ela. — Philippa está no nosso quarto. Você vê ela?

Eu neguei com a cabeça.

— Não, por quê?

Valerija tinha uma expressão indecisa.

— Acho que você deve ir. Ela está... triste.

Cory e eu trocamos um breve olhar e subimos pela escada atrás de Valerija, com contusão na cabeça e tudo.

Phil estava encolhida na cama, de cara para a parede, abraçando uma almofada. A lâmpada na escrivaninha dela lançava uma luz suave e amarelada sobre o cabelo louro, a saia jeans amassada, a camiseta regata cor-de-rosa e a pele dourada e bronzeada.

— Phil? — Eu me sentei ao lado dela. — Você está bem?

Ela assentiu, mas não disse nada. Ela nem mesmo tinha tirado os sapatos, que estavam deixando manchas de sujeira na colcha. Na verdade, ela mesma estava bem suja.

— Você se meteu em uma briga? — perguntei. — Foi atacada por um unicórnio?

— Não. Asteroide, estou bem cansada, tá?

Na porta, Cory se inclinou e falou para Valerija:

— Chame Neil, por favor?

Valerija concordou e saiu. Olhei com raiva para Cory. Chamar Neil para que ele pudesse dar uma bronca nela por ter saído contra as recomendações dele? Sim, isso a faria se sentir muito bem.

Mas, para minha surpresa, Phil não protestou. Só se encolheu ainda mais sobre a cama.

Tentei tirar as mechas emaranhadas de cabelo do rosto dela, mas estavam grudadas nas bochechas. Vi marcas secas de lágrimas.

— Phil, querida, olhe pra mim. Você brigou com Seth?

Ela confirmou e fechou os olhos com força.

Um grupo de caçadoras tinha se reunido do lado de fora. Que ótimo. Odiei terminar com Brandt na frente de todo mundo, e agora Phil tinha de encarar os momentos seguintes ao fim de namoro com Seth sob o olhar de toda a Ordem.

— Astrid, está tarde e estou cansada. Será que você pode apenas me deixar sozinha? — Ela virou o rosto em minha direção, e vi seus olhos, vermelhos e inchados.

Naquele momento, ela olhou além de mim.

— Neil.

Eu me virei. O *don* estava de pé na entrada do quarto, com as outras caçadoras ao redor.

— Meu Deus, Pippa, você está bem?

Ela se sentou e mexeu a cabeça com tristeza quando ele se juntou a nós na cama.

— Desculpe, Neil.

Ela estendeu as mãos. Ele segurou-as e olhou para ela por um longo tempo, intensamente.

— Cory — disse ele, com cuidado. — Feche a porta.

— Vamos, pessoal — disse Cory, mandona como sempre. — Vamos deixar Phil em paz. Parem de olhar.

As garotas começaram a se dispersar e a voltar para seus quartos.

Phil começou a chorar, inclinada para a frente, com a cabeça abaixada entre os ombros. Eu estiquei a mão para passar o braço ao redor dela, e ela estremeceu.

— Desculpe.

Desculpar o quê? Por ela ter saído?

— Shhh, querida, está tudo bem.

— Feche a porta, Cory — disse Neil, com mais firmeza desta vez. Mas Cory também tinha saído. Valerija, encostada no armário perto da porta, subitamente endireitou-se.

Em seguida eu ouvi, o inconfundível som de cascos sobre a pedra. Bonegrinder vinha galopando em nossa direção.

— Feche a porta! — gritou Neil. Eu fiquei de pé, mas demorei demais. Pela porta, vi um flash de branco e Cory, lutando para correr, com a mão na cabeça. Valerija segurou na maçaneta e empurrou com força.

Um microssegundo depois, Bonegrinder se jogou contra a madeira, gemendo e gritando como a besta sedenta por sangue que era. Ouvi som de madeira lascando quando o chifre dela arranhou a porta e quando os cascos se chocaram contra a madeira. Em seguida, veio um grito agudo quando alguém do outro lado arrastou o unicórnio para longe.

Phil escondeu o rosto nas mãos.

18

Quando Astrid encontra um monstro

Se meus poderes de caçadora fazem meu corpo se mover mais rápido do que o normal, será que fazem o oposto com o meu cérebro? Só isso explicava o tempo que demorei para entender o que tinha acabado de acontecer. Em um minuto, eu estava tomada pelo desejo de caçadora de dominar um unicórnio feroz e, no seguinte, estava olhando para minha prima em estado de choque.

Bonegrinder queria atacá-la.

— Não — sussurrei.

— Astrid, sai daqui! — gritou Phil, mas desta vez sem me olhar nos olhos. — Por favor, vá embora. — Ela olhou para Neil. — Todos vocês.

Ele ficou de pé, com o maxilar tão contraído quanto as mãos ao lado do corpo.

— Você está machucada? Apenas responda, está machucada?

Phil negou levemente com a cabeça.

— Saia. Daqui.

— Bem, você não está feliz, e isso me preocupa. Você *chegou* a ficar feliz?

Meu coração pareceu implodir no peito, e estiquei a mão cegamente à procura da borda da escrivaninha, à procura de qualquer coisa onde me apoiar. Valerija permaneceu de pé ao lado da porta, com a expressão impassível. Ela podia muito bem ser cega e surda, como o chafariz de mármore no pátio da frente. Todos estavam muito quietos, e eu queria gritar.

— Philippa, não dou a mínima pra Ordem. Eu me importo com você. — A voz de Neil quase falhou ao emitir as palavras. — Me conte. *Foi uma escolha sua?*

Volto pra brincar com você mais tarde. Era o que ela tinha dito a Bonegrinder.

A cabeça de Phil pendeu mais um pouco, e a resposta foi inaudível. Não importava.

— Quem foi?

Phil não respondeu. Neil olhou para mim.

— O namorado dela — contei, imediatamente. Os olhos de Neil vacilaram ao som dessa palavra. — Seth Gavriel. É aluno de um programa de estudo da língua em um colégio interno, em Trastevere. — Eu disse a ele o nome do colégio.

Neil captou.

— Vou chamar a polícia.

— Não, Neil — disse Phil. — Não.

— Mas, Phil — disse eu, incrédula. — Se ele...

— Astrid! — gritou ela. — Saia daqui!

Meus olhos arderam com mais intensidade do que aquela provocada por veneno de alicórnio, e fui em direção à porta. Neil colocou as mãos nos meus ombros, mas eu o afastei. Valerija saiu comigo, mas assim que cheguei ao corredor, fugi correndo.

Na rotunda, vi Cory saindo pela porta que levava ao subsolo. Ela havia enfrentado a escada, afinal.

— Tranquei Bonegrinder nas catacumbas — disse ela. — Deveríamos pensar em fazer isso com mais frequência. Limpamos aquele lugar especificamente para ela, mas depois a mimamos, deixando que fique aqui em cima o tempo todo... — Ela me encarou. — Você está bem?

— Não.

Naquele momento, achei que jamais ficaria bem de novo. Olhei para a carcaça, para o painel, para qualquer coisa. Fechei os punhos e contraí os dedos. Eu queria arrancar os olhos dele. Queria chutar sua cara. Será que ele não sabia que éramos caçadoras? Será que não sabia do que éramos capazes?

De repente, entendi o que Melissende tinha dito sobre as caçadoras antigas mandarem grupos de zhis para atacar Acteons. Não havia nada que eu quisesse mais do que soltar Bonegrinder em cima de Seth Gavriel.

Assim que o pensamento me ocorreu, me vi subindo na plataforma. Arranquei a espada da mão do manequim. Verifiquei a lâmina: ainda afiada. Não era a verdadeira montante de Clothilde Llewelyn, mas serviria.

— Astrid — disse Cory, horrorizada. — O que você está fazendo?

Desci da plataforma e fui até a carcaça do re'em. Ergui a espada acima da cabeça e a abaixei com força contra o chifre do unicórnio.

O som metálico ecoava pelo corredor conforme eu batia. Precisei de cinco golpes, mas acabei cortando a ponta do chifre. Eu esperava que ainda estivesse recente o bastante. Soltei a espada em cima do corpo e ergui o alicórnio. Estava pesado e quente na minha mão. Ainda poderoso. Talvez ainda venenoso.

Cory entrou na minha frente.

— Você ficou louca?

— Fiquei — respondi. — Começou quando vim pra cá, e agora estou completamente louca. — Eu me virei para a porta.

— Astrid, espere! Pra onde você vai?

— Ele estuprou Phil, Cory. Estou indo matá-lo.

Precisei de duas horas vagando pelas ruas de Roma para perceber o quão era péssima aquela ideia.

Talvez fosse o fato de que não levei meu passe de ônibus, nem dinheiro, e de que andar até Trastevere (e até mesmo correr, o que eu tinha feito nos primeiros vinte minutos) ajudou muito a aplacar minha fúria.

Nada pareceu ter mudado além das portas do Claustro. Havia as mesmas motos barulhentas, as mesmas pessoas alegres reunidas ao redor de mesas de cafés nas calçadas, os mesmos observadores de pessoas e sorveterias com suas vitrines coloridas e música pop. Ninguém sabia o que tinha acontecido com ela, comigo. Era inconcebível, mas o mundo continuava como sempre fora.

Até passei pelo local do ataque do re'em na Via Claudia. Havia sangue nos vãos entre as pedras do calçamento, mas nada mais que revelasse o terror e a violência daquela noite. Mais uma ou duas chuvas e tudo seria apagado.

Eu me perguntava quantas outras manchas de sangue tinham sido lavadas pela água nos milhares de anos que se passaram desde a fundação daquela cidade. Gladiadores e sacrifícios, assassinatos e execuções, batalhas e protestos, e até acidentes. O que era um único ato de violência diante de gerações de mortes? Por que parecia que meu mundo estava desmoronando?

Por fim, meus pés diminuíram o ritmo perto de outro antigo muro de pedra no lado norte da cidade. Onde eu estava agora? As redondezas me pareciam vagamente familiares. Isso mesmo, era a Villa Borghese, o belo parque onde reencontramos Seth e Giovanni pela primeira vez. Phil tinha planejado aquilo; a Phil alegre, jovial e que gostava de se divertir. O parque era quase irreconhecível no escuro. Cada lembrança que eu tinha dali agora estava manchada pela minha nova realidade.

Ali estava o chafariz onde Seth e Giovanni tinham esperado por nós. Aqui estava o caminho onde nos separamos quando Giovanni me levou para Trastevere. Eu jamais deveria tê-la deixado sozinha. Não deveria ter ficado no Claustro hoje. Era minha culpa? Fui eu?

Ela nem mesmo quis falar comigo hoje. Não queria olhar para mim. Me fez sair do quarto para conversar com Neil. Devia me culpar por aquilo. Se eu tivesse ido com ela hoje...

Durante toda a minha vida, Phil me protegera. Ela veio para Roma para ficar comigo; decidiu permanecer, mesmo depois de concluir que discordava da ideia das caçadas; sempre me dava cobertura, estivesse eu brigando com os Bartoli ou lutando contra um unicórnio. Ela me abraçava quando eu estava com medo, me consolava quando eu estava triste, me amava mais do que qualquer outra pessoa que eu tivesse conhecido.

E, na única vez em que eu podia tê-la protegido, falhei.

Minhas pernas falsearam, e eu caí, exausta, sentada em um banco. É claro que ela não confiaria em mim hoje. Jamais voltaria a confiar em mim! E vejam só, essa era eu, sem dinheiro, nas ruas de Roma, com um alicórnio serrado na mão. Eu tinha saído correndo pela noite sem plano nenhum. Sem saber onde encontrar Seth; sem ideia do que fazer com ele quando o encontrasse; sem entender direito o que tinha acontecido com Phil, além do fato de que ela perdera a virgindade e que isso não fora escolha dela. Será que ele a tinha machucado? Ameaçado? Drogado?

Algum de nós tinha como saber que ele era capaz de uma coisa assim? Phil? Giovanni? Será que Giovanni sabia o que o amigo fizera? Eu queria ouvir os detalhes sórdidos, a verdade, mas, por outro lado, temia isso com todas as fibras do meu ser. Talvez Phil estivesse certa ao me expulsar.

Comecei a chorar; lágrimas quentes saindo dos olhos que as tinham segurado por muito tempo. Chorei por Ursula e Phil, pelo olhar apavorado nos olhos do jovem unicórnio que Phil tinha matado, pela foto de Sybil Bartoli, que olhava para mim de cima da mesa de Cory todos os dias. Derramei lágrimas por Lilith, que não tinha ideia do que estava fazendo quando me mandou para Roma, e por Neil, que não tinha ideia do que fazer quando chegamos aqui. Chorei por Bonegrinder, cujo amor dependia tanto de uma condição específica, e por mim, para quem o amor era qualquer coisa, menos isso.

Chorei até meus olhos arderem como se marcados por um ferro quente, e mais, até meu corpo todo arder, pulmões e garganta e pele e carne. Só então, quando eu mal conseguia me mover de tanta dor, mal conseguia erguer o olhar, foi que me dei conta de que não estava sozinha e de que não eram minhas lágrimas que queimavam minha pele.

Ali, a menos de 4 metros, havia um karkadann.

Maior do que se podia imaginar: um elefante, um tanque, um aríete feito de morte compactada, o monstro estava de pé olhando para mim, mexendo a enorme cabeça com a graciosa lentidão de todos os grandes animais. Seu imenso peito se expandia conforme ele inspirava; e quando as narinas se alargavam com o ar expirado, meu corpo começava a arder novamente.

Por que eu ainda não estava morta?

Não sei quanto tempo permaneci assim, em agonia, apavorada demais até mesmo para me mexer. O karkadann à minha frente fazia o animal da rotunda parecer um ursinho de pelúcia. Cada um de seus pelos longos e crespos carregava mais ameaça do que uma dúzia de kirins; do que dez re'ems, do que um milhão de zhis brancos e peludos. Seus olhos brilhavam em tons de laranja e preto, como carvão em brasa, e uma saliva espumante e rosada pingava de suas enormes presas. Eu não conseguia olhar diretamente para o chifre. O chão tremeu debaixo de mim quando ele mudou de posição sobre os cascos colossais, e eu entendi por que os exércitos da Ásia sucumbiam quando viam Alexandre montado em uma criatura assim.

Fiquei sentada, paralisada de terror, e esperei pelo fim.

Ele não se aproximou. Lentamente, em meio à queimação, deslizei para o lado. O karkadann deu um passo, bloqueando meu caminho. Voltei para o mesmo lugar. Ele fez o mesmo. Fiquei completamente imóvel, e esperei.

— Por favor — sussurrei. — Me mate, mas não deboche de mim.

O kirin, destroçado no monte Mario enquanto Seth sufocava com o cheiro do veneno de alicórnio. Eu, deitada doente na cama em nosso apartamento enquanto minha mãe apertava a mão fria e reconfortante na minha bochecha febril.

Minha vida estava passando em um flash diante dos meus olhos? Se era isso, que grupo estranho de imagens tinha sido escolhido.

Grace segurando a montante de Clothilde Llewelyn. Eu atacando a carcaça do re'em morto. Bonegrinder olhando para mim com adoração e se ajoelhando aos meus pés.

O karkadann continuou me encarando.

Minha mãe. Eu. Minha mãe. Eu. Minha mãe. Eu.

Apertei os punhos fechados contra os olhos. Eu tinha surtado. Minha mente era incapaz de processar a morte iminente. Aquela era a única explicação. Mas, se não era isso, quais seriam as chances de eu realmente entender o que estava acontecendo?

Minha mãe, eu. Minha mãe, olhando para mim, tocando em mim, minha mãe, eu, minha mãe e eu...

A filha dela.

As palavras surgiram na minha mente, e as imagens se modificaram, deslizaram, se tornaram uma série de estátuas que eu conhecia bem, de pinturas de batalhas, de conversas que tive com Cory. *Alexandre, o Grande.*

Filha de Alexandre.

Abri os olhos e olhei para o karkadann. Ele ainda estava de pé e com a cabeça erguida; seu chifre terrível e mortal apontava para as estrelas como uma lança.

Filha de Alexandre.

Ele bateu o pé no chão.

— Sim — falei, enquanto o mundo que eu conhecia queimava até virar cinzas. — Eu sou.

* * *

Eu estava arrasada, cansada, totalmente louca. Os unicórnios eram reais; eu já aceitava isso. Eu era caçadora, imune ao veneno, dotada de habilidades especiais como parte de uma piada cósmica e genética. Até isso eu aceitava. Tinha revirado os olhos quando ouvi aquela conversa sobre incêndios em templos e a deusa Diana e a maravilhosa carreira de um jovem príncipe macedônio e seu cavalo de guerra, um animal de confiança dotado de um chifre, mas engoli a história. Eu tinha visto os efeitos do Remédio em primeira mão. Tinha visto um zhi se subjugar a uma caçadora e depois atacar uma pessoa comum. Eu aceitava também a Ordem da Leoa e sua magia.

Mas, conforme as imagens me surgiam na mente, espontâneas, mudando e mesclando-se em um quebra-cabeça bizarro de associação de palavras, comecei a me perguntar se toda a magia que tinha acontecido antes era meramente um prelúdio.

Eu *não* podia estar falando com um karkadann.

Filha de Alexandre, disse ele em minha mente, e então eu vi de novo o kirin morto na montanha.

— Foi você — concluí. — Você matou os kirins naquela noite. Por quê?

Por que eu achava que ele podia me entender? Era por isso que diziam que Alexandre conseguia conversar com Bucéfalo? Se eu olhasse intensamente para o unicórnio, eu conseguiria projetar imagens à força na mente dele? Que tipo de pensamentos um unicórnio tinha, afinal?

Eca. Pensamentos felizes, percebi, quando repentinamente tive uma visão bastante clara do karkadann devorando os kirin. Nojento.

O karkadann resfolegou e ergueu a cabeça. Orgulho? Aquilo era orgulho? Coloquei a mão na testa, que latejava. Doía demais.

— Por que... queima?

Alicórnios alicórnios alicórnios... e lutadores de wrestling. Hã?

Fiquei constrangida ao me dar conta de que minha associação de palavras para *força* era um cara de sunga metálica e o rosto pintado. O veneno do karkadann era forte. Forte o bastante para ser sentido de longe. Forte o bastante para afetar até mesmo uma caçadora.

— Por que você matou o kirin? Comida?

Giovanni com a mão dentro da minha blusa. Eu fiz uma careta. *Uma câmera.*

Eles estavam nos espionando. Os kirins estavam nos *espionando*?

— Por que você não está me matando agora?

Filha de Alexandre.

— Não — neguei, com dor demais para ser qualquer coisa além de direta. — Filha de Clothilde Llewelyn.

Risadas.

— Eu mato unicórnios — disse eu. — É isso que sou!

Um kit de química. Um band-aid em um joelho ralado. A imagem de Clothilde Llewelyn. A estátua da caçadora no chafariz do pátio de entrada.

— Não entendi. — Essas palavras saíram da minha boca?

O quê, Lassie? Timmy caiu no poço?

Eu não sabia mais quais pensamentos eram meus e quais tinham sido projetados pelo monstro. Será que ele estava brincando comigo antes de atacar? Estava fazendo piada?

Ele baixou a cabeça e a balançou, e eu me encolhi. Ao que parecia, a conversa era igualmente frustrante para o unicórnio.

— Suponho que Alexandre era melhor nisso — comentei.

Ele rosnou, e eu me encolhi. Será que Alexandre conseguia suportar o forte veneno? Como diabos alguém podia suportar se aproximar de uma coisa como essa? Como Clothilde conseguiu erguer uma arma contra ele? Eu mal conseguia respirar, muito menos ficar de pé.

Filha de Alexandre. Perigo.

Imagens de Lino, mirando em um dos alvos de treino enquanto Marten observava. A imagem de Clothilde Llewelyn. Phil, atacando o jovem kirin. Eu, cortando a garganta do re'em. O kirin que tinha esperado por nós do lado de fora do pátio. Os dois kirins que nos espiavam no monte Mario.

Apertei as mãos contra as têmporas e dei um grito rouco. As imagens continuaram. Implacáveis, sempre mudando, deslizando, até que começaram a fazer sentido.

Filha de Alexandre, perigo. Os kirins observam. Os kirins se lembram. As Llewelyn dizimaram os unicórnios. As Llewelyn são proibidas.

— Proibidas de quê?

O Claustro de Ctésias. A casa capitular. A Parede dos Primeiros Abates.

De serem caçadoras? Diga isso para... bem, para todo mundo. Os Bartoli, Marten e minha mãe pareciam pensar que éramos as melhores. Como podíamos ser *proibidas* de sermos caçadoras se era nosso destino?

— Ainda bem que não são os kirins que decidem, não é?

Na minha mente, *Marten observava Phil puxar o arco. A posição dela era perfeita e o disparo foi preciso. Os técnicos se ocupavam do corpo do jovem kirin. Valerija segurava a cabeça do outro kirin. A Parede dos Primeiros Abates tremia sob minhas mãos — todos, menos o dela.*

O karkadann se enrijeceu de repente e virou a cabeça para o lado. Uma nova onda de vapores me atingiu, e me esforcei para permanecer sentada no banco.

Bonegrinder brincando no pátio.

Segui o olhar dele, e realmente havia um zhi perto do portão do parque. O pequeno unicórnio andou lentamente para a frente, e vi que não era um zhi qualquer. Uma bandana cor-de-rosa estava amarrada em seu pescoço.

— Bonegrinder! — gritei e fiquei de pé, ligeiramente desequilibrada.

O karkadann baixou o chifre como um sinal de aviso, e fiquei paralisada. Bonegrinder ergueu a cabeça, hesitante, e deu alguns passos para a frente, olhando do karkadann para mim.

Como ela tinha se soltado? Cory disse que a tinha prendido nas catacumbas!

Túneis. Liberdade.

Bonegrinder se aproximou o bastante para farejar a perna do karkadann, que abriu a boca.

— Não! — disse eu. — Ela é minha!

Risadas. Correntes. Chicotes. Prisões. Alexandre.

— Não entendo. Você quer dizer que ela é domesticada? — Não exatamente, pensei, me corrigindo. Eu a tinha visto tentar atacar Phil esta noite.

Bonegrinder arrastou a pata sobre o enorme casco do karkadann e fez uma reverência, como fazia comigo.

Servo.

O karkadann pareceu zombar dela.

Os dois kirins deitados mortos na colina enquanto Marten observava Phil disparar flechas no treino.

Bonegrinder se ergueu e olhou primeiro para mim e depois para o karkadann, claramente confusa. Bem, éramos duas. O karkadann estava rosnando agora, com um som tão grave que eu mais o sentia do que ouvia. Retumbava pelos meus ossos como se eu fosse os troféus na Parede dos Primeiros Abates. O bicho estava zangado. Furioso, na verdade. A qualquer segundo, ele nos partiria em pedaços. Eu me recostei no banco.

De repente, Bonegrinder estava de pé na minha frente, encarando o unicórnio gigante, dando seu rosnado baixo e agudo. Suas pernas estavam afastadas, os membros flexionados, pronta para atacar.

Servo! Não! Nunca!

Alexandre cavalgando em direção à batalha. Os restantes de mil soldados mortos. Maxilares partidos, dentes e pele em pedaços de cobre, lanças, cicatrizes, marchas infindáveis pelos desertos. Nada de água. Nada de comida, exceto por outra carcaça apodrecida de um soldado que não sobrevivera, jogado como restos para um cachorro. Alexandre continuou cavalgando.

Os kirins na colina, e então...

Marten Jaeger, enorme, escondido em intensa luz branca. Dor... muita dor. O som de Cory chorando: "Pare!"

O karkadann parou de rosnar e se empertigou, olhando para a pequena zhi.

Eu também fiquei olhando. Aquele último tinha sido... um pensamento *dela*? A lembrança de Bonegrinder de quando servira de cobaia na Gordian?

Bonegrinder continuou a emitir sons de raiva. Seu pelo fofo e branco estava arrepiado, tremendo ligeiramente enquanto ela encarava o monstro. O karkadann inclinou a cabeça de novo, angulando o chifre para longe de nós duas, e ela relaxou.

Em minha cabeça, vi uma pequena Ilesha armando o arco contra o jovem kirin. Vi Dorcas atacando o re'em com um canivete. Eu estava melhorando na tradução.

Coisinha corajosa.

Bonegrinder deu um passo à frente e cheirou o karkadann de novo. Quando o gigantesco unicórnio não se mexeu, ela voltou a brincar, passando entre as pernas dele.

Eu me perguntei se eu era o único ser humano a testemunhar essa interação entre espécies de unicórnio. Deveria estar tomando notas? Mas será que eu nem sequer conseguiria erguer uma caneta? Quanto mais me defender? Minha visão estava começando a escurecer nas extremidades. Eu estava perdendo a consciência, sufocada pelos vapores. Minhas mãos escorregaram pelo banco até eu estar apoiada nos cotovelos. O karkadann estava me matando aos poucos.

Bonegrinder?

— Sim — respondi. — É assim que a chamamos.

Ela gosta. Não é o nome dela, mas é bom.

— Qual é o nome dela? — perguntei, meio engasgada. — Ela tem outro?

Um bombardeio de imagens, mas eu não tinha mais gritos dentro de mim esta noite. Por fim, elas se uniram.

Todos os escravos têm.

Eu estava deitada, ofegando para respirar sobre as pedras.

Filha de Alexandre, não morra ainda.

— Por que não? — sussurrei. Meus olhos estavam lacrimejando, e meu nariz escorria. O parque oscilava no meu campo de visão. Bonegrinder choramingava com nervosismo, com a respiração quente e reconfortante no meu rosto. — Você gosta de comer comida viva?

Risadas. Não. Não comida.

— Então o quê?

A voz de Giovanni: Astrid Guerreira.

Ele *estava* debochando de mim. Era tudo um jogo. Torturar a caçadora até a morte. E não uma caçadora qualquer: a Llewelyn.

Eu preciso de você. Liberdade.

— De quê? — Eu mal tinha fôlego para fazer as palavras saírem pelos meus lábios. — Você também é escravo?

Uma vez. Nunca mais.

A escuridão aumentava agora, parecendo me convidar. Cada respiração era entrecortada, superficial. Meus pulmões eram balões estourados.

E ainda assim, o karkadann sussurrava em minha cabeça.

Me chamavam de Bucéfalo.

19

Quando Astrid acorda

Eu estava com frio nas costas. Minha camiseta ficava subindo, expondo minha pele à brisa da noite. Eu me encolhi ainda mais para a frente, puxando o calor para mais perto do meu peito.

O calor baliu.

Abri os olhos com dificuldade, como se estivessem colados por pedaços de sono ressecado. O alvorecer cinzento e úmido penetrou por eles, um tanto embaçado. O parque. O banco. E Bonegrinder no meu colo, com a cara enfiada no meu ombro de forma que o chifre cutucava dolorosamente meu braço.

Eu estava viva.

Eu me sentei, com cuidado para não mexer na zhi adormecida. Viva ou não, eu não tinha certeza se estava com disposição para lutar. Passei a mão pelo rosto e fiz uma careta ao ver a mistura de sangue seco e muco em minha palma. Não queria nem saber como estava minha aparência. Parte disso devia ser por causa do meu surto de choro, mas eu tinha certeza de que deveria ser ainda mais por causa...

Aquilo não aconteceu de verdade, aconteceu? Fiquei paralisada na metade do caminho até o chafariz na clareira. Meu papinho agradável com o karkadann? Fora um sonho, um pesadelo. Talvez meus olhos e minha garganta doloridos fossem produtos do meu choro, de eu ter corrido pela cidade num acesso de fúria assassina.

Mas o sangramento do nariz e Bonegrinder ali no banco...

Não. Era um sonho, derivado de muito estresse e muitos dias passados observando a cena na rotunda. Bucéfalo! Certo. Na noite anterior, eu conversei com um unicórnio de 2.300 anos de idade. Nem mesmo as árvores viviam tanto tempo.

Lavei o rosto no chafariz e tomei alguns goles de água potável em uma torneira ali perto. Agradeci a Deus pelas obras públicas da Roma antiga. Hesitei por um momento, depois enfiei a cabeça inteira debaixo do jato d'água, deixando que o líquido gelado me acordasse e acalmasse a pele que ardia. Meu rosto e pescoço estavam muito sensíveis ao toque, e a pele nos meus braços e nas minhas mãos estava ressecada e descascando.

Olhei novamente para o banco, e a visão me fez ficar de pé em um salto. Bonegrinder tinha sumido! Mas não tinha ido longe; eu a encontrei a algumas árvores de distância, farejando o chão, possivelmente caçando um esquilo. Como eu a levaria para casa pelas ruas de Roma sem que ela atacasse alguém? Principalmente se estivesse com fome.

Peguei o alicórnio no local para onde ele tinha rolado, debaixo do banco, e vasculhei uma lata de lixo ali perto, atrás de algumas coisas. Achei sacolas plásticas, barbante... Bonegrinder tinha fugido de jaulas de aço e catacumbas. Como qualquer uma dessas coisas iria segurá-la?

Ouvi um coro de guinchos vindo das árvores. Ótimo. Ao menos ela conseguira capturar o café da manhã. Agora, se ao menos eu conseguisse tirá-la dali sem dar de cara com atletas ou com alguém da manutenção do parque...

Bingo: uma corrente de bicicleta. Juntei tudo que encontrei e assoviei para a zhi. Ela veio trotando, com pedaços de pelo de um rabo marrom presos nos dentes. Eu me ajoelhei e comecei a trançar as sacolas plásticas para formar uma corda grossa. É claro que Bonegrinder conseguia roer cadeados de aço, mas talvez só se ela pudesse alcançar a corda com os dentes. Eu me lembro de ler uma vez que um jacaré consegue fechar a mandíbula com grande força, mas que é relativamente fácil mantê-la fechada. Eu me perguntei se isso funcionaria com a zhi.

Passei a corrente de bicicleta ao redor do focinho dela, que se encolheu quando os elos beliscaram sua pele. De repente, tive um vislumbre: um pedaço de cobre e um focinho coberto de sangue seco. Uma imagem da noite anterior. Bonegrinder olhou para mim, com os olhos mais azuis e límpidos do que nunca, e tirei a corrente da cara dela. Talvez o plástico fosse um pouquinho mais delicado. Ela baliu quando tentei passar os elos de plástico cuidadosamente elaborados ao redor da sua cabeça, mas acabei conseguindo firmar bem a engenhoca. As mandíbulas dela estavam presas por uma corda de sacos plásticos que ia até a bandana ao redor do pescoço. Usei a corrente de bicicleta como guia, com uma segunda proteção feita de mais sacolas ao redor do meu pulso; a mão livre segurando-a com firmeza pelo chifre. Tenho certeza de que estávamos ridículas, mas como eu estava prestes a levar um unicórnio pelas ruas de Roma, o fato de nossos acessórios saídos do lixo serem ou não percebidos como um desastre da moda estava no fim da minha lista de preocupações.

— Agora, seja boazinha — pedi a Bonegrinder.

Ela lutou, tentando em vão se soltar da minha mão. Isso ia ser uma merda. Andamos desajeitadamente em direção aos portões do parque, e comecei a perceber o quão impossível seria essa tarefa. Eu não podia deixá-la ali e não tinha como fazer contato com ninguém do Claustro para vir nos buscar, a não ser que eu começasse a mendigar por trocados nas esquinas para poder usar um telefone público.

Bonegrinder se enrijeceu, e seu pelo ficou eriçado. Ah, não. Apertei com mais força tanto a guia quanto o chifre quando ela começou a rosnar. Era um atleta? Uma equipe de manutenção? Um vendedor de comida?

Então ela saiu correndo, e comecei a acompanhá-la para continuar mantendo-a presa. Descemos a rua a toda e, no meio da minha noção paralela de tempo de caçadora, vi a solução. Íamos correr.

E eu a guiaria.

Milagrosamente, chegamos à porta do Claustro sem incidentes e em tempo recorde. Eu nem sequer cheguei a ficar sem fôlego, embora não tenha conseguido correr metade daquela distância na noite anterior, e isso tinha sido antes de meus pulmões serem arruinados por...

Não. Eu decidi que aquilo tinha sido um sonho. Ou, pelo menos, decidi que não pensaria no assunto até levar Bonegrinder em segurança para o Claustro. E como tinha conseguido, então talvez aquela fosse a hora de examinar minhas lembranças da noite anterior um pouco mais de perto.

Me chamavam de Bucéfalo.

É, tinha de ser um sonho.

Dentro da rotunda, o re'em tinha começado a apodrecer. Até Bonegrinder torceu o nariz com o fedor. Passamos pelo painel, e estremeci, esperando que a qualquer segundo o karkadann sobre a plataforma se movesse e respirasse, como o do parque tinha feito. Por mais apavorante que fosse a versão empalhada, nada se comparava ao verdadeiro.

Quero dizer, ao do meu sonho.

Agora, onde colocar Bonegrinder para que ela ficasse presa em segurança? Com que frequência ela vinha escapando do Claustro para farrear nas ruas de Roma? Não vínhamos observando-a muito bem, e ela normalmente dormia com Phil.

Nunca mais dormiria. Meu peito começou a doer.

Mas, na noite de ontem, ela ficara no meu colo o tempo todo em que estive consciente. Talvez a solução fosse mantê-la por perto até conseguirmos um lugar mais permanente onde deixá-la. Um lugar mais permanente para deixar Phil.

Eu me perguntei como minha prima estava, mas, depois da noite de ontem, não sabia se conseguiria encará-la. Lancei um olhar para a escadaria que levava ao andar do alojamento. Se ela estava lá em cima, dormindo, eu não podia arriscar a passar com Bonegrinder pela porta do quarto dela a caminho do meu. A zhi poderia surtar de novo.

Então, em vez disso, fui para a casa capitular. Hoje, as vibrações da parede não pareciam tão irritantes. Talvez eu tivesse me acostumado com elas ou, o que era mais provável, em face de tudo com que eu vinha lidando nos últimos dias, o som não passasse de um leve incômodo. Era quase tranquilizador, na verdade, como um ruído de fundo.

Havia uma coleira e uma corrente ligados à pedra na parede, e prendi Bonegrinder. Depois, deixei que ela se juntasse a mim no sofá. Coloquei a mão sobre o rosto, encolhi o corpo ao redor da zhi e deixei que meus olhos se fechassem de novo.

* * *

Talvez apenas alguns minutos tenham passado quando ouvi uma voz baixa no meu ouvido.

— Asteroide.

Dei um salto.

— Não, Phil! Bonegr-*scmunnnnf.*

Ela me apertou contra o peito.

— Querida, por que você está com cheiro de lixo? — Ela se afastou com o nariz torcido.

— Longa história.

Bonegrinder estava perto da parede, olhando para Phil com desconfiança. Olhei para minha prima e ela mostrou a mão. O anel de Neil brilhava em um de seus dedos.

— Ficarei bem com isso no dedo — disse Phil. — Ele achou que eu devia usá-lo. Neil acha que devo fazer um monte de coisas, na verdade. Como um exame no hospital e ter uma conversinha agradável com a polícia e com o consulado americano. — Ela suspirou e olhou para as mãos.

— Ah, Deus. Phil, sinto muito.

— Eu também.

Meus pulmões feridos pareciam estar sendo destroçados de novo.

— É tudo culpa minha. Você está ferida? Vai ficar…

— Opa. Tudo culpa sua? Diga isso de novo e vou bater na sua cara. — Ela ficou de pé e andou para longe de mim.

— Mas se eu não tivesse deixado você ir sozinha… — comecei a dizer, ainda sentada no sofá.

— Eu saio bastante sozinha. E, quando saio com você, ainda consigo ter privacidade com os caras com quem estou ficando. Você não teve nada a ver com isso. — Ela passou um dedo de modo hesitante pelo braço do trono de alicórnio. — Hum. Observe. — Ela se sentou nele. — Confortável.

Fiquei momentaneamente em silêncio, estupefata.

— Me sinto uma rainha — disse Phil, erguendo o queixo. Eu não falei nada, e, depois de um tempo, ela se curvou. — Por favor, Astrid. Não seja estranha você também.

Não seja estranha significa "não fale sobre o que aconteceu"? Não seja estranha significa "não saia correndo por Roma, não role pelo lixo e não durma no único lugar que tentei evitar até a noite de ontem"? Não seja estranha significa "não tenha longas conversas sérias com monstros imaginários de milhares de anos"?

Tarde demais, Phil.

— Me desculpe de verdade por expulsar você do meu quarto ontem à noite — disse ela. — Quis tanto que você estivesse lá. Só pra segurar minha mão. Qualquer coisa. Neil é legal, mas não é... a mesma coisa.

— Phil. — Corri até ela, mas parei a tempo. Minha coxa roçou no trono, e senti ondas elétricas de dor subindo e descendo por minha perna.

— Cuidado — disse ela, friamente. — Você ainda é um fio desencapado.

— Agora eu que vou bater em *você*. — Eu me sentei no chão. — Fale comigo. Me conte o que aconteceu.

— Fiz sexo com Seth.

— Ele forçou você.

Ela olhou para o outro lado.

— Isso é tão ruim quanto a polícia.

Toquei no joelho dela.

— Eu quero entender.

Ela ficou em silêncio por muito tempo.

— Eu também, Astrid. Eu também. Quero entender por que não o impedi. Foi tudo tão rápido que nem sei. Em um segundo, estávamos de amassos, e no seguinte... ele estava... *dentro*.

Contraí o maxilar e os punhos.

— Ele te machucou?

Lastimando-se, ela balançou a cabeça.

— Fisicamente, mas nada que se compare ao quanto me machuquei caçando. Assim que o senti, tentei afastá-lo, mas...

— Mas o quê? — perguntei.

Phil praticamente soltou um assovio e levantou correndo da cadeira, passou por mim e foi para o outro lado do aposento. Eu me levantei também. Talvez eu não devesse insistir.

— Esse é o problema! — disse ela. — Vocês ficam dizendo coisas como "estupro" e "forçar" e "machucar" e "lutar", e isso me faz pensar... se eu *não* lutei, talvez *não tenha sido* forçado. Se ele não me segurou, se não me bateu...

— Não, Phil. Essas são apenas... as palavras que eu conheço. Não acho...

Ela olhou para todas as armas.

— Talvez tenha sido apenas um terrível engano. Talvez ele não pretendesse. Porque eu realmente gostava dele. E ele de mim. Então eu não... acho que ele queria me machucar. — Ela encostou as palmas das mãos contra a parede, mas eu sabia que não sentia as vibrações das armas, nenhum ruído dos ossos. — Eu o empurrei e mandei parar, mas já tinha... acabado. Ele tinha terminado. Estava feito.

Eu engoli em seco, mesmo com um nó na garganta. Não fora nada da forma como eu imaginei na noite de ontem, tomada por minha ira assassina.

Ela tirou as mãos da parede e olhou para elas.

— Mas foi o suficiente. Pra quem quer que decida essas coisas. Alexandre. Ou Diana. Ou Bonegrinder. Quem sabe?

Fiquei olhando para ela, incapaz de colocar meus pensamentos em palavras, morrendo de medo de que falar fosse fazê-la se fechar de vez. Se não fosse pelo fator que a permitia ser caçadora, pelo teste do zhi, será que ela nem sequer teria nos contado?

— Então, o que você acha disso? — perguntou ela abruptamente, e se virou para olhar para mim. — Eu gosto dele. Gosto muito. O que você acha? — O tom dela era de desafio.

— Que importância tem o que eu acho? — perguntei. — A única coisa que me importa é você. O que você acha. O que você sente. Fico feliz que você não esteja machucada...

— Eu *estou* machucada — disse ela. — Incrivelmente machucada. Só não do jeito... que as pessoas acham que eu deveria estar. Não há hematomas. Nem sangue.

Mordi o lábio.

— Porque eis aqui a parte que você vai amar — disse ela, depois de um minuto. — Eu não queria. Você sabe disso. Queria ficar aqui, com você, com Neil, com as outras meninas. Então é claro que eu não ia fazer sexo. E ele também sabia, porque conversamos sobre isso. Naquela noite do show, ele queria, ficou pedindo sem parar, e eu disse que não. E ele recuou. É assim que se faz, não é? Os dois decidindo juntos. E até que os dois deixem claro que mudaram de opinião sobre fazer sexo, o assunto está encerrado.

Eu concordei. Tive as mesmas aulas que Phil na escola.

— Portanto, por mais que eu goste de pensar que na noite de ontem ele apenas se confundiu; que, no calor do momento, ele não estava pensando direito; que não tinha percebido que não mudei de ideia... — Ela respirou fundo. — Eu sei a verdade. Ele não se confundiu. Ele planejou. Porque quando ele colocou para fora... — Ela fez uma careta. — Ele estava de camisinha, Astrid. Estava com ela o tempo todo, eu acho, porque realmente não reparei nele colocando!

Ela riu agora, mas não havia humor nenhum na gargalhada. Eu só conseguia imaginar a reação que ela deve ter provocado no hospital, na delegacia. Estupro seguro? Aham.

— E foi *aí* que fiquei furiosa. Dá pra acreditar? Quando vi isso. Antes, eu estava furiosa comigo mesma, triste, assustada... Mas, naquela hora, fiquei furiosa com *ele*. Não fiquei feliz porque não engravidaria, por estar protegida, essas coisas. Mas porque aquilo significava que ele sabia exatamente aonde aquilo ia dar. Não importaria o que eu dissesse, não importaria que eu tivesse dito que não queria dormir com ele. Ele sabia o que ia fazer. E eu vinha tendo pensamentos tão generosos, de que ele perdera o controle e simplesmente a coisa tinha *acontecido*. Que tipo de bobagem é essa? E talvez, porque eu estava pensando nisso enquanto ele estava fazendo; talvez por isso eu não tenha lutado. Será que eu podia ter impedido?

— Não — falei. —Não pense nisso.

— Qual é a alternativa então? Que estive saindo com um sujeito horrível e violento esse tempo todo? Que namorei um monstro?

— O que você fez? — sussurrei de onde estava, do outro lado da sala.

— Bati nele. — Ela apertou os lábios até que se tornassem uma linha tão fina e reta quanto sua postura. — Queria que tivesse um unicórnio por perto, aí sim eu poderia acabar com ele. Ou não, acho. Àquela altura.

— O que ele fez?

— Me chamou de vaca e foi embora. — Ela balançou a cabeça com pesar. — Como se tivesse terminado. Como se tivesse conseguido o que queria. — A voz dela falhou. — E, sabe, aquela era a única coisa que eu *nunca* quis. Esse tempo todo, eu não estava esperando por uma pessoa em particular. Só por alguém que me quisesse. Não que quisesse sexo, mas quisesse a mim.

Meus pés me levaram para perto da minha prima, e meus braços a envolveram. E ela não era tão maior do que eu. Estava com um cheiro doce, como o de uma dúzia de sabonetes, e seus olhos estavam tão vermelhos quanto os meus. Ela afundou o rosto no meu ombro, e seu corpo tremeu contra meu peito, como se não conseguisse respirar.

— Me diz, Astrid. Você chama isso de estupro?

Eu a apertei com mais força. Se eu chamava? Com certeza. E a polícia, concordaria? Será que os juízes na Itália concordariam? E Seth? Mas então me dei conta de que não me importava com o modo como as pessoas chamavam. Phil não tinha feito a escolha, e Seth sabia. Ele sabia, então tirou a escolha das mãos dela.

Era estupro. E era horrível.

E, além de tudo isso, eu a tinha perdido. Quem criou essas regras? Quem decidia o que era virgindade? Tinha sido Diana? Essas deusas idiotas da antiguidade e seus ideais distorcidos e patriarcais. Nada em Phil tinha mudado. Ela era a mesma de sempre. Não era justo.

— Me diz — murmurou ela, com o rosto apertado contra minha camiseta. — Me diz o que fazer agora. Me diz como parar de pensar que ele é um cara legal mesmo assim. Me diz que Neil está certo, que ele é o maior filho da mãe que já nasceu. Me diz o que fazer quando Neil voltar da Gordian e só houver um anel. Me diz como vou ficar sentada aqui vendo você brincar com Bonegrinder, vendo você atirar uma flecha na mosca atrás da outra. Me diz como vou encarar ir pra casa e nunca mais sentir aquele poder.

Nós duas trememos e choramos juntas, abraçadas com tanta força que achei por um momento que éramos a mesma pessoa; que, a qualquer segundo, meu poder fluiria para dentro dela, e nós duas ficaríamos completas.

Mas nem toda a magia no mundo, nem toda a magia naquela sala faria as coisas funcionarem daquele jeito.

Ela acabou se afastando e passou as mãos no rosto manchado de lágrimas.

— Desculpe — disse ela. — Mas você está realmente fedendo.

Dei um sorriso fraco.

— Foi necessário, acredite. Bonegrinder se soltou ontem à noite, e eu precisei revirar uma lata de lixo pra conseguir amarrá-la e trazê-la pra casa em segurança.

— Você saiu sozinha? — Phil franziu a testa.

Mordi o lábio.

— Saí. Eu... É uma longa história.

— Viu alguma coisa?

Sim. Vi um karkadann. Ele me envenenou mesmo de longe, me deixando com um fiapo de vida. E depois me largou no banco do parque, inconsciente. Ah, e acho que talvez tenhamos conversado. Eu e o unicórnio.

— Não — respondi. Phil já tinha coisas demais para pensar.

Subimos a escada juntas. Aparentemente, enquanto eu estava dormindo, Lucia tinha providenciado a remoção do re'em da rotunda para as catacumbas até que as pessoas da Gordian viessem buscar o corpo. O único sinal de que ele tinha estado ali eram algumas manchas de sangue no piso de mosaico.

Tomei um banho que acabou sendo rápido demais e tinha acabado de pentear o cabelo e me vestir com roupas limpas quando Phil entrou de repente no quarto, segurando o celular e tremendo dos pés à cabeça.

— É ele — disse ela. O visor mostrava meia dúzia de chamadas perdidas. — Enquanto eu estava lá embaixo conversando com você. O que faço? E se ele vier aqui?

Peguei o celular da mão dela e o desliguei.

— Você não vai falar com ele. Ninguém aqui vai deixá-lo entrar. Vamos chamar a polícia e vai ficar tudo bem.

E, por um momento, pensei que pudesse ser assim. Phil sentou-se e começou a fazer uma trança no meu cabelo, aquela linda trança embutida que ela sabia, e conversamos sobre a época em que ela montou uma rede de vôlei no quintal e estragou o gramado novo dos pais. Aquela conversa se estendeu por uns 15 minutos, até que ouvimos uma batida na porta.

Grace entrou.

— Com licença. Phil? Tem um garoto lá embaixo, no pátio externo, que quer te ver. Ele diz que é extremamente importante. Neil ainda não voltou. O que você quer fazer?

A mão de Phil ficou imóvel no meu cabelo. Peguei o elástico de cima da colcha, prendi a base da trança e fiquei de pé. Eu podia não estar armada com um alicórnio, mas ainda podia acabar com aquele idiota se fosse preciso. Como ele ousava aparecer?

— Fique aqui — mandei. — Eu cuido disso.

Desci a escada e passei pela rotunda, onde um grupo de caçadoras estava reunido, esperando.

— Ele está lá fora? — perguntou Ilesha, quando eu passei.

— Não por muito tempo — grunhi.

Abri as portas de bronze e fiquei paralisada. Ali, na entrada, estava Giovanni.

— Astrid — disse ele. — Você precisa me ajudar.

Comecei a fechar a porta.

— Espere! — Ele empurrou o baixo-relevo. — Por favor. É Seth. Ele sumiu. Deixou o celular e tudo o mais pra trás. Liguei pra Phil o dia inteiro, mas ela não está atendendo. Preciso encontrá-lo.

— E pra quê? — perguntei, com desprezo.

— Porque a polícia está atrás dele.

Vai entender.

— Talvez ele tenha feito alguma coisa errada.

Tentei fechar a porta novamente.

Giovanni balançou a cabeça e colocou o pé na base da porta.

— Por favor. Ele está encrencado! Você tem alguma ideia de como é isso?

Fiquei paralisada por um momento. Giovanni certamente tinha ideia. Mas isso não era a mesma coisa. Nem de perto.

Giovanni parou de empurrar a porta e interpretou minha hesitação como concordância.

— Você sabe quando Phil o viu pela última vez?

— Sei — respondi. — Quando ele a estuprou. Adeus.

— O quê? — Agora Giovanni jogou todo o peso contra a porta, e isso foi demais. Ela se abriu com força, e nós dois cambaleamos para dentro da rotunda. As caçadoras gritaram.

Giovanni recuperou o equilíbrio e olhou ao redor maravilhado, para o mármore, para as estátuas e, mais do que tudo, para o enorme karkadann de mentira na plataforma ao centro.

— Então é verdade — foi tudo que ele disse.

20

Quando Astrid descobre o inimigo

— Saia daqui — eu falei, e minha voz nunca soou tão mortal. — Saia daqui *agora.*

Giovanni olhou para mim como se nunca tivesse me visto antes, e, por um momento, fiquei feliz por não haver armas por perto, porque eu pouco confiava nos meus músculos. O re'em não estava mais lá, mas o sangue dele parecia fluir por minhas veias, queimando com mais intensidade a cada momento.

Ele saiu pelas portas e se virou quando chegou do lado de fora.

— Tudo bem. Já saí. Agora você vai conversar comigo?

Não falei nada, só fiquei ali o encarando com raiva. As garotas olhavam de Giovanni para mim.

— Astrid, por favor.

Como eu posso ter estado prestes a dormir com esse cara? Como pude pensar que ele era a resposta às minhas orações para escapar deste lugar? Como sequer pude pensar que o amava?

Ele olhou para as caçadoras atrás de mim.

— Tudo bem, será que alguma de vocês pode me ajudar? Estou tentando encontrar meu amigo. Ele tem por volta de 1,90 metro, cabelo louro...

— Nós o conhecemos — disse Zelda, passando o dedo pelo local onde o re'em a tinha perfurado. — E não sabemos onde está agora.

Giovanni suspirou e olhou para mim de novo, seus olhos parecendo os olhos de um estranho.

— Sei que você está com raiva de mim. E não tenho ideia do que aconteceu entre Phil e Seth. Mas está claro que, tanto quanto eu, você quer que ele seja localizado. Cinco minutos. Fale comigo por cinco minutos, e depois você pode voltar pra dentro do seu convento e passar o restante da sua vida caçando unicórnios.

As palavras dele me atingiram como um soco no estômago. Fui para fora, e as portas de bronze se fecharam atrás de mim.

— Como você sabe o que fazemos? — perguntei, indo para longe das portas, para a área ao ar livre. O sol dourado da tarde já atingia o pátio com força. Estreitei os olhos e andei em direção à fonte, onde o ar estava ligeiramente mais fresco. Giovanni me seguiu, com expressão dura.

— Pra ser sincero, achei que era piada. Mas vocês evidentemente levam isso a sério.

Sufoquei um gemido. Ele parecia muito comigo alguns meses atrás.

— Muito a sério. Sou uma Freira de Controle de Animais Selvagens, lembra? — Ele não disse nada, não pediu desculpas. — O que você quer?

— É verdade o que você disse sobre Seth e Phil?

— É.

Giovanni fechou os olhos por um momento e, quando os abriu, pareceu ter tomado uma decisão.

— Vou ser completamente sincero. Não é provável que você vá me odiar mais do que já me odeia.

— Não mesmo — concordei, friamente. — Você foi horrível comigo ao telefone, depois me deu um bolo, depois seu melhor amigo estuprou minha prima, e agora você me ameaçou na porta da minha casa.

— Ah, vai ficar pior.

— Manda ver.

Ele respirou fundo.

— Tudo bem. Sabe aquela noite em que nos conhecemos e fomos àquela boate?

E eu tinha pulado no kirin e arrancado o globo ocular dele? Claro. Jamais esqueceria aquela noite.

— Nós deixamos vocês aqui e fomos pra um café. Eu estava muito nervoso porque achei que tinha sido drogado, lembra? Um cara foi até nós e começou a puxar papo. Era muito simpático, falou que já tinha sido estudante, que também não tinha dinheiro, blá-blá-blá. Pedimos uma garrafa de vinho, começamos a conversar e ele nos disse que era seu tio...

Tio John? Giovanni viu minha expressão de choque.

— É, também achei meio estranho. Ele tinha sotaque, e eu sabia que vocês eram americanas. Ele disse que vocês duas eram herdeiras e tinham direito a receber uma fortuna incalculável... e foi exatamente assim que ele falou, "fortuna incalculável"... mas que, se entrassem pro convento, o dinheiro todo seria entregue pra igreja como parte dos votos de vocês.

— Isso é uma mentira deslavada, do começo ao fim.

Giovanni deu de ombros.

— Ele estava pagando o vinho. Quero dizer, pra Seth, já que eu estava apavorado demais pra beber. Ele disse que estava tentando proteger a fortuna da família e que, se concordássemos em sair com vocês e convencê-las a não entrar pro convento, cobriria os custos de todos os passeios que fizéssemos juntos e alguns extras. O que quiséssemos.

Tinha sido prematuro dizer que eu não podia odiar Giovanni e Seth ainda mais. Eles tinham sido *pagos* para saírem conosco? Meus dedos formigavam para que eu arrancasse o alicórnio da fonte e o enfiasse no peito de Giovanni.

— Qual era o nome dele?

— Alexandre.

Eu soltei uma gargalhada alta. Temos de dar crédito ao sujeito! Nosso tio *Alexandre*! Era quase engraçado. Quase.

— E como era a aparência de "Alexandre"?

— Não sei. Normal?

— Sobrenome? — Será que era O Grande? Ou Magno?

Giovanni balançou a cabeça negativamente.

— Não sei. Não ouvi. E achei mesmo aquilo tudo uma completa besteira, então não dei importância. Mas Seth ficava repetindo que era uma situação em que ninguém sairia perdendo. Vocês são bonitas e, ao que tudo indicava, eram ricas, e todos os gastos estavam sendo cobertos, então qual era o mal? — Ele olhou para baixo. — Então acabei concordando, embora achasse a coisa toda meio bizarra. Mas aí, no museu, você não agiu nem de longe como freira...

Fiquei vermelha ao me lembrar do quanto meu comportamento naquele dia *não* se parecia com o de uma freira.

— E você disse aquelas coisas todas sobre sua família estar pressionando você. Então, comecei a pensar que talvez o tal de Alexandre estivesse certo e que vocês estivessem sendo obrigadas a abrir mão de tudo... — Ele parou de falar, e eu sabia que nós dois estávamos nos lembrando da espreguiçadeira.

— Então por que você não dormiu comigo quando eu pedi?

Ali estava, dito abertamente. Que importância tinha? Eu não me importava mais com o que ele achava.

— Astrid, tudo que falei pra você naquela noite era absolutamente verdade.

Minha garganta e meus olhos começaram a arder, ou continuaram a arder, com aquela sensação constante de queimação que era quase uma segunda natureza agora.

— Tirando o fato de que você não gostava de mim. Estava sendo pago pra sair comigo.

— Eu gostava de você *e* estava sendo pago. Eu não poderia bancar aquele jantar todo sozinho!

— Ah, sim. Entendo. Está perdoado. — Olhei para o outro lado. — Seus cinco minutos acabaram.

— Não. Me escute! — Ele me segurou pelos ombros.

Olhei para as mãos dele e para o rosto. Meu sangue ferveu como se eu estivesse caçando, e o ar ficou tomado de fogo e inundação. Talvez fosse o chifre da fonte. Não havia unicórnios por perto.

Eu me soltei das mãos dele.

— Toque em mim de novo e arranco seus braços.

Meu próprio choque se refletiu no rosto dele no momento em que falei. O quanto eu tinha me tornado sedenta por sangue? Passei os braços ao redor do corpo, para o bem de todos.

Ele retomou o assunto.

— Achei tudo incrivelmente estranho, vale ressaltar. Quero dizer, todas as vezes em que eu estava com você, era mais fácil esquecer como aquilo tudo era esquisito. Só pensava em você.

Só pensava em você. Meus ossos começaram a doer.

— Mas, quando estávamos na escola, ou quando as coisas que você dizia não faziam muito sentido, eu não conseguia afastar as desconfianças.

— É a coisa mais inteligente que você disse até agora.

— Sabe... *Freiras de Controle de Animais Selvagens*? — Ele deu alguns passos para trás e enfiou as mãos nos bolsos.

Eu me perguntei se não teria sido para ajudá-lo a resistir ao impulso de esticar os braços em minha direção. Meu corpo todo formigava nos pontos onde nossa pele tinha se tocado. Eu desejava que ele nunca tivesse encostado em mim, desejava que minha última lembrança do corpo de Giovanni fosse de quando ele colocou a mão no meu coração.

— Comecei a achar que essa coisa toda era uma espécie de armação, um enorme golpe que éramos jovens demais para compreender. Não se recebe dinheiro pra sair com beldad... garotas como vocês. É bizarro.

Concordo.

— Só que, semana passada, tudo ficou ainda mais estranho. Era Seth que sempre cuidava de tudo, ligava pro cara, recebia o dinheiro, tudo. Ele voltou dizendo que Alexandre contou que era a última oportunidade. Vocês duas iam fazer os votos.

— Mas, Giovanni, você sabia que eu não faria... — Mordi o lábio para não dizer mais. Ele sabia o quanto eu queria ir embora. Sabia que a única coisa que me prendia a Roma era o fato de que ele estava aqui. Ele sabia porque eu falei para ele, depois o beijei como se ele fosse o último homem do planeta.

O olhar de Giovanni me queimava, e ele ficou em silêncio e imóvel, com as mãos enfiadas no bolso, de pé a uma distância do tamanho da fonte e me atraindo com a força de uma estrela implodindo.

Depois de um minuto, ele voltou a falar, devagar, com grande dificuldade.

— Ele nos disse que o convento era formado por um bando de malucos que achavam que tinham poderes especiais pra caçar unicórnios. Unicórnios!

Isso sim parecia coisa de tio John.

— Ele disse que tínhamos só uma chance agora. Se vocês fizessem sexo, não poderiam entrar. Nisso eu acreditei: você tinha dito a mesma coisa em

Trastevere naquela noite. Mas ele queria que nós... fôssemos até o fim. Que dormíssemos com vocês duas.

— Aposto que você lamentou ter perdido sua chance.

Giovanni não caiu na armadilha.

— Ele ofereceu a cada um de nós dois dez mil euros por... provas de que tínhamos dormido com vocês.

Sufoquei um gritinho.

Giovanni apertou os punhos contra a testa.

— Eu... fiquei... Eu fiquei horrorizado. Ali estava eu, tentando ajeitar minha vida, e senti que, de alguma forma, acabei ficando preso a uma espécie de operação secreta. Como se, a qualquer segundo, a Interpol fosse aparecer e nos prender por... não sei o quê. Organizar um grupo de garotas de programa, sei lá. Fiquei morrendo de medo. — Ele fez uma pausa. — Mas Seth estava animado. Ele achava que vocês... — Ele parou de falar. — Eu contei a ele, entende? Sobre aquela noite.

— Ele achou que seria fácil — completei, com o tom de voz neutro.

Giovanni concordou, sem olhar para mim. Eu não o culpava: tudo o que ele veria nos meus olhos seria vontade de matar.

— Mas Phil tinha dito pra ele que não iria até o fim. E quando me recusei a me envolver com você de novo, ele até... — Ele parou de falar, mas eu consegui entender o que ele queria dizer também.

Seth cogitou a possibilidade de trocar de garota com Giovanni.

— Ele me embebedou e tentou me convencer a ir adiante com aquilo. Ficou falando que eu poderia pagar um ano de faculdade com o dinheiro e que não estávamos fazendo nada de errado se, de toda forma, você e eu queríamos fazer sexo...

Devo ter feito um ruído de surpresa alto o bastante para que ele ouvisse mesmo com o barulho da fonte, porque Giovanni se encolheu, com os olhos ainda baixos, de forma que eu não pude interpretar o que se passava em seu rosto. Será que era essa a verdade? Será que o que ele sentia era tão forte? Ele não tinha se aproximado nem um centímetro, mas minha pele parecia queimar nas partes viradas para ele, como se eu estivesse perto demais de uma fogueira. Eu queria chorar, gritar. Queria jogar coisas nele. E, mais do que tudo, queria que ele me tocasse de novo.

Mas eu não podia. Prendi a respiração até ter certeza de que podia confiar o suficiente na minha voz para dizer:

— E foi aí que você decidiu que não queria me ver.

— Eu estava com tanta raiva de você — disse Giovanni. — Achei que tudo que você tinha me contado era uma enorme mentira, uma grande armação. Afinal, unicórnios?

Ele me olhou nos olhos naquele momento, e minha determinação falhou. Eu me esforcei para impedir que meu queixo tremesse. É, unicórnios.

— Essa foi a última coisa que aconteceu. Seth saiu com você e Phil, e eu fiquei em casa. E tenho estudado muito, então não tive chance de estar com ele muitas vezes nos últimos dias. E então, a polícia apareceu.

— E você achou que era um golpe? — debochei.

— Eu não fazia ideia do que era, mas achei que deveria tentar falar com você e Phil mais uma vez, porque vocês sempre pareceram pessoas legais, independentemente do que poderia estar acontecendo. — Ele olhou para o Claustro. — Mas... tem um unicórnio gigante ali dentro.

— Tem.

— E você disse que Seth... que Seth e Phil... — Ele não parecia conseguir se forçar a dizer. Eu entendia a sensação. Era inconcebível e era verdade.

— Sim.

— E você não sabe quem era o cara que nos pagou?

— Você vai ter de me oferecer mais alguma coisa além de "a aparência dele era normal" pra que eu possa respondê-lo.

Eu só sabia que não era tio John. Ele jamais chegaria a tomar atitudes extremas tão nojentas. Se ele nos quisesse fora daquilo, entraria pela porta da frente e nos arrastaria dali. Eu o tinha visto fazer isso uma vez quando Phil estava em uma festa depois do horário combinado de ir embora.

Ele ergueu as mãos no ar, em um sinal de desistência.

— Não sei. Faz um tempo, e eu estava distraído. Eu achava que tinha visto um unicórnio no... Meu Deus, aquilo foi real, não foi?

— Foi.

— E você... o atacou?

— E Alexandre? — perguntei.

— Ele era mais velho. Cabelo branco. Olhos muito claros.

Estreitei os olhos e tentei:

— Alto, elegante, talvez usando um terno?

— Meio europeu clássico, eu acho. É — confirmou Giovanni.

— Ah, Deus. Marten.

— Quem é esse?

— Nosso patrocinador.

Mas por que ele iria querer se livrar de Phil e de mim? Não fazia sentido. Ele só falava do quanto as Llewelyn eram ótimas caçadoras, de como tínhamos capacidades fantásticas e muito especiais, no quanto daríamos orgulho às nossas ancestrais. Ele gostava de nós. *Queria* que fôssemos caçadoras!

Giovanni estava esperando que eu continuasse a falar, ainda a uma distância segura, ainda com as mãos enfiadas nos bolsos, mas ligeiramente inclinado em minha direção. Eu também estava inclinada na direção dele. Endireitei minha postura.

— Tudo bem — falei. — Onde você se encontrou com esse Alexandre? Onde ele deixava o dinheiro?

Giovanni balançou a cabeça.

— Seth que cuidou de tudo.

— Você não sabe nada sobre isso?

— Eu não queria saber. Era tudo inconsistente.

— Mas você aceitou o dinheiro mesmo assim.

O silêncio pesou entre nós. Será que era mesmo Marten? Por que ele iria querer que fôssemos embora? E será que ele tinha alguma ideia de o que esse esqueminha dele tinha colocado em risco?

— Quero deixar registrado que lamento ter aceitado. Sei que isso não significa nada pra você agora.

— Você tem razão — menti, mas logo recuperei o controle. — Meu melhor palpite é que seu amigo, tendo... feito o que pediram a ele, foi buscar a recompensa. — Tremi. — Não faço ideia de onde isso pode ser, mas podemos rastrear o paradeiro de Marten. Eu também gostaria muito de ter as respostas para algumas perguntas. — Por exemplo, como ele ousa fazer tal coisa, quem ele acha que é e se quer mesmo encarar todas nós depois de nos ter ensinado a usar espadas, arcos e facas. — Vou perguntar a Neil quando ele voltar.

— Me pergunte agora.

Olhamos para a entrada e vimos Neil Bartoli ali de pé. Giovanni deu alguns passos para trás.

— Neil, acho que você deveria ouvir isso. Este é Giovanni Cole. Ele é colega de Seth, e diz que os dois receberam dinheiro de Marten Jaeger durante todo o verão em troca de nos tirar daqui.

Neil olhou para Giovanni como se ele fosse a sujeira da sola do sapato dele.

— Curioso. Quase tão curioso quanto o fato de que, quando cheguei ao escritório da Gordian hoje, ele estava fechado. Ainda não consegui fazer contato com ninguém de lá, nem com o próprio Marten.

— Não!

Neil confirmou com um breve aceno de cabeça, o semblante parecendo frustrado e contraído de preocupação.

— Não consigo explicar. Marten sempre esteve a distância de um telefonema, sempre disposto a comparecer nos momentos difíceis, a se envolver com a administração do Claustro... E agora, tenho caçadoras feridas, uma caçadora que não pode mais caçar, um corpo apodrecendo na rotunda... — Ele reparou na expressão de perplexidade no rosto de Giovanni. — Um corpo de *unicórnio*.

— É claro! — Giovanni deu um riso quase debochado.

Neil fez sinal para que eu me aproximasse.

— Venha, Astrid. Está claro que não temos informação nenhuma que esse jovem vá achar útil. Quando soubermos a localização do amigo dele, informaremos à polícia.

— Astrid. — A voz de Giovanni não era totalmente de apelo, mas sem uma forma definida, como se ele nem mesmo soubesse o que queria me pedir. Eu entendia perfeitamente. Me afastar dele foi o pior tipo de tortura.

Mas mesmo assim eu o fiz.

A notícia de Neil foi recebida com a devida quantidade de perplexidade e consternação por parte das outras caçadoras, mas não era nada em comparação com o que ele contou para mim, Phil e Cory mais tarde, em particular.

— Estou com medo de termos cometido um erro muito grave — disse ele.

— Falando sério... — Eu estava de pé, encostada na porta da sala de Neil, com os braços cruzados sobre o peito. Cory e Phil estavam sentadas nas cadeiras em frente à mesa dele. — Acho que confiamos em um maluco. De acordo com Giovanni, ele estava convocando voluntários dispostos a nos deflorar.

— Isso de acordo com seu ex-namorado, o amigo do cara que estuprou Phil? — disse Cory. — É, ele parece ser do tipo em que se pode mesmo confiar.

— Pessoal — disse Phil. Ela se virou para Neil. — Ninguém nos laboratórios da Gordian disse nada sobre como fazer contato com Marten?

— Não tinha ninguém *lá* — esclareceu Neil. — O prédio estava abandonado. Entrei em contato com o proprietário do imóvel e descobri que o número que tinham dado a ele também estava desligado. Ele já recebeu pelos próximos três meses, então não estava muito preocupado.

— E vocês não têm outra informação de contato? — perguntei. — Nenhum outro endereço?

— É tudo culpa minha — disse Neil, com a postura rígida. — Coloquei em perigo as caçadoras sob meus cuidados e contei com a ajuda de uma fonte que mostrou não ser confiável.

— Isso deve ser uma terrível confusão — disse Cory. — Ele tem dado muito apoio a mim, a nós, o tempo todo. Tenho certeza de que há uma explicação razoável...

— Como o quê? — perguntei. — "Fechei meu negócio e fui embora da cidade. Ops, deveria ter avisado?"

— Eu nunca confiei nele — disse Phil. — Ele demitiu Lino e nunca o substituiu, nem às nossas armas.

— Você nunca gostou de Lino — respondeu Cory. — E você não sabe se ele teve bons motivos para agir da forma que agiu.

— Nem você — argumentei. — Não conseguimos ter uma resposta de Marten. Tanto. Quanto. Agora.

— Por que Marten tentaria sabotar vocês? — insistiu Cory. — Ele não tem feito nada além de encorajar vocês a caçarem. Metade das garotas aqui odeia a enxurrada constante de "as Llewelyn isso, as Llewelyn aquilo".

— Então talvez você não devesse engrossar esse coro — resmunguei. — Giovanni o descreveu pra mim.

— Descreveu um empresário europeu de meia-idade e aparência distinta em Roma? — disse Cory. — Imagine o quanto homens assim são incomuns.

— Homens que sabem sobre mim e Phil? — respondi. — Que sabem tudo sobre unicórnios? Qual é a probabilidade *disso*? — Deixei que Cory refletisse sozinha sobre o quão era improvável.

— Olha só — disse Phil. — Sei que não tenho mais nenhum status aqui. Não sou *donna*, não sou treinadora, não sou caçadora. Eu deveria fazer a mala e ir embora.

Neil ficou olhando para ela. Intensamente. E não fui a única a perceber, a julgar pela forma como Cory virou a cabeça na direção dele.

— É perigoso pra mim estar dentro desta casa — disse ela. — Só temos um anel, e temos uma zhi bastante escorregadia em nossas mãos.

Isso me fez lembrar: alguém deveria ir dar uma olhada em Bonegrinder, acorrentada na casa capitular. Só para ter certeza de que ela não tinha escapado.

— E não é segredo que não gosto de Marten Jaeger e jamais gostei — disse Phil. — Mas também não consigo imaginar por que ele iria querer eu e Astrid fora do negócio de caçadas.

— Talvez ele queira todas nós fora disso — disse —, mas nós duas éramos as únicas com namorados que ele pudesse subornar.

— Então por que ele simplesmente não cortou o dinheiro que dava pro Claustro? — perguntou Cory.

— Bem — disse Neil —, ele desapareceu da face da Terra. Talvez esteja fazendo isso agora. — Ele balançou a cabeça. — Mas isso não vai nos deter. Ainda temos nossa ligação com a Igreja. Teríamos de mudar algumas de nossas regras, mas a Ordem sobreviveria. As caçadoras ainda existiriam.

— Isso ainda não responde o por quê — disse Phil. Cory parecia sentir-se vingada. — Talvez tudo que Giovanni tenha contado seja verdade, Astroturf, mas por quê? Por que ele iria querer se livrar de nós?

Dei de ombros.

— Não sei. Porque da última vez nós os caçamos até desaparecerem, e agora ele precisa dos unicórnios pra fazer a nova superdroga?

Mas de quantos unicórnios ele realmente precisaria? E quantos deles nós acabaríamos matando até que Marten encontrasse uma solução melhor?

— Além do mais — disse Cory —, não se pode acabar conosco de uma vez por todas. Tem sempre mais caçadoras nascendo.

— Verdade — disse Phil. — Se não acabarem com as linhagens das famílias...

Neil pigarreou e disse:

— Isso tudo é especulação. Neste momento, vou continuar tentando fazer contato com Marten Jaeger e, até conseguir, não quero que ninguém saia do Claustro sem meu conhecimento e permissão. Bonegrinder vai ficar confinada no subsolo até descobrirmos como lidar com a presença de vários não caçadores. Vou começar a ligar pros pais de todas pra informá-los de que a situação está fora do nosso controle. Os pais de Ursula e Melissende já estão a caminho. E — ele pigarreou novamente —, vou partir imediatamente pra procurar Marten em outros escritórios da Gordian pela Europa. Se ele não atender o telefone, vou enfrentar o leão na própria cova. Ele não pode ter desaparecido completamente.

— Vai partir! — falei, surpresa.

— Depois do que Giovanni contou, Astrid, acredito firmemente que, quando encontrarmos Marten, também encontraremos Seth, ou ao menos teremos meios de localizá-lo. — Ele olhou para Phil. — Não vou permitir que nenhum deles saia disso ileso.

— E quanto a nós? — perguntou Cory, com um rápido e hostil balanço de cabeça que fez seus cachos se mexerem. — Você não pode simplesmente me deixar... nos deixar aqui.

Phil se pronunciou.

— Na verdade, fazemos ideia de alguém que poderia vir tomar conta das caçadoras enquanto Neil executa sua busca. — Ela trocou um olhar com Neil.

— Uma pessoa que conhece a história — acrescentou ele. — Que simpatiza com a causa.

— Como quem? — perguntei. Não havia muitos especialistas em unicórnios por aí.

Neil olhou para mim.

— Eu estava pensando em Lilith Llewelyn.

21

Quando Astrid enfrenta a mãe

— Veja desta maneira, Asterisco — disse Phil, prendendo outra flecha no arco. — Sabe todo o tipo de merda da qual os filhos dos professores escapam na escola? É a mesma coisa. Só que com unicórnios.

Ela disparou a flecha. Passou longe. Phil suspirou.

Marquei outro zero ao lado do nome de Phil na folha de papel, depois peguei o arco e a aljava que estavam com ela. Pelo menos, ela ainda conseguia puxar o arco. Era uma manhã clara e ensolarada, e eu estava conduzindo um experimento no pátio do Claustro.

— Talvez, mas eu preferiria qualquer um de nossos professores a Lilith.

Aprontar, mirar, disparar. Na mosca. De novo. Passei o arco para Cory, depois marquei os dados na folha de papel. Além do mais, não tinha certeza de que tipo de "merda com unicórnios" eu poderia escapar. Dava para mentir sobre perder o dever de casa, mas não dava para fingir que matei um kirin se não tivesse matado.

E Lilith não era das chefes mais tolerantes.

Cory tirou a última flecha da aljava e se posicionou.

— O que tem de tão errado com sua mãe, Astrid? Sei que sua família não dava muito crédito para os estudos dela antes, mas agora você precisa admitir que ela estava certa.

Acho que Cory seria uma arqueira muito melhor se não ficasse sempre tão preocupada com o posicionamento exato dos pés. É como se ela precisasse se alinhar em marcações no chão cada vez que fosse fazer um disparo. *Twang. Chunk.* Mesmo assim, não foi nada mal. Não foi na mosca, mas ela atingiu o alvo.

E isso foi sem o unicórnio.

— A mãe dela não é ruim — disse Phil. — Talvez seja um pouco intensa, mas poderia dar certo conosco. Falei com ela outro dia sobre... algumas coisas.

Eu me virei para Phil.

— Você não me contou isso!

Ela deu de ombros.

— Bem, não era como se eu pudesse ligar pro meu pai.

Balancei a cabeça e coloquei o arco no ombro.

— Tudo bem, podem trazer a zhi! — gritei.

A porta perto da rotunda se abriu, e Bonegrinder entrou em disparada, trotando na direção de Cory e de mim e passando longe de Phil. Minha prima fingiu não perceber e foi pegar as flechas.

Em uma ocasião, ela esqueceu e tentou fazer carinho no unicórnio: Bonegrinder quase arrancou os dedos dela.

Nós recomeçamos, e eu passei para a coluna com o cabeçalho "com unicórnio" escrito na folha de papel. A mira de Phil era a mesma. Flecha após flecha nem mesmo tocando no alvo, caindo e batendo no muro na extremidade do pátio. Eu disparei outra leva diretamente na mosca. Mas, desta vez, Cory também.

— Incrível — disse Phil, girando sem parar o anel de Neil no polegar, o único dedo no qual ele ficava sem cair. — Gostaria de saber por que é que estou pior do que vocês costumavam ser, até mesmo *antes* de Bonegrinder chegar. Quando vocês se tornaram arqueiras tão boas?

Eu fiz que não com a cabeça.

— Não sei. Pode ser a influência do unicórnio no ambiente. Ou os meses de prática.

— Mas todas nós temos praticado sem parar desde que chegamos aqui. Será que eu não deveria ao menos ter desenvolvido algumas habilidades naturais?

Balancei a cabeça ao olhar para os resultados. Era verdade. Phil sempre tinha sido uma atleta bem mais capaz do que eu.

— Talvez você nunca tenha desenvolvido suas habilidades naturais. Apenas usava seus poderes de caçadora. Como as pessoas que de repente perdem um dos cinco sentidos e se dão conta do quanto têm de se esforçar pra desenvolver os outros.

Mas ainda não fazia sentido. Cory tinha mais experiência do que nós duas e não era tão boa nos disparos quanto eu, com ou sem a presença de Bonegrinder.

— Feche os olhos e dispare uma flecha — disse Phil. — Quero ver se você consegue acertar na mosca sem se concentrar.

— Acho que não é assim que funciona — disse Cory. — Não é como se eu pudesse apenas disparar uma flecha no ar e atingir o alvo. É quase como se... — Ela hesitou, procurando as palavras certas. — O poder me domina, e tudo que eu consigo ver é o alvo. Como se estivéssemos conectados.

— Concordo. — Arranquei as flechas do alvo. — É como se eu não pudesse fazer nada além de me concentrar. Não tem nada no mundo além de mim e do monstro.

— Verdade — disse Phil. — Nunca encarei por esse ângulo. Simplesmente parecia natural. Como pegar uma cortada. — O rosto dela mostrou decepção. — Você acha que, de alguma forma, eu estava usando minha habilidade pra jogar vôlei?

— Só se houvessem unicórnios no ginásio da escola — respondi, tranquilizando-a. Isso significava que Phil iria embora? Que voltaria para casa, para a faculdade e para o time de vôlei? Será que eu podia culpá-la por isso?

Fiz o experimento com todas as caçadoras que estavam bem o bastante para disparar, o que incluía todo mundo, menos Dorcas, ainda de gesso. Ursula tinha sido dispensada do hospital dois dias atrás, mas continuava presa a uma cama no térreo. Como previsto, a cicatrização dela começou a acelerar conforme o próprio sangue superou o volume de sangue da transfusão, sangue vindo de não caçadores. Os médicos ficaram assombrados.

O que assombrava *a mim* era que ninguém da Gordian parecia interessado no re'em, no ataque, na mudança de ritmo na recuperação dela e no que isso poderia representar para a pesquisa deles sobre o Remédio. Neil continuou a esperar em vão que algum de nossos recados fosse respondido. Assim que Lilith chegasse, ele planejava sair da Itália em busca de pistas sobre o paradeiro de Marten.

A polícia também não tinha encontrado Seth. Eu tinha certeza de que ele tinha ido embora do país.

Como estávamos restritas ao Claustro, decidi passar mais tempo estudando a natureza dos nossos poderes. Eram coisas sobre as quais nenhuma das antigas caçadoras sabia. Não faziam testes para avaliar os poderes relativos a cada família caçadora, nem os poderes delas em comparação às não caçadoras, como Phil. Se eu ia ficar presa aqui dentro, pelo menos tentaria acrescentar algo aos dados imprecisos e incompletos que tínhamos em arquivo.

Talvez fosse magia, mas isso não significava que eu não deveria tentar entender.

Os dados iniciais confirmaram o que já sabíamos: todas as caçadoras disparavam melhor quando Bonegrinder estava presente, mas a proximidade do unicórnio não fazia diferença no desempenho de Phil com o arco. Quando Bonegrinder não estava presente, as caçadoras exibiam certo desempenho, mas parecia haver pouca ou nenhuma relação entre a habilidade natural delas e seus poderes como caçadoras. Alguém que era ruim nos disparos naturalmente podia ser uma boa caçadora — melhor até do que alguém bom com o arco por natureza. E certos pontos fracos de cada caçadora estavam presentes, estivessem elas ou não acessando seus poderes. Cory ainda mantinha o ritual bizarro da postura. Grace ainda era muito suscetível à ansiedade por causa do desempenho. Ela costumava se sair bem no primeiro disparo, mas depois ficava insegura. Às vezes, nem mesmo conseguia puxar a corda para dar o segundo.

— Eu perco todo o foco — explicou ela brevemente, depois se afastou para ficar emburrada em um canto e se recusou a participar do resto do teste.

Eu também não conseguia entender onde tinha obtido repentinamente minhas excelentes habilidades.

Talvez *houvesse* alguma coisa a ser dita sobre a presença do unicórnio dentro do Claustro. Queria poder repetir o teste em algum lugar aberto, para avaliar a influência da proximidade. Mas isso poderia ser perigoso para as pessoas. Eu me perguntava se funcionaria com um *cadáver* de unicórnio...

Phil me interrompeu enquanto eu estava perdida em pensamentos, planejando cruzadas de caça onde cada uma de nós usaria uma capa feita de pele de unicórnio. O que tinha ocorrido em mim nos últimos dias? Eu tinha me tornado sedenta por sangue depois de matar aquele re'em. Pelo menos, foi quando acho que isso começou. Foram dias movimentados, mas eu não era mais a mesma garota de quando morava nos Estados Unidos. Não era a mesma pessoa que tinha se encolhido quando Giovanni agarrou o possível ladrão de bolsa. Nem a mesma que quase tinha colocado o almoço para fora quando Phil matou o kirin na Toscana.

Gostando ou não, eu tinha virado caçadora. Astrid Guerreira, de fato.

— Asteroide.

Saí do transe, e fiquei estupefata ao perceber minha linha de pensamento.

— Desculpa — disse para Phil. — O quê?

— Ela chegou.

Como era de esperar, Lilith ficou muito satisfeita com o Claustro. Depois de nosso rápido encontro e de uma apresentação às outras caçadoras, nós a acomodamos em um quarto. Neil ainda ocupava os aposentos do *don*, e ninguém interpretou o sorriso de lábios repuxados de minha mãe como alegria por causa disso, mas ela não reclamou em voz alta. Por mais nervosa que eu estivesse com a chegada dela, era bom vê-la de novo, abraçá-la e sentir os aromas de casa. Phil estava curiosa para saber sobre os pais, e Lilith nos atualizou brevemente sobre as novidades de nossa cidade, mas ficou claro que ela não estava nem um pouco interessada em nada que não fosse o mundo de caça aos unicórnios. Ela finalmente tinha vindo para o Claustro.

Nós a levamos para conhecer o local, e, enquanto Cory falava sem parar, observei minha mãe orgulhar-se do painel de Clothilde e do karkadann, que pode ou não ser Bucéfalo. Observei-a tocar nos alicórnios entitulados Llewelyn na Parede dos Primeiros Abates, na casa capitular, observando quais caçadoras eram de nossa linhagem direta e quais eram de outras linhagens. Cory adorou cada frase.

— Eu não sabia que você tinha tanta informação genealógica, Lilith. Talvez você possa ajudar a preencher algumas das lacunas que encontrei...

— Ah, o trono! — Lilith passou por Cory, foi até a coluna central e começou a examinar a cadeira. — Astrid, você sabe o que é isso?

— Um instrumento de tortura? — perguntei.

Ela me lançou uma expressão exasperada.

— É da campanha Jutland. Foi assim que descobri sobre as caçadoras.

— Eu sei — falei. Cory parecia hipnotizada. — Eu estava lendo sobre isso outro dia mesmo.

— Não estou surpresa — disse Lilith. — Foi uma das poucas vezes na história em que as caçadoras se destacaram. Tantas delas morreram na batalha contra os unicórnios reunidos lá. Muitas Llewelyn. Foi assim que as descobri. Eu estava estudando registros de cemitérios e queria saber por que havia tantas jovens Llewelyn enterradas em uma cidade qualquer da Dinamarca. Onde estavam as famílias delas? O que todas aquelas jovens estavam fazendo sozinhas? — Ela passou as mãos pelo braço da cadeira. — A verdade mudou minha vida para sempre.

E a minha.

— Bem, isso é bem mais perto do que nós caçadoras podemos chegar. Dói quando tocamos nele.

Lilith ergueu as sobrancelhas.

— É mesmo?

Cory interrompeu.

— Lilith, você se incomodaria se eu te mostrasse parte da papelada que estou tendo dificuldade em traduzir? Você parece ter um entendimento bem maior de...

— É claro — disse Lilith, agitando a mão de modo benevolente para Cory. Ela se sentou no trono, e a decepção brilhou em seu rosto tão brevemente que qualquer pessoa que não conhecesse minha mãe poderia não ter percebido. Mas, naquele momento, ela me fez lembrar de Phil. — Traga pra cá. Eu gostaria de ter uma palavrinha em particular com minha filha.

Cory saiu do aposento. Eu me virei para minha mãe, de repente me sentindo como alguém em súplica diante da grande rainha.

— É tão bom ver você de novo, Astrid — disse ela.

— É bom ver você também.

— Fiquei um pouco desapontada no caminho por ficar sabendo através de Neil que você matou um re'em. Por que *você* não me contou?

Baixei a cabeça

— Eu pretendia. Mas... tudo aconteceu tão rápido. O hospital, e depois Phil...

— Estou incrivelmente orgulhosa de você — disse ela, como se não tivesse ouvido. — Um re'em. E quase desarmada, pelo que disseram! Eu sabia que estava no seu sangue. — Ela olhou para mim. — Você não parece feliz com isso.

— Bem, não foi exatamente uma festa — comentei. — Ursula quase morreu e...

— Acho que suas ancestrais não pensariam dessa forma. Uma vitória é uma vitória. Sempre há mortos ou feridos. Mas você ainda é a melhor caçadora aqui.

Mexi a cabeça.

— Não, eu...

— É claro que é. As Llewelyn sempre foram. — Ela olhou ao redor. — Mas posso ver que temos trabalho aqui. Cá entre nós, o modo como Neil vem cuidando deste lugar é simplesmente vergonhoso. Eu o ouvi tagarelando durante todo o caminho do aeroporto sobre essa política ridícula de isolamento. Ele realmente acredita que está protegendo vocês ao deixá-las aqui dentro, apodrecendo e atrofiando? Não, ele só torna vocês mais fracas ao deixar que cedam ao medo. Vai ser bem mais difícil fazer as garotas mais novas voltarem a caçar agora.

— Ursula acabou de sair do hospital...

— Como falei, essas coisas acontecem. Vocês vão ter de se acostumar. — Ela indicou a cadeira. — Cada chifre neste trono matou uma caçadora, Astrid. Jutland foi um massacre. Mas elas persistiram e findaram vitoriosas. Do modo que Neil está agindo, vocês já se renderam. Você achou que isso seria mamão com açúcar?

— Não — sussurrei. Longe disso. Eu sabia dos perigos de vir pra cá. Foi por isso que não quis vir.

— Que bom. Pelo menos não criei uma covarde. — Ela se recostou na cadeira. — Agora, o outro assunto. O comportamento desprezível de sua prima...

Meu queixo caiu.

— Phil não fez nada de errado!

Lilith revirou os olhos.

— Nada de errado? O que uma caçadora, qualquer caçadora, pensa que faz ao ficar com alguém? Neil me contou que você mesma tinha um namoradinho. É verdade?

— Sim, mas...

— Acabou — ordenou Lilith.

— Já tinha acabado — disse, entre dentes. — Mas Phil...

Minha mãe fez um gesto de desconsideração.

— Não estou nem aí pra Phil. Pelo menos ela não está mais no seu caminho.

— No meu caminho! — falei, sufocando um grito.

— É claro. Você é a Llewelyn aqui, Astrid. A única agora. E vou cuidar para que as pessoas comecem a reconhecer isso.

— Não! — Olhei para ela horrorizada. — Mãe, já temos problemas demais por aqui com separação em grupos e favoritismo. Não precisamos de mais nada pra piorar. Se você olhasse a pesquisa que estou fazendo, veria que não há diferença discernível entre uma caçadora Llewelyn e uma que...

— Astrid — disse ela, rindo e balançando a cabeça. — Confie em mim quanto a isso, tá? Por que você nunca confia em mim?

Engoli em seco. Não é que eu não confiasse nela. Eu só não concordava com ela.

— As coisas estão piorando lá fora, Astrid. As pessoas já estão começando a se dar conta da verdade sobre o Ressurgimento. Não são animais selvagens quaisquer; são unicórnios. E não podem ser mortos por especialistas em vida selvagem, nem por guardas nacionais, nem por equipes da SWAT. Só por caçadoras. E quando o público se der conta disso, vai nos procurar. Vai procurar você, a descendente de Clothilde Llewelyn.

— Ou o mais perto disso possível — argumentei. — Clothilde não teve filhos.

Lilith sorriu e se encostou na cadeira.

— É isso que você quer, então? — perguntei, cansada. — Que eu seja a porta-voz da Nós Somos as Caçadoras de Unicórnio?

— Eu gostaria que você não fosse tão desdenhosa quanto ao seu direito de nascença, querida. — Ela estendeu a mão para mim. — Está na hora de você parar de reclamar e começar a aceitar. Veja, por exemplo, a história com esse rapaz. Mesmo se você não fosse caçadora, acho que não mostrou ter uma boa avaliação na hora de escolher com quem ficar. Primeiro, aquele idiota do Brandt, que foi um desperdício de Remédio, se você quer saber. Salvamos a vida dele, e a resposta que ele dá é humilhar você e fugir de casa?

— Ainda não fazem ideia de onde ele está? — perguntei, e peguei a mão dela.

— Não. Os homens deste mundo estão se perdendo muito facilmente, na minha opinião. Brandt, depois aquele Marten Jaeger, o garoto que estava namorando Phil. — Ela apertou minha mão. — Quero que você prometa não se meter mais com nenhum, nunca mais.

— Nunca? — disse, da maneira mais leve que consegui. — Pare com isso, mãe. Você não quer netos um dia? Mais pequenas caçadoras de unicórnios?

— Prometa! — Ela bateu minha mão contra o braço da cadeira.

Meu sangue pegou fogo, e estrelas brilharam atrás dos meus olhos.

— Pare! — gritei.

— Prometa. — A voz de Lilith estava calma, quase um murmúrio. — Não posso perder você, Astrid. Esperei muito tempo.

Eu choraminguei e fiquei de joelhos enquanto minha mãe lentamente esfregava minha mão contra os sulcos de alicórnio. Imagens ganharam vida atrás dos meus olhos em chamas: *garotas correndo por um mar de lama enquanto cem patas sacudiam a terra e o som de gritos inumanos tomava o ar. Sangue e veneno se misturavam nos pequenos córregos vermelhos que corriam por uma terra desolada, cheia de corpos de unicórnios e de caçadoras.*

Jutland.

O que estava acontecendo comigo? Lutei contra a dor, assim como tinha feito naquela noite no banco com o karkadann, mas perdi o controle como se estivesse segurando nos pelos escorregadios de um kirin.

Uma caçadora gritou ao ter o rosto atingido por um jato de sangue. Outra, no chão, lutava para respirar enquanto a gigantesca cabeça de um re'em surgiu sobre ela, com a cara bloqueando o sol. O som metálico de uma espada atingindo um alicórnio ecoou, e os gritos das mortas e das agonizantes mal podiam ser discernidos dos gritos das que ainda lutavam.

As visões que me invadiam acumulavam-se e sobrepunham-se, caindo ao redor umas das outras dentro da minha cabeça até encontrarem um lugar livre onde se instalar.

Uma caçadora, com o cabelo louro quase obscurecido por lama e sangue, arrancou uma espada da mão morta da companheira, depois se virou e perfurou um einhorn que a atacava. Ela se endireitou, tirou o cabelo do rosto e olhou para mim. "Prometa."

E, de longe, ouvi o som de passos na pedra. Cory entrou na casa capitu lar com os braços cheios de papéis.

— Aqui estão... Astrid?

Arranquei a mão com tanta força que a pele se rasgou na ponta de um alicórnio. Caí com tudo no chão e ofeguei, tentando respirar. Lilith olhou para a intrusa, com o rosto em uma máscara de afabilidade.

O ferimento na minha mão se fechou rapidamente, e vi minha mãe sorrir.

Eu não acreditei que minha mãe pudesse instituir tantas mudanças em tão pouco tempo, mas na semana seguinte à partida de Neil, o Claustro se tornou um lugar diferente. Éramos acordadas antes do alvorecer, tínhamos de fazer ginástica e Pilates durante três horas e só depois podíamos tomar café. Em seguida, precisávamos trabalhar para aprender a preservar a pele do re'em, depois tínhamos duas horas de treino de arco e flecha. Como não possuíamos muitas opções de armamentos modernos, Lilith autorizou o uso dos antigos arco e flechas presos às paredes da casa capitular. Esses eram difíceis de segurar, mais difíceis ainda de armar, e mais ainda de mirar. Duas horas disparando pareciam quarenta. Depois disso, almoçávamos.

Não quero falar sobre como eram as tardes.

— Não sei — disse Phil uma noite, observando as caçadoras mancando pelo alojamento depois que Lilith nos trancou lá em cima para dormir. —

Não quero falar mal de Neil, mas tia Lilith é superconcentrada. Quem sabe isso não seja bom pra vocês?

Phil tomava o cuidado de não usar a palavra "nós" quando se referia às caçadoras depois que minha mãe a ouviu e deixou perfeitamente claro que Phil só ficava no Claustro graças à sua benevolência.

— Nós *estamos* melhorando no arco e flecha — digo por fim, absorvendo a expressão de esperança de Phil. — Grace agora está com os nervos de aço. Você está certa. Talvez isso seja... bom pra nós.

Phil pareceu aliviada, e por dentro eu me encolhi. Atualmente, parecia que, assim que o jantar acabava e minha mãe nos mandava subir, eu não queria fazer outra coisa além de dormir. Tinha pouco tempo para pensar nos meus experimentos pela metade, nos ainda desaparecidos Marten Jaeger e Seth, nos meus estranhos sonhos com o karkadann, ou em Giovanni.

Eu também estava tendo sonhos com ele. Sonhos que costumavam me ajudar a passar da segunda rodada de abdominais.

O olhar de Cory se encontrava com o meu e se afastava. Nunca conversamos sobre o golpe que Lilith me aplicou fazendo uso do trono, mas aquele momento marcou o começo do fim da paixonite de Cory por ela. O golpe fatal veio quando minha mãe assumiu responsabilidade por todos os arquivos, e Cornelia Bartoli, restauradora do Claustro, fundadora da recém-formada Ordem da Leoa, foi relegada ao status de segunda classe dentro de suas próprias paredes.

Melissende e Grace estavam no paraíso. As favoritas de Neil tinham perdido seu espaço e havia uma *donna* que também parecia desejar os velhos e bons tempos. Ao mesmo tempo, o suposto "favoritismo" de minha mãe pela própria filha não passava de algumas séries a mais de flexões de braço e de observação mais cuidadosa. Fui andando em direção à porta do meu quarto, ansiosa por entrar debaixo das cobertas e me fechar do mundo.

Mas não era para ser. Eu mal tinha passado pela porta do cômodo quando Lilith entrou acelerada no corredor e começou a dar ordens.

— Houve registro de um ataque no subúrbio. Está claro que é um unicórnio. Acho que está na hora de um exercício de campo.

Todas gemeram.

Phil balançou a cabeça.

— Olhe pra elas, tia Lilith. Estão exaustas. Você não pode mandá-las pra rua agora, depois de tudo que as fez passar hoje.

Lilith a ignorou e se virou para Cory.

— Por favor, pegue as armas. Quero pelo menos seis arcos recurvos e aljavas cheias, mas traga também algumas bestas, por garantia. Vou mandar oito de vocês.

— Você ao menos tem ideia de quantos unicórnios são? — perguntou Phil. — Na última vez em que saímos pra caçar, foi preciso seis de nós pra derrotar *um*.

— Não nos vejo tendo muita opção — respondeu Lilith, friamente. — Eu também gostaria de ter mais caçadoras à disposição, mas não está nas mãos de nenhuma de nós.

Phil calou a boca.

Lilith se virou para as outras garotas e falou em voz alta:

— Coloquem roupas de sair, moças. Quero todas lá embaixo e prontas em dez minutos.

Ao meu redor, as outras caçadoras resmungavam e seguiam para seus quartos para se vestir, mas como eu ainda nem tinha tirado a roupa, segui Phil e Lilith para o térreo.

— Acho que eu devia ir junto — disse Phil. — Como equipe de apoio.

— De jeito nenhum — disse Lilith. — Você vai ser um peso.

— Quando caçávamos antes, levávamos nosso treinador de arco e flecha junto. Ele nunca ficou na linha de ataque dos unicórnios e nos orientava durante a caçada.

— Não me interessa como vocês faziam as coisas antes, Philippa. Eu sou a *donna* agora e vou planejar nossas estratégias.

— Com que experiência, tia Lilith? — perguntou Phil, quando nós três chegamos ao final da escada e saímos na rotunda. — Será que eu perdi a informação da temporada em que você foi do exército? Quando teve qualquer prática de campo em caçadas?

Lilith se virou e ergueu a mão, e, por um momento, achei que ia dar um tapa na cara de Phil. O anel do *don* brilhou no dedo dela.

— E eu, perdi o momento em que você deixou escapar seus poderes de caçadora por causa de suas más decisões e do seu comportamento irrespon sável? O momento em que você botou minha filha em uma situação em que ela saía regularmente com um estuprador?

— Mãe! — gritei, perplexa.

Ela se virou para mim.

— Astrid, não quero ouvir nada vindo de você. Sou sua mãe, e você e sua prima andaram me enganando durante meses, desrespeitando minhas regras assim como as regras das pessoas em quem confiei pra cuidar de vocês.

— Suas regras! — gritei. — Você disse "vá para Roma e seja caçadora". Bem, aqui estou eu!

— Sim — disse Lilith, secamente. — Namorando. Saindo escondida. Quem sabe até onde as coisas teriam ido?

— E daí? — desafiei. — A escolha é minha.

— Mas nem sempre é assim, certo? — sibilou Lilith, olhando para Phil.

— Isso é totalmente desnecessário — disse Phil.

— É? — Lilith cruzou os braços sobre o peito. — Acho que não sou como o perfeito e tranquilo Neil, que é educado demais pra dizer as coisas que precisam ser ditas. Bem, talvez não seja apropriado, mas se você tivesse ficado aqui dentro, *onde era seu lugar*, isso nunca teria acontecido.

— Chega! — gritei, tão alto que as palavras reverberaram pelas paredes de mosaico. O queixo de Phil estava erguido, mas tremia. — Como você pode falar com ela desse jeito, sabendo o que ela passou?

— Porque Philippa sabe muito bem que seria bem pior ter de lidar com o pai dela. Por que você acha que ela ficou aqui em vez de ir pra casa?

Phil não me olhou nos olhos.

Tudo bem. Nova tática.

— E acho que Phil tem razão quanto à caçada. Ela tem experiência nisso, mãe, e pode ajudar as garotas que não têm. Desde que fique fora do caminho...

— Quando eu quiser sua opinião, Astrid, vou pedi-la. Phil, volte pra cima.

— Não me diga o que fazer, tia Lilith — disse Phil, em um tom baixo e perigoso. — Como você tanto gosta de observar, não sou mais uma caçadora.

— Vá pro seu quarto — repetiu Lilith —, ou solto Bonegrinder da jaula.

Por um momento, tudo ficou silencioso. Em seguida, Phil se virou e seguiu para a escada. Eu olhei com raiva para minha mãe e corri atrás da minha prima.

Ela tinha subido alguns degraus da escada em espiral e estava encostada na parede curva, olhando pelas frestas da janela para a rua lá fora.

— Phil, desculpe...

— Estou indo embora, Astrid. — Ela manteve o olhar na janela. — Achei que pudesse ficar um pouco, tornar isso mais fácil pra você, rir de sua mãe, como sempre, mas... não consigo suportar. Ela me faz sentir suja.

— Ela não sabe de nada — falei. — Ela sempre foi assim.

Phil moveu a cabeça, e pude ver lágrimas brilhando nos olhos dela.

— Não é bem assim. Ela estava certa quanto aos unicórnios, lembra? E está certa quanto a você. Você é especial. — Ela engoliu em seco. — E talvez esteja certa sobre aquela outra coisa também.

— Não, Phil. Como a gente ia saber?

Ela deu de ombros.

— Acho que não podíamos. Mas não torna o que ela falou menos verdade. Se eu tivesse ficado aqui dentro, eu estaria...

— Você teria murchado — argumentei. — Não vamos viver em um claustro, Phil. Nenhuma de nós. Não ligo pro que ela diz.

Phil concordou.

— É por isso que preciso ir. Mas não pra casa. Ainda não tenho certeza. Talvez eu tente ajudar Neil a encontrar Marten Jaeger. Tenho algumas perguntas que gostaria de fazer a esse cara. — Ela endireitou a postura. — É melhor você descer. Seus dez minutos estão quase esgotados.

— Ali está ele.

Minhas palavras eram um sussurro no vento da noite, dirigidas ao grupo de caçadoras reunido na beirada da estrada. Graças à presença de policiais, jornalistas e curiosos, não tinha sido fácil tirar as armas do carro alugado de Lilith. Não dá para guardar um arco na bolsa. Fomos forçadas a ir até bem longe da cena do crime (uma loja de carros na beira da estrada, onde quatro vendedores e um mecânico foram encontrados em pedacinhos) até encontrar um lugar discreto para descarregar. Imediatamente nos afastamos da estrada e fomos em direção aos arredores. Havia poucos prédios e poucas árvores, mas havia um pequeno bosque na colina adiante e ele era nossa melhor aposta. Como previsto, conforme nos aproximamos, tive um vislumbre de escuridão dentro da escuridão e um aroma de cinzas e mofo.

— Não consigo ver — disse Melissende ao meu lado. — Mas consigo sentir.

— Eu também — disse Grace. — Será que ele nos sente?

— Se não sentir — disse Cory, fazendo graça —, ele ouve.

Ficar em silêncio seria importante em uma caçada normal. Com unicórnios, não fazia diferença.

— Vamos nos espalhar — avisei. — Não muito longe. Não quero nenhuma de nós na linha de fogo. — Por que ele estava de pé no limite do bosque? Eu mal conseguia distinguir o contorno dele agora. Talvez o animal tivesse esperança de que, ficando parado, nós não conseguiríamos vê-lo. — Fiquem em pares, para ter um apoio a postos caso o unicórnio escape do primeiro disparo.

— Quem você pensa que é? — disse Melissende. — Nós já entendemos.

Mas elas seguiram minha sugestão, de qualquer forma. Com flechas prontas nos arcos, começamos a nos aproximar. Quinze metros, e o kirin permaneceu parado. Doze, e eu podia sentir meu mundo ficando mais condensado, tomando foco no pelo azul-marinho tigrado em um ponto ideal, bem atrás do coração. Era quase perfeito demais: o kirin estava de lado para mim. Quando eu deveria arriscar um disparo? Quando ele fugiria?

Quando ficamos a 9 metros, eu soube que as outras caçadoras pensavam do mesmo jeito e vi a hesitação delas com o canto do olho. Quando uma de nós agisse, todas precisariam estar prontas. Isso funcionaria, de verdade. Não importava que não tínhamos nossos arcos modernos, com miras equilibradas e cordas com engrenagem e com flechas perfeitas e penas sintéticas. Tínhamos coisa bem melhor: a habilidade e os disparos perfeitos. Talvez esse fosse o primeiro abate de Melissende, o que faria com que ela largasse do meu pé por um tempo. Ou talvez Grace, para aliviar a raiva da última caçada.

Meu sangue começou a reverberar naquele acorde já familiar, e o cheiro de unicórnio se espalhou ainda mais a cada respiração. Quem dispararia primeiro?

Com minha rapidez de caçadora, chamei a atenção de Melissende. Ela ergueu o arco, baixou a cabeça na direção da mira e disparou. O unicórnio correu para a vegetação.

O bosque está tomado de olhos dourados.

De cada um dos meus lados, as caçadoras se adiantaram, mas eu fiquei presa onde estava.

— Não! — gritei, mas era tarde demais.

Eles vieram de todos os lados, uma dúzia, talvez mais, com os chifres baixos, os dentes à mostra, o pelo brilhando com a cor da noite enquanto disparavam pela escuridão.

Emboscada.

Vi Ilesha ser atingida, mas não consegui saber se foi por um chifre ou uma pata. Rosamund disparava tiros com a besta contra o grupo, e quando os dardos acabaram, ela jogou a arma no chão e saiu correndo. Dois kirins foram atrás dela, e disparei flechas nos dois, atingindo um no flanco e o outro no pescoço. Nenhum desses dois disparos seria suficiente para matar.

Em minha mente, vi o campo de lama, as caçadoras morrendo, o céu sangrento. Disparei todas as flechas que tinha, e, quando a última saiu voando do meu arco e penetrou o alvo, que era o olho de um kirin, eu também larguei a arma e peguei minha faca curva de alicórnio.

— Recuar! — Ouvi Cory gritar.

Valerija estava gritando de cima das costas de um kirin, enfiando com força um facão nas pernas dele. Melissende ainda disparava tiros com a besta, mas logo ficaria sem dardos. Grace girava no meio de um grupo de kirins que recuava, e uma espada leve era tudo que havia entre ela e os chifres. Zelda devia ter sido atingida, pois eu não a via em lugar algum. As caçadoras ainda de pé estavam correndo para a estrada agora, com os kirins recuando para as árvores.

— Socorro! — Valerija estava pendurada atrás de um kirin enquanto ele corria para o bosque, arrastando-a junto. — Meu braço! Meu braço!

De alguma forma, ela ficara enrolada na crina do unicórnio. Avancei correndo, com a faca de alicórnio na mão, e o bicho desapareceu entre duas árvores, com Valerija caída atrás.

Andamos em zigue-zague em meio à vegetação baixa, Valerija gritando de dor e pânico, o kirin gemendo alto. Minhas pernas pareciam voar sobre o chão, com as folhas e os galhos parecendo um borrão enquanto eu corria. E então eu estava voando, caindo sobre o animal e atacando com minha faca.

A cabeça do kirin se ergueu quando cortei a crina dele, e Valerija deslizou para o chão. Ela se levantou rapidamente e aninhou o cotovelo na outra mão.

Ela estava desarmada.

— Corra — falei, ofegante, e o kirin deu um pinote. — Desarmada você está morta...

O unicórnio me jogou longe, mas me virei no ar e caí meio agachada, um tanto sem jeito. Ele baixou o chifre em minha direção, e, mesmo na escuridão, eu podia ver o sangue pingando dos muitos ferimentos de faca.

Não, eu podia sentir o *cheiro*. Quão estranho era isso? Mais estranho ainda, os ferimentos não estavam se fechando. Como tinha acontecido com o re'em naquela noite.

— Corra! — repeti para Valerija. Empurrei o ombro dela, tentando fazer com que a garota fosse para a clareira antes que o unicórnio atacasse.

Os olhos dela se arregalaram, e o fogo explodiu nas minhas costas. Tentei respirar, mas não consegui, com minha boca se enchendo de sangue quente e amargo. Tirei os olhos do rosto horrorizado de Valerija e olhei para meu torso. O que era aquele caroço aparecendo debaixo da minha blusa? Parecia um alicórnio.

Que estranho.

Valerija saiu correndo, e o mundo ficou negro.

O cheiro veio primeiro: fogo e inundação. O odor do apocalipse.

Um momento depois, não havia nada além de dor. Nada de ar, nada de luz, nenhum som, só meus batimentos cardíacos, altos e lentos.

Havia areia entre meus dedos, grudenta e molhada. Minha visão ficou turva quando tentei abrir os olhos, e, ao tentar falar, minha boca estava grudada e seca.

Quanto a respirar, doía muito tentar. Cada movimento de ar enviava flechas afiadas e ardentes para meus pulmões.

Eu me esforcei para virar a cabeça, enfiando as mãos na terra para suportar o tormento de me mover um centímetro. Será que Valerija tinha me abandonado para que eu morresse no bosque como um animal? Será que ela também estava aqui, morta ou morrendo? Onde estavam as outras? Será que todas nós estávamos...

Um gemido de desespero escapou de minha garganta e doeu tanto, que quase desmaiei de novo. Então era assim que terminava. Sozinha, no escuro. Sem mãe, sem Phil, sem chance. A escuridão começou a embaçar minha vista de novo, e eu sufoquei o instinto de inspirar.

Filha de Alexandre.

Fiquei imóvel, com o rosto na gosma que agora percebia ser uma poça do meu próprio sangue.

Filha de Alexandre, respire. Você vai ficar bem. Seu pulmão funciona mais uma vez.

Eu me engasguei de novo, e o ar parecia ser feito de fogo. Pareceu que uma era tinha se passado em uma batalha escura, eu contra meus pulmões, com armas feitas de oxigênio e sofrimento. Mas então tossi, sangue e saliva voaram da minha boca, e descobri que conseguia respirar. Doía absurdamente, mas eu inspirei.

Não se mexa.

É, não brinca. Pisquei e respirei, feliz momentaneamente por esse pequeno privilégio devolvido. Ar. Ah, ar. Eu nunca apreciei você antes!

Vários minutos depois, virei o rosto para o lado. A 30 centímetros estavam os corpos de dois kirins, um deles com o chifre coberto de sangue. Devia ser o que me atacou. Isso parecia familiar de certa forma, como as imagens se acumulando na minha cabeça.

Um band-aid, uma besta, uma fogueira. Giovanni e eu no bosque; os unicórnios estripados; o painel na rotunda; eu, no chão, com um buraco enorme nas costas...

Ele tinha me salvado. Ele tinha me salvado de novo

Um microfone, uma plateia aguardando...

Filha de Alexandre, você consegue falar?

— Consigo — respondi, em uma voz coaxante.

O karkadann saiu do meio das árvores.

Você está ficando melhor nisso.

22

Quando Astrid junta as peças

A noite passou, e eu oscilava entre a consciência e inconsciência enquanto o karkadann tomava conta de mim em profundo silêncio. Eu podia sentir as ondas de veneno saindo pelo chifre dele, mas aquilo não me incomodou como antes. Talvez estivesse me acostumando, criando maior resistência a cada vez que era exposta. O veneno quase tinha me matado no banco do parque, mas aqui, perto de um ferimento quase fatal, eu mal o sentia. Ou talvez o veneno estivesse ligado ao Remédio, afinal.

— Isso ajuda? — perguntei, em voz alta.

Uma proveta do meu laboratório de química da escola. Meu caderno do laboratório coberto com meus escritos.

Você é a cientista. Responda você.

E bem depois:

— As outras... estão todas mortas, não estão?

Nenhuma caçadora pereceu esta noite.

Então por que eu estava sozinha ali? Não me largariam lá porque pensaram que eu estava morta, largariam? E mesmo se achassem tal coisa, elas procurariam pelo meu corpo. Eu me engasguei e tossi.

E então, na mente, vi um kirin correndo com uma enorme protuberância na cabeça. Meu corpo, empalado pelo chifre.

Um troféu.

— Eles... me trouxeram?

Fogos de artifício. Dança. A imagem de Clothilde Llewelyn.

— Para provar que me mataram. A Llewelyn. — Balancei a cabeça. Talvez eu me saísse melhor traduzindo as imagens quando estava perdendo a consciência. — Mas não sou muito diferente das outras caçadoras. Por que se importam?

Vingança.

— Contra quem?

Contra as caçadoras. Contra mim.

— Por que você?

Gargalhadas. Um teste surpresa. Alguns kirins.

Quase gemi, mas me dei conta do quanto doeria. Por que não era Cory quem estava aqui em vez de mim? Ela poderia oferecer um conhecimento enciclopédico sobre os kirins.

Eles eram da Ásia. Isso eu sabia. E tinham se espalhado pela Europa na época da primeira extinção. Caçavam em grupo, e a lenda dizia que apareceram na época de um grande líder. Como Confúcio. Eram incrivelmente difíceis de ver à noite, e pode ser por isso que antigos desenhos deles eram cobertos de nuvens. Lutavam como demônios. No passado, as pessoas os idolatravam, se sacrificavam a eles como se fossem deuses.

Sim. Os kirins desejam a idolatria dos homens.

Uma cidade murada, um portão fechado... Exílio, traduzi.

O exílio não os agrada.

Exílio? A verdade borbulhou dentro de mim. Aquele século e meio em que achamos que estavam extintos? Para eles, aquilo foi um exílio. Eles eram mais do que simples animais, sobrevivendo silenciosamente nos recantos escondidos do mundo. Os unicórnios estavam se *escondendo*.

Será que passaram a se esconder depois que Clothilde matou o karkadann? Será que sabiam que seus dias estavam contados? Cory sempre descreveu o abate do karkadann de Clothilde como a Última Caçada. Eu nunca tinha ouvido falar de ninguém matando unicórnios depois disso.

Eu estava com tanta sede...

Na minha cabeça, surgiu a imagem de uma estudante, andando em uma rua segurando o almoço que estava em um saco de papel. Muito perto e muito vulnerável. A refeição dele trazendo a minha refeição.

Eu poderia conseguir comida e bebida para você, mas você não iria gostar dos meus métodos.

— Não.

Tentei levantar a cabeça do chão, mas minhas costas pegaram fogo quando me mexi. Será que eu estava cicatrizando? Ao contrário de Ursula, eu não recebera uma transfusão de sangue de não caçadores. Eu não fazia ideia de quanto sangue perdi, mas eu ainda estava aqui, ainda estava viva. Talvez ainda em processo de cicatrização. Quando as imagens sangrentas da estudante sumiram, eu me arrisquei a falar de novo. Como ele podia estar me tratando com tanta gentileza e agir com tanta sede de sangue em relação a outra garota?

— Por que você não me mata?

Preciso da sua ajuda. Como da última vez.

— No parque?

Não. Com Clothilde Llewelyn.

Fechei os olhos. Certo. O karkadann que achava que era Bucéfalo. Isso é que era mania de grandeza!

— Como foram os últimos dois mil anos pra você?

Não foram ruins.

Eu tentei rir e fui premiada com uma onda de dor. Bem, o que eu esperava? Que o unicórnio falante fosse *razoável*?

Teste surpresa: Karkadann, pensei, porque não tinha forças para falar. O cavalo de guerra de Alexandre, Bucéfalo, de acordo com todos os registros, exceto os de minha mãe, morreu no meio da invasão do que agora é o Paquistão. Pelo luto, Alexandre batizou uma cidade em homenagem a seu grande companheiro: a "cidade do cavalo", Bucéfala, que agora era conhecida como Jhelum.

Verdade. Mas eu não morri lá.

Era o que minha mãe dizia. Ela dizia que Bucéfalo tinha escapado, e que Alexandre inventara a história da morte para não passar vergonha.

De acordo com as lendas que as caçadoras de unicórnio registraram, Bucéfalo viveu por mais dois mil anos, até que Clothilde Llewelyn apareceu e finalmente o derrotou, o último unicórnio sobrevivente, em uma batalha épica que custou a vida de ambos.

Eu também não morri lá.

Não, *ele* não morreu. Eram karkadanns diferentes a cada vez. Alguns animais viviam cem anos (acho que aprendemos na aula de biologia sobre pássaros predadores), e algumas plantas podiam chegar a mil. Mas um unicórnio de dois mil anos que sobreviveu a batalhas? Ele parecia incrivelmente ágil para a idade.

Além do mais, eu tinha visto o unicórnio na rotunda, o que Clothilde matou.

Só existe eu.

Então o que é a coisa na rotunda?

O karkadann começou a rosnar, e a terra tremeu debaixo das palmas das minhas mãos, do meu peito e da minha bochecha.

Você duvida de mim, Filha de Alexandre?

Estava realmente encrencada agora que meus pensamentos não eram mais exclusivamente meus. Eu estava acostumada a ficar de boca fechada na frente da minha mãe, mas, com esse karkadann, isso não ajudaria.

Eu me perguntei sobre as outras caçadoras. Onde estavam? Onde eu estava, aliás? O que elas achavam que tinha acontecido comigo? Será que pensavam que eu estava morta?

Você quer que achem isso?

O pensamento foi tão claro na minha mente que, por um segundo, achei que pertencesse só a mim.

— Não! — Minha mãe e Phil... elas ficariam muito chateadas.

Tem certeza? É muito bom estar morto. Não se caça mais. Não se é mais caçado.

— Você sabe bem, *Bucéfalo* — disse eu —, já tendo morrido duas vezes.

Gargalhadas. Você deve estar ficando mais forte. Eu o senti se mexer acima de mim, e a respectiva onda de veneno dominou a atmosfera. *Está quase fechado agora.*

Tive uma visão das minhas costas: minha blusa, toda rasgada e manchada de vermelho-amarronzado, de sangue seco. Por baixo dela, o vislumbre de um ferimento enorme e horrível.

Eu me encolhi diante desse pensamento. Como eu tinha sobrevivido? Ninguém podia sobreviver a um ferimento assim, nem mesmo uma caçadora.

Eu teria sangrado até a morte ou parado de respirar ou... Seria possível que o chifre não tivesse perfurado nenhum órgão vital? Não, eu não conseguiria respirar. Meu pulmão deve ter sido perfurado, no mínimo. Mas tinha cicatrizado.

O karkadann resfolegou, começando a ficar impaciente. Dava para perceber. Esperava-se que alguns milênios deixariam o sujeito mais tranquilo.

Eu terei todo o tempo do mundo quando os kirins rebeldes forem derrotados.

— Você precisa da minha ajuda? — Olhei para o corpo do kirin mais próximo. — Acho que você faz isso melhor do que qualquer caçadora.

Por enquanto. Você vai melhorar. Além do mais, não quero matar todos. Quero libertá-los.

— Não entendi.

Um fluxo de imagens inundou meu cérebro, cada uma mais confusa e imprecisa do que a anterior. *O escritório queimado do Claustro; Marten observando Philippa treinar; a cabeça do kirin que Valerija matou; a Parede dos Primeiros Abates; o trono de alicórnio; a montante de Clothilde Llewelyn; o frasco de vidro dourado que minha mãe usou na noite em que salvou a vida de Brandt...*

— Pare — pedi, ofegante. — Por favor.

Um band-aid; uma coroa; uma área devastada e infinita; o aroma de cavalo quente e homens morrendo; o freio de bronze na minha boca, rasgando, rasgando...

Tentei me levantar, mas desmaiei.

Quando acordei de novo, a dor nas minhas costas tinha diminuído muito, e me arrisquei a sentar. Os cadáveres dos kirins tinham desaparecido, e tremi ao pensar no que teria acontecido a eles. Também não vi o karkadann.

— Karkadann? — sussurrei para o bosque. O tipo de luz que penetrava entre as árvores me fez pensar que estávamos perto do fim da tarde. — Hum... Bucéfalo?

Filha de Alexandre, você está bem?

Sim, eu achava que sim. Onde ele estava?

Perto. Suas habilidades aumentaram.

Minhas habilidades de ler a mente dele? Ele não podia estar perto demais... eu nem sentia o veneno.

Sim, você está melhorando para mim. Está melhor em me suportar. Melhor em me ouvir. Melhor para caçar.

— Caçar você?

Gargalhadas. Experimente.

Cuidadosamente, estico a mão para trás e toco em minhas costas. A pele estava áspera e enrugada debaixo dos meus dedos, e fiz uma careta, tossindo de novo e me sentindo tonta.

O chão tremeu, e o karkadann surgiu entre as árvores. Ele ficou de pé acima de mim e largou três pequenas laranjas ligeiramente amassadas no chão perto dos meus pés.

Bom?

Eu peguei uma, ignorando a sensação grudenta em minha mão, ignorando o quanto ela estava suja de sangue e terra.

— Sim. Obrigada.

Estava molhada e escorregadia ao toque, e havia lama seca e terra grudadas na casca. Nojento. Saliva de unicórnio.

Eu a abri mesmo assim, e suguei o suco da melhor maneira que consegui, evitando as partes sujas. O quão distante eu estava daquela que um dia foi voluntária no hospital, que jamais sonharia em comer sem ter acabado de lavar as mãos?

Acho que, depois de passar a noite em uma pilha de lama feita do seu próprio sangue, você relaxa um pouco quanto às regras.

— Tudo bem — falei, enquanto comia a laranja. — Você salvou minha vida. Agora me conte sobre os kirins.

Nem todos os kirins, mas alguns. Eles foram enganados. Acham que vão encontrar uma nova glória entre os homens. Mas eles só encontrarão escravidão. Eles não escutam.

— Bem, não posso falar com eles… posso?

Não. Mas sua espada pode.

Ergui o braço. Doeu.

— Duvido que eu faça qualquer coisa com uma espada no futuro próximo. Além do mais, você viu o que aconteceu ontem à noite. Nós, caçadoras, não somos ameaça pra mais de um unicórnio de cada vez.

Agora, vocês serão. Vocês ficam cada vez melhores.

Balancei a cabeça.

— As antigas caçadoras tiveram anos pra aprender, enquanto nós, apenas alguns meses. Elas tinham pessoas experientes para treiná-las. Nós não temos ninguém. Elas entendiam os próprios poderes. Nós, não.

Essa última coisa é verdade.

— Você... entende os poderes?

Filha de Alexandre, estou ensinando a você agora. Quando o kirin perfurou você, ele ensinou a você. Quando você brinca com sua... Bonegrinder?... ela ensina a você. Quando você fica em sua prisão, cercada de ossos que cantam e chifres que gritam, tudo é uma lição.

Estar perto de unicórnios nos tornava melhores caçadoras. Se nossas habilidades se manifestavam somente quando estávamos perto de unicórnios, faria sentido que a exposição prolongada apurasse os poderes. Isso eu conseguia entender. E explicava a questão dos ossos na parede. Mas isso não nos dizia como encarar um bando de kirins.

Alexandre e eu passamos uma vida inteira juntos. Nascemos no mesmo momento. Ele era o melhor de todos. Mas ficava perdido sem mim. As caçadoras são diferentes. Levei mil anos para entender. E então, conheci Clothilde.

— E a matou!

Não. Clothilde Llewelyn morreu na cama, cercada pelos netos.

— Isso é impossível.

É? Você também está morta, Filha de Alexandre.

E, subitamente, eu entendi. Nem mesmo precisei das imagens que o karkadann plantou na minha mente. *Uma jovem de pé em um campo, com as roupas de caçadora rasgadas, os ferimentos se fechando enquanto seguia andando, passando pelos corpos de einhorns e kirins mortos, com a montante erguida. O cabelo claro dela não era longo, como no painel, mas cortado curto, exibindo melhor a cicatriz que percorria verticalmente seu couro cabeludo.*

Ela ficou de pé em frente ao karkadann, com o rosto repuxado e cansado da batalha, apontou a ponta da espada para o chão e disse: "O mundo muda, unicórnio. As cercas se erguem, as florestas caem. Não há lugar para se esconder e não há lugar onde caçar que não afete os homens. Este mundo não é para você. E também não é para mim."

— Vocês fizeram um acordo — sussurrei. — Exílio.

Sim.

— Onde?

Segredo.

Não tinha havido extinção, nem Última Caçada. Não houve nenhuma grande batalha entre Clothilde, a maior de todas as caçadoras de unicórnios, e Bucéfalo, o maior de todos os unicórnios. Era tudo mentira. E Clothilde "morreu" para que ninguém soubesse do segredo. Para que ela pudesse parar de caçar. E se casou e teve filhos. E as caçadoras nunca souberam! Isso é que é uma linhagem perdida das Llewelyn! Cory iria surtar. Isso se ela ainda achasse que havia alguma coisa de especial nas descendentes perdidas de Clothilde quando soubesse da verdade.

As descendentes dela foram encontradas.

O frasco dourado apareceu na minha mente. O frasco de vidro que Lilith tinha conseguido com o homem que fora meu pai. O último remanescente do Remédio.

— Pare com isso.

Por que você acha que procurei você?

— Realmente não sei.

Você é a única em quem confio que não vá me matar imediatamente.

— Nenhuma de nós mataria — insisti. — Porque não podemos. Não somos boas o bastante.

Você achava que conseguiria matar aquele re'em? Você consegue fazer qualquer coisa. A escolha é sua.

— Escolho permanecer morta, então. Como Clothilde.

O karkadann resfolegou de novo, e pude perceber que se arrependeu do lapso. Mas, se conseguia falar comigo, conseguia falar com as outras, certo? Uma oportunidade tinha sido concedida a mim. Uma chance única e perfeita. Eu podia ter morrido na noite de ontem. Podia morrer na próxima vez em que fosse caçar. Não posso mais fazer isso. Não quero.

Esfreguei as mãos, e o grude começou a formar bolinhas e descascar. Antes, Phil adoraria esse plano de preservação de unicórnios com o qual o karkadann e Clothilde tinham sonhado. Aposto que Ilesha e Rosamund também. Cory, nem tanto, mas...

Filha de Alexandre, preciso de você. Você também foi prejudicada por esse falso Alexandre. Esse homem arrogante. Mas não é nada em comparação ao que vai acontecer com o unicórnio. Os kirins começam a sentir a porta da jaula se fechando. Eles acham que, quando matarem todas as caçadoras, estarão em segurança. A noite de ontem foi uma emboscada. Os kirins agora acreditam que vocês estão fracas. Sem nenhuma Llewelyn. A hora é agora.

O falso Alexandre? Eu me lembrei de quando Giovanni me contou sobre o homem que disse se chamar Alexandre, no bar.

— Você está falando de Marten Jaeger?

Não conseguia imaginar uma versão moderna menos provável de Alexandre, o Grande. Alexandre tinha sido um guerreiro forte e jovem. Marten Jaeger era um velho, que mantinha as unhas feitas e dirigia um carro lustroso.

O mundo muda. Agora, ninguém precisa de exército nem de espada para conquistá-lo.

— Mas ele ainda precisa de unicórnios. — O Remédio. A droga que podia salvar o mundo ou dominá-lo. Mas ainda não fazia sentido. — Marten não é caçador. Como ele pode interagir com os kirins?

Não sei.

Meu Deus, por que eu estava ouvindo isso? Era loucura. Bucéfalo! Alexandre, o Grande! Magia que eu podia aprender só de ficar sentada aqui, absorvendo veneno de unicórnio! Era tudo ridículo. A única coisa remotamente útil que ele tinha me contado era que Clothilde conseguiu fingir a morte e escapar da Ordem da Leoa.

Eu devia seguir os passos dela.

Você não vai me ajudar. O karkadann pareceu rosnar. Mais uma vez, a terra tremeu, e os pássaros ficaram quietos nas árvores acima.

— Você vai me matar de verdade se eu não ajudar?

Me mate, então, pensei. Pois estou morta se voltar ao Claustro. Estou morta cada vez que pego um arco e uma flecha e vou atrás de um unicórnio. Estamos todas mortas. Clothilde estava certa: o único meio de evitar a morte é abraçá-la e fugir.

Ele baixou o chifre e abriu a boca. Fiquei sentada no chão, encurralada, incapaz de ficar de pé, presa entre uma árvore e um monstro. Não sei quanto tempo se passou, mas, enfim, o animal se virou e foi embora galopando.

E respirei livremente.

— *Mi scusi* — disse eu para o assustado vendedor, em meu italiano de turista. — *È un'emergenza. Per favore, posso usare il suo telefono?*

Ele ficou olhando para mim, com os olhos arregalados. Eu esperava ter falado certo. Eram as únicas palavras em italiano em que eu conseguia pensar no momento.

É claro que não podia ser outra coisa além de uma emergência. Eu estava de pé no linóleo, do outro lado do balcão da tabacaria, coberta de sangue e lama, segurando a blusa rasgada com as duas mãos. Ele me entregou o telefone. Rezei para me lembrar do número corretamente e disquei.

— Oi. É Astrid. Preciso de ajuda.

23

Quando Astrid escolhe a morte e a vida

O VENDEDOR AMEAÇOU CHAMAR a polícia depois de me acomodar em uma cadeira com um cobertor, algumas toalhas molhadas e um refrigerante de limão. Nunca agradeci tanto pela hospitalidade italiana. A caminhada do bosque até ali tinha sugado as últimas gotas de energia do meu corpo, e eu estava lutando para permanecer consciente.

Eu não consegui entender muito do que ele me dizia, mas o homem parecia achar que fui vítima de um atropelamento ou de um assalto muito violento. Ele queria me levar para o hospital, mas insisti que não estava ferida. Ele começou a ficar desconfiado, o que entendi direitinho, com ou sem barreira da língua. Se o sangue que manchava cada centímetro de minha pele e de minha roupa não era meu, de quem era então?

Pela vitrine da loja, vi uma van de passageiros parar, e uma pessoa conhecida sair pela porta do motorista. Ele tinha vindo. Giovanni tinha vindo.

A sineta sobre a porta soou quando ele entrou correndo, a 3 metros de distância, depois dois e meio, depois um e meio. Eu já conseguia sentir os braços dele ao meu redor. A quase 1 metro de distância, com nada além do balcão da loja entre nós, ele parou completamente.

— Astrid. Meu Deus, o que aconteceu?

Quando me levantei, com as mãos estendidas, ele recuou. Caí sentada na cadeira, desanimada. Aposto que eu parecia um monstro. Aposto que ele estava aliviado de ter escapado quando pôde.

— O que você acha? — falei, gemendo.

— Um — ele baixou a voz — ataque de unicórnio?

Com um aceno de cabeça, eu confirmei com infelicidade e fechei os olhos que ardiam.

No momento seguinte, Giovanni e o vendedor estavam envolvidos em uma discussão agitada. O italiano de Giovanni tinha melhorado muito ao longo do verão.

— Ele acha que deveríamos levar você para o hospital — traduziu Giovanni em determinado momento. Um pouco depois: — Estou tentando convencê-lo de que isso não tem nada a ver com gangues. — Por fim, ele interrompeu a falação do vendedor erguendo a mão, se virou para mim e disse: — As pessoas do convento sabem onde você está?

Pensei no apelo do karkadann quando falei:

— Por que você acha que liguei pra você?

Quando respondeu, Giovanni não pareceu mais solidário do que eu fui com Bucéfalo.

— Estou tentando não me fazer essa pergunta agora.

Não era mais nem menos do que eu merecia. Estendi os braços de novo.

— Giovanni, olhe pra mim. Você não tem ideia do que me aconteceu hoje. Eu devia estar morta. Não posso voltar pro Claustro. Por favor, por favor, apenas...

O vendedor observou tudo isso e disse alguma coisa. Ele remexeu em uma gaveta e pegou um molho de chaves.

A tradução de Giovanni foi feita em um tom inflexível, e ele se recusou a olhar nos meus olhos.

— Ele disse que tem um quarto aqui em cima que ele aluga pra estudantes nos meses de inverno. Quer que a gente vá pra lá pra você poder se lavar. Disse que você está assustando os fregueses.

Porque eu parecia saída de uma cena de filme de terror.

— Ah. Tudo bem.

Fiquei de pé. Segui o vendedor escada acima, tropeçando apenas duas vezes, e ele nos levou até um quarto simples e modestamente mobiliado. O banheiro nem mesmo tinha porta, apenas uma divisória na extremidade com um vaso sanitário e um chuveiro acima de um ralo em um canto, com piso parcialmente inclinado. A cozinha consistia em uma pia, um armário e um fogão com uma só boca. Havia uma cama no meio do quarto e uma cadeira perto da porta.

O vendedor sussurrou outra coisa para Giovanni e saiu.

— Ele disse que tem algumas roupas lá embaixo que você pode usar. E toalhas e sabonete... pro seu banho.

— Obrigada — disse. — *Grazie!* — gritei, depois que ele já tinha saído.

Giovanni olhou ao redor e se sentou na cadeira. Fui até a pia e abri a torneira. Enfiei as mãos na água e fiquei impressionada em como ela ficou preta e depois vermelha.

O vendedor voltou com uma pilha de toalhas e lençóis, sabonete e xampu, uma camisa e uma calça de amarrar, uma escova, um pacote de chá e uma lata do que parecia sopa.

— *Grazie* — falei de novo, pegando tudo que ele levou, imensamente comovida pela generosidade. — *Grazie mille. Come si chiama? Mi chiamo* Astrid Llewelyn.

— Salvatore Basso.

Salvatore. *Salvador*. Ele certamente tinha me salvado.

— *Signor Basso, molto, molto...*

— *Dio la benedica, signorina* — disse ele, depois deu um tapinha na minha mão ligeiramente mais limpa e saiu.

Giovanni ainda não estava me olhando nos olhos, então coloquei os lençóis e as roupas na cama, peguei o sabonete e as toalhas e fui para a cabine que era o banheiro. Tirei as roupas nojentas e as joguei no quarto e abri a torneira do chuveiro antes de usar o vaso sanitário. Foi uma experiência absurdamente nojenta, e, mesmo sabendo pela minha experiência de voluntária no hospital que coisas como... eca, *isso*, eram bem comuns depois de grandes incisões, eu não estava preparada para o susto. Sufoquei um grito.

— Astrid? — A voz de Giovanni soou do outro lado da divisória. — Você está bem?

— Estou — disse, ofegante. Encostei de novo nas minhas costas e senti a pele macia e nova que havia ali. Como eu conseguiria lavar aquela parte? Será que eu ousava pedir ajuda a Giovanni?

— Estou esquentando água pra fazer chá — disse ele. — Você precisa de mais alguma coisa agora?

Preciso, pensei. Preciso que você lave minhas costas. Entrei debaixo da água e desamarrei o elástico que prendia minha trança. Deixei o cabelo se soltar debaixo do chuveiro, tomando o cuidado de colocá-lo para a frente dos ombros. Um fluxo de água desceu pelas minhas coxas e panturrilhas, manchado de vermelho.

— Tipo, dinheiro? — disse ele. — Ou uma carona para... o lugar pra onde você vai?

De pé debaixo do chuveiro, eu engasguei e quase vomitei o refrigerante que o *signore* Basso fora gentil o bastante para me dar.

— Você... vai embora?

Silêncio.

— Giovanni? — Eu me esforcei para ouvir além do som do chuveiro, do ardor da água nas minhas costas sensíveis, do som de sucção do ralo debaixo dos meus dedos. — Você ainda está aí?

— Estou — disse ele, em voz sussurrada do outro lado da divisória. Estava a poucos centímetros de distância. — Bem aqui.

Ouvi um baque macio contra a parede. Levantei a mão, imaginando-o do outro lado, com a testa apoiada contra a madeira.

— Não me deixe — implorei. Apertei a madeira com força, como se eu pudesse fazer a mão atravessar a barreira e tocar nele.

Séculos se passaram em silêncio. Em seguida:

— Não vou.

Esfreguei o rosto, os braços e as pernas, me inclinando com cuidado para não esticar demais a pele das costas. Lavei meu pescoço, minha barriga, meu peito e o meio das pernas. Havia uma pequena e brilhante marca rosa, com o formato de uma espiral dupla, onde o chifre do unicórnio tinha perfurado meu corpo na frente, logo abaixo da última costela direita. Novamente, fiquei maravilhada por ter sobrevivido.

Certo, chega de enrolação. Apertei o maxilar e estiquei a mão para as costas. Um novo fluxo de água vermelha se acumulou aos meus pés, e mordi o lábio. Flocos de sangue seco maiores do que moedas de euro se soltaram nas minhas mãos, mas se eu tentasse passar os dedos sobre a pele, eu...

— Ai! — gemi, e minhas pernas começaram a tremer. Eu me apoiei com as duas mãos na parede para conseguir permanecer de pé.

— Astrid? Você está bem?

Respirei fundo várias vezes, trêmula, e fechei a torneira do chuveiro.

— Sim. Eu só... — Tateei em busca da toalha e a enrolei com cuidado no corpo. — Vou sair agora.

— Obrigado por avisar.

Quando cheguei à extremidade da divisória, Giovanni tinha voltado para a área do fogão, onde servia duas canecas de chá, de costas, com a cabeça inclinada resolutamente em direção ao que estava fazendo.

Eu me sentei na beirada da cama e deixei que a água do meu cabelo pingasse no meu colo.

— Eu, hum... — Respirei fundo de novo. — Não consigo lavar minhas costas.

Ele ajeitou a postura, mas não se virou.

— Por que não?

Virei de costas para ele e deixei a toalha deslizar até a cintura.

— Olhe.

Não sei quando ele se virou. Não quis saber. Mas, de repente, ouvi uma inspiração profunda do outro lado do quarto.

— Como está? — perguntei, e havia um tremor terrível na minha voz. Eu não ousava me virar e ver o horror que senti refletido no rosto dele.

Mas, de repente, a mão dele tocou minhas costas, quente e sólida e absurdamente gentil. Ele passou o dedo em uma forma estranha e irregular entre as pontas inferiores das minhas omoplatas.

— Não arranque meus braços — disse ele, em um tom tão baixo que mal consegui ouvir.

É verdade. Eu ameacei fazer isso se ele voltasse a tocar em mim.

— Eu não conseguiria, mesmo que quisesse. — Minha voz tremia a cada sílaba. — Como está?

— Parece uma estrela. Uma estrela gigante, retorcida e de muitas pontas. — Ele hesitou. — O que aconteceu?

— Fui perfurada — respondi. — Atravessada de um lado até o outro.

— Mas… — Eu sabia qual era cada pergunta na cabeça dele. Sabia, porque eu também as tinha. Como você sobreviveu? Como consegue andar? Como isso fechou em tão pouco tempo? — Está quase cicatrizado.

— Eu cicatrizo rápido, se o ferimento for causado por um unicórnio.

Ele baixou a mão.

— Você está dizendo que é uma super-heroína? Tipo o Wolverine?

Eu engoli em seco.

— Se houver um unicórnio por perto, sou.

Senti a cama balançar quando ele se levantou.

— Vou limpar suas costas. — O tom de voz dele não indicava se acreditava em mim ou não. — Tudo bem?

— Por favor.

Eu o ouvi remexendo em um armário e abrindo a torneira da pia. Ele voltou para a cama, e senti a mão dele no meu ombro e um tecido macio e quente nas minhas costas, tocando de leve nas bordas do ferimento. Ficamos sentados em silêncio por vários minutos enquanto ele limpava o local. Do lado de fora, o sol se pôs, e o quarto ficou escuro.

— Quer acender a luz? — perguntei. — Pra ficar mais fácil de ver?

— Na verdade, é mais fácil assim — disse ele. — É mais fácil… sem ver.

Fechei as mãos no colo e encolhi os ombros o máximo que ousei.

— Está tão ruim assim, é?

— Astrid — disse ele, e pareceu que estava lutando para respirar. — Você está *nua*.

Dei uma gargalhada. Não consegui evitar. Todo esse tempo, eu estava achando que ele estava horrorizado, mas, na verdade, ele estava se esforçando para ser um cavalheiro. Eu me virei para olhar para ele, com meu cabelo molhado caindo pelos ombros e escondendo os seios. Ele me encarou, com uma expressão mista de admiração e preocupação, e eu o encarei, sem prestar qualquer atenção em nada além daquele garoto, além daquele momento. Na noite anterior, eu morri. Hoje, eu renasci. Quem era eu agora? A Astrid Guerreira, como Giovanni gostava de dizer, ou a Astrid mulher, que Giovanni realmente poderia ter?

Respirei fundo.

— Você precisa saber…

Após hesitar por uma fração de segundo, ele expirou.

— *O quê?*

— O que sinto por você... nunca mudou. Tentei odiá-lo, mas... não consegui. Não consigo. E não quero.

Ele suspirou aliviado, se inclinou e me beijou com força. Não foi nada além dos lábios dele contra os meus, mas senti como se tivesse sido um abraço de corpo inteiro. Ele aninhou meu rosto nas mãos, e, embora desejasse que ele me tomasse nos braços, eu sabia que minhas costas não suportariam.

Giovanni acabou se afastando, um pouco ofegante, e afundou o rosto no meu pescoço.

— Esta semana foi um inferno. Mereci tudo que você me disse no convento naquele dia. Fui tão cruel. E, quando você foi andando pra longe de mim, percebi o quanto estraguei tudo. Mais uma vez. Fez com que tudo que aconteceu na faculdade não parecesse mais do que me dar mal em um exame. Eu estava me esforçando tanto pra ser certinho de novo e agi pior do que antes. — Enfiei as mãos pelos cachos dele, fazendo um carinho. — Quando você ligou hoje, eu não me importei com o porquê ou como, apenas soube que precisava encontrá-la. Roubei aquela van da escola. Vão me expulsar, com certeza. Primeiro Seth desapareceu, depois eu... Mas não me importei, desde que visse você de novo. Mesmo se você me odiasse. Mesmo que a única coisa que eu pudesse ser pra você fosse o cara que traduz italiano e faz chá. Mesmo se precisasse ficar do outro lado da divisória do chuveiro, sem saber se você estava sangrando até a morte ali. Só sabendo que você estava sem roupas... e que estávamos em um quarto sem nada além de uma cama... e que eu jamais poderia tocar em você novamente.

— Você pode — disse eu. — Se quiser. — E, por um segundo, achei que ele fosse, que nós dois fôssemos fazer isso. Naquele momento, fiz uma careta quando uma pontada de dor percorreu meu tórax. — Só não exatamente agora, talvez.

Ele concordou e se afastou. Mas não importava. Eu estava morta agora. Tinha todo o tempo do mundo para ficar com Giovanni.

— Vista-se. Enquanto isso eu vou fazer mais chá — disse ele.

Ele acendeu a luz, e eu vesti a calça e a blusa larga enquanto ele estava de costas. A combinação da iluminação fraca e do escuro da noite transformou a janela do quarto em um espelho, e levantei a camisa para olhar por cima do ombro para minhas costas. Estava como Giovanni falou. Uma cicatriz recente, em formato de estrela, maior do que o tamanho de uma mão, espalhava-se a partir do meio das costas. Cada ponta formava uma espiral, toda cruzada, como uma trança ou uma dúzia de oitos encostados um no outro. Eu me lembrei da descrição de Kaitlyn da marca na perna de Brandt. Por que eu não tinha visto isso antes, em Ursula ou em Zelda, que também tinham sofrido ferimentos de alicórnio? Mas as duas tinham levado pontos. Quando o kirin no pátio cortou meu braço, fechei o ferimento com curativos. Hoje, cicatrizei naturalmente, e Brandt foi através do Remédio. Será que isso tinha relação?

Giovanni limpou a garganta, e eu abaixei a camisa.

— Tenha pena de mim, pelo menos — disse ele.

Mas ele não estava me pedindo para fazer nada. Não era como Kaitlyn tinha dito uma vez, sobre o que os rapazes esperavam e o que você devia a eles. Giovanni quebrava todas as regras que eu tinha em mente sobre relacionamento. Desafiava todas as expectativas que eu já tive.

Nos sentamos na cama, e ele me entregou uma caneca. Entre goles de chá, eu contei tudo. Contei sobre Alexandre, o Grande, e seu cavalo de guerra, sobre a deusa Diana, sobre o incêndio no templo e as virgens vestais e o Claustro e a campanha de Jutland. Contei sobre minha mãe, sobre Brandt, sobre Bonegrinder e Cory e Neil e a Gordian. Contei sobre matar o re'em e ser atacada pelo kirin. Contei sobre Bucéfalo e o que o karkadann disse sobre Clothilde. Sobre o que ele disse sobre mim.

— Você me acha louca? — perguntei, quando acabei e o chá já estava frio de novo.

Ele negou com a cabeça.

— Estamos em Roma, Astrid. Entre a antiguidade e a Igreja, o que você está me dizendo parece comparativamente um milagre menor. Unicórnios falantes e ferimentos que se fecham sozinhos? Posso mostrar meia dúzia de passagens na Bíblia...

— Esqueça a Bíblia por um segundo — falei. — Você acredita em mim?

— Acredito nos meus olhos. — Ele apontou para minhas costas. — Então, acredito. Eu queria poder ver você com o arco e flecha qualquer dia. Quando você estava descrevendo ainda agora... Nunca vi você parecer tão viva.

Recuei, horrorizada.

— Não é verdade!

Ele ergueu as mãos.

— Opa, o que eu disse? Foi só uma observação.

— Não diga isso. Caçar foi horrível. Estou tão aliviada por estar livre disso.

Eu me deitei na cama, de lado para não pressionar as costas, e tentei esquecer as palavras dele. Ele estava errado. Muito errado.

Ainda assim, os sons de cordas de arco sendo puxadas e de espadas dominavam minha mente.

Giovanni se deitou ao meu lado.

— Por que você acha que está livre?

— Por que todas as outras caçadoras acham que estou morta.

— Sua família.

Fiquei em silêncio por um momento, imaginando como seria não ver Phil de novo. E até minha mãe.

— Vai dar tudo certo.

— Hum. — Ele curvou o corpo para se encaixar no meu, deixando alguns centímetros entre minhas costas e o torso dele, e fez carinho no meu braço. — Não tenho certeza. Não parece coisa sua deixar aquelas garotas se virarem sozinhas. Você não disse que algumas tinham 12 anos ou menos? Se lembra da noite em que nos conhecemos? Você nem mesmo me deixou bater no garoto de rua que roubou sua bolsa.

— Aquilo foi diferente.

Na minha cabeça, vi Ilesha caindo quando o kirin atacou. Eu não sabia se ela estava bem. Bucéfalo disse que nenhuma das caçadoras morreu, mas o karkadann não era onisciente. Eu me perguntei se mais alguém ficou gravemente ferido.

A informação que o karkadann me deu, será que as ajudaria? Será que as protegeria na próxima vez em que fossem caçar, será que as salvaria de outra emboscada dos kirins? Será que elas não perceberam que aquilo fora uma emboscada?

— Em que você está pensando, Astrid? — A mão dele subia e descia pelo meu braço, mas só no braço.

— Em como é bom ficar aqui deitada com você.

Ele fez de novo aquele som de quem não estava convencido.

— Por quê? — perguntei. — Em que você está pensando?

Em sexo, provavelmente. Afinal, estávamos deitados em uma cama. E eu tinha tirado a roupa na frente dele. E ele era um adolescente.

Mas Giovanni me surpreendeu de novo.

— Estou pensando que você não está realmente livre. Levando em consideração tudo que me contou, parece que você atrai os unicórnios só por causa do que é. Isso é perigoso, não é?

— Vai parar quando... eu não for mais virgem.

— É um pedido muito tentador — sussurrou ele, com a boca perto do meu cabelo. Meu corpo todo começou a formigar, e as cicatrizes nas minhas costas arderam como uma queimadura de marcar gado. Ele expirou fundo contra minha pele. — *Muito.*

Eu me apoiei em um dos cotovelos e olhei para ele, com a cabeça afundada no travesseiro velho, com a pele escura contra o lençol, os olhos grandes e castanhos e o vão embaixo do pomo de adão, onde sua pulsação batia com tanta rapidez que eu mal conseguia diferenciar um batimento do seguinte. Girei o corpo e me abaixei até estar deitada por cima do peito dele, e começamos a nos beijar. Nossos corpos se uniram, o meu, úmido e sensível a cada toque dele; o de Giovanni, quente e sólido e humano e maravilhoso. Segurei a camisa dele e me agarrei enquanto meus batimentos disparavam para alcançar os dele, enquanto nossos lábios e nossas línguas se tocavam e tudo parecia tão perfeito que eu queria gritar de júbilo. Deslizei alguns centímetros, até estar completamente em cima dele. Ele esticou os braços para me puxar mais para perto, e gemi de dor. Ele baixou as mãos para a lateral do corpo.

Não! Ferimento idiota.

— Se você pudesse fazer agora — disse ele baixinho, completamente parado debaixo de mim, como se estivesse morrendo de medo de me machucar de novo. — Esta noite. Você faria?

— Não sei. Eu ia querer.

— E se não fosse eu? Ainda assim?

Eu sabia o que ele estava realmente perguntando. Era a liberdade, ou era ele? Beijei o peito dele por cima da camiseta, inspirei o aroma fresco e vivo de Giovanni, imaculado, sem qualquer toque de unicórnio, sem qualquer traço do cheiro de fogo e inundação.

— Não. É você.

— É você também, Astrid Guerreira.

Eu me afastei.

— Pare de me chamar assim.

— Por quê? É verdade, não é? É o que você é.

Saí da cama, cruzei o quarto até a janela e olhei para a noite. Até mesmo Roma era bem mais vasta do que aquilo que eu conhecia da vizinhança onde ficava o Claustro. Como ele podia esperar que eu voltasse para lá, sabendo o quanto era isolado? Sabendo o quanto era perigoso?

— Aquele unicórnio, o que falou com você...

— Bucéfalo.

— Ele disse que a situação estava especialmente ruim pras outras garotas agora. Pra qualquer uma com... suas habilidades. Que aqueles unicórnios tentariam caçá-la e iriam atrás das outras garotas quando você tivesse morrido. Ele disse que você poderia acabar com isso. Trazer a segurança para elas de novo. E que, depois, você poderia fazer o que quisesse.

Olhei por cima do ombro para ele. Giovanni estava sentado na cama, parecendo tão maravilhoso e caloroso, e, ah, tão fora do meu alcance!

— Assim como você?

— Você acha que eu faço o que quero?

— Não. Acho que o que quero fazer é você.

Ele riu, mas logo em seguida ficou sério de novo.

— Astrid, veja suas costas. Você podia ter morrido. Devia ter morrido. O fato de estar viva é um milagre. Você quer desafiar isso? Considerando que há monstros comedores de gente por aí?

Olhei pela janela de novo. Em algum lugar na escuridão, o karkadann estava esperando. Eu não conseguia mais ouvi-lo, mas sabia. Era uma parte tão intensa de mim agora, essa percepção de unicórnio. Perder isso seria como ficar cega.

Giovanni prosseguiu:

— Quer... se afastar, sabendo o quanto é ruim pras suas amigas?

Engoli em seco, desafiadora. Mas Clothilde tinha feito isso, e ninguém a culpava.

Mas ela fizera isso mesmo? Clothilde não abandonou as outras caçadoras ao seu destino. Quando ela fugiu, primeiro fez um acordo com o karkadann de que protegeria todo mundo dos unicórnios. Caçadoras e o restante da população. E, mais ainda, ela também protegeu os unicórnios da raça humana.

Astrid Guerreira, Filha de Alexandre, descendente de Clothilde Llewelyn, caçadora de unicórnios — esses eram os nomes que as outras pessoas tinham me dado. Será que eram meus nomes? Será que eram *eu*?

Podia virar as costas para eles, minhas costas cobertas de cicatrizes feitas por um unicórnio, se eu quisesse? Mesmo esta noite, segura de que desejava desaparecer daquele mundo para sempre, eu não conseguia parar de pensar no Remédio; não conseguia parar de contar para Giovanni em detalhes ofegantes e excruciantes como tinha sido cortar a garganta do re'em enfurecido; não conseguia parar de observar o campo, mesmo agora, em busca de uma visão de unicórnio na escuridão.

Eu *era* caçadora — nos ossos, na carne, no sangue: de verdade.

Eu precisava voltar.

24

Quando Astrid encara a família

Os garotos são criaturas curiosas. No momento em que você cede e oferece aquilo que vêm querendo de você, eles começam a questionar sua decisão. Assim, enquanto Giovanni me levava de van de volta ao Claustro no dia seguinte, ele não tinha mais tanta certeza de termos tomado a decisão certa.

— Andei pensando — disse ele, percorrendo o trânsito louco de Roma e as ruas estreitas. — E estou preocupado com sua segurança. Tudo bem: você sobreviveu ao último ferimento, mas e na próxima batalha? Não sei o que eu faria se alguma coisa acontecesse com você.

Sorri para ele.

— Que fofo.

— E quanto a nós? — Ele desviou de uma Vespa e passou por um sinal amarelo. Eu me segurei na barra acima da porta. — Se você se comprometer com isso, você pode...? Nós podemos... Bem, o que é que *podemos* fazer?

Ele buzinou com raiva para um pedestre e diminuiu a marcha. Eu estava maravilhada por um garoto de Nova York saber dirigir.

— Você acordou excitado, não é?

Ele não respondeu. Não precisava. Tínhamos passado a noite nos braços um do outro, nos beijando um pouco, conversando um pouco, mas a maior parte do tempo apenas deitados, fazendo nossos corpos se tocarem o máximo possível mesmo de roupas. Talvez soubéssemos que seria a última vez. Minha mãe ainda estava encarregada do Claustro e era inflexível quanto ao fato de não haver homens nas vidas das caçadoras, de modo algum. E ainda havia a possibilidade muito real de que a morte chegaria para mim na próxima vez em que eu pegasse num arco.

A luz da manhã estava suave no mosaico do pátio da frente quando Giovanni estacionou. A luz do sol se refletia na água do chafariz. A garota de pedra estava lá de pé, estoica como sempre, mergulhando o alicórnio na bacia e anunciando seu sacrifício para quem se desse ao trabalho de ler a inscrição em latim aos seus pés. Vadia metida.

— Aqui estamos — disse ele, e desligou o motor do carro. — Quer que eu entre com você?

— É perigoso até sabermos onde Bonegrinder está. — Ou minha mãe, que eu não duvidaria ser capaz de soltar a zhi em qualquer invasor ou Acteon em potencial.

Ele concordou.

— Ah, sim, o pequeno... unicórnio de estimação. — À luz do dia, ele parecia ter mais dificuldade em dizer a palavra. Eu não o culpava. — E agora? — Ele brincou com as chaves penduradas na ignição. — Você vai me ligar?

— Vou. Assim que eu souber o que está acontecendo. — Olhei para minhas mãos. — Você tem alguma ideia de onde vai estar?

— Na escola, se não descobrirem que roubei a van e me expulsarem. Com a família da minha mãe, caso descubram. Seja como for, vou estar com meu celular. Não vou embora da Itália tão cedo.

O tom dele não revelava muito, mas entendi mesmo assim. Ele tinha sacrificado muita coisa para ir até mim na noite anterior. A situação dele na escola, talvez até o futuro. E nem ganhou sexo em troca. Nem sequer uma namorada, uma vez que eu estava voltando para o Claustro sem saber o que aconteceria. O mais incrível de tudo foi que ele me encorajou a isso.

Saí do banco do carona e fiquei ali de pé, com a mão na porta, sem saber o que dizer depois. Giovanni ficou olhando para a frente, segurando o volante com as duas mãos.

— É o certo — constatei. — Tenho certeza.

Ele concordou brevemente.

— Tome cuidado, Astrid. É que... — Ele parou de falar. — *Ti voglio... ti voglio tanto bene.*

— O que isso significa? — perguntei. Ele já tinha dito aquilo antes, na colina, mas agora, parecia que o coração dele ia se partir.

Ele hesitou.

— Significa tudo. Significa que amo você. Significa que quero você. Significa que quero que você fique bem. Significa tudo.

Significava, sim.

— *Ti voglio tanto bene, Giovanni.*

Fechei a porta da van. Depois de um momento, ele saiu dirigindo, e eu encarei o Claustro sozinha.

A rotunda estava escura e silenciosa. Fui primeiro para a sala de Lilith, mas não encontrei nem minha mãe nem as pilhas de documentos que ficavam espalhadas por lá na época de Neil. Minha mãe gostava mais de juntar tralhas do que qualquer um dos Bartoli. Para onde tinha ido tudo? O quarto dela também estava vazio. A cama não parecia nem ter sido usada.

— Olá? — gritei, quando saí para a rotunda de novo.

Nada. A porta para a área subterrânea (o scriptorium, a casa capitular e as catacumbas) estava fechada, e o pátio interno estava vazio. Olhei para o andar de cima, mas também não havia sinal de vida. Seria possível que todas tivessem saído para caçar pela manhã? E onde estava Phil? Sei que ela estava planejando ir embora, mas eu esperava que atrasasse a viagem um ou dois dias com a minha morte.

Ouvi um barulho de unhas na porta fechada que levava à escada. Bonegrinder! Eu a abri, e a zhi saiu pulando, balindo com alegria e correndo ao meu redor.

— Onde está todo mundo, garota?

Bonegrinder parou no meio de um salto e seguiu para a escada, olhando para trás após alguns passos para ver se eu a estava seguindo. Agora ela obedecia ordens? As coisas ficavam cada vez mais curiosas.

O alojamento estava um caos. Malas meio arrumadas brigavam por espaço com tapetes enrolados e sacos de lixo cheios das almofadas e colchas cuidadosamente escolhidas por Cory. Bati na porta de Phil e Valerija.

— O que é? — disse uma voz grogue lá dentro. — O primeiro treinamento é só ao meio-dia, então... — Phil abriu a porta e parou. Minha mão se apertou na coleira de Bonegrinder até eu ver o anel no polegar de Phil.

— Ah, meu Deus, Astrid. — Os olhos vermelhos e tristes dela ficaram arregalados e se encheram de lágrimas. Ela deu um passo para me abraçar, e eu dei um passo para trás.

— Cuidado. Minhas costas.

— Você está viva! — gritou ela. — Como? Val disse... — Atrás dela, Valerija se sentou na cama, esfregando os olhos. Acenei para ela, cujo queixo caiu. — Ela disse que os kirins pegaram você.

— Eles pegaram — respondi. — É uma longa história, mas a versão mais rápida é que passei um dia deitada em uma piscina do meu próprio sangue no meio do nada e depois saí andando.

— Ei, pessoal! Astrid está viva! — As lágrimas corriam livremente pelo rosto de Phil. Ela segurou minhas mãos. — Ah, Astrid, nós pensamos... Suas roupas. O que é isso que você está vestindo? Por que você não ligou?

Outra longa história. Pelo corredor, portas se abriram e rostos apareceram, tomados de perplexidade e alegria. Cory e Rosamund vieram correndo, com Zelda, Dorcas e Ursula logo depois. Até Melissende e Grace pareciam felizes em me ver. Recuei até o parapeito, com medo de ser tomada em um abraço esmagador. Minhas costas estavam melhores agora de manhã, e Giovanni disse que as cicatrizes estavam menos pálidas do que na noite anterior, mas eu sabia que ainda não estava cem por cento.

— Por que não posso abraçar você? — disse Phil. — Preciso te abraçar. — Ela segurou minha cabeça com as mãos e apertou. Beijou minha testa, minhas bochechas, meu nariz. — Graças a Deus, graças a Deus, ah, Asteroide, você não faz ideia... — Ela parou. — Você viu tia Lilith?

Fiz que não com a cabeça.

— Não consegui encontrá-la.

— Não, bem, não dava pra encontrá-la, não é? — disse Cory.

— O quê? Por quê?

Phil puxou meu braço.

— Entre aqui — disse ela, suavemente. — Vou contar tudo. — Para o grupo, ela disse: — Muito bem, pessoal, voltem a arrumar as malas. Astrid está sã e salva.

— Malas? — perguntei, quando Phil me puxou para o quarto e fechou a porta.

Phil me contou tudo. A emboscada de kirins tinha causado consequências para as caçadoras. Perdemos três arcos, duas facas, *eu*... e Ilesha estava no hospital com o fêmur esmagado e com o osso da bacia quebrado. Ela foi pisoteada. Quando Lilith soube o que aconteceu comigo, ficou completamente arrasada, tirou o anel e se ajoelhou na frente de Bonegrinder. Foi Cory quem prendeu a criatura no chão antes que ela pudesse atacar.

— Eu a acalmei — disse Phil. — Mas não sei se foi pior.

Lilith anunciou então que o Claustro iria fechar e mandou todo mundo fazer as malas enquanto ela ligava para os pais e cuidava das viagens. Phil tentou ligar para Neil para reclamar, mas Lilith confiscou o celular dela. Mais tarde, Phil a encontrou na casa capitular, arrancando os troféus da Parede dos Primeiros Abates.

— O quê?

— Ela estava gritando como uma louca, Astroturf. Tentei impedi-la, mas ela me empurrou pra fora e trancou a porta. Passou a noite toda lá dentro.

— E você deixou! — gritei. — Com todas aquelas armas, naquele estado...

Eu abri a porta do quarto de Phil e saí correndo.

— Astrid, espere... — gritou Phil atrás de mim, enquanto eu descia a escada. — Você acha que não tentamos? Mas quando consegui ajuda de uma caçadora, ela tinha enfiado... — Bonegrinder, sentindo uma caçada iminente, corria ao meu lado. A voz de Phil foi diminuindo, e a zhi e eu entramos na rotunda. — Tentamos arrombar aquela porta...

Olhei por cima do ombro para a porta que levava à área subterrânea. De repente, Phil parou na base da escada.

— Não tem um machado nesse lugar?

Cory deu um encontrão nela por trás.

— Ela trancou tudo lá dentro.

— E daí? — gritei. — Arranquem um osso da parede.

Comecei a descer a escada, com Bonegrinder atrás de mim e as outras garotas nos acompanhando na velocidade em que conseguiam.

— Mãe! — gritei. — Mãe, é Astrid!

Por favor, por favor, que ela esteja conseguindo raciocinar. Cheguei ao pé da escada. O crânio de kirin acima da porta olhava atravessado para mim quando ergui o pé para chutar. A porta tinha sinais de ter sido golpeada, mas ainda estava firme. O primeiro ataque tirou mais lascas da madeira, mas a porta não caiu. Lilith tinha erguido uma barricada lá dentro.

— Mãe! — gritei de novo. — Abra a porta!

Cory se materializou ao meu lado. Desta vez, estava com um fêmur de unicórnio na mão.

— Aqui — disse ela. — Mas tenha cuidado. Ela encostou o trono na porta e vai doer se você encostar...

— Manhêêêêê! — gritei, e bati na porta até o osso se espatifar na minha mão. — Abra a porta! Está tudo bem! Estou viva.

Do lado de dentro, não vinha som algum. *Não.*

— Mãe! Por favor! — Coloquei as duas mãos contra a porta para empurrar.

— Astrid, não! — disse Cory, mas era tarde demais.

O campo de lama surgiu na minha mente, o céu baixo e cheio de fumaça, o fedor de mofo e cinzas, de sangue e fezes humanas e morte. Unicórnios e caçadoras gritavam, arcos disparavam, e espadas batiam contra chifres, pele e osso. Dentes rasgavam carne, e patas esmagavam crânios. Vozes humanas gritavam em línguas estrangeiras, e monstros galopantes soavam como trovões na atmosfera desolada.

Mas não houve dor.

— Phil! — pedi. — Me ajude!

— Não está te machucando? — perguntou Cory, quando Phil se posicionou ao meu lado, mas eu estava ocupada demais empurrando para responder, ignorando as visões e a dor renovada nas costas. Estava colocando todo meu peso contra a porta quebrada, contra os pedaços do trono de alicórnio que apareciam entre as partes quebradas, contra os fantasmas de centenas de caçadoras mortas que gritavam acima de tudo.

Quando consegui um espaço de uns 30 centímetros, passei pelos fragmentos de porta.

— Mãe! — gritei ao cair no chão cambaleando, livre do trono e com as visões evaporadas. Andei mancando, consciente da dor excruciante nas minhas costas. A sala estava destruída, como Phil tinha dito. Todos os troféus tinham sido arrancados e espalhados pelo chão. Mesas e cadeiras estavam viradas, o piano estava caído em um ângulo estranho. Minha mãe estava de pé, de frente para a parede de armas, com a montante de Clothilde Llewelyn nas mãos.

— Astrid? — disse ela. Lilith olhou para mim, com os olhos fundos e assombrados, os lábios e as bochechas pálidos. E, pela primeira vez, eu soube como seria se minha mãe *fosse* realmente louca. Ela tinha passado a noite anterior enlouquecida de sofrimento. — Ah, querida, é você mesmo? — A espada caiu no chão provocando um som metálico, e nos encontramos no meio do aposento. Ela me envolveu com os braços, mas mal reparei na dor que as mãos dela provocaram ao tocar a carne macia das minhas costas. — Ah, Astrid, Astrid.

— Você não me ouviu gritando?

— Não… — Ela balançou a cabeça e começou a chorar de novo. — Eu não sabia o que pensar. Elas tentaram entrar a noite toda.

Olhei ao redor.

— Mãe, o que você fez?

— Mandei você pra morte, querida. Matei minha filha. Minha filha!

Balancei a cabeça.

— Não. Estou bem aqui.

— É um milagre! — disse ela, emocionada. — Um milagre que não vou colocar em risco outra vez. Só de ter feito você vir pra cá, e as outras garotas… É perigoso demais. Não há meio de lutarmos com eles. É tudo mentira. As antigas caçadoras treinavam a vida inteira. Eu faço vocês treinarem algumas semanas, durante alguns meses, e ainda quero que sobrevivam? É impossível.

Concordei.

— Eu sei, mãe. Venho dizendo isso desde o começo. É perigoso. É apavorante. Mas pelo menos aqui, se os atraímos, estamos um tanto preparadas.

Não é como quando Cory e eu encontramos os zhis no bosque, sem armas, sem nada.

Ela apontou para os troféus espalhados na sala.

— Essas caçadoras... elas podem ter sido bem-sucedidas a princípio, mas no final, todas morreram.

— Nem todas, mãe. — Eu me afastei e cruzei os braços na frente do peito. — Teve Clothilde.

Ela me encarou.

— Por que você não me contou sobre meu pai? Que ele era um Llewelyn? Que era descendente direto de Clothilde?

Ela se virou e pegou a espada onde ela tinha caído.

— Eu contei — disse ela. — Você não se lembra, mas quando era bem nova, você sabia. Você corria ao redor da casa com uma espada de papel alumínio. — Ela sorriu, saudosa. — Você era adorável. E, quando parou de me ouvir, quando começou a confiar mais em John do que em mim, essa foi apenas mais uma das coisas que você preferiu esquecer. Toda a magia. Toda a diversão que compartilhamos. Então, sim — disse ela, erguendo o queixo. — A partir daquela época, mantive a informação em segredo. Meu segredo, minha vingança. Eu não queria que você tivesse outra história maluca pela qual me odiar ou alegar que tinha sido incesto ou alguma outra besteira.

Por favor. Gerações demais tinham se passado para que fosse incesto. Se minha mãe tivesse prestado a menor atenção a qualquer livro de genética publicado depois de Mendel ter feito os primeiros experimentos com ervilhas, ela saberia disso.

— Mas você também não contou isso aos Bartoli — comentei. As demais caçadoras estavam do lado de fora, ouvindo? Eu me importava com isso?

— Eles poderiam ter descoberto outras caçadoras... uma linhagem inteira! Por quê?

Minha mãe manteve o rosto abaixado.

— Porque, querida, eu queria isso pra você. Uma Llewelyn de ambos os lados. Até mesmo de Clothilde Llewelyn, a maior caçadora de todos os tempos. Aquela que matou o karkadann!

Mas ela não matou o karkadann. Ou será que minha mãe não sabia disso?

— A família do seu pai, eles nem mesmo sabem quem são, querida — disse minha mãe. — Eles não mereciam isso, tanto quanto você.

— Não mereciam ser enviados para a morte?

— Você está certa — disse ela. — Eles não merecem isso. Nenhum de nós merece. Agora entendo o que eu não entendia antes. Só pensava na glória. É a única coisa que temos, Astrid. A única coisa que nos torna especial.

— Isso não é verdade.

— Mas isso não é especial. É terrível. Quando você telefonou para mim no mês passado, eu não entendi. Mas agora... — Ela estendeu as mãos em minha direção. — Venha. Vamos pra casa. Vamos embora daqui. Quando vi aquela pobre garotinha, com o corpo todo quebrado...

— O nome dela é Ilesha, mãe.

— ...quando pensei em você... morta, dilacerada, *comida*... não consegui suportar. Não consigo suportar a ideia de deixar que isso aconteça com a filha de qualquer outra mãe.

— Então você se joga na frente do zhi mais próximo? E todas essas pessoas? Elas estão contando com você!

Foi por isso que voltei. Eu não queria a morte delas. Nem a literal, nem a metafórica.

— Não sei no que estava pensando. Eu estava louca de dor — disse Lilith, e pareceu realmente arrependida. — Este lugar, esses monstros... é demais. Não é como nos livros que li. Mesmo se algumas pessoas morressem, não era... real. Não era com alguém que eu amasse. E as caçadoras venciam, de qualquer modo. Mas, ontem à noite, perdi você, nós perdemos a batalha... Por favor, Astrid, vamos pra casa. É o que você sempre quis. O que *você* queria, querida. Agora, eu também quero.

Era mesmo. Eu não podia mentir. Mas as coisas tinham mudado.

— Não posso fazer isso.

— É claro que pode. Vamos arrumar as malas e partir. Se os kirins estiverem atrás de nós, vamos fugir. Encontraremos um lugar onde eles nunca consigam chegar. Manhattan. Uma ilha do Caribe. Qualquer lugar.

Houve um som de coisa sendo arrastada atrás de nós, e a porta se abriu 2 centímetros.

— Astrid, querida, me escute.

E outro.

— Astrid! — Ouvi a voz abafada que vinha do outro lado da porta. — O que está acontecendo aí dentro?

O que estava acontecendo? Minha mãe estava me oferecendo a vida dos meus sonhos, e eu não queria.

Não, não é verdade. Eu queria. Desesperadamente. Manhattan. Giovanni morava lá. Se fôssemos para Nova York, poderíamos ficar juntos. De verdade. Eu poderia ter minha antiga vida de volta, só que melhorada. Lilith e eu poderíamos falar a mesma língua pela primeira vez.

Mas eu não podia aceitar. Precisava de respostas, de um encerramento, de vingança. Por Phil. Pelas caçadoras. Pelo karkadann. E por mim também.

Phil se espremeu e entrou, pulou por cima do trono e olhou com cara feia para nós duas.

— Asterisco, você tem mesmo quadris? — Ela começou a puxar o trono. — Venha me ajudar com isso.

Eu me preparei contra as visões e comecei a puxar. Centímetro a centímetro da sangrenta e barulhenta batalha de Jutland, o trono saiu do caminho. Assim que havia espaço suficiente, as outras caçadoras entraram. Cory segurava Bonegrinder com força pela coleira e logo a prendeu em uma corrente na parede, onde o unicórnio lutou e mostrou os dentes para Lilith.

— Terminou de fazer as malas? — Lilith perguntou para Phil.

Phil simplesmente olhou para mim. Eu acenei com a cabeça, e uma entendeu a outra.

— Não vou a lugar algum, tia Lilith.

— Bem, você não pode ficar aqui. Vou fechar o Claustro.

— Não vai, não — disse Cory. — Eu abri este lugar. Não vou ver você destruí-lo.

Lilith se virou para ela.

— Estou tentando manter vocês em segurança.

— Nós ficaremos bem — garanti. — As caçadoras fizeram isso por milhares de anos. E as verdadeiramente inteligentes, como Clothilde, fazem isso em seus próprios termos.

Era verdade, e era o que Phil dizia o tempo todo. Clothilde também tinha se rebelado contra a sociedade que a rotulara como eterna caçadora. Ela fingiu a própria morte para escapar disso. Nós não faríamos tal coisa. Caçar seria uma escolha. Algo que decidi por mim mesma.

Minha mãe, aqui, segurando a montante como se fosse uma das espadas de papel-alumínio da minha infância, não tinha ideia do que estávamos fazendo. Para ela, caçar unicórnios era uma história em um livro velho e empoeirado. Ela queria que eu fosse honrada, mas não queria entender o risco que essa honra trazia. Não tinha visto a própria morte. Não como Ursula e eu vimos as nossas. Não tinha matado nada, como eu e Phil matamos. E, quando Cory viu uma pessoa que ela amava morrendo, isso despertara nela um desejo de lutar. Minha mãe só queria fugir.

— Você não pode nos liderar — falei, em voz alta, me dando conta daquilo. — Você não é uma de nós.

— Astrid...

Balancei a cabeça.

— Mãe, você está certa. Acho que está na hora de você ir embora do Claustro de Ctésias. Juro pra você que a Ordem da Leoa ficará em boas mãos. — Eu me virei para Phil. — Quer ser a *donna*?

— Eu apoio — disse Cory, surpreendendo todas as Llewelyn no aposento.

Phil olhou para mim e para Cory.

— Vocês têm certeza?

Ela olhou ao redor, para as outras caçadoras, a maior parte das quais concordando vigorosamente com a cabeça. Melissende mordeu o lábio e olhou para baixo, e a irmã dela lhe deu uma cotovelada forte na barriga, fazendo-a dar de ombros.

Os olhos de Phil cintilaram, mas ela ergueu o queixo.

— Tudo bem. Aceito. — Ela ergueu a mão, e o anel brilhou sob a luz. — Afinal, eu gosto mesmo de acessórios.

— Vocês são crianças! — disse Lilith. — Não posso permitir que tomem esse tipo de decisão sozinhas.

— Não, mãe — respondi, com tristeza. — Não somos crianças. Somos guerreiras. Como você queria que fôssemos.

25

Quando Astrid harmoniza as caçadoras

Foi surpreendentemente fácil convencer Lilith a ir embora depois disso. Acho que minha mãe sabia quando era derrotada. Ela já havia arrumado a maior parte das coisas, mas eu a segui até o quarto, e tivemos uma conversa meio esquisita sobre futilidades enquanto ela fechava as malas, e Phil cuidava da mudança da data do voo de Lilith para dali a um dia.

— Estranho, hein? — disse Lilith, ao fechar a última mala. — Alguns meses atrás, eu estava ajudando você a se arrumar. As coisas mudaram muito, não é?

Eu estava de pé ao lado da janela, observando as ruas. Tinha alguma coisa formigando no fundo dos meus sentidos, algum sussurro de percepção de unicórnios, mas nada forte o bastante para me causar uma preocupação real.

— É — falei, por fim, me virando para encará-la. — Mudaram mesmo.

— Você sabe que só quero o melhor pra você, não é, querida? É o que eu sempre quis.

Concordei com um aceno de cabeça, torcendo para que Phil chegasse logo e me salvasse desse tetê-a-tête indesejado. Quando ela chegou, fomos com Lilith devolver o carro alugado e a deixamos na estação de trem. Ela disse que poderia ir sozinha, mas, por algum motivo, eu quis vê-la saindo de Roma. Queria saber que ela estava tanto segura quanto longe.

— Escute, pessoal — disse Phil, quando fizemos nossa reunião na casa capitular no final daquela tarde.

Tínhamos passado o dia arrumando tudo, tirando da mala objetos necessários e cancelando arranjos de viagem. Não sei como Phil convenceu os pais das caçadoras a deixá-las ficar depois de tudo que acontecera, depois dos comunicados histéricos e das previsões de juízo final. Ela havia passado uma hora ao telefone com Neil elaborando uma estratégia. No momento, ele planejava continuar procurando Jaeger, depois voltaria para o Claustro assim que pudesse para ajudar. Enquanto isso, meu palpite era que nenhum dos pais sabia que tinha colocado a segurança das filhas nas mãos de uma adolescente. Era isso ou os próximos dias trariam uma horda de pais furiosos ao Claustro para levarem suas filhas embora.

— Como vocês sabem, tivemos grandes mudanças aqui, e a mais importante delas é a mudança para uma Ordem da Leoa mais justa e democrática para todas.

— Precisamos recitar o juramento de lealdade agora? — debochou Cory.

Phil mostrou a língua para Cory.

— Primeiro, quero dizer que agradeço o voto de confiança...

— Ou você poderia encarar como um voto de falta de confiança em sua tia — disse Grace, com um sorriso simultaneamente doce e venenoso.

— Independentemente de como aconteceu, aconteceu — disse Phil, retribuindo o sorriso com uma quantidade similar de doçura e agressividade. — Além do mais, quero dizer que aprecio o trabalho árduo que fizeram hoje à tarde, limpando e arrumando a casa capitular e a parede. Sei que não foi fácil descobrir onde todos os ossos ficavam...

Dorcas, coçando debaixo da beirada do gesso, disse:

— Eles estão mortos. Não acho que se importem com o lugar da parede em que vão ficar.

Cory pigarreou e fez um gesto para Phil andar mais rápido.

— Vamos falar de algumas políticas internas daqui a pouco, mas primeiro, vamos abrir espaço pra minha prima, a incrível desafiante da morte, Astrid. — Ela imitou uma multidão aplaudindo quando fiquei de pé e olhei para as caçadoras. Aparentemente, pode-se tirar uma garota do time de vôlei, mas não se pode tirar o time de vôlei da garota.

— Obrigada. Eu, hum... — Por onde começar? Passei o dia de ontem conversando com um karkadann. Descobri que Clothilde Llewelyn não o matou, que os unicórnios nunca ficaram extintos, que eu e meu grupo corríamos o risco de sofrer uma emboscada a cada segundo, a não ser que encontrássemos Marten Jaeger e o grupo de kirins que jurou lealdade a ele? — Eu queria mostrar uma coisa pra vocês.

Eu me virei e levantei a blusa.

A sala se encheu de gritinhos sufocados.

— Foi isso que aconteceu comigo naquela noite. Como eu sobrevivi, não sei dizer. Estava no chão quando recuperei a consciência, mas durante horas não consegui me mexer. O kirin que tinha me perfurado estava morto. Tinha sido morto por outro unicórnio.

— Por quê? — perguntou Zelda.

Era agora que as coisas começavam a ficar estranhas. Abaixei a blusa e encarei o grupo.

— Parece haver... facções.

Melissende riu. Eu as estava perdendo.

— Aquela noite não foi acidental. Aqueles kirins nos emboscaram. Eles sabiam que achávamos que só haveria um. Eu... — foi o que me contaram... Foi o que um unicórnio me contou? — acredito que, de alguma forma, esses kirins estão ligados a Marten Jaeger, e se não os encontrarmos, se não descobrirmos o que está acontecendo, vai haver mais emboscadas. Mais ataques surpresa.

Melissende agora revirou os olhos.

— Unicórnios trabalhando com um homem? Um não caçador? Não faz sentido. Como ele pode chegar perto deles? Como pode falar com eles?

— Não sei — respondi. E o karkadann também não sabia.

Cory estava mordendo o lábio.

— Astrid, isso é loucura. Já fui aos laboratórios da Gordian e trabalhei com Marten durante meses. Sei que aquele garoto contou vários tipos de histórias horríveis pra você, mas, sinceramente, isso é impossível. Marten não conseguia nem colocar as mãos em um zhi se eu não estivesse presente para ajudá-lo.

— Talvez ele tenha outras caçadoras — disse Dorcas. Todo mundo olhou para ela. — O quê? Isso é estranho?

— É! — disse Cory. — Por que ele daria dinheiro para o Claustro se planejava ter caçadoras só dele?

— Mas foi *você* quem foi até *ele*, Cory — falei. — Ele sabia de toda a sua empolgação com a Ordem. Talvez tenha concordado em ajudar pra poder ficar de olho no que você fazia.

— Com qual finalidade? — disse Cory, ficando de pé. — Por que ele faria qualquer uma das coisas que fez? Por que desapareceria agora se quisesse nos observar?

— Controlar — disse Phil, baixinho. — Ele sempre quis nos controlar. Nos deu um treinador, depois tirou. Pagou caras pra dormirem comigo e com Astrid quando achou que estávamos ficando boas demais. E depois, quando as coisas ficaram ruins por lá, ele saiu da cidade antes de poder ter problemas. Talvez ache que não somos mais uma ameaça.

— Mesmo se isso tudo fosse verdade — disse Cory, andando de um lado para o outro agora —, isso não o coloca como aliado de alguns kirins pra nos caçar. Não acredito que ele queira machucar ninguém. Não acho que tenha sido ideia dele que Seth forçasse as coisas contra sua vontade.

— Nem eu, mas foi esse o resultado, de qualquer modo — disse Phil.

— Os kirins *estão* tentando acabar conosco — disse eu. — E se aliaram a Jaeger. Eu soube por uma fonte segura...

— Quem? — perguntou Melissende.

Hesitei.

— Apenas acreditem em mim, OK?

— Acho que não. — Melissende riu de deboche. — Minha irmã mais nova quase morreu na semana passada. Acho que preciso de mais do que sua palavra pra colocá-la em risco de novo.

— É verdade — disse Valerija do fundo da sala. Ela estava separada do restante de nós, mexendo nas unhas e parecendo irritada. Levantou-se para falar: — O que Astrid diz. Os kirins e Jaeger estão unidos. E Dorcas também diz a verdade. Fui caçadora dele.

Todas ficamos em silêncio e olhamos para ela.

— Ele me encontrou na cidade. Sem dinheiro, sem casa. Um dia eu vejo um unicórnio como Bonegrinder, e ele não me ataca. As pessoas falam sobre isso, e ele descobre. Então ele me encontra e me dá comprimidos. É muito bom comigo. Acho que talvez quisesse transar comigo, mas não. Ele me leva pra uma casa. Tem muitos unicórnios enfileirados. Como em uma fazenda. Tem muitos cientistas. Estão com muito medo. Um morreu, talvez muitos, antes de eu chegar lá. Jaeger diz que comigo ninguém vai morrer.

Dorcas parecia cheia de si. O restante de nós estava perplexo.

— Ele diz que fico o tempo que quiser. Me dá uma cama e comida e qualquer coisa que eu quero. Mas tenho de fazer exames. Alguns doem, e muito. Doem como aquela cadeira. — Ela apontou para o trono e tremeu. — Mas ele me dá mais comprimidos depois.

— Quanto tempo você ficou lá? — perguntou Phil.

Valerija deu de ombros.

— Muito tempo. Um dia, ele diz que tenho de ir embora. Entramos em uma van. Eles me dizem o que dizer, o que fazer. Dizem que, se eu fizer certo, vocês vão me dar comida, vão me dar uma cama. Se eu fizer errado, um unicórnio vai me matar. — Ela cruza a sala até onde o alicórnio dela estava, na Parede dos Primeiros Abates, e o tira de lá. — Vocês escutam isso? Não faz barulho. — Ela jogava o alicórnio de uma mão para a outra. — Muitos dias, eu me pergunto por quê. — Ela olhou para mim. — Você também?

— Sim — respondi. — Eu já me perguntei.

Mas estava com medo de perguntar a Valerija por quê.

— Eu sei. Você sempre pensa, todos os dias. Como os cientistas. Eu vejo você pensando e tenho medo que, se eu falo com você, você pensa até descobrir a verdade. Por que você acha que não faz barulho? — Ela sacudia o alicórnio no ar.

— Acho que você não o matou — disse eu, depois de um momento de consideração. — Acho que a magia só funciona se for o primeiro abate de uma caçadora.

Ela concordou.

— Sim. Eles me deram a cabeça dentro de uma bolsa. Um unicórnio que matou esse unicórnio, eles dizem.

Eu me perguntei se teria sido Bucéfalo. Se ele estava me protegendo, mesmo naquela época.

— Mas aquele foi o kirin que Astrid atacou — exclamou Phil. — O que vimos na noite do nosso primeiro encontro com Seth e Giovanni. Talvez tenha sido o kirin que relatou tudo para Marten. Talvez tenha sido o kirin que mostrou a ele quem procurar quando Marten se encontrou com os rapazes no bar!

Valerija baixou a cabeça.

— Sinto muito, Phil, porque você é uma pessoa boa. Naquela noite, quando você voltou pra casa, eu ligo pras pessoas da Gordian. Eu conto pra eles que Neil vai chamar a polícia.

Phil piscou com força.

— *Mas eu dividi meu quarto com você.*

— Ele diz pra contar qualquer coisa que acontece. Eu conto. Acho que é por isso que ele vai embora, por isso que não liga, por isso que Neil não consegue encontrar ele.

— Como você pôde fazer isso comigo? — perguntou Phil, com voz trêmula.

— Tenho medo. Tenho medo do unicórnio vir me matar.

— Então por que você está nos contando isso agora? — perguntou Grace. — Não está com medo de os unicórnios matarem você?

— Estou — disse Valerija. — Com muito medo. Mas quando o unicórnio tentou me matar na Toscana, você me protege, Grace. Nós duas quase morremos, mas você me protege. Então acho que vou tentar ser caçadora, por vocês. Quando o unicórnio tenta me matar dois dias atrás, Astrid me protege. Astrid morre por mim.

— Bem, não morri de verdade — falei, ruborizando.

— O que você diz é verdade. Marten Jaeger está com os kirins. Muitos, muitos kirins. Sei onde está. Sei onde estão. Posso levar vocês. E quero levar. Porque agora eu sei que o unicórnio vai atrás de mim pra me matar de qualquer jeito. E você é a única tentando impedir.

— Não confie nela — sibilou Phil. — Ela é uma mentirosa, uma espiã.

Mas o que ela disse coincidia muito bem com o que Bucéfalo me contou. E, além do mais, explicava como a Gordian estava mantendo os kirins:

tinham caçadoras. Será que havia outras garotas como Valerija, sendo chantageadas ou manipuladas para serem cobaias nos laboratórios?

— Estou falando sério — disse Phil, quando ninguém lhe deu apoio. — Não vou aceitar esta, esta *traidora* sob meu teto!

— *Seu* teto! — gritou Melissende. — Você não acabou de falar sobre como seríamos democráticas agora?

Grace olhou para ela, incrédula.

— Você *quer* que a espiã viciada nos leve a algum lugar?

Melissende franziu a testa.

Rosamund se pronunciou.

— Valerija pode estar falando a verdade, mas que diferença faz? Se a outra noite prova alguma coisa, é que não temos a capacidade de caçar tantos unicórnios de uma vez.

— Mas — digo — acho que podemos aprender.

Olhei para o alicórnio na mão de Valerija e para a parede, que ainda emitia o som suave que parecia um zumbido. A magia funcionava porque todos os ossos na parede eram de unicórnios que uma caçadora tinha matado. Virei a cabeça e olhei para o trono, ainda em uma posição estranha e perto dos restos da porta da casa capitular.

O trono era feito dos chifres de unicórnios que tinham matado caçadoras. Na primeira vez em que toquei nele, ele queimou como veneno de alicórnio, como estar perto do karkadann. Mas, na vez seguinte, tive uma visão da última batalha dos unicórnios com a dor, como na primeira vez em que falei com o karkadann, quando ele quase me matou com suas imagens e seu veneno. E agora...

Andei até o trono e coloquei a mão sobre o braço. A visão de Jutland surgiu em minha mente, então apertei o maxilar e lutei contra ela até que realmente se formasse, mas sem me dominar. Nenhuma dor acompanhou as imagens, os sons, os cheiros. Foi uma sensação pura.

Como minha última conversa com o karkadann. Será que eu tinha adquirido uma resistência ao veneno? Será que tinha ficado mais forte, de alguma maneira? Será que com o trono as coisas funcionavam do mesmo jeito?

Filha de Alexandre, estou ensinando a você agora. Quando o kirin perfurou você, ele ensinou a você. Quando você brinca com sua... Bonegrinder?... ela ensina a você. Quando você fica em sua prisão, cercada de ossos que cantam e chifres que gritam, tudo é uma lição.

O trono, esta sala, esta construção inteira. Não era uma câmara de torturas. Era uma ferramenta de treino.

Eu precisava fazer um teste.

— Ursula — pedi. — Me faça um favor e se sente neste trono.

— O quê? — gritou ela. — Não! Você está louca!

— Acho que não vai te machucar.

— Astrid! — disse Phil. — O que você está fazendo?

— Ou talvez doa, só um pouco. Mas vai parar. Olhem! — Eu me sentei na cadeira, e as caçadoras mortas começaram a lutar de novo. Sorri entre dentes cerrados. — Estão vendo?

Melissende balançou a cabeça em negação.

— De jeito nenhum. Acho que me lembro, uma semana atrás, de quase ter a cabeça arrancada por sugerir a mesma coisa. — Ela se virou para a irmã e começou a falar em alemão.

— Não vou — anunciou Ursula, e cruzou os braços por cima do peito.

— Mas você foi a única que teve uma experiência parecida com a minha — argumentei. — A única que foi exposta a veneno de alicórnio o suficiente pra começar a criar resistência. Vai ser um choque muito grande pras outras.

Ursula fez que não com a cabeça veementemente, e Melissende passou o braço ao redor dela.

— Deixe-a em paz. Ela passou por muita coisa.

— Eu sento — disse Valerija. — Passo por muitos exames e testes na fazenda. Muitos venenos. E, na Toscana, fui perfurada por kirin, lembra? — Ela puxou o ombro da camiseta preta surrada, baixando-a até que pudéssemos ver as marcas de espiral dupla no espaço abaixo da clavícula. — Eu vou.

Fiquei de pé, e ela se juntou a mim na frente do trono e apertou minha mão, com força.

— Vai doer a princípio — avisei a ela —, mas aguente firme. Concentre-se no que ele vai lhe mostrar.

— Ah, então agora é uma cadeira alucinógena? — perguntou Cory.

Valerija concordou, respirou fundo e se sentou na cadeira.

Em seguida, ela gritou.

— Não! — gritou Phil. — Astrid, ajude-a, acabe com isso!

O que eu tinha feito? Agora eu estava fazendo experiências com pessoas, seguindo as teorias doidas do unicórnio meio maluco que achava que era um antigo herói de guerra? Vê-la se contorcer de dor era mais do que eu conseguia suportar.

Segurei a mão de Valerija para tentar puxá-la do trono, mas ela se soltou de mim e segurou nos braços com força. Ela começou a tremer, até que seus gritos cessaram e viraram um choramingo quando os olhos dela se reviraram. Um minuto infindável se passou, e metade das garotas da sala estava escondendo o rosto ou olhando entre os dedos com expressões horrorizadas. Em seguida, de maneira quase inaudível, Valerija sussurrou:

— A batalha. O sangue. Tantos mortos. Tem uma das minhas. Uma Vasilunas. Ela parece comigo. — Ela piscou várias vezes. — Acabou. A dor. Agora, só tem as visões.

Ela ficou de pé e esfregou os braços, como se estivesse com frio. Cada pelo do corpo dela parecia estar arrepiado, e a pele quase reluzia. Ela estava sem fôlego, satisfeita.

— Eu me sinto... forte.

— *Scheiße! Nein!* — gritou Melissende, ficando de pé. — *Ich glaube das nicht.* Isso não prova nada. Você não se torna uma caçadora melhor porque se senta em uma cadeira.

— É — disse Grace. — Como podemos provar? Nos revezando em disparos contra Bonegrinder pra ver quem a mata mais rápido?

Todas olhamos para a zhi que acorrentamos na parede do canto.

Ela não estava lá.

— Porcaria de mestra de escapadas! — gritou Cory. — Ela ainda deve estar no Claustro.

— Não necessariamente — disse eu. — Houve um momento na semana anterior em que a trancamos aqui nas catacumbas, e ela escapou. Com a porta da casa capitular quebrada...

— Quando? — perguntou Cory.

— Foi na noite em que Phil... — Olhei para Cory com um pedido de desculpas. — Desculpe. Tinha tanta coisa acontecendo que me esqueci de contar.

Phil franziu a testa para mim.

— Foi naquela manhã em que você saiu e voltou com cheiro de lixo?

— Foi na manhã seguinte à noite em que você jurou matar Seth? — disse Cory, claramente insatisfeita por ter sido deixada de fora.

— Com licença? — disse Dorcas. — Não devíamos estar procurando Bonegrinder?

— Estão vendo? — disse Melissende. — Que tipo de supercaçadoras são vocês se não conseguem nem manter um bebê zhi preso?

Nós subimos pela escada e dobramos à esquerda na entrada das catacumbas. Conforme as caçadoras se espalhavam pela área irregular e coberta de terra, evitando os cantos vazios nas paredes onde os ossos de caçadoras antigas repousaram um dia, parei e olhei para Valerija. Ela também estava imóvel, com a cabeça erguida, concentrando-se em alguma coisa que ninguém mais conseguia ver nem ouvir.

Bonegrinder estava bebendo água no chafariz do pátio da frente.

Vi com clareza, senti o unicórnio engasgar ao engolir uma mosca que flutuava na água, senti um espirro surgindo dentro do focinho dela quando bebeu muito rápido. Os olhos de Valerija se encontraram com os meus. Ela também via, eu sabia. Ela ergueu as sobrancelhas para mim. Concordei em silêncio e ela se virou, seguindo para a escada.

Esse era o poder, essa era a sensibilidade que entendíamos de modo tão equivocado. Foi assim que eu soube que havia um zhi no quintal dos Myerson, um kirin escondido entre a cerâmica quebrada, um unicórnio novinho caçando carneiros. Foi assim que eu soube que havia um grupo deles esperando nosso ataque. Nossas habilidades natas conseguiam perceber se havia um unicórnio por perto. E, estando todas harmonizadas, conseguíamos dizer exatamente onde ele estava. Conseguíamos ver pelos olhos deles, entender os pensamentos deles. Conseguíamos saber para onde se moveriam antes mesmo que eles soubessem.

Senti as mãos de Valerija se fecharem ao redor do corpo da zhi, senti a decepção de Bonegrinder e a frustração de ser capturada novamente.

— Val a encontrou — anunciei, e sorri para os rostos incrédulos ao meu redor. — E então, quem é a próxima a se sentar no trono?

* * *

Não vou dizer que a noite foi bacana. Grace foi a voluntária seguinte para o trono, e o processo foi penoso para ela. Ela pulou da cadeira involuntariamente várias vezes e, no final, implorou que Melissende a segurasse até a dor ficar mais suportável. Ursula foi a seguinte, e, como eu suspeitava, foi mais fácil para ela, por causa da exposição prolongada ao veneno do alicórnio. O mesmo aconteceu com Zelda. Dorcas se recusou a tentar. Rosamund vomitou no segundo em que se sentou, afastando-se em seguida para ir até o piano, onde ficou tocando escalas musicais simples até as mãos pararem de tremer.

— Tento de novo mais tarde — disse ela.

Olhei para Cory, cuja expressão mostrava partes iguais de pavor e determinação.

— Segura minha mão? — pediu ela.

— Claro.

Rosamund iniciou uma música que eu não conhecia enquanto Cory e eu nos juntamos na frente do trono. A música era sofrida, porém frenética, como as batalhas nas visões. Os troféus na parede atrás de nós murmuravam junto, e Cory apertou minha mão com tanta força que espremeu meus ossos.

— Vai ficar tudo bem — sussurrei. — Juro; é melhor do que um buraco nas costas.

— Verdade — disse ela, e respirou fundo. — Pela minha mãe.

Eu concordei, e ela sentou-se.

Ao contrário das outras, Cory não gritou, mas ofegou, e seus olhos ficaram arregalados. Phil, que tinha passado a noite toda parecendo estar à beira das lágrimas, escondeu o rosto nas mãos. Cory quase arrancou meu braço, e cada músculo de seu corpo pareceu retesar.

— Você consegue, Cory — falei. — Se concentre na música.

— Estou bem — sussurrou ela. — Faço o que for preciso. — E sempre tinha feito mesmo.

Rosamund, do outro lado da sala, parou no meio da melodia.

— Vocês querem que eu pare?

— Não! — gritou Cory, e começou a se contorcer. Surpresa, Rosamund voltou a tocar.

Um minuto depois, acabou, e ajudei uma Cory trêmula a sair da cadeira e sentar no chão enquanto Phil vinha correndo com um refrigerante e biscoitos.

— Foi horrível — disse Cory, depois de se recuperar um pouco. — Que ideia brutal.

— Como você está se sentindo? — perguntou Phil.

— Como as outras — disse Cory. — Por exemplo, mesmo agora, Bonegrinder está planejando como atacá-la apesar do anel. Isso pode se tornar um problema. Ela acha que suas panturrilhas têm um aspecto delicioso.

O queixo de Phil caiu. Cory riu.

Melissende ficou de pé e andou até o trono.

— Minha vez.

Depois de todas as caçadoras, exceto Dorcas, entrarem em harmonia, Melissende insistiu em fazer um teste nas habilidades recém-descobertas. Eu estava nervosa com a empreitada, mas Phil concordou e indicou Melissende para liderar a caçada. Suspeitava que minha prima acabaria sendo uma *donna* bem democrática.

Melissende levou consigo sete caçadoras recém-harmonizadas (o braço de Dorcas e minhas costas ainda em processo de cicatrização nos deixaram de fora do grupo), e, com Phil, nós reviramos a despensa do Claustro e fizemos uma brincadeira que Phil chamou de "O que Bonegrinder vai comer?".

— Então é um "não" pra brócolis, berinjela, pão de alho e melão — disse Dorcas, lendo a lista.

— E "sim" pra presunto, linguiça, salame, pernil, carne de cordeiro moída, anchovas e lulas secas — disse Phil. — Assim como as embalagens de tudo isso. E, aparentemente, minhas panturrilhas.

— Acho que Cory estava brincando — menti. Phil tinha panturrilhas bonitas e musculosas, e Bonegrinder era uma *connoisseur*.

É claro que a diversão e a brincadeira eram para nos distrair do medo paralisante de eu ter cometido um erro terrível. E se houvesse outra emboscada? E se a cadeira não nos desse sensibilidade extra quando se tratava de uma caçada? E se eu estivesse mandando sete garotas para a morte? E se eu tivesse convencido cada uma de que poderiam encarar um grupo de kirins e agora elas estivessem sangrando até a morte pelas ruas e me amaldiçoando com seus últimos suspiros...

Bonegrinder ergueu a cabeça e inclinou as orelhas para a frente.

— Elas voltaram! — disse Phil.

Nós quatro saímos correndo da cozinha e fomos até a rotunda, cada uma tomada de temor e ansiedade.

Sete caçadoras estavam enfileiradas sobre o piso de mosaico, cansadas da batalha, cobertas de cortes e arranhões. As roupas estavam rasgadas e sujas, manchadas de sangue e de outros fluidos. Elas pareciam exaustas e alegres.

— E aí? — disse Phil.

Uma a uma, foram mostrando um alicórnio e sorrindo.

26

Quando Astrid se prepara para a batalha

Cinco dias depois, eu estava sentada no pátio, na escuridão de antes do amanhecer, esperando para conversar com os dois seres do sexo masculino mais importantes da minha vida. Na semana anterior, meu experimento se mostrou válido do ponto de vista de todos os testes. Zelda, sozinha, com apenas uma flecha desperdiçada, destruiu um grupo de cinco zhis que provocaram o caos em uma escola local. Melissende e Grace perseguiram e mataram um re'em solitário com nada além de uma espada e um machado.

E minhas costas estavam completamente cicatrizadas, com apenas uma marca vermelha em formato de estrela no meio. Nem formigava mais. Na noite anterior, treinei com Grace no pátio e não senti nada, nem quando ergui a montante, que rapidamente vinha tornando-se minha arma de escolha para combate corpo a corpo. Todas as vezes em que eu tocava nela, me sentia mais próxima de Clothilde.

Filha de Alexandre.

É claro que *ele* viria primeiro. Achei melhor assim. Giovanni talvez desmaiasse se chegasse perto do karkadann. Dei uma olhada por cima do ombro para o Claustro. As outras meninas ainda estavam dormindo, descansando o máximo possível antes do grande dia. Será que conseguiam ouvir o karkadann, como eu? Será que ele estava invadindo o sonho delas nesse instante?

Saí do pátio e fui para a rua, pois Bucéfalo era grande demais para passar pelo arco da entrada. De alguma forma, a noite o fazia parecer maior e ainda mais etéreo. Eu me perguntei como ele andava pelas ruas de Roma sem ser percebido. Eu me perguntei se as pessoas o viam e atribuíam a visão ao excesso de grappa. Ele olhou para mim com enormes olhos semicerrados e inclinou o chifre, uma cortesia da qual eu não precisava mais, mas ainda assim apreciava.

— Você sabe o que estou fazendo?

Sim. Você confronta os kirins.

Abri o mapa.

— Você consegue ler isso? Sabe para onde vamos?

Ele resfolegou e bateu a pata no chão. *Garota tola. Conquistei metade da Ásia. E conheço os kirins. Sei onde se escondem.*

— Então por que não me contou?

Você só disse agora que ajudaria. Não vou implorar para um humano. Nunca! O karkadann rosnou, e as pedras tremeram debaixo dos meus pés.

— Mas você anda me observando. Sabia o que estávamos planejando.

E você também me observa.

Era verdade. Eu o vinha procurando desde que elaboramos nosso plano, chamando por ele do único modo que sabia fazer. Tinha passado a última semana com medo que ele se recusasse a nos ajudar depois da minha recusa. Ou pior, que um dos grupos de patrulha por acaso o encontrasse antes de mim e tentasse matá-lo antes que eu tivesse a chance de explicar.

É uma aliança estranha.

— É isso que estamos fazendo? Uma aliança?

Senti o karkadann em minha cabeça. *Vejo seu medo. Eu me submeto. Não vou matar nenhuma caçadora. Vou protegê-las, como protegi você.*

— É isso que eu queria saber.

Dei um suspiro de alívio. A segurança das caçadoras era meu primeiro dever. A vingança dele contra os kirins rebeldes era o dele. Tínhamos objetivos bem diferentes em mente, Bucéfalo e eu. Mas agora, hoje, eram objetivos alinhados o bastante para que pudéssemos trabalhar juntos. Depois que tivesse acabado com a associação entre os kirins e a Gordian, o karkadann não se importava com os unicórnios, não tinha opinião nenhuma sobre o Ressurgimento.

Eu, no entanto, *tinha* de ter opinião. Era meu papel na vida. Eu só não estava segura ainda de qual era minha opinião. Caçar essas criaturas em extinção? Capturá-las e mandá-las para o exílio de novo? O que Bucéfalo diria se eu sugerisse isso?

O karkadann balançou a cabeça, se virou e saiu galopando.

Lute com ferocidade hoje, Filha de Alexandre, e vou matar ao seu lado.

Aquela imagem terrível ainda estava na minha mente quando os faróis do carro de Giovanni apareceram na rua.

Entrei no banco do carona.

— Oi.

— Onde está seu arco? — disse Giovanni, com uma gargalhada nervosa. — Como você pode caçar alguma coisa sem arma?

Tirei a faca de alicórnio da bainha no cinto. Valerija a havia guardado para mim, depois de pegá-la no local onde me viu pela última vez, enquanto as demais procuravam meu corpo em vão.

— Aqui — falei, objetivamente. — Vou carregar o restante em um minuto.

Giovanni arregalou os olhos. Ah, ele estava achando que era brincadeira. Recentemente, eu passara muito tempo lidando com os aspectos práticos de carregar o máximo de armas grandes sem atrapalhar nem o movimento, nem a velocidade. Eu duvidava que isso fosse algo sobre o qual as outras namoradas dele sequer pensavam. Também duvidava que qualquer uma das outras tivesse mostrado uma faca enorme ao sentar-se no banco do carro ao lado dele.

— As outras garotas vão chegar logo, mas eu queria ter alguns minutos sozinha com você — expliquei. Ele me deu um olhar de esperança, mas eu não estava pensando em dar uns amassos antes do dia clarear. — Você ainda tem certeza de que está tudo bem? Usar você como motorista? Estamos sem carro agora.

— Claro — disse ele, batendo no volante. — Eu sempre quis conhecer Cerveteri.

— Não é uma viagem de turismo — avisei. — Foi por isso que quis falar com você antes de sairmos. Precisamos estabelecer algumas regras.

— Nada de sexo. Já sei. — Ele piscou para mim.

— Regras pra batalha — esclareci, embora tenha sentido meu corpo todo esquentar. — Como falei pra você, os unicórnios se sentem atraídos pelas caçadoras. Faz parte do show. Não sei quando vão saber que estamos lá. Talvez precisemos estacionar bem longe do esconderijo deles.

— Entendido.

— E, aconteça o que acontecer, independentemente do que veja, do que ouça, *não* saia da van. Se forem pra cima de você, se afaste das janelas, mantenha as portas trancadas e se agache o máximo que conseguir.

— Sim, capitã. — Ele fez uma continência debochada.

— Giovanni, isso não é brincadeira. Não posso colocar você em risco. Eu te conheço, sei que você gosta de se envolver. Nessa situação, você não pode. Preciso que fique em algum lugar seguro.

Ele ficou em silêncio por um momento.

— Seria mais fácil se eu simplesmente te desse a chave do carro e fosse embora, general? Porque não quero fazer nada que possa ser classificado como "atrapalhar você". Ou, você sabe, *salvar* você. Sei o quanto odiou quando fiz isso no passado.

— Não — falei, em tom baixo.

— Não o quê?

— Não jogue isso na minha cara. — Fechei os olhos por um momento, avaliando a situação toda como caçadora, reunindo todos os dados. Nós dois estávamos nervosos, e nenhum de nós sabia o que viria em seguida. — Você sabe que eu não conseguiria sem você. Nem estaria aqui se não fosse por sua causa. E agradeço por tudo isso, mais do que consigo expressar. — Abri os olhos e me virei para ele. — Preciso de você.

Por um momento, ele ficou me olhando sem dizer nada. Examinou meu rosto, olhou fundo nos meus olhos, até que quase abaixei a cabeça. O que ele via quando olhava para mim agora? Eu ainda era a garota de toalha na cama? Ou a faca tinha espantado aquela imagem da cabeça dele?

— Sei de tudo isso — disse ele, por fim. — Só estou preocupado com você. Com o fato de que não tem absolutamente nada que eu possa fazer.

Puxei-o para perto e o beijei.

— Já está fazendo. Juro. — Olhei para os assentos vazios atrás de nós. — Falando nisso, como você os convenceu a te emprestarem a van de novo?

— São 4h da madrugada — disse ele, abrindo o porta-malas. — Não sabem que eu peguei, assim como da última vez.

A porta do Claustro se abriu, e oito pessoas saíram para o pátio. Todas traziam armas (arcos e bestas, espadas e facas, machados e flechas) retiradas da parede de armas da casa capitular. Phil vinha atrás com duas sacolas: uma cheia de suprimentos de primeiros socorros e a outra com comidas e bebidas.

— Nossa — disse Giovanni, saindo da van e contornando-a quando as caçadoras começaram a guardar tudo no porta-malas. — Só material pesado. — Ele pegou a montante. — Vocês conseguem erguer esta espada?

Phil mordeu o lábio para suprimir um sorriso.

— Essa é de Astrid.

Giovanni a colocou na pilha.

— Ah.

As caçadoras riram, o que não ajudou em nada a situação.

Enquanto todo mundo entrava na van, me virei para Phil.

— Tem certeza de que não quer ir?

— Pra quê? — perguntou ela, com amargura. — Ou eu fico fora do caminho, e não passaria de um peso morto, ou acabo esquecendo de tudo, me envolvo e acabo sendo mais uma pessoa indefesa com quem você precisaria se preocupar.

— Eu me preocupo com todo mundo — avisei. Não importava se era uma pessoa indefesa ou não.

— Exatamente — respondeu Phil. — E eu me preocupo com isso mais do que tudo. Além do mais, preciso cuidar de Dorcas e Ilesha. — Ela me deu um abraço. — Tome cuidado, Asteroide. Nada de furo novo, hein?

— Pode deixar.

Ela olhou por cima do meu ombro para Giovanni, que esperava no banco do motorista.

— Ele está bem?

Confirmei.

— Está fazendo o melhor que pode. É muito difícil entender vendo de fora.

— Eu sei. — Phil observou o horizonte. — É melhor vocês irem.

Pelo retrovisor, reparei que ela nos observou o caminho todo até o final da rua.

— Como ela está? — perguntou Giovanni, enquanto dirigia. — Quanto a… tudo?

— Ainda com muita raiva do seu amigo — respondi, olhando pela janela.

— Também estou com muita raiva dele.

— No mais, não sei quanto tempo ela vai ficar aqui. Estava indo muito bem na faculdade. Tem bolsa de estudos como jogadora de vôlei, sabe?! Acho que ela deveria voltar depois… depois que isso acabar.

— *Você* não vai voltar depois que acabar?

Olhei rapidamente para Giovanni, que estava observando a rua com atenção agora.

— Não sei o que vou fazer.

Ele concordou, mas não tirou os olhos da rua. Pelo menos ele dirigia com mais serenidade do que da última vez. Atrás, as garotas conversavam baixinho, mas eu não tinha a ilusão de que minha conversa com ele fosse particular. Cory, pelo menos, devia estar ouvindo.

— Eu vou voltar — disse ele, baixinho.

— Pra onde? — perguntou Melissende do banco mais próximo. Ela sempre estava pronta para piorar um momento constrangedor. Giovanni falou um palavrão quase silenciosamente.

— Cuide da sua própria vida! — disse a ela, me virando no banco.

Ela sorriu e acendeu um cigarro.

— Ah, não. Nada de fumar na van — disse Giovanni, mas Melissende apenas riu e soprou fumaça na direção dele.

— Prisioneiros condenados recebem um último cigarro — disse ela. — Posso morrer hoje.

Ninguém teve muita vontade de conversar depois disso.

As estradas estavam vazias naquele horário da manhã, exceto por ocasionais caminhões de lixo ou de entregas, e táxis ou Vespas transportando passageiros saídos da noitada. Eu não tinha certeza se as outras caçadoras estavam tentando dormir ou repassando estratégias de luta na cabeça. Ou se rezavam. Valerija, em particular, parecia prestes a vomitar. Isso me preocupava mais do que tudo, pois só ela tinha visto o grupo de unicórnios que íamos encarar esta manhã. Eu sabia que eram muitos. Mas quantos, ninguém tinha certeza. Era possível que estivéssemos nos encaminhando para um massacre.

De acordo com Valerija, o local onde ela havia ficado situava-se no vilarejo de Cerveteri, uma pequena cidade a menos de uma hora ao noroeste de Roma. Era uma área verde e exuberante cercada por fazendas e vinhedos. Jaeger a deixara em uma *villa* espaçosa fora da cidade. Tinha uma cerca alta com arame farpado em cima. Os kirins, disse ela, ficavam escondidos em abrigos subterrâneos.

— Tipo *bunkers*? — perguntou Phil ao saber disso, mas Valerija não sabia dizer.

Felizmente, os livros de viagem comuns, sim. Pelo que lemos, a fama de Cerveteri era devido à sua gigantesca rede de tumbas etruscas subterrâneas, que se espalhava pelo leito rochoso de toda a área. Nos tempos antigos, bem antes de os romanos terem se estabelecido na Itália, os etruscos que dominavam a região construíram uma enorme cidade dos mortos em Cerveteri, uma necrópole. Havia vários hectares de tumbas não exploradas debaixo dos campos e pastos, mas os que tinham sido escavados eram gigantescas áreas em forma de colmeia entalhadas diretamente na terra, com câmaras repletas de colunas e prateleiras e até camas e mobília, tudo escavado na rocha como peças únicas dentro de enormes colinas. Pelo que pude perceber, era um pouco como as pirâmides do Egito, se tivessem sido construídas em um lugar onde a grama, as árvores e o tempo pudessem interferir e enterrá-las sob eras de história, até que ninguém mais soubesse quem fora colocado ali para seu repouso final e nem o motivo.

Quão perto as caçadoras tinham chegado de compartilhar o destino dos etruscos? Aquelas caçadoras sem nome, suas vidas tiradas pelos monstros cujos chifres agora formavam o trono; até mesmo as caçadoras que colocaram seus nomes nos troféus na parede. Nós, caçadoras modernas, sabíamos tão pouco sobre elas! E o mundo sabia tão pouco sobre nós.

Minha mãe tinha feito a parte dela para manter as lendas vivas, mas poucas pessoas sabiam que nós existíamos. Mesmo agora, depois dos recentes relatos, das visões e dos ataques, quase ninguém entendia a verdadeira natureza dos unicórnios. Para a maior parte do mundo, eles eram criaturas fofinhas, inocentes e mágicas, vindas dos mitos e das histórias de ninar.

Para nós... Eu me mexi no banco e senti o tecido da cicatriz nas minhas costas repuxar. Para nós, eles eram algo completamente diferente.

Cory se inclinou para a frente e segurou nas costas do meu assento com as duas mãos. Os dedos dela estavam cortados e machucados das lutas dos dias anteriores.

— Está sentindo?

Confirmei. À nossa direita, nas sombras da lateral da estrada, havia traços de unicórnio. Ele havia encontrado uma jovem pedindo carona na beira da estrada.

— Duas horas atrás? — perguntei. O veneno ainda estava misturado ao sangue dela na estrada.

— Acho que sim — respondeu ela, entre dentes trincados.

Cobri a mão dela com a minha.

— Vamos pegá-los. Prometo.

Giovanni me lançou um olhar.

— Vocês estão me apavorando.

Cory se recostou no banco. Eu me perguntei que parte o assustava mais: a de que uma pessoa fora dilacerada e comida na beira da estrada, ou que conseguíamos sentir, horas depois, exatamente o que tinha acontecido.

Em pouco tempo, todas as caçadoras estavam percebendo traços de unicórnio nos campos ao redor. E Giovanni viu a destruição com os próprios olhos. Restos dilacerados de cachorros, ovelhas e outros animais de fazenda atraíam moscas e abutres. Seria um estudo interessante quando tudo estivesse terminado. Por quanto tempo o veneno permanecia após a morte? Os abutres e os corvos também eram imunes, ou os restos que os unicórnios deixavam resultavam em uma pilha de cadáveres comum, como em outras situações de envenenamento animal? Em outras palavras, se um abutre comesse os restos envenenados de uma presa de unicórnio, será que também morria?

Por fim, saímos da estrada e entramos em uma estradinha menor, que serpenteava colina acima até o centro da cidade. Havia lojas e restaurantes nas ruas, e um parque amplo e cheio de árvores ocupava o meio da rua. Bonito. Pitoresco, se você ignorasse o derramamento de sangue que era sensível em cada esquina. Todos os postes telefônicos tinham pôsteres de cachorros desaparecidos. Cory piscou para esconder as lágrimas quando passamos por um que parecia com o cachorrinho dela, Galahad.

— Val — gritei para o banco traseiro. — É com você.

— Como assim? — murmurou Giovanni. — Você não consegue usar sua percepção de aranha pra nos guiar?

— Aqui, não — disse Zelda. — A área toda está infestada de unicórnios.

— Esquerda para cima — disse Valerija, interrompendo. — Uma rua pequena...

Giovanni seguiu as instruções de Valerija em silêncio. A rua seguia por uma colina, com placas de fazendas, restaurantes e locais históricos, até chegar a outra linha reta.

— Aqui — disse Valerija. — À esquerda.

A *villa* surgiu. Era bonita. Tranquila, com as varandas de tijolo e as telhas de terracota. Havia um jardim e um chafariz no pátio, um pequeno vinhedo, um terraço de pedra com vista para um laguinho.

E cinco pastores-alemães com aparência malvada patrulhando a cerca. Estranho, levando em conta a evidente falta de animais no restante da cidade. Aparentemente, o acordo de Marten com os kirins também se estendia a seus animais domésticos.

— Aqui? — perguntou Giovanni, diminuindo a velocidade.

Eu fiz que não com a cabeça.

— Um pouco mais adiante.

Cory se inclinou para a frente de novo.

— Eles não vão saber que estamos aqui?

Segurei o cabo da faca e respirei fundo.

— Vão saber logo logo.

Quando as extremidades do céu começaram a ficar da cor do fogo, oito caçadoras se alinharam ao lado de uma estrada de cascalho. À nossa frente havia uma cerca baixa de madeira, e, além dela, ficava o campo de batalha.

Bem, *campo* era um pouco ilusório. À nossa frente havia um caminho traçado abaixo da superfície do solo, parecendo um labirinto, cheio de montes cobertos de grama, becos sem saída, vielas escuras, curvas fechadas, tumbas desmoronadas e arcos, paredes altas e outras coisas que nos deixam em desvantagem. Aqui e ali, gigantescos ciprestes italianos em forma de lança apontavam para o céu como chifres de unicórnio ou espadas afiadas. A neblina se acumulava nos cantos e nas gretas dos caminhos, fazendo as tumbas maiores parecerem ilhas flutuando em um mar acinzentado, os picos de grama adquirindo uma cor prateada e violeta graças ao orvalho. Eu não contava com uma redução tão grande na visibilidade. Não tinha me dado conta de que lutaríamos em um labirinto.

Os kirins escolheram bem.

Ao meu lado, Cory colocou o arco no ombro e consultou um mapa arqueológico que tinha obtido em um museu em Roma.

— Os xis marcam as tumbas grandes o bastante pra abrigar um kirin, mas se lembrem de que eles não estão necessariamente escondidos lá dentro. Como conversamos antes, se vocês estiverem se sentindo indefesas, voltem até Rosamund, que vai ficar aqui na retaguarda — ela apontou para um local marcado no mapa —, onde aquele pinheiro sai do muro ao longo da vala principal... — Ela viu o local entre a neblina e apontou de novo. — A *Via degli Inferni*.

— O caminho do inferno — traduziu Giovanni. Eu me virei. Ele estava com a cabeça para fora da janela do motorista. — Vocês têm certeza de que não querem que eu fique em cima da van, como um observador?

As caçadoras sufocaram as risadas. Observador! De kirins!

— Fique aí dentro e abaixado — repeti. — Por favor. Nem mesmo olhe.

Ele fez uma cara feia, fechou a janela da van e se agachou no assento do motorista.

Eu me virei em direção ao aglomerado tomado pela neblina. Era a hora. Eu tinha nos trazido até ali. Agora, precisava fazer com que passássemos por isso. Respirei fundo, sentindo cheiro de orvalho e terra, impregnados do aroma acre de unicórnio. Quando fechei os olhos, consegui senti-los, como pontos de pulsação espalhados por um corpo. Sabia que as caçadoras também os sentiam: dezenas de kirins, embriagados de sangue e dormindo, aninhados dentro de antigas tumbas feitas para um povo que há muito deixou de existir.

Eu esperava tornar seu repouso permanente.

Ao meu lado, Rosamund estava de cabeça baixa, segurando a cruz pendurada no pescoço e rezando. Segurei sua mão livre e baixei a cabeça também. Antes que pudesse me dar conta, Ursula colocou a mão dela na minha. Alemão, francês, inglês e romeno se misturaram quando as caçadoras se juntaram em um círculo, murmurando seus desejos mais fervorosos: que saíssemos triunfantes, que sobrevivêssemos. Depois de um momento, Rosamund ergueu a cabeça e sorriu para nós.

— Ouviram isso? — perguntou ela. — A melodia, como na parede. Ela vibra no meu sangue.

No círculo, as caçadoras começaram a concordar, com aquela revelação mudando a expressão de cada uma delas do terror para determinação. Meu sangue cantava com o poder de caçadora. Nós podíamos fazer aquilo.

— Vamos começar — falei e vi as primeiras caçadoras descerem para o labirinto.

Eu me virei. Giovanni estava olhando para mim pela janela da van. Andei até ele, pressionei a palma da mão contra o vidro, e, lá de dentro, ele fez o mesmo.

Vai, disse ele apenas com o movimento dos lábios. *Vou te esperar.*

— Agora é nossa vez — anunciou Cory. Passei pela cerca e entrei no caminho do inferno.

27

Quando Astrid lidera um exército

Os sonhos dos unicórnios não são bonitos. O que dormia na tumba à minha direita lembrava-se de quando encontrou o esconderijo de um porco selvagem com sete filhotes. Eu o matei enquanto os gritos de morte deles ainda ecoavam na minha mente. O que estava à minha esquerda acordou de um sonho com dois campistas em uma barraca apenas um segundo antes de minha primeira flecha perfurar o olho dele. Ele morreu antes de conseguir levantar.

Continuei pelo corredor, e as colinas se erguendo ao meu redor, bloqueando minha visão de qualquer coisa além do túnel estreito e coberto de grama de cada lado. À frente, eu sentia dois unicórnios, bem perto um do outro. Uma mãe com o filhote.

Um bebê unicórnio? Será que eu conseguiria? Será que conseguiria matar uma mãe que ainda amamentava?

Naquele momento, ao longe, ouvi o som que temia, o som de aço contra chifre. De repente, como uma onda, eles acordaram. Eu os ouvi rosnando, depois rugindo; e, de repente, o ar foi tomado pelos gritos e pelos sons das cordas dos arcos.

Eu me afastei da mãe e do filhote e corri por uma passagem lateral, onde passei voando por entradas de tumbas que torci para estarem vazias, subi desajeitada pela lateral da colina escalável mais próxima para ver melhor. A névoa tinha ficado mais densa com o amanhecer; agora, ela rodopiava junto aos meus pés como um mar revolto enquanto os kirins meio invisíveis corriam de um lado para outro por vielas, para dentro e para fora de ruínas, perseguidos por caçadoras que não passavam de manchas escuras no meio da confusão.

Acenei para Rosamund, nossa sentinela, mas ela estava ocupada demais disparando para dentro do labirinto para responder.

— Socorro! — ouvi Zelda gritar ali perto, e corri colina abaixo, pulando os metros finais e caindo no chão. Um kirin passou voando, e disparei de 5 metros de distância quando ele já estava desaparecendo. A flecha passou direto pelos dois pulmões dele e chocou-se com um ruído na parede da tumba do outro lado. Saí correndo atrás dele, mas o animal não percorreu mais do que dez a quinze passos antes de cair, imóvel, no chão.

Parei de repente, quase tropeçando no cadáver. Como assim? A flecha tinha entrado e saído. Aqueles ferimentos deviam ter cicatrizado imediatamente. Examinei o ferimento de entrada. Ainda estava sangrando muito. Será que eu tinha atingido o coração?

Zelda gritou de novo, então pulei por cima do corpo e continuei correndo. Eu a encontrei no fim de um beco, lutando contra dois kirins com uma machadinha enquanto tentava subir de costas em uma colina cujas pedras antigas e a terra vermelha se desfaziam debaixo dos pés.

Não havia espaço suficiente para disparar. Se eu fizesse outro disparo direto como o anterior, poderia acertar Zelda. Coloquei o arco no ombro e peguei a montante. Ergui a espada bem alto e corri para a frente enquanto a atenção dos unicórnios estava concentrada nela.

Não fui rápida o bastante. Um kirin se virou e deu um pinote na hora em que cheguei nele, batendo com as patas no meu braço. A espada voou da minha mão e caiu longe. Quando o unicórnio voltou a pôr as patas no chão, a ponta do chifre dele cortou meu peito e antebraço esquerdo, rasgando minha blusa e minha pele. Gritei de dor quando ele ergueu a cabeça de novo e me empurrou contra a pedra. Senti o chifre raspar na pedra, perto da minha bochecha, e entrar na rocha porosa. Ele tinha errado, mas eu estava presa debaixo dele.

Sangue pingava do corte no meu braço. O unicórnio rangeu os dentes bem próximo ao meu rosto e saltou, tentando desesperadamente soltar o chifre da superfície da colina.

— Zelda! — gritei, acima dos rugidos dele. — Me ajude!

— *Un moment* — gritou ela em resposta, na hora em que o metal cortava o ar da manhã, vindo da direção dela.

Os dentes dele estavam no meu rosto, o hálito quente e fedendo a cinzas e podridão. Tentei ler a mente dele, mas a única palavra que consegui ver foi *matar*. Tentei deslizar e sair do caminho, mas minha blusa estava presa, e o kirin chutava, tentando recuar usando as patas, que pareciam martelos. Meu braço estava cicatrizando, o ferimento estava fechando, e o sangue fluía menos a cada respiração. Empurrei o focinho do kirin, e ele mordeu o ar em frente ao meu rosto, enfiando o chifre um centímetro mais fundo na pedra, na tentativa de chegar mais perto e arrancar minha cabeça.

Minha faca! Estiquei a mão direita em direção à bainha e segurei o punho com força. Com um empurrão firme, eu a enfiei debaixo do maxilar do kirin, até o cérebro.

Ele caiu, e eu saí de onde estava, mexendo na arma com mãos cobertas de sangue — meu e do unicórnio. Zelda ainda estava lutando. Corri em direção a ela, segurando o braço ferido. Não tinha como eu conseguir usar o arco assim, e a montante, feita para ser empunhada com as duas mãos, estava fora de questão. Mas eu ainda tinha a faca.

Estava quase alcançando-a quando o kirin derrubou a machadinha da mão dela e recuou para dar o golpe mortal. Zelda levantou os braços para proteger o rosto, e eu ergui minha faca, sabendo que estava longe demais para alcançá-lo.

Acima de nós, uma sombra gigante cobriu o céu da aurora. Fiquei paralisada. O karkadann estava no pico da colina, com o chifre apontado para o kirin, que de repente ficou agachado, olhando.

Por um momento, o mundo parou, uma desaceleração que fez meu senso de caçadora parecer, em comparação, com um trem-bala. O karkadann desafiava o kirin a testar sua ira. E a contínua sede de sangue que transpirava em ondas do kirin, cedeu. Mas durou só por uma fração de segundo até tornar-se uma provocação. Ele atacou.

E Bucéfalo também.

O karkadann pegou o kirin pela barriga, ergueu o unicórnio menor com seu chifre e o arremessou no ar como uma folha morta. Zelda se encolheu enquanto os animais lutavam acima da cabeça dela, e o kirin foi lançado de novo contra a parede, rolando até o chão. Ele tentou se levantar uma ou duas vezes, mas as pernas não aguentaram. Então o animal começou a choramingar enquanto sangue e outras substâncias escorriam da abertura na barriga dele.

Fiquei de pé como uma estátua no meio do caminho. O karkadann inclinou a cabeça para mim e saiu galopando. Corri para Zelda.

— Você está bem?

Ela assentiu e disse com voz rouca:

— E você?

Limpei o sangue na calça.

— Vou ficar bem.

— Aquilo era um... karkadann?

— Era. — Eu me preparei para a pergunta seguinte. A que questionaria por que ele não tinha nos matado.

Ela inclinou a cabeça para o kirin moribundo, cujo choramingo agora havia se transformado em gritos agudos de dor. Eu sabia exatamente qual era a sensação.

— Por que ele não está... cicatrizando?

— Não sei — respondi, pegando meu arco e minha espada. — Talvez seja vulnerável a veneno de karkadann.

— Não — disse Zelda. — Os outros também. Os que foram atingidos pelas minhas flechas. Todos eles não cicatrizaram.

Ela pegou a machadinha, andou calmamente até o kirin e bateu com a lâmina no pescoço da criatura. A machadinha não cortou até a coluna, mas foi o bastante para acabar com o sofrimento do unicórnio.

Eu a observei, estupefata.

— Aconteceu comigo também. Fiz um disparo que entrou e saiu do corpo do unicórnio, e ele morreu imediatamente. Achei que tinha perfurado o coração dele.

— O que há de errado com esses kirins? — perguntou ela.

Passei o dedo nas flechas com ponta de alicórnio em minha aljava.

— Talvez não sejam eles. Naquela noite, no bosque perto da estrada, os unicórnios sangraram também. E o re'em...

Eu me lembrei de cortar a garganta dele com a faca de alicórnio. Talvez a razão de termos tido mais dificuldade antes foi por não termos usado as antigas armas, as feitas de alicórnio. Talvez um ferimento de alicórnio cicatrizasse em uma caçadora, mas não em um unicórnio.

O chão tremeu, e os gritos das caçadoras ecoaram na viela. Não havia tempo para conversar. Zelda e eu começamos a correr.

O céu agora estava claro o bastante para conseguirmos enxergar um pouco mais além, e, acima do nevoeiro, vi unicórnios saltando de colina em colina como uma corrente de relâmpagos acima de nuvens escuras. Seus pelos tigrados ondulavam em azul-marinho e preto, as crinas estalavam ao redor; tinham os dentes à mostra, as patas batiam com força no chão enquanto corriam desenfreados por cada subida.

Perto do pinheiro, Rosamund gritava instruções para as caçadoras que ainda estavam nas trincheiras e disparava flecha atrás de flecha nas costas de qualquer unicórnio perto o bastante para permitir um disparo direto. Melissende também tinha se refugiado em um ponto alto, de pé acima da monumental pedra no arco da entrada de uma tumba, suas flechas sendo disparadas em alta velocidade. Dois kirins com chifres cortados passaram correndo, e Grace os seguiu, brandindo a katana e gritando a plenos pulmões. Eles correram pela subida em direção a Rosamund, que permaneceu atirando de onde estava. De repente, ela se agachou quando um dos unicórnios pulou por cima dela e caiu do outro lado da cerca.

Perto da van.

— Não! — gritei, e corri para a frente quando eles começaram a golpear e chutar as janelas laterais. — Parem!

As janelas explodiram com o ataque, e a pequena van começou a se balançar conforme os dois unicórnios continuavam a atacar.

Rosamund estava de pé outra vez, mas parecia insegura de disparar contra a van com Giovanni lá dentro. Eu subi a colina, desajeitada com o peso das armas e o braço ferido.

— Faça-os parar! Faça-os parar! — gritei. — Pelo amor de...

Filha de Alexandre, eles estão distraindo você.

Eu me virei e olhei para a *Via degli Inferni*, onde as seis outras caçadoras estavam no meio de uma batalha frenética contra mais unicórnios do que conseguia contar. E ali, em cima da tumba ao lado, eu via o enorme flanco do karkadann. Pelos olhos dele, eu o vi matando kirins conforme eles saíam das vielas para o caminho principal.

Cory estava lutando sozinha com quatro deles, usando uma combinação de espada longa e espada curta; Melissende estava ficando sem dardos; Ursula tinha imitado a irmã e subido em um ponto mais alto para usar o arco; e Valerija fazia o possível para ficar fora do campo de visão até chegar perto o bastante para ajudar outra caçadora com a faca. No meio da luta, vi dois brilhos prateados. Zelda e Grace, com a machadinha e a katana.

E todas elas iriam morrer.

— Fique abaixado, Giovanni! — gritei, o mais alto que consegui. Olhei para Rosamund e disse: — Dispare para o alto. — E pulei na neblina de novo.

Minha faca de alicórnio brilhou em um tom de branco no sol da manhã, e saí golpeando no meio dos kirins reunidos. O ar estava tomado de gritos e sangue e da esmagadora colisão de corpos, batendo uns contra os outros e caindo no chão. Deslizei na grama e na terra úmida e, por um momento, esqueci que estava numa área rural da Itália, em uma bela manhã de verão. Essa poderia ser a planície lamacenta de Jutland.

Todas as batalhas eram o caminho do inferno.

Eu estava quase ao lado de Cory quando ouvi Melissende gritar acima da confusão:

— O grandão! Dispare contra ele!

— Não! — gritei, mas não havia como ela me ouvir lá de cima. Vi Ursula erguer o arco e mirar para longe da multidão, então gritei e agitei os braços. Mas o foco dela já havia sido deslocado para a presa, e ela soltou a corda.

Um rugido grave sacudiu a terra, e tanto kirins quanto caçadoras pareceram parar por um segundo e se encolher. Ursula baixou o arco e, mesmo de longe, pude ver a expressão de horror no rosto dela. Patas do tamanho de tampas de bueiros subiram trovejando pela colina em direção a ela. O chifre do karkadann estava abaixado, e a flecha de Ursula estava espetada no flanco dele.

— Não! — gritei de novo, e golpeei um kirin que vinha me atacar. — Não! Não! Você prometeu!

O karkadann rugiu de novo.

Traição! Traição, Filha de Alexandre!

Neste momento, vi todas as caçadoras pararem. Elas também o tinham ouvido.

O karkadann fez uma pausa, depois empinou sobre as patas traseiras, virando uma torre acima da cabeça de Ursula. Era quase do tamanho da colina onde eles estavam.

— Não! — Com toda minha voz, todo meu coração, toda minha alma. — Ela não sabe!

Ele caiu com um estrondo, a centímetros de Ursula, e a tumba desmoronou sob o peso dele. Ursula gritou quando o chão cedeu debaixo dos pés, e ela caiu na escuridão abaixo.

— Ursula! — gritou Melissende, depois apontou a besta para o karkadann, se equilibrando sobre a ruína.

Experimente, Filha de Alexandre. O karkadann a encarou.

Ela fez uma pausa, em estado de choque, depois abaixou a arma.

— *Wie bitte?*

É claro. Ele projetava as palavras em nossa cabeça. As palavras de Melissende teriam de ser em alemão.

Grace, mais perto da tumba, estava gritando.

— Ela está lá dentro. Disse que está presa! Alguém me ajude a mover essas pedras!

Mas os kirins tinham recomeçado, e agora o tom dos pensamentos deles tinha mudado. Em meio à fúria assassina deles havia um elemento de...

Traição?

— Eles estão se deslocando! — gritou Rosamund do pinheiro. O campo de batalha estava ficando vazio. Os kirins saíam correndo em número ainda maior.

Cory fez o sinal da vitória e gritou, e depois virou-se para cortar a cabeça de um jovem unicórnio que passava correndo.

Não. Eles não estavam recuando: tinham descoberto um alvo novo. Os olhos do karkadann se encontraram com os meus, e então ele pulou da colina desmoronada e começou a correr atrás dos outros.

A traição vem em cada rosto humano.

Eu olhei para ele com raiva e corri atrás.

— Astrid! — Ouvi a voz de Cory atrás de mim. — Nós conseguimos.

Eu corri, sem ter sequer a certeza de para onde estávamos indo, mas certa de que aquilo estava longe de acabar.

O caminho se estreitava conforme se afastava das tumbas, e os vãos profundos de cada lado da escavação davam lugar a ladeiras suaves e bosques cobertos de árvores. Eu não conseguia acompanhar os animais, por mais que me esforçasse, e, conforme a velocidade deles aumentava, descobri que também não conseguia acompanhar o ritmo inumano das caçadoras. Comecei a largar as armas mais pesadas. A montante. O arco e a aljava.

A cada 100 metros, aproximadamente, eu encontrava outro kirin morto. Bucéfalo os estava matando conforme chegava neles. A trilha de morte foi o bastante para que eu seguisse, e continuei correndo; mas depois não encontrei mais nenhum corpo, e minha percepção de caçadora tinha ficado dispersa e vaga. Eu não conseguia pressentir o karkadann, e sabia que todos os kirıns tinham fugido. Estava pronta para parar quando vi a casa. O elo da corrente que separava o caminho do jardim estava estraçalhado.

Apertei o passo da corrida, pulei por cima do portão quebrado e entrei correndo no jardim o mais rápido que minhas pernas cansadas me permitiram. Havia dois pastores-alemães mortos perto da casa e três cadáveres de kirin no terraço. Não havia som algum vindo da casa.

Perto dos fundos, havia uma porta deslizante de vidro, agora tão estilhaçada quanto as janelas de Giovanni. A mobília lá dentro tinha sido derrubada ou destruída, e havia mais dois corpos de kirins sangrando no chão. Segui a trilha de destruição, embora soubesse que era tarde demais.

Havia um amplo salão, cheio de jaulas vazias que eram grandes o bastante para abrigar zhis. Ao final dele, a casa se abria em um grande pátio central. Ali, eu vi o confronto final do kirin contra o karkadann.

— O que você está fazendo? — gritei, com o pouco de voz que tinha me sobrado, mas ele não me respondeu, apenas atacou o animal menor. Fiquei olhando, perplexa, enquanto ele arrancava as tripas do kirin, arrastava suas entranhas para fora e as pisoteava até terem virado mingau em cima da pedra.

Ela era a líder.

A explicação do karkadann atingiu meu cérebro como um soco. Ela o tinha traído, tinha condenado sabe-se lá quantos da espécie dela a serem cobaias escravas por uma suposta chance de glória. Bucéfalo não estava feliz e, claramente, não gostava da minha reação à brutal demonstração de poder dada por dele. Eu não tinha direito de julgar os meios monstruosos deles. Ele me encarou, com o chifre abaixado.

E agora, os humanos.

— O quê? — Apertei a faca com a mão, embora eu duvidasse que servisse como defesa. Isso é que era traição! — Você disse...

E então, ouvi. Um choramingo patético atrás de mim. Arrisquei um olhar. Marten Jaeger, de conjunto de moletom, escondido atrás de um vaso de planta.

Traição.

Marten não tinha ido para o norte. Neil estava perdendo tempo. Ele estava ali o tempo todo, foragido a alguns quilômetros fora de Roma em seu esconderijo secreto de unicórnios, talvez dando continuidade aos testes. E os kirins devem ter achado que foi ele o responsável por nos avisar da localização deles. De repente, bater em retirada e a perseguição fizeram sentido. Eles não estavam com raiva do karkadann: estavam com raiva do falso Alexandre.

— Astrid — sussurrou Marten. — Graças a Deus. Faça alguma coisa. Mate-o.

Saia do meu caminho, Filha de Alexandre.

— Onde você esteve? — perguntei a ele. — Por que... por que fez isso conosco? — Minha voz falhou em algumas palavras, e lágrimas quentes desceram pelo meu rosto manchado de sangue. — Com Phil!

Saia do meu caminho. Matarei esse impostor.

— Estava tentando proteger vocês! — disse ele, com as palavras tomadas de terror. — Se vocês não fossem caçadoras, estariam em segurança. Vivas. Era só o que eu pretendia. Aqueles garotos eram a passagem de saída para vocês! Eu não queria ninguém ferido.

— Você está mentindo.

— Eu juro! Quando os kirins viram caçadoras Llewelyn, desejaram vê-las mortas. Eles me trouxeram louras mortas até eu entender.

Minha mão foi até a boca.

— Parece... parece que eles sabem sobre Clothilde e não querem uma Llewelyn perto de um arco.

Então ele não sabia a verdade sobre Clothilde, mesmo se os kirins já soubessem. Caso soubessem. Eu não sabia mais em que parte da história do karkadann podia acreditar, nem conseguia imaginar o que ele tinha dito para os outros unicórnios que os fez concordar com o exílio. Olhei para Marten Jaeger.

— Mas então, por que você não nos convenceu a ir para casa?

— Eu tentei, na Toscana. Lembra? Mas você mesma disse que vocês ainda seriam caçadoras, independentemente de para onde fossem. Não seria o bastante para eles. Fiz a única coisa em que consegui pensar.

O karkadann rosnou atrás de mim, e eu conseguia sentir o veneno emanando do corpo dele.

Saia!

O rosto de Marten estava ficando vermelho, seus olhos estavam lacrimejando, e a respiração estava ofegante e curta.

— Me ajude, Astrid!

Ajudá-lo. Como ele havia nos ajudado? Da mesma forma com que tramou contra nós, nos feriu e colocou todas as nossas vidas em risco? Aprisionando Valerija, nos abandonando, nos deixando no escuro quanto ao perigo que encaramos? Ajudá-lo. Ajudá-lo a quê? Protegê-lo de um enorme animal com uma sede sanguinária emanando de cada poro? Com uma pequena faca de alicórnio? Escolher a ele em vez da criatura que tinha salvado minha vida tantas vezes?

— Por que você fez isso conosco? — perguntei, soluçando, me recusando a sair do lugar, apesar das ordens insistentes do karkadann em minha cabeça. — Com todos nós? — Com as caçadoras, com os unicórnios. Com todo mundo que ele tinha manipulado e ferido.

Marten olhou para mim, incrédulo.

— Pelo Remédio. Eu precisava do Remédio. Precisava encontrá-lo. Eu... precisava. — Ele tossiu enquanto o veneno do alicórnio entrava em seus pulmões. — Tantas vidas salvas. Valia a pena, Astrid. E... eu consegui. Sei o segredo. Podemos salvar todo mundo, curar tudo, mudar o mundo. Me ajude.

Quase desabei. O Remédio. Ele tinha descoberto. Tudo dentro de mim queria comemorar esse triunfo. Astrid Guerreira e Astrid curandeira se fundiram por um momento breve e intenso, e visualizei a humanidade sendo transformada. O que era a vingança comparada a isso?

Eu me virei e encarei o unicórnio.

— Por favor — pedi. — Acabou.

Não.

— Você deteve os kirins. Já chega.

Não.

— Por mim! — Juntei as mãos na frente do peito.

Já poupei uma vida por você hoje.

A cabeça enorme dele se moveu para o lado. Eu voei por vários metros até cair com força nos degraus de azulejo, batendo com a cabeça no chão. Por um momento, vi estrelas e, quando olhei de novo, tudo havia terminado. O rosto de Marten estava contorcido e roxo, com veias saltando em todos os ângulos. O pequeno buraco no peito dele quase não sangrava.

E o karkadann tinha ido embora.

A caminhada de volta até a necrópole pareceu ser quilômetros mais longa do que eu lembrava. O céu passou de prateado a lilás até chegar ao azul durante o trajeto, e o sol acabou com todos os traços de neblina.

Bucéfalo mal tinha tocado em Marten. Com a líder kirin, ele não tinha mostrado escrúpulo em dizimar e destruir o corpo. Com Marten, que fora cúmplice do esquema todo, ele apenas fizera uma perfuração suficiente para matar. Eu não compreendia. Talvez jamais entendesse. O karkadann tinha sua própria noção de justiça.

Peguei minhas armas de onde as tinha largado, mas a montante eu acabei arrastando na terra atrás de mim quando dobrei a última esquina e entrei na *Via degli Inferni*.

Ursula e Grace estavam sentadas perto de uma pilha de cadáveres de unicórnios. Grace estava prendendo o braço de Ursula em uma tipoia e segurando a própria perna em um ângulo estranho. As duas olharam quando me aproximei.

— Onde está todo mundo?

— Procurando você — disse Grace. — Pensamos que tinha sido arrastada para longe de novo. — Ela virou a cabeça e gritou para Rosamund, que estava dando a volta na colina com Melissende, cada uma arrastando um cadáver de kirin pelas pernas. — Chamem as outras de volta! Astrid está aqui!

Olhei para a perna de Grace e para o braço de Ursula. Será que eram nossos únicos ferimentos? Havia alguma morte?

— Matamos dúzias deles — disse Grace, com segurança, terminando o serviço de primeiros socorros. — Mas um número ainda maior conseguiu escapar. Você acha que devíamos queimar os corpos?

Uma a uma, vi Cory, Zelda e Valerija chegarem correndo. Elas pareciam cansadas, e Cory tinha uma mancha enorme de sangue na perna, que me levou a crer que tinha sido perfurada. Mas nada grave. Dei um suspiro de alívio.

— Você o pegou? — perguntou Melissende.

Na colina, Giovanni saiu da van e acenou para mim. Havia um hematoma feio se formando na testa dele, mas ele não parecia ferido. Acenei para ele, que pareceu hesitante.

— Peguei o quê?

— O karkadann.

Eu fiz que não com a cabeça.

— Não. Não sei se ele pode ser morto.

— Ah, ele certamente não gosta de ser flechado — disse Ursula.

— Ele salvou nossas vidas — disse Zelda. — Não é estranho?

— Não — repeti. — Ele já salvou minha vida algumas vezes.

Mordi o lábio, pesando as palavras com cuidado. Eu precisava contar a elas sobre o karkadann, sobre Marten Jaeger, sobre o Remédio. Mas um relato oficial talvez estivesse além das minhas capacidades naquele momento. Haveria tempo no Claustro, depois de termos nos reorganizado, tomado banho, dormido, nos curado. Depois que eu conversasse com Phil.

Ou chorasse no ombro dela.

— Estou feliz de você não tê-lo matado — disse Melissende, de repente. — Ele é como nosso próprio Bucéfalo, não é?

Ela se virou e começou a preparar a pira.

Ela é uma garota inteligente.

O pensamento foi um sussurro.

E feroz. Gosto dela.

Onde ele estava?

Bem longe, e ainda mais longe do que você imagina, Astrid Llewelyn.

Ele me chamava pelo nome agora?

Você merece um nome. É dona de si mesma. Não é de Alexandre. Não é de Clothilde. Nem mesmo de sua mãe.

Eu me afastei do grupo, do falatório delas, com medo de que elas também o ouvissem.

— Você vai para o exílio de novo? — murmurei. Será que essa tinha sido a nova última caçada?

Nosso exílio não existe mais. Não temos escolha. Assim, vou ficar longe de qualquer caçadora, longe do perigo. Longe de qualquer coisa que possa dar a você motivo para me caçar.

Inspirei e tremi. Não teríamos sobrevivido a esta manhã sem ele. Éramos poucas, e os unicórnios eram muito fortes.

A imagem da história de ninar das irmãs Myerson, boba e cintilante, ressurgiu das profundezas da minha mente. "*Eu jamais irei embora de verdade*", *disse o unicórnio.* "*Sempre viverei em seu coração.*"

Minhas armas balançaram contra a lateral do meu corpo, e minhas roupas começavam a ficar grudentas de sangue. Meu sangue ardia e cantava, e meus dedos ansiavam por disparar contra alguma coisa. Poder e desejo de sangue corriam por cada filamento do meu DNA. Inspirei, sentindo o cheiro de fogo e inundação, sangue e morte, e soube que ele estava certo: o unicórnio estaria dentro de mim para sempre. Não havia como voltar atrás.

— Ei — disse Giovanni, atrás de mim. Eu me virei, limpando lágrimas dos olhos. — Você está bem?

— Você está? — Era melhor não responder.

— Estou em um estado bem melhor do que a van — disse ele. — Vou ser expulso da escola com certeza desta vez. — Ele apontou para trás do ombro. A van parecia mais um jornal amassado do que um veículo que se pudesse dirigir.

— Giovanni, me desculpe...

Ele deu de ombros.

— Já estou acostumado. — Ele ficou em silêncio por um tempo, olhando para o caminho onde ocorreu a carnificina. — Então, você não estava brincando quanto ao perigo.

— Eu avisei.

— Nem sobre os superpoderes. — Ele balançou a cabeça. — Acho que agora é seguro admitir que espiei algumas vezes. Antes de eles começarem a brincar de joão-bobo com meu carro. Você é... incrível, Astrid. Nunca vi nada igual.

— Obrigada. — Incrível, é? Coberta de sangue, carregada de armas e com cheiro de açougue.

— E tomei uma decisão.

Olhei para ele.

— Tomou?

— Acho *vital* que a gente não durma junto. Você sabe, pra segurança do mundo. — Os olhos dele brilharam, e houve apenas uma sombra de sorriso nos cantos dos lábios.

— Tudo bem — falei, e sorri para ele. — Mas beijar é permitido, certo?

— Ah, com certeza — disse ele, e me puxou para perto. — Afinal, os guerreiros sempre conquistam o coração da jovem e bela... hum... do jovem e belo rapaz.

Agradecimentos

Caçadora de unicórnios estaria correndo mais perigo de extinção do que os unicórnios se não fosse pelos esforços pacientes e criteriosos da mestra-atiradora Kristin Daly, que ama unicórnios assassinos quase mais do que eu; pelos fortes instintos de caçadora de Deidre Knight; pela amizade de Anna Hays, que ouviu sobre isso desde o primeiro dia; por Lauren Perlgut, que ainda acha que eu deveria chamar este livro de *A Identidade Chifre*; por Mackenzie Baris, que fez bonequinhos de Astrid, a Caçadora de Unicórnios; e pela mira crítica precisa das colegas escritoras Justine Larbalestier, Marley Gibson e Carrie Ryan.

Obrigada a todos da equipe HarperCollins que conduziram este livro pelo campo: Alessandra Balzar, Donna Bray, Corey Mallonee, Ruta Rimas, Jon Howard, Laura Kaplan e Barbara Fitzsimmons, e à equipe de design da HarperCollins Children's Books.

Como sempre, sou grata aos meus amigos e à minha família, que sempre me apoiam, e principalmente ao meu pai, que ama ciência, medicina e aventuras de fantasia; a meu tio Chuck, que me deu um arco para treinar; e a meu irmão Luke, que alimentou constantemente minha mania de unicórnios.

Tenho um grande débito de gratidão à caçadora e arqueira Tara Quinn, que foi paciente e muito criativa enquanto eu a perturbava durante a pesquisa para este livro. O conhecimento dela sobre a caça a animais tanto reais quanto imaginários foi indispensável para a criação desta história. Ela é ótima caçadora; qualquer erro que houver foi culpa minha. Além do mais, eu gostaria de agradecer ao marido dela, Sean, pelas demonstrações tanto de arcos quanto de taxidermia, e a meu sogro, por me apresentar aos dois.

Um agradecimento especial vai para meus amigos e colegas que me encorajaram a fazer a mudança de gênero: Julie Leto, C. L. Wilson, Erica Ridley, TARA, WRW, Libba Bray, Holly Black, Cassandra Clare, Cecil Castellucci, Margaret Crocker e Scott Westerfeld, que sempre perguntava sobre Bonegrinder.

Falando em inspirações, obrigada a todos que retrataram e criaram mulheres guerreiras em filmes e na literatura. Astrid não existiria se não fosse pela Princesa Leia, Sarah Connor, Ripley, Eowyn, Aravis Tarkheena e Buffy Summers, que me ensinaram que as mulheres são fortes e carinhosas e me mostraram sobre quem eu deveria escrever.

E, finalmente, obrigada a Dan, que estava a meu lado quando acordei do sonho em que fui perseguida por um unicórnio assassino, explorou as profundezas das tumbas etruscas comigo, ficou embaixo de mim enquanto eu me equilibrava em uma árvore e me abraçou quando escrevi "Fim". Este é para você.

Este livro foi composto na tipologia Adobe Garamond Pro,
em corpo 11,5/15,6, impresso em papel off-white
no Sistema Cameron da Divisão Gráfica
da Distribuidora Record.